中国书籍文学馆 | 大师经典

郑振铎 精品选

郑振铎 ◎ 著

中国书籍出版社
China Book Press

图书在版编目（CIP）数据

郑振铎精品选 / 郑振铎著.—北京：中国书籍出版社，2014.3
（中国书籍文学馆·大师经典）
ISBN 978-7-5068-3935-8

Ⅰ.①郑… Ⅱ.①郑… Ⅲ.①中国文学—现代文学—作品综合集 Ⅳ.①I216.2

中国版本图书馆CIP数据核字（2013）第306355号

郑振铎精品选

郑振铎　著

图书策划	武　斌　崔付建
责任编辑	赵丽君
责任印制	孙马飞　张智勇
出版发行	中国书籍出版社
地　　址	北京市丰台区三路居路97号（邮编：100073）
电　　话	（010）52257143（总编室）（010）52257153（发行部）
电子邮箱	chinabp@vip.sina.com
经　　销	全国新华书店
印　　刷	北京世纪雨田印刷有限公司
开　　本	710毫米×960毫米　1/16
字　　数	296千字
印　　张	23
版　　次	2014年6月第1版　2014年6月第1次印刷
书　　号	ISBN 978-7-5068-3935-8
定　　价	39.80元

版权所有　翻印必究

出版前言

我国现代文学是指用现代文学语言与文学形式,表达现代中国人思想、情感、心理的文学。是在20世纪初"五四"新文化运动的影响下,广泛接受外国文学影响而形成的新兴文学。其不仅用现代语言表现现代科学民主思想,而且在艺术形式和表现手法上都对传统文学进行了革新,建立了新的文学体裁,在叙述角度、抒情方式、描写手段以及结构组成等方面,都有新的创造。

我国现代文学的主流是人民的文学,集中表现为大大加强了文学与人民群众的结合,文学与进步社会思潮及民族解放、革命运动的自觉联系,构成了我国现代文学的基本历史特点与传统。此时的文学,以表现普通人民生活、改造民族性格和社会人生为根本任务。

在创作实践上,我国现代文学中出现了从未有过的彻底反封建的新主题和新人物,普通农民与下层人民,以及具有民主倾向的新式知识分子,成为了文学主人公,充分展示了批判封建旧道德、旧传统、旧制度以及表现下层人民不幸、改造国民性与争取个性解放等全新主题。也是通过这些内涵和元素,现代文学对推动历史进步起到了独特作用。

我们已经跨入21世纪,今天的历史状况和时代主题与现代文学的成长背景存在巨大差异,但文学表现人物、反映社会、推动进步的主旨并没有改变,在此背景下,我们非常有必要重温现代文学的经验,吸取其有益的因素,开创我们新世纪的文学春天。我们编选《中国书籍文学馆·大师经典》丛书,精选鲁迅、郁达夫、闻一多、徐志摩、朱自清、萧红、夏丏尊、邹韬奋、鲁彦、梁遇春、戴望舒、郑振铎、庐隐、许地山、石评梅、李叔同、朱湘、林徽因、苏曼殊、章衣萍等我国现代著名作家的文学作品，正是为了向今天的读者展示现代文学的成就，让当代文学在与现代文学的对话中开拓创新，生机盎然。因为这些著名作家都是我国现代文学的开拓者和各种文学形式的集大成者，他们的作品来源于他们生活的时代，包含了作家本人对社会、生活的体验与思考，影响着社会的发展进程，具有永恒的魅力。

中国书籍出版社

2014年1月

郑振铎简介

郑振铎（1898～1958），字西谛，书斋用"玄览堂"的名号，有幽芳阁主、纫秋馆主、纫秋、幼舫、友荒、宾芬、郭源新等多个笔名，生于浙江温州，原籍福建长乐。他是我国现代杰出的爱国主义者和社会活动家，又是著名作家、诗人、学者、文学评论家、文学史家、翻译家、艺术史家，也是国内外闻名的收藏家，训诂家。是中国民主促进会发起人之一。

1898年，郑振铎出生于浙江省永嘉县，少入私塾，他曾在广场路小学、温二中、温州中学就读。1917年，他进入北京铁路管理传习所学习。1919年，他参加"五四运动"并开始发表作品。

1920年，郑振铎与著名作家茅盾发起成立文学研究会，创办《文学周刊》与《小说月报》。他曾任上海商务印书馆编辑，以及《小说月报》主编、上海大学教师、《公理日报》主编。1927年，他旅居英、法。回国后，他历任北京燕京大学、清华大学、上海暨南大学教授、《世界文库》主编等。

1937年，郑振铎参加文化界救亡协会，他与著名作家胡愈之等人组织复社，并出版了《鲁迅全集》，并主编《民主周刊》。1949年后，他历任全国文联福利部部长、全国文协研究部长、人民政协文教组长、中央文化部文物局长、民间文学研究室副主任、中国科学院考古研究所所长、文化部副部长、全国政协委员、全国文联全委、主席团委员、全国文协常委、中国作家协会理事。

1952年，郑振铎加入中国作家协会。1953年2月22日，他担任中国文学研究所第一任所长。1955年，他当选为中国社会科学院院士及学部委员。1958年，他率领中国文化代表团赴开罗访问，途中所乘坐的飞机在苏联楚瓦什境内失事遇难身亡。

郑振铎是我国现代文学史上一位杰出的文学家，在文学研究方面，他是20世纪20年代初较早提出和着手用新的观点、方法整理和研究中国文学史的人，其中著作包括《文学大纲》《俄国文学史略》《中国文学论集》《中国俗文学史》《近百年古城古墓发掘史》《基本建设及古文物保护工作》《域外所藏中国古画集》《中国历史参考图谱》《伟大的艺术传统图录》《插图本中国文学史》和《中国版画史图录》等。

郑振铎创作的短篇小说集有《家庭的故事》《取火者的逮捕》和《桂公塘》。散文集有《佝偻集》《欧行日记》《山中杂记》《短剑集》《困学集》《海燕》《民族文化》和《蛰居散记》。

从郑振铎的文学作品中，可以感受到他对故乡感情之深，其中《海燕》就是一篇思念故乡的作品。1927年，在蒋介石"四一二"反革命政变后，大肆屠杀共产党人、工农群众和革命知识分子，他被迫远走欧洲，于是撷取了赴欧途中的一个生活片断，写了名篇《海燕》。他凭借对故乡的了解，用工笔的手法描绘家乡在万物峥嵘、春意盎然的景象中，由南方回来的逗人喜爱的小燕子，任情地横掠斜飞，飞倦了就返回一年前的旧巢安身。在这里，郑振铎从内心抒发了浪迹天涯的游子对祖国和故乡魂牵梦萦的思念之情。

郑振铎还为我国译介了许多重要的外国文学作品，其中许多作品具有开拓性和启蒙性。他也提出了许多重要的翻译理论，为我国翻译理论增添了许多宝贵财富。其中的译著有《沙宁》《血痕》《灰色马》《飞鸟集》《新月集》和《印度寓言》。

郑振铎对我国的文化学术事业做出了多方面的杰出贡献。在文学理论方面,他是文学革命初期"为人生"文学的重要倡导者之一,他后来还进一步提出了需要"血和泪的文学"口号,要求进步作家创作出"带着血泪的红色的作品"。因此,他一生坚持革命的现实主义文学理论,强调文学在社会改革中的功能,提倡文学为人民服务。

目录

散文

我的邻居们	2
哭佩弦	5
唯一的听众	9
别了，我爱的中国	12
蝴蝶的文学	14
蝉与纺织娘	27
苦鸦子	31
宴之趣	34
离　别	39
海　燕	44
同舟者	47
黄昏的观前街	53
访笺杂记	58
北　平	67
秋夜吟	78
避暑会	82
山中的历日	86
塔山公园	91
不速之客	95

大佛寺	99
从清华园到宣化	103
张家口	108
大　同	112
云　冈	117
从丰镇到平地泉	134
归绥的四"召"	139
百灵庙	143
永在的温情	154
最后一课	161
烧书记	165
售书记	170
从"轧"米到"踏"米	174
悼夏丏尊先生	179
悼许地山先生	185
苏州赞歌	190
石　湖	193
昭君墓	197
包　头	201
春风满洛城	206
郑州，殷的故城	211

小说

猫	218
风　波	222
书之幸运	230
淡　漠	241
失去的兔	251
压岁钱	260
五老爹	265
王　榆	277
三　年	287
五叔春荆	301
赵太太	311
汨罗江	320

诗歌

我们的中国	336
我是少年	338
云与月	340
小诗六首	342
小孩子	345
为中国	347
回　击	349
生命之火燃了！	351

学馆

散文
郑振铎精品选

我的邻居们

我刚刚从汶林路的一个朋友家里,迁居到现在住的地方时,觉得很高兴;因为有了两个房间,一做卧室,一做书室,显得宽敞得多了;二则,我的一部分的书籍,已经先行运到这里,可读可看的东西,顿时多了几十倍,有如贫儿暴富;不像在汶林路那里,全部的书,只有两只藤做的书架,而且还放不满。这个地方是上海最清静的住宅区。四周围都是蔬圃,时时可见农人们翻土、下肥、播种;种的是麦子、珍珠米、麻、棉、菠菜、卷心菜以及花生等等。有许多树林,垂柳尤多,春天的时候,柳絮在满天飞舞,在地上打滚,越滚越大。一下雨,处处都是蛙鸣。早上一起身,窗外的鸟声仿佛在喧闹。推开了窗,满眼的绿色。一大片的窗是朝南的,一大片的窗是朝东的,太阳光很早的便可以晒到,冬天不生火也不大嫌冷。我的书桌,放在南窗下面,总有整整的半天,是晒在太阳光下的。有时,看书看得久了,眼睛有点发花发黑。读倦了的时候,出去走走,总在田地上走,异常的冷僻,不怕遇见什么熟人。我很满足,很高兴的住着。

正门正对着一家巨厦的后门。那时，那所巨厦还空无人居，不知是谁的。四面的墙，特别的高，墙上装着铁丝网，且还通了电。究竟是谁住在那里呢？我常常在纳罕着，但也懒得去问人。

有一天早上，房东同我说："到前面房子里去看看好么？"

我和他们，还有几个孩子，一同进了那家的后门。管门人和我的房东有点认识，所以听任我们进去。一所英国的乡村别墅式的房子，外墙都用粗石砌成，但现在已被改造得不成样子。花园很大，也是英国式的，但也已部分的被改成日本式的。花草不少，还有一个小池塘，无水，颇显得小巧玲珑，但在小假山上却安置了好些廉价的瓷鹅之类的东西，一望即知其为"暴发户"之作风。

盆栽的紫藤，生气旺盛，最为我所喜，但可知也是日本式的东西。

正宅里布置得很富丽堂皇，但总觉得"新"，有一股无形的"触目"与触鼻的油漆气味。

"这到底是谁的住宅呢？"我忍不住的问道，孩子们正在草地上玩，不肯走。

房东道："我以为你已经知道了。这是周佛海的新居，去年向英国人买下的，装修的费用，倒比买房的钱花得还多。"

过了几个月，周佛海搬进宅了，整夜的灯火辉煌，笙歌达旦，我被吵闹得不能安睡。我向来喜欢早睡，但每到晚上九、十点钟，必定有胡琴声和学习京戏的怪腔送到我房里来。恨得我牙痒痒的，但实在无奈此恶邻何！

更可恨的是，他们搬进了，便要调查四邻的人口和职业；我们也被调查了一顿。

我的书房的南窗，正对着他们的厨房，整天整夜的在做菜烧汤，烟囱里的煤烟，常常飞扑到我书桌上来。拂了又拂，终是烟灰不绝，弄得我不敢开窗。我现在不能不懊悔择邻的不谨慎了。

"一二·八"太平洋战争起来后，我的环境更坏了。四周围的英美人住宅都空了起来，他们全都进了集中营。隔了几时，许多日本人又搬了进来。他们男人大都是穿军装的，还有保甲的组织，防空的练习，吵闹得附近人家，个个不安。在防空的时候，他们干涉邻居异常的凶狠，时时有被打的。有时，我晚上回家，曾被他们用电筒光狠狠的照射着过。

有一天，厨房的灯光忘了关，也被他们狠狠的敲门打窗的骂了一顿过。

一个早晨，太阳光很好，出去走走，恰遇他们在练习空防。路被阻塞不通，只好再回过来。

说到道路，那又是一个厄运。本来有一条道路，可以直达大道，到电车站很近便。自从周佛海搬来后，便常常被阻塞。日本人搬来后，索性的用铁丝网堵死了。我上电车站，总要绕了一个大圈，多花上十分钟的走路工夫。

胜利以后，铁丝网不知被谁拆去了。我以为从此可以走大道了，不料又有什么军队驻扎在小路上看守着，不许人走过。交涉了几回也没用，只好仍旧吃亏，改绕大圈子走。

和敌伪的人物无心的做了邻居，想不到也会有那么多的痛苦和麻烦。

哭佩弦

从抗战以来,接连的有好几位少年时候的朋友去世了。哭地山、哭六逸、哭济之,想不到如今又哭佩弦了。在朋友们中,佩弦的身体算是很结实的。矮矮的个子,方而微圆的脸,不怎么肥胖,但也决不瘦。一眼望过去,便是结结实实的一位学者。说话的声音,徐缓而有力,不多说废话,从不开玩笑;纯然是忠厚而笃实的君子。写信也往往是寥寥的几句,意尽而止,但遇到讨论什么问题的时候,却滔滔不绝。他的文章,也是那么的不蔓不枝,恰到好处,增加不了一句,也删节不掉一句。

他做什么事都负责到底。他的《背影》,就可作为他自己的一个描写。他的家庭负担不轻,但他全力的负担着,不叹一句苦。他教了三十多年的书,在南方各地教,在北平教;在中学里教,在大学里教。他从来不肯马马虎虎的教过去,每上一堂课,在他是一件大事。尽管教得很熟的教材,但他在上课之前,还须仔细的预备着。一边走上课堂,一边还是十分的紧张。记得在清华大学的时候,有一次我在他办公室里坐着，见他紧张的在翻书。我问道：

"下一点钟有课么？"

"有的！"他说道，"总得要看看。"

像这样负责的教员，恐怕是不多见的。他写文章时，也是以这样的态度来写。写得很慢，改了又改，决不肯草率的拿出去发表。我上半年为《文艺复兴》的《中国文学研究》号向他要稿子，他寄了一篇《好与巧》来；这是一篇结实而用力之作。但过了几天，他又来了一封快信，说，还要修改一下，要我把原稿寄回给他。我寄了回去。不久，修改的稿子来了，增加了不少有力的例证。他就是那么不肯马马虎虎的过下去的！

他的主张，向来是老成持重的。

将近二十年了，我们同在北平。有一天，在燕京大学南大地一位友人处晚餐，我们热烈的辩论着"中国字"是不是艺术的问题。向来总是"书画"同称，我却反对这个传统的观念。大家提出了许多意见。有的说，艺术是有个性的；中国字有个性，所以是艺术。又有的说，中国字有组织，有变化，极富于美术的标准。我却极力的反对着他们的主张。我说，中国字有个性，难道别国的字便表现不出个性了么？要说写得美，那么，梵文和蒙古文写得也是十分匀美的。这样的辩论，当然不会有结果的。

临走的时候，有一位朋友还说，他要编一部《中国艺术史》，一定要把中国书法的一部门放进去。我说，如果把"书"也和"画"同样的并列在艺术史里，那么，这部艺术史一定不成其为艺术史的。

当时，有十二个人在座。九个人都反对我的意见，只有冯芝生和我意见全同，佩弦一声也不言语。我问道：

"佩弦，你的主张怎样呢！"

他郑重的说道："我算是半个赞成的吧。说起来，字的确是不应该成为美术。不过，中国的书法，也有他长久的传统的历史。所以，我只赞成一半。"

　　这场辩论，我至今还鲜明的在眼前。但老成持重，一半和我同调的佩弦却已不在人间，不能再参加那么热烈的争论了。

　　这样的一位结结实实的人，怎么会刚过五十便去世了呢？——我说"结结实实"，这是我十多年前的印象。在抗战中，我们便没有见过。在抗战中，他从北平随了学校撤退到后方。他跟着学生徒步跑，跑到长沙，又跑到昆明。还照料着学校图书馆里搬出来的几千箱的书籍。这一次的长征，也许使他结结实实的身体开始受了伤。

　　在昆明联大的时候，他的生活很苦。他的夫人和孩子们都不能在身边，为了经济的拮据，只能让他们住在成都。听说，食米的恶劣，使他开始有了胃病。他是一位有名的衣履不周的教授之一。冬天，没有大衣，把马伕用的毡子裹在身上，就作为大衣；而在夜里，这一条毡子便又作为棉被用。

　　有人来说，佩弦瘦了，头上也有了白发。我没有想象到佩弦瘦到什么样子；我的印象中，他始终是一位结结实实的矮个子。

　　胜利以后，大家都复员了，应该可以见到。但他为了经济的关系，径从内地到北平去，并没有经过南方。我始终没有见到瘦了后的佩弦。

　　在北平，他还是过得很苦，他并没有松下一口气来。

　　暑假后，是他应该休假的一年。我们都盼望他能够到南边来游一趟，谁知道在假期里他便一瞑不视了呢？我永远不会再有机会见到瘦了后的佩弦了！

　　佩弦虽然在胜利三年后去世，其实他是为抗战而牺牲者之一。那么结结实实的身体，如果不经过抗战的这一个阶段的至窘极苦的生活，他怎么会瘦弱了下去而死了呢？他的致死的病是胃溃疡与肾脏炎，积年的吃了多沙粒和稗子的配给米，是主要的原因。积年的缺乏营养与过度的工作，使他一病便不起。尽管有许多人发了国难财、胜利财，乃至汉奸们也发了财而逍遥法外，许多瘦子都变成了肥头大脸的胖子，但像佩弦那样的文人、学者与教授，却只是天天的瘦下去，以至于病倒而死。就在胜利后，他们过的还是那么苦难的日子与可悲愤的生活。

在这个悲愤苦难的时代，连老成持重的佩弦，也会是充满了悲愤的。在报纸上，见到有佩弦签名的有意义的宣言不少。他曾经对他的学生们说，"给我以时间，我要慢慢的学"，他在走上一条新的路上来了。可惜的是，他正在走着，他的旧伤痕却使他倒了下去。

他花了整整一年工夫，编成《闻一多全集》。他既担任着这一个工作，他便勤勤恳恳的专心一志的负责到底的做着。《闻一多全集》的能够出版，他的力量是最大的；他所费的时间也最多。我们读到他的《闻一多全集》的序，对于他的"不负死友"的精神，该怎样的感动！

地山刚刚走上一条新的路，便死了；如今佩弦又是这样。过了中年的人要蜕变是不容易的。而过了中年的人经过了这十多年的折磨之后，又是多么脆弱啊！佩弦的死，不仅是朋友们该失声痛哭，哭这位忠厚笃实的好友的损失，而且也是中国的一个重大的损失，损失了那么一位认真而诚恳的教师、学者与文人！

1948年8月17日

唯一的听众

用父亲和妹妹的话来说，我在音乐方面简直是一个白痴。这是他们在经受了数次"折磨"之后下的结论。在他们听起来，我拉小夜曲就像在锯床腿。这些话使我感到十分沮丧。我不敢在家里练琴了。我发现了一个练琴的好地方，就在楼区后面的小山上，那儿有一片林子，地上铺满了落叶。

沙沙的足音，听起来像一曲悠悠的小令。我在一棵树下站好，庄重地架起小提琴，像一个隆重的仪式，拉响了第一支曲子。

但很快我就沮丧了，我似乎又将那把锯子带到了林子里。

当我感觉到身后有人并转过身时，吓了一跳，一位极瘦极瘦的老妇人静静地坐在一张木椅上，她双眼平静地望着我。一定破坏了这老人正独享的幽静。

我抱歉地冲老人笑了笑，准备溜走。老人叫住我，她说，"是我打搅了你了吗？小伙子。不过，我每天早晨都在这儿坐一会儿。"一束阳光透过叶缝照在她的满头银丝上。

我指了指琴，摇了摇头，意思是说我拉不好。

"也许我会用心去感受这音乐。我能做你的听众吗？每天早晨？"

我被这位老人诗一般的语言打动了；我羞愧起来，同时暗暗有了几分信心。嘿，毕竟有人夸我了，尽管她是一个可怜的聋子。我于是继续拉了起来。

以后，每天清晨，我都到小树林里去练琴，面对我唯一的听众，一位耳聋的老人。她一直很平静地望着我。我停下来时，她总不忘说一句："真不错。我的心已经感受到了。谢谢你，小伙子。"我心里洋溢着一种从未有过的感觉。

很快我就发觉我变了。从我紧闭小门的房间里，常常传出基本练习曲。若在以前，妹妹总会敲敲门，装作一副可怜的样子说："求求你，饶了我吧！"我已经不在乎了。我站得很直，两臂累得又酸又痛，汗水早就湿透了衬衣。但我不会坐在木椅子上练习，而以前我会的。不知为什么，总使我感到忐忑不安、甚至羞愧难当的是每天清晨我都要面对一个耳聋的老妇人全力以赴地演奏；而我唯一的听众也一定早早地坐在木椅上等我了，并且有一次她竟说我的琴声能给她带来快乐和幸福。更要命的是我常常会忘记了她是个可怜的聋子！

我一直珍藏着这个秘密，直到有一天，我的一曲《月光奏鸣曲》让专修音乐的妹妹感到大吃一惊，从她的表情中我知道她的感觉一定不是在欣赏锯床腿了。妹妹逼问我得到了哪位名师的指点。我告诉她："是一位老太太，就住在12号楼，非常瘦，满头白发，不过——她是一个聋子。""聋子？"妹妹惊叫起来，"聋子！多么荒唐！她是音乐学院最有声望的教授，更重要的，曾是乐团的首席小提琴手，而你竟说她是聋子！"

我一直珍藏着这个秘密。珍藏着一位老人美好的心灵。每天清晨，我总是早早地来到林子里，然后静静拉起一支优美的曲子。我感觉我奏出了真正的音乐，那些美妙的音符从琴弦上缓缓流淌著，充满了整个林子，充满了整个心灵。我们没有交谈过什么，只是在这个美丽的早晨，一个人轻轻地拉，一个人静静地听。

我看着这位老人安详地靠着木椅上，微笑着，手指悄悄打着节奏。我全力以赴地演奏，也许会给老人带来一丝快乐和幸福。她慈祥的眼睛平静地望着我，像深深的潭水在静静地流动着。

后来，我已经能足够熟练地操纵小提琴，它是我永远无法割舍的爱好。在不同的时期，我总会遇到一些大家组织的文艺晚会，我也有了机会面对成百上千的观众演奏小提琴曲。我总是不由地想起那位耳"聋"的老人，那清晨里我唯一的听众……

别了，我爱的中国

别了，我爱的中国，我全心爱着的中国！我倚在高高的船栏上，看着船渐渐地离岸了，船和岸之间的水面渐渐地宽了。我看着许多亲友挥着帽子，挥着手，说着"再见，再见！"我听着鞭炮噼噼啪啪地响着，我的眼眶润湿了，我的眼泪已经滴在眼镜上，镜面模糊了。我有一种说不出的感动！

船慢慢地向前驶着，沿途停着好几只灰色的白色的军舰。不，那不是悬挂着我们的国旗的，那是帝国主义的军舰。

两岸是黄土和青草，再过去是地平线上几座小岛。海水满盈盈的，照在夕阳之下，浪涛像顽皮的小孩子似的跳跃不定，水面上呈现出一片金光。

别了，我爱的中国，我全心爱着的中国！

我不忍离了中国而去，更不忍在这大时代中放弃自己应做的工作而去。许多亲爱的勇士正在用他们的血和汗建造着新的中国，正在以满腔热情工作着，战斗着。我这样不负责地离开中国，真是一个罪人。

然而我终将在这大时代中工作的,我终将为中国而努力,而呈献我的身、我的心的。我离开中国,为的是求得更好的经验,求得更好的战斗的武器。暂别了,国;暂别了,在各方面斗争着的勇士们,我不久将以更勇猛的力量加入到你们当中来!

当我归来的时候,我希望这些帝国主义的军舰都不见了,代替它们的是悬挂着我们的国旗的伟大的中国舰队。如果它们那时候还没有退出中国海,还没有被我们赶出去,那么,来,勇士们,我将加入你们的队伍,以更勇猛的力量,去驱逐它们,毁灭它们!

这是我的誓言!

别了!我爱的中国,我全心爱着的中国!

蝴蝶的文学

一

春送了绿衣给田野，给树林，给花园；甚至于小小的墙隅屋角，小小的庭前阶下，也点缀着新绿。就是油碧色的湖水，被春风粼粼的吹动，山间的溪流也开始淙淙汩汩的流动了；于是黄的、白的、红的、紫的、蓝的以及不能名色的花开了，于是黄的、白的、红的、黑的以及不能名色的蝴蝶们，从蛹中苏醒了，舒展着美的耀人的双翼，栩栩在花间，在园中飞了；便是小小的墙隅屋角，小小的庭前阶下，只要有新绿的花木在着的，只要有什么花舒放着的，蝴蝶们也都栩栩的来临了。

蝴蝶来了，偕来的是花的春天。

当我们在和暖宜人的阳光底下，走到一望无际的开放着金黄色的花的菜田间，或杂生着不可数的无名的野花的草地上时，大的小的蝴蝶们总在那里飞翔着。一刻飞向这朵花，一刻飞向那朵花，便是停下了，双翼也还在不息不住的扇动着。一群儿童们嬉笑着追逐在它们之后，见它们停下了，悄悄的便蹑足走近，等到他们走近时，蝴蝶却又态度闲暇的舒翼飞开了。

呵，蝴蝶！它便被追，也并不现出匆急的神气，
——日本俳句，我乐作

在这个时候，我们似乎感得全个宇宙都耀着微笑，都泛溢着快乐，每个生命都在生长，在向前或向上发展。

二

在东方，蝴蝶是我们最喜欢的东西之一，画家很高兴画蝶。甚至于在我们古式的帐眉上，常常是绘饰着很工细的百蝶图——我家以前便有二幅帐眉是这样的。在文学里，蝴蝶也是他们所很喜欢取用的题材之一。歌咏蝴蝶的诗歌或赋，继续的产生了不少。梁时刘孝绰有《咏素蝶》一诗：

随峰绕绿蕙，避雀隐青薇。
映日忽争起，因风乍共归。
出没共中见，参差叶际飞。
芳华幸勿谢，嘉树欲相依。

同时如简文帝（萧纲）诸人也作有同题的诗。于是明时有一个钱文荐的做了一篇《蝶赋》，便托言梁简文与刘孝绰同游后园，"见从风蝴蝶，双飞花上"，孝绰就作此赋以献简文。此后，李商隐、郑谷、苏轼

诸诗人并有咏蝶之作，而谢逸一人作了蝶诗三百首，最为著名，人称之为"谢蝴蝶"。

叶叶复翻翻，斜桥对侧门。
芦花唯有白，柳絮可能温？
西子寻遗殿，昭君觅故村。
年年方物尽，来别败兰荪。

——李商隐

寻艳复寻香，似闲还似忙。
暖烟深蕙径，微雨宿花房。
书幌轻随梦，歌楼误采妆，
王孙深属意，绣入舞衣裳。

——郑谷

双肩卷铁丝，两翅晕金碧。
初来花争妍，忽去鬼无迹。

——苏轼

何处轻黄双小蝶，翩翩与我共徘徊。
绿阴芳草佳风月，不是花时也解来。

——陆游

桃红李白一番新，对舞花前亦可人。
才过东来又西去，片时游遍满园春。

江南日暖午风细，频逐卖花人过桥。

…………

——谢逸

像这一类的诗，如要集在一起，至少可以成一大册呢。然而好的实在是没有多少。

在日本的俳句里，蝴蝶也成了他们所喜咏的东西，小泉八云曾著有《蝴蝶》一文，中举咏蝶的日本俳句不少，现在转译十余首于下。

就在睡中吧，它还是梦着在游戏——呵，草的蝴蝶。

——护物

醒来！醒来！——我要与你做朋友，你睡着的蝴蝶。

——芭蕉

呀，那只笼鸟眼里的忧郁的表示呀；——它妒美着蝴蝶！

——作者不明

当我看见落花又回到枝上时——呵，它不过是一只蝴蝶！

——守武

蝴蝶怎样的与落花争轻呵！

——春海

看那只蝴蝶飞在那个女人的身旁——在她前后飞翔着。

——素园

哈！蝴蝶！——它跟随在偷花者之后呢！

——丁涛

可怜的秋蝶呀！它现在没有一个朋友，却只跟在人的后边呀！

——可都里

至于蝴蝶们呢，他们都只有十七八岁的姿态。

——三津人

蝴蝶那样的游戏着——一若在这个世界上没有一个敌人似的！

——作者未明

呀，蝴蝶！——它游戏着，似乎在现在的生活里，没有一点别的希求。

——一茶

在红花上的是一只白的蝴蝶，我不知是谁的魂。

——子规

我若能常有追捉蝴蝶的心肠呀！

——杉长

三

我们一讲起蝴蝶,第一便会联想到关于庄周的一段故事。《庄子·齐物论》道:"昔者庄周梦为蝴蝶,栩栩然蝴蝶也,自喻适志与,不知周也。俄然觉,则建超然周也。不知周之梦为蝴蝶与?蝴蝶之梦为周与?周与蝴蝶,则必有分矣。此之为物化。"这一段简短的话,又合上了"庄子妻死,惠子吊之。庄子方箕踞,鼓盆而歌"(《至乐篇》)的一段话,后来便演变成了一个故事。这故事的大略是如此:庄周为李耳的弟子,尝昼寝梦为蝴蝶,"栩栩然于园林花草之间,其意甚适。醒来时,尚觉臂膊如两翅飞动,心甚异之。以后不时有此梦"。他便将此梦诉之于师。李耳对他指出夙世因缘。原来那庄生是混沌初分时一个白蝴蝶,因偷采蟠桃花蕊,为王母位下守花的青鸾啄死。其神不散,托生于世做了庄周。他被师点破前生,便把世情看做行云流水,一丝不挂。他娶妻田氏,二人共隐于南华山。一日,庄周出游山下,见一新坟封土未干,一少妇坐于冢旁,用扇向冢连扇不已,便问其故。少妇说,她丈夫与她相爱,死时遗言,如欲再嫁,须待坟土干了方可。因此举扇扇之。庄子便向她要过扇来,替她一扇,坟土立刻干了。少妇起身致谢,以扇酬他而去。庄子回来,慨叹不已。田氏闻知其事,大骂那少妇不已。庄子道:"生前个个说恩深,死后人人欲扇坟。"田氏大怒,向他立誓说,如他死了,她决不再嫁。不多几日,庄子得病而死。死后七日,有楚王孙来寻庄子,知他死了,便住于庄子家中,替他守丧百日。田氏见他生得美貌,对他很有情意。后来,二人竟恋爱了,结婚了。结婚时,王孙突然的心疼欲绝。王孙之仆说,欲得人的脑髓吞之才会好。田氏便去拿斧劈棺,欲取庄子之脑髓。不料棺盖劈裂时,庄子却叹了一口气从棺内坐起。田氏吓得心头乱跳,不得已将庄子从棺内扶出。这时,寻王孙时,他主仆二人早已不见了。庄子说她道:"甫得盖棺遭斧劈,如何等待扇干坟!"又用手向外指道:"我教你看两个人。"田氏回头一看,只见楚王孙及其仆蹀了进来。她吃了一惊,转身时,不见了庄生,再回头时,连王孙主仆也不见了。"原来此皆庄生分身隐形之法。"田氏自觉羞辱不堪,便悬梁自缢而死。庄子将她尸身放入劈破棺木时,敲着瓦盆,依棺而歌。

这个故事,久已成了我们的民间传说之一。最初将庄子的两段话演为故事的在什么时代,我们已不能知道,然在宋金院本中,已有《庄周梦》的名目(见《辍耕录》)。其后元明人的杂剧中,更有几种关于这个故事的:《鼓盆歌庄子叹骷髅》一本(李寿卿作)、《老庄周一枕蝴蝶梦》一本(史九敬先作)、《庄周半世蝴蝶梦》一本(明无名氏作)。

这些剧本现在都已散佚,所可见到的只有《今古奇观》第二十回《庄子休鼓盆成大道》一篇东西。然请院本杂剧所叙的故事,似可信其与《今古奇观》中所叙者无大区别。可知此故事的起源,必在南宋的时候,或更在其前。

四

韩凭妻的故事较庄周妻的故事更为严肃而悲惨。宋大夫韩凭,娶了一个妻子,生得十分美貌。宋康王强将凭妻夺来。凭悲愤自杀。凭妻悄悄地把她的衣服弄腐烂了。康王同她登高台远眺。她投身于台下而死。侍臣们急握其衣,却着手化为蝴蝶。(见《搜神记》)

由这个故事更演变出一个略相类的故事。《罗浮旧志》说:"罗浮山有蝴蝶洞在云峰岩下,古木丛生,四时出彩蝶,世传葛仙遗衣所化。"

我少时住在永嘉，每见彩色斑斓的大凤蝶，双双的飞过墙头时，同伴的儿童们都指着他们而唱道："飞，飞！梁山伯、祝英台！"《山堂肆考》说："俗传大蝶出必成双，乃梁山伯、祝英台之魂，又韩凭夫妇之魂，皆不可晓。"梁祝的故事，与韩凭夫妻事是绝不相类的，是关于蝴蝶的最凄惨而又带有诗趣的一个恋爱的故事。这个故事的来源不可考，至现在则已成了最流传的民间传说。也许有人以为它是由韩凭夫妻的故事蜕化而出，然据我猜想，这个故事似与韩凭夫妻的故事没有什么关系。大约是也许有的地方流传着韩凭夫妻的故事，便以那飞的双凤蝶为韩凭夫妻。有的地方流传着梁山伯祝英台的故事，便以那双飞的凤蝶为梁山伯祝英台。

梁山伯是梁员外的独生子，他父亲早死了。十八岁时，别了母亲到杭州去读书。在路上遇见祝英台；祝英台是一个女子，假装为男子，也要到杭州去读书。二人结拜为兄弟，同到杭州一家书塾里攻学。同居了三年，山伯始终没有看出祝英台是女子。后来，英台告辞先生回家去了；临别时，悄悄的对师母说，她原是一个女子，并将她恋着山伯的情怀诉述出。山伯送英台走了一程；她屡以言挑探山伯，欲表明自己是女子，而山伯俱不悟。于是，她说道，她家中有一个妹妹，面貌与她一样，性情也与她一样，尚未定婚，叫他去求亲。二人就此相别。英台到了家中，时时恋念着山伯，怪他为什么好久不来求婚。后来，有一个马翰林来替他的儿子文才向英台父母求婚，他们竟答应了他。英台得知这个消息，心中郁郁不乐。这时，山伯在杭州也时时恋念着英台——是朋友的恋念。一天，师母见他忧郁不想读书的神情，知他是在想念着英台，便告诉他英台临别时所说的话，并述及英台之恋爱他。山伯大喜欲狂，立刻束装辞师，到英台住的地方来。不幸他来得太晚了，太晚了！英台已许与马家了！二人相见述及此事，俱十分的悲郁，山伯一回家便生了病，病中还一心恋念着英台。他母亲不得已，只得差人请英台来安慰他。英台来了，他的病觉得略好些。后来，英台回家了，他的病竟日益沉重而至于死。英台闻知他的死耗，心中悲抑如不欲生。然她的喜期也到了。她要求须先将喜桥抬至山伯墓上，然后至马家，他们只得允许了她这个要求。她到了坟上，哭得十分伤心，欲把头撞死在坟石上，亏得丫环把她扯住了。然山伯的魂灵终于被她感动了，坟盖突然的裂开了。英台一见，急忙钻入坟中。他们来扯时，坟石又已合缝，只见她的裙儿飘在外面而不见人。后来他们去掘坟。坟掘开了，不唯山伯的尸体不见，便连英台的尸体也没有了，只见两个大凤蝶由坟的破处飞到外面，飞上天去。他们知道二人是化蝶飞去了。

这个故事感动了不少民间的少年男女。看它的结束甚似《华山畿》的故事。《古今乐录》说："华山畿者，宋少帝时《懊恼》一曲，亦变曲也。少帝时南徐一士子，从华山畿往云阳，见客舍有女子，年十八九。悦之无因，遂感心疾。母问其故，具以启母，母为至华山寻访，见女，具说，女闻感之，因脱蔽膝；令母密置其席下，卧之当已。少日果差。忽举席见蔽膝而抱持，遂吞食而死。气欲绝，谓母曰：'葬时，车载从华山度。'母从其意。比至女门，牛不肯前，打拍不动。女曰：'且待须臾。'装点沐浴既而出，歌曰：'华山畿，君既为侬死，独活为谁施！欢若见怜时，棺木为侬开。'棺应声开。女遂入棺。家人扣打，无如之何，乃合葬，呼曰神女冢。"也许便是从《华山畿》的故事里演变而成为这个故事的。

五

梁山伯祝英台以及韩凭夫妻，在人间不能成就他们的终久的恋爱，到了死后，却化为蝶而双双的栩栩的飞在天空，终日的相伴着。同时又有一个故事，却是蝶化为女子而来与人相恋的。《六朝录》言：刘子卿住在庐山，有五彩双蝶，来游花上，其大如燕。夜间，有两个女子来见他，说："感君爱花间之物，故来相谐，君子其有意乎？"子卿笑曰："愿伸缱绻。"于是这两个女子便每日到子卿住处来一次，至于数年之久。

蝶之化为女子，其故事仅见于上面的一则，然蝶却被我东方人视为较近于女性的东西。所以女子的名字用"蝶"字的不少，在日本尤其多（不过男子也有以蝶为名）。现在的舞女尚多用蝶花、蝶吉、蝶之助等名。私人的名字，如"谷超"（Kocho）或"超"（Cho），其意义即为蝴蝶。陆奥的地方，尚存称家中最幼之女为"太郭娜"（Tekona）之古俗，"太郭娜"即陆奥土语之蝴蝶。在古时，"太郭娜"这个字又为一个美丽的妇人的别名。

然在中国蝶却又为人所视为轻薄无信的男子的象征。粉蝶栩栩的在花间飞来飞去，一时停在这朵花上，隔一瞬，又停在那一朵花上，正如情爱不专一的男子一样。又在我们中国最通俗的小说如《彭公案》之类的书，常见有花蝴蝶之名；这个名字是给予那些喜爱任何女子的色情狂的盗贼的。他们如蝴蝶之闻花的香气即飞去寻找一样，一见有什么好女子，便追踪于她们之后，而欲一逞。

在这个地方，所指的蝴蝶便与上文所举的不同，已变为一种慕逐女子的男性，并非上文所举的女性的象征了。所以，蝴蝶在我们东方的文学里，原是具有异常复杂的意义的。

六

蝶在我们东方，又常被视为人的鬼魂的显化。梁祝及韩凭的二故事，似也有些受这个通俗的观念的感发。这种鬼魂显化的蝶，有时是男子显化的，有时是女子显化的。《春渚纪闻》说："建安章国老之室宜兴潘氏，既归国老，不数岁而卒。其终之日，室中飞蝶散满，不知其数，闻其始生，亦复如此。即设灵席，每展遗像，则一蝶停立久久而去。后遇避讳之日，与曝像之次，必有一蝶随至，不论冬夏也。其家疑其为花月之神。"这个故事还未说蝶就是亡去少妇的魂。《癸辛杂识》顺记的二事，乃直接的以蝶为人的魂化。"杨昊字明之，娶江氏少女，连岁得子。明子客死之明日，有蝴蝶大如掌，徊翔于江氏旁，竟日乃去。及闻讣，聚族而哭，其蝶复来，绕江氏，饮食起居不置也。盖明之未能割恋于少妻稚子，故化蝶以归尔。……杨大芳娶谢氏，亡未殓。有蝶大如扇，其色紫褐，翩翩自帐中徘徊飞集窗户间，终日乃去。"

日本的故事中，也有一则关于魂化为蝶的传说。东京郊外的某寺坟地之后，有一间孤零零立着的茅舍，是一个老人名为高滨（Takaha-ma）的所住的房子。他很为邻居所爱，然同时人又多自之为狂。他并不结婚，所以只有一个人。人家也没有看见他与什么女子有关系。他如此孤独的住着，不觉已有五十年了。某一年夏天，他得了一病，自知不起，便去叫了弟媳及她的一个三十岁的儿子来伴他。某一个晴明的下午，弟媳与她的儿子在床前看视他，他沉沉的睡着了。这时有一只白色大蝶飞进屋，停在病人的枕上。老人的侄用扇去逐它，但逐了又来。后来它飞出到花园中，侄也追出去，追到坟地上。它只在他面前飞，引他深入坟地。他见这蝶飞到一个妇人坟上，突然的不见了。他见坟石上刻着这妇人名明子（Akik）死于十八岁。这坟显然已很久了，绿苔已长满了坟石上。然这坟收拾得干净，鲜花也放在坟前，可见还时时有人在看顾她。这少年回到屋内时，老人已于睡梦中死了，脸上现出笑容。这少年告诉母亲在坟地上所见的事，他母亲道："明子！唉！唉！"少年问道："母亲，谁是明子？"母亲答道："当你伯父少年时，他曾与一个可爱的女郎名明子的定婚。在结婚前不久，她患肺病而死。他十分的悲切。她葬后，他便宣言此后永不娶妻，且筑了这座小屋在坟地旁，以便时时可以看望她的坟。这已是五十年前的事了。在这五十年中，你伯父不问寒暑，天天到她坟上祷哭，且以物祭之。但你伯父对人并不提起这事。所以，现在，明子知他将死，便来接他。那大白蝶就是她的魂呀。"

在日本又有一篇名为《飞的蝶簪》的通俗戏本，其故事似亦是从鬼魂化蝶的这个概念里演变出。蝴蝶是一个美丽的女子，因被诬犯罪及受虐待而自杀。欲为她报仇的人怎么设法也寻不出那个害她的人。但后来，这个死去妇人的发簪，化成了一只蝴蝶，飞翔于那个恶汉藏身的所在之上面，指导他们去捉他，因此报了仇。

七

《蝴蝶梦》一剧是中国古代很流行的剧本之一。宋金院本中有《蝴蝶梦》的一个名目，元剧中有关汉卿的一本《包待制三勘蝴蝶梦》，又有萧德祥的一本同名的剧本。现在关汉卿的一本尚存在于《元曲选》中。

这个戏剧的故事，也是关于蝴蝶的，与上面所举的几则却俱不同。大略是如此：王老生了三个儿子，都喜欢读书。一天，他上街替儿子们买些纸笔，走得乏了，在街上坐着歇息，不料因冲着马头，却被骑马的一个势豪名葛彪的打死了，三个儿子听见父亲为葛彪打死，便去寻他报仇，也把他打死了。他们都被捉进监狱。审判官恰是称为"中国的苏罗门"的包拯。当他大审此案之前，曾梦自己走进一座百花烂漫的花园，见一个亭子上结下个蛛网，花间飞来一个蝴蝶，正在打网中，却又来了一个大蝴蝶，把它救出。后来，又来第二个蝴蝶打在网中，也被大蝴蝶救了。最后来了一个小蝴蝶，打在网上，却没有人救，那大蝴蝶两次三番只在花丛上飞，却不去救。包拯便动了恻隐之心，把这小蝴蝶放走了。醒来时，却正要审问王大王二王三打死葛彪的案子。他们三个人都承认葛彪是自己打死的，不干兄或弟的事。包拯说，只要一个人抵命，其他二人可以释出。便问他们的母亲，要哪一个去抵命。她说，要小的去。包拯道："为什么？小的不是你养的么？"母亲悲梗的说道："不是的，那两个，我是他们的继母，这一个是我的亲儿。"包拯为这个贤母的举动所感动，便想道：梦见大蝴蝶救了两个小蝶，却不去救第三个，倒是我去救了他。难道便应在这一件事上么？于是他假判道："王三留此偿命。"同时却悄悄的设法，把王三也放走了。

八

还有两则放蝶的故事，也可以在最后叙一下。

唐开元的末年，明皇每至春时，即旦暮宴于宫中，叫嫔妃们争插艳花。他自己去捉了粉蝶来，又放了去。看蝶飞止在哪个嫔妃的上面，他便也去止宿于她的地方。后来因杨贵妃专宠，便不复为此戏（见《开元天宝遗事》）。

这一则故事，没有什么很深的意味，不过表现出一个淫佚的君王的轶事的一幕而已。底下的一则，事虽略觉滑稽，却很带着人道主义的精神。

长山王进士㻌生为令时，每听讼，按律之轻重，罚令纳蝶自赎。堂上千百齐放，如风飘碎锦；王乃拍案大笑。一夜，梦一女子衣裳华好，从容而入曰："遭君虐政，姊妹多物故，当使君先受风流之小谴耳。"言已，化为蝶，回翔而去。明日，方独酌署中，忽报直指使至，皇遽而去，闺中戏以素花簪冠上，忘除之，直指见之，以为不恭，大受斥骂而返。由是罚蝶令遂止（见《聊斋志异》卷十五）。

蝉与纺织娘

你如果有福气独自坐在窗内，静悄悄的没一个人来打扰你，一点钟，两点钟的过去，嘴里衔着一支烟，躺在沙发上慢慢的喷着烟云，看它一白圈一白圈的升上，那么在这静境之内，你便可以听到那墙角阶前的鸣虫的奏乐。

那鸣虫的作响，真不是凡响；如果你曾听见过曼杜令的低奏，你曾听见过一支洞箫在月下湖上独吹着，你曾听见过红楼的重幔中透漏出的弦管声，你曾听见过流水淙淙的由溪石间流过，或你曾倚在山阁上听着飒飒的松风在足下拂过，那么，你便可以把那如何清幽的鸣虫之叫声想象到一二了。

虫之乐队，因季候的关系而颇有不同，夏天与秋令的虫声，便是截然的两样。蝉之声是高旷的，享乐的，带着自己满足之意的；它高高的栖在梧桐树或竹枝上，迎风而唱，那是生之歌——生之盛年之歌，那是结婚曲——那是中世纪武士美人的大宴时的行吟诗人之歌。无论听了那叽——叽——的曼长声，或叽格——叽格——的较短声，都可同样的受到一种轻快的美感。秋虫的鸣声最复杂，但无论纺织娘的咭嘎、蟋蟀的唧唧、金铃子之叮令，还有无数无数不可名状的秋虫之鸣声，其声调之凄抑却都是一样的；它们唱的是秋之歌，是暮年之歌，是薤露之曲。它们的歌声，是如秋风之扫落叶，怨妇之奏琵琶，孤峭而幽奇，清远而凄迷，低徊而愁肠百结。你如果是一个孤客，独宿于荒郊逆旅，一盏荧荧的油灯，对着一张板床、一张木桌、一二张硬板凳，再一听见四壁唧唧知知的虫声间作，那你今夜便不用再想稳稳的安睡了，什么愁情、乡思，以及人生之悲感，都会一串一串的从根儿勾引出来，在你心上翻来覆去，如白老鼠在戏笼中走轮盘一般，一上去便不用想下来憩息。如果你不是一个客人，你有家庭，你有很好的太太，你并没有什么闲愁胡想，那么，在你太太已睡之后，你想在书房中静静的写些东西时，这唧唧的秋虫之声却也会无端的窜入你的心里，翻掘起你向不曾有过的一种凄感呢。如果那一夜是一个月夜，天井里统是银白色，枯秃的树影，一根一条的很清朗的印在地上，那么你的感触将更深了。那也许就是所谓悲秋。

秋虫之声，大都在蝉之夏曲已告终之后出现，那正与气候之寒暖相应。但我却有一次奇异的经验：在无数的纺织娘之鸣声已来了之后，却又听得满耳的蝉声。我想我们的读者中有这种经验的人是必不多的。

我在山中，每天听见的只有蝉声，鸟声还比不上。那天气是很热，即在山上，也觉得并不凉爽。正午的时候，躺在廊前的藤榻上，要求一点的凉风，却见满山的竹树梢头，一动也不动，看看足底下的花草，也都静静的站着，如老僧入了定似的。风扇之类既得不到，只好不断地用手巾来拭汗，不断地在摇挥那纸扇了。在这时候，往往有几缕的蝉声在槛外鸣奏着。闭了目，静静的听了它们在忽高忽低，忽断忽续，此唱彼和，仿佛是一大阵绝清幽的乐阵在那里奏着绝清幽的曲子，炎热似乎也减少了，然后，朦胧的朦胧的睡去了，什么都不觉得。良久，良久，清梦醒来时，却又是满耳的蝉声。山中的蝉真多！绝早的清晨，老妈子们和小孩子们常去抱着竹竿乱摇一阵，而一只二只的蝉便要跟随了朝露而落到地上了。每一个早晨，在我们滴翠轩的左近，至少是百只以上之蝉是这样的被捉。但蝉声却并不减少。

常常的，一只蝉两只蝉，叽的一声，飞入房内，如平时我们所见的青油虫及灯蛾之飞入一样。这也是必定被人所捉的。有一天，见有什么东西在槛外倒水的铅斗中咯笃咯笃的作响，俯身到槛外一看，却只是一只蝉，这当然又是一个俘虏了。还有好几次，在山脊上走时，忽见矮林丛中有什么东西在动，拨开林丛一看，却也是一只蝉。它是竹枝竹叶挡阻住了不能飞去。我把它拾在手中。同行的心南先生说："这有什么稀奇，放走了它吧。要多少还怕没有！"我便顺手把它向风中一送，它悠悠扬扬的飞去很远很远，渐渐的不见了。我想不到这只蝉就在刚才是地上拾了来的那一只！

初到时，颇想把它们捉几个寄到上海去送送人。有一次，便托了老妈子去捉。她在第二天一早，果然捉了五六只来放在一个大香烟纸盒中，不料给依真一见，她却吵着，带强迫的要去。我又托那个老妈子去捉。第二天，又提了四五只来。依真的纸盒中却只剩下两只活的，其余的都死了。到了晚上，我的几只，也死了一半。因此，寄到上海的计划遂根本的打消了。从此以后，便也不再托人去捉，自己偶然捉来的，也都随手的放去了，那样不经久的东西，留下了它干什么用！不过孩子们却还热心的去捉。依真每天要捉至少三只以上用细绳子缚在铁杆上。有一次，曾有一只蝉居然带了红绳子逃去了；很长的一根红绳子，拖在它后面，在风中飘荡着，很有趣味。

半个月过去了；有的时候，似乎蝉声略少，第二天却又多了起来。虽然是叽——叽——的不息的鸣着，却并不觉喧扰；所以大家都不讨厌它们。我却特别的爱听它们的歌唱，那样的高旷清远的调子，在什么音乐会中可以听得到！所以我每以蝉声将绝为虑，时时的干涉孩子们的捕捉。

到了一夜，狂风大作，雨点如从水龙头上喷出似的，向槛内廊上倾倒。第二天还不放晴。再过一天，晴了，天气却很凉，蝉声乃不再听见了！全山上在鸣唱着的却换了一种咭嘎——咭嘎——的急促而凄楚的调子，那是纺织娘。

"秋天到了！"我这样的说着，颇动了归心。

再一天，纺织娘还是咭嘎咭嘎的唱着。

然而，第三天早晨，当太阳晒得满山时，蝉声却又听见了！且很不少。我初听不信，叽——叽——叽格——叽格——那确是蝉声！纺织娘之声却又潜踪了。

蝉回来了，跟它回来的是炎夏。从箱中取出的棉衣又复放入箱中。下山之计遂又打消了。

谁曾于听了纺织娘歌声之后再听见蝉的夏曲呢？这是我的一个有趣的经验。

苦鸦子

乌鸦是那么黑丑的鸟,一到傍晚,便成群结阵的飞于空中,或三两只栖于树下,"苦呀,苦呀"的叫着,更使人起了一种厌恶的情绪。虽然中国许多抒情诗的文句,每每的把鸦美化了,如"寒鸦数点""暮鸦栖未定"之类,读来未尝不觉其美,等到一听见其声,思想的美感却完全消失了,心上所有的只是厌恶。

在山中也与在城市中一样,免不了鸦的干扰。太阳的淡金色光线,弱了,柔和了,暮霭渐渐的朦胧的如轻纱似的幔罩于岗峦之腰、田野之上,西方是血红的一个大圆盘悬在地平上,四边是金彩斑斓的云霞,点染在半天;工作之后,躺在藤榻上,有意无意的领略着这晚霞天气的图画。经过了这样静谧的生活的,准保他一辈子不会忘了,至少是要在城市的狭室中不时想起的。不幸这恬静可爱的山中的黄昏,却往往为"苦呀,苦呀"的鸦声所乱。

有一天,晚餐吃得特别的早;几个老婆子趁着太阳光未下山,把厨房中盆碗等物都收拾好了,便也上楼靠在红栏杆上闲谈。

"苦呀！苦呀！"几只乌鸦栖在对面一株大树上，正朝着我们此唱彼和的歌叫着。

"苦鸦子！我们乡下人总说她是嫂嫂变的。"汤妈说。

江妈接着道："我们那里也有这话。婆婆很凶，姑娘又会挑嘴，弄得嫂嫂常常受婆婆的气，还常常的打她，男人又一年间没有几时在家。有一次，她把米饭从后门给了些叫化的；她姑娘看见了，马上去告诉她的娘。还挑拨的说：'嫂嫂常常把饭给人家。'于是婆婆生了大气，用后门的门闩，没头没脑的打了她一顿，她浑身是伤，气不过，就去投河。却为邻居看见了救起，把她湿淋淋的送回家。她婆婆姑娘还骂她假死吓诈人。当夜，她又用衣带把自己吊死在床前了。过了几个月，她男人回家。他的娘却淡淡的说，她得病死了。但她的灵魂却变了乌鸦，天天在屋前树上'苦呀，苦呀'的叫着。"

"做人家媳妇实在不容易。"江妈接着说，"像我们那里媳妇吃苦的真不少！"

汤妈说："可不是！前半年在少爷家里用的叶妈还不是苦到无处说！一天到晚打水、烧饭、劈柴、种田、摘豆子，她婆婆还常常的叽里咕噜骂她。碰到丈夫好些的，也还好，有地方说说。她的丈夫却又是牛脾气，好赌。输了，总拿她来出气，打得呀浑身是伤！有一次，她给我看，一身的青肿，半个月一个月还不会退。好容易来帮人家，虽然劳碌些，比在家里总算是好得多了。一月三块半工钱，一个也不能少，都要寄回家。她丈夫还时时来找她要钱！她说起来常哭！上一次，她不是辞了回家么？那是她丈夫为了赌钱的事，被人家打伤了，一定要她回去服侍。这一向都没有信来，问她乡里人也不知道。这一半年总不见得会出来了。"

江妈道："汤奶奶你是好福气！说是童养媳，婆婆待你比自己的女儿还好。男人又肯干，家里积的钱不少了，去年不是又买了几亩田么？你真可以回去享福了，汤奶奶！"

"哪里的话！我们哪里说得上享福两个字！我们的婆婆待我可真不差，比自己的姆妈还好！"

这时，一声不响的刘妈插嘴道："汤奶奶待她婆婆也真是好；自己的娘病，还不大挂心，听说她婆婆有什么难过，就一定要回去看看的了！上次她婆婆还托人带了大棉袄给她，真是疼她！"

汤妈指着刘妈向江妈道："她真可怜！人是真好，只可惜有些太老实，常给人欺负。她出来帮人家也是没法的。她家里不是少吃的、穿的，只是她婆婆太厉害了，不是打，就是骂，没有一天有好日子过。自从她男人死了，婆婆更恨她入骨，说她是克夫。她到外边来，赛如在天堂上！"

刘妈一声不响的听着她在谈自己的身世。栏杆外面乌鸦还是一声"苦呀，苦呀"在叫着，夜色已经成了深灰色了。

"刘妈，天黑了，怎么还不点灯？天天做的事都会忘了么！"她主妇的声音，严厉的由后房传出。

"噢，来了！"刘妈连忙的答应，慌慌张张的到后面去了。

"真作孽，像她这样的人，到处要给人欺负。"江妈说，"还好，她是个呆子，看她一天到晚总是嘻嘻的笑脸。"

"不！"汤妈说，"别看她呆头呆脑的；她和我谈起来，时时的落泪呢。有一次，给她主妇大骂了一顿以后，她便跑到自己房里痛哭。到了夜里，我睡时，还听见她在呜咽的抽泣！"

想不到刘妈是这样的一个人，自到山中来后，我们每以她为乐天的痴呆人，往往的拿她来取笑，她也从没有发怒过，谁晓得她原是这样的一个"苦鸦子"！

这时，黑夜已经笼罩了一切。江妈说："我也要去点灯了。"

"苦呀，苦呀"的乌鸦已经静止，大约它们是栖定在巢中了。

1927年11月12日

宴之趣

虽然是冬天，天气却并不怎么冷，雨点淅淅沥沥的滴个不已，灰色云是弥漫着；火炉的火是熄下了，在这样的秋天似的天气中，生了火炉未免是过于燠暖了。家里一个人也没有，他们都出外"应酬"去了。独自在这样的房里坐着，读书的兴趣也引不起，偶然的把早晨的日报翻着，翻着，看看它的广告，忽然想起去看MirryWidow吧。于是独自的上了电车，到派克路跳下了。

在黑漆的影戏院中，乐队悠扬的奏着乐，白幕上的黑影，坐着，立着，追着，哭着，笑着，愁着，怒着，恋着，失望着，决斗着，那还不是那一套，他们写了又写，演了又演的那一套故事。

但至少，我是把一句话记住在心上了："有多少次，我是饿着肚子从晚餐席上跑开了。"

这是一句隽妙无比的名句；借来形容我们宴会无虚日的交际社会，真是很确切的。

每一个商人，每一个官僚，每一个略略交际广了些的人，差不多他们的每一个黄昏,都是消磨在酒楼菜馆之中的。有的时候,一个黄昏要赶着去赴三四处的宴会。这些忙碌的交际者真是妓女一样,在这里坐一坐,就走开了,又赶到另一个地方去了,在那一个地方又只略坐一坐,又赶到再一个地方去了。他们的肚子定是不会饱的,我想。有几个这样的交际者,当酒阑灯灺,应酬完毕之后,定是回到家中,叫底下人烧了稀饭来堆补空肠的。

我们在广漠繁华的上海,简直是一个村气十足的"乡下人";我们住的是乡下,到"上海"去一趟是不容易的,我们过的是乡间的生活,一月中难得有几个黄昏是在"应酬"场中度过的。有许多人也许要说我们是"孤介",那是很清高的一个名词。但我们实在不是如此,我们不过是不惯征逐于酒肉之场,始终保持着不大见世面的"乡下人"的色彩而已。

偶然的有几次,承一二个朋友的好意,邀请我们去赴宴。在座的至多只有三四个熟人,那一半生客,还要主人介绍或自己去请教尊姓大名,或交换名片,把应有的初见面的应酬的话讷讷的说完了之后,便默默的相对无言了。说的话都不是有着落,都不是从心里发出的;泛泛的,是几个音声,由喉咙头溜到口外的而已。过后自己想起那样的敷衍的对话,未免要为之失笑。如此的,说是一个黄昏在繁灯絮语之宴席上度过了,然而那是如何没有生趣的一个黄昏呀!

有几次,席上的生客太多了,除了主人之外,没有一个是认识的;请教了姓名之后,也随即忘记了。除了和主人说几句话之外,简直的无从和他们谈起。不晓得他们是什么行业,不晓得他们是什么性质的人,有话在口头也不敢随意的高谈起来。那一席宴,真是如坐针毡;精美的羹菜,一碗碗的捧上来,也不知是什么味儿。终于忍不住了,只好向主人撒一个谎,说身体不大好过,或说是还有应酬,一定要去的。——如果在谣言很多的这几天当然是更好托辞了,说我怕戒严提早,要被留在华界之外——虽然这是无礼貌的，不大应该的，虽然主人是照例的殷勤的留着，然而我却不顾一切的不得不走了。这个黄昏实在是太难挨得过去了！回到家里以后，买了一碗稀饭，即使只有一小盏萝卜干下稀饭，反而觉得舒畅，有意味。

如果有什么友人做喜事，或寿事，在某某花园，某某旅社的大厅里，大张旗鼓的宴客，不幸我们是被邀请了，更不幸我们是太熟的友人，不能不到，也不能道完了喜或拜完了寿，立刻就托辞溜走的，于是这又是一个可怕的黄昏。常常的张大了两眼，在寻找熟人，好容易找到了，一定要紧紧的和他们挤在一起，不敢失散。到了坐席时，便至少有两三人在一块儿可以谈谈了，不至于一个人独自的局促在一群生面孔的人当中，惶恐而且空虚。当我们两三个人在津津的谈着自己的事时，偶然抬起眼来看着对面的一个座客，他是凄然无侣的坐着；大家酒杯举了，他也举着；菜来了，一个人说"请，请"，同时把牙箸伸到盘边，他也说"请，请"，也同样的把牙箸伸出。除了吃菜之外，他没有目的，菜完了，他便局促的独坐着。我们见了他，总要代他难过，然而他终于能够终了席方才起身离座。

宴会之趣味如果仅是这样的，那么，我们将咒诅那第一个发明请客的人；喝酒的趣味如果仅是这样的，那么，我们也将打倒杜康与狄奥尼修士了。

然而又有的宴会却幸而并不是这样的；我们也还有别的可以引起喝酒的趣味的环境。

独酌。据说，那是很有意思的。我少时，常见祖父一个人执了一把锡的酒壶，把黄色的酒倒在白瓷小杯里，举了杯独酌着；喝了一小口，真正一小口，便放下了，又拿起筷子来夹菜。因此，他食得很慢，大家的饭碗和筷子都已放下了，且已离座了，而他却还在举着酒杯，不匆不忙的喝着。他的吃饭，尚在再一个半点钟之后呢。而他喝着酒，颜微酡着，常常叫道："孩子，来！"而我们便到了他的跟前，他夹了一块只有他独享着的菜蔬放在我们口中，问道："好吃么？"我们往往以点点头答之，在孙男与孙女中，他特别的喜欢我，叫我前去的时候尤多。常常的，他把有了短髯的嘴吻着我的面颊。微微有些刺痛，而他的酒气从他的口鼻中直喷出来。这是使我很难受的。

这样的，他消磨过了一个中午和一个黄昏。天天都是如此。我没有享受过这样的乐趣。然而回想起来，似乎他那时是非常的高兴，他是陶醉着，为快乐的雾所围着，似乎他的沉重的忧郁都从心上移开了，这里便是他的全个世界，而全个世界也便是他的。

别一个宴之趣，是我们近几年所常常领略到的，那就是集合了好几个无所不谈的朋友，全座没有一个生面孔，在随意的喝着酒，吃着菜，上天下地的谈着。有时说着很轻妙的话，说着很可发笑的话，有时是如火如剑的激动的话，有时是深切的论学谈艺的话，有时是随意的取笑着，有时是面红耳热的争辩着，有时是高妙的理想在我们的谈锋上触着，有时是恋爱的遇合与家庭的与个人的身世使我们谈个不休。每个人都把他的心胸赤裸裸的袒开了，每个人都把他的向来不肯给人看的面孔显露出来了；每个人都谈着，谈着，谈着，只有更兴奋的谈着，毫不觉得"疲倦"是怎么一个样子。酒是喝得干了，菜是已经没有了，而他们却还是谈着，谈着，谈着。那个地方，即使是很喧闹的，很激狭的，向来所不愿意多坐的，而这时大家却都忘记了这些事，只是谈着，谈着，谈着，没有一个人愿意先说起告别的话。要不是为了戒严或家庭的命令，竟不会有人想走开的。虽然这些闲谈都是琐屑之至的，都是无意味的，而我们却已在其间得到宴之趣了；——其实在这些闲谈中，我们是时时可发现许多珠宝的；大家都互相的受着影响，大家都更进一步了解他的同伴，大家都可以从那里得到些教益与利益。

"再喝一杯，只要一杯，一杯。"

"不，不能喝了，实在的。"

不会喝酒的人每每这样的被强迫着而喝了过量的酒。面部红红的，映在灯光之下，是向来所未有的壮美的风采。

"圣陶，干一杯，干一杯！"我往往的举起杯来对着他说，我是很喜欢一口一杯的喝酒的。

"慢慢的，不要这样快，喝酒的趣味，在于一小口一小口的喝，不在于'干杯'！"圣陶反抗似的说，然而终于他是一口干了。一杯又是一杯。

连不会喝酒的愈之、雁冰，有时，竟也被我们强迫的干了一杯。于是大家哄然的大笑，是发出于心之绝底的笑。

再有，佳年好节，合家团团的坐在一桌上，放了十几双的红漆筷子，连不在家中的人也都放着一双筷子，都排着一个座位。小孩子笑孜孜的闹着吵着，母亲和祖母温和的笑着，妻子忙碌着，指挥着厨房中厅堂中仆人们的做菜、端菜，那也是特有一种融融泄泄的乐趣，为孤独者所妒羡不止的，虽然并没有和同伴们同在时那样的宴之趣。

还有，一对恋人独自在酒店的密室中晚餐；还有，从戏院中偕了妻子出来，同登酒楼喝一二杯酒；还有，伴着祖母或母亲在熊熊的炉火旁边，放了几盏小菜，闲吃着宵夜的酒，那都是使身临其境的人心醉神情的。

宴之趣是如此的不同呀！

离 别

一

别了,我爱的中国,我全心爱着的中国。当我倚在高高的船栏上,见着船渐渐的离岸了,船与岸间的水面渐渐的阔了,见着许多亲友挥着白巾,挥着帽子,挥着手,说着Adieu,Adieu!听着鞭炮劈劈啪啪的响着,水兵们高呼着向岸上的同伴告别时,我的眼眶是润湿了,我自知我的泪点已经滴在眼镜面了,镜面是模糊了,我有一种说不出的感动!

船慢慢的向前驶着,沿途见了停着的好几只灰色的白色的军舰。不,那不是悬着青天白日满地红的国旗的,它们的旗帜是"红日",是"蓝白红",是"红蓝条交叉着"的联合旗,是有"星点红条"的旗!

两岸是黄土和青草,再过去是两条的青痕,再过去是地平上的几座小岛山,海水满盈盈的照在夕阳之下,浪涛如顽皮的小童似的跳跃不定。水面上呈现出一片的金光。

别了，我爱的中国，我全心爱着的中国！

我不忍离了中国而去，更不忍在这大时代中放弃每人应做的工作而去，抛弃了许多亲爱的勇士们在后面，他们是正用他们的血建造着新的中国，正在以纯挚的热诚，争斗着，奋击着。我这样不负责任的离开了中国，我真是一个罪人！

然而我终将在这大时代中工作着的，我终将为中国而努力，而呈献了我的身，我的心；我别了中国，为的是求更好的经验，求更好的奋斗的工具。暂别了，暂别了。在各方面争斗着的勇士们，我不久即将以更勇猛的力量加入你们当中了。

当我归来时，我希望这些悬着"红日"的，"蓝白红"的，有"星点红条"的，"红蓝条交叉着"的一切旗帜的白色灰色的军舰都已不见了，代替它们的是我们的可喜爱的悬着我们的旗帜的伟大舰队。

如果它们那时还没有退去中国海，还没有为我们所消灭，那么，来，勇士们！我将加入你们的队中，以更勇猛的力量，去压迫它们，去毁灭它们！

这是我的誓言！

别了，我爱的中国，我全心爱着的中国！

二

别了，我最爱的祖母、母亲、妹妹以及一切亲友们！我没有想到我动身得那么匆促。我决定动身，是在行期前的七天；跑去告诉祖母和许多亲友们，是在行期前的五天。我想我们的别离至多不过是两年、三年，然而我心里总有一种离愁堆积着。两三年的时光，在上海住着是如燕子疾飞似的匆匆滑过去了，然而在孤身栖止于海外的游子看来，是如何漫长的一个时间呀！在倚闾而望游子归来的祖母、母亲们和数年来终日聚首的爱友们看来，又是如何漫长的一个时期呀！祖母在半年来，身体又渐渐的回复康健了，精神也很好，所以我敢于安心远游。要在半年前，我真的不忍与她相别呢！然而当她听见我要远别的消息时，她口里不说什么，还很高兴的鼓励着我，要我保重自己的身体，在外不像在家，没有人细心照应了，饮食要小心，被服要盖得好些，落在床下是不会有人来抬起了；又再三叮嘱着我，能够早回，便早些回来。她这些话是安舒的慈爱的说着的，然而在她慢缓的语声中，在她微蹙的眉尖上，我已看出她是满孕着难告的苦闷与别意。不忍与她的孩子离别，而又不忍阻挡他的前进，这其间是如何的踌躇苦恼、不安！人非铁石，谁不觉此！第二天，第三天，她的筋痛的旧病，便又微微的发作了。这是谁的罪过！行期前一天的晚上，我去向她告别；勉强装出高兴的样子，要逗引开她的忧怀别绪；她也勉强装着并不难过的样子，这还不是她也怕我伤心么？在强装的笑容间，我看出万难遮盖的伤别的阴影。她强忍着呢！以全力忍着呢！母亲也是如此，假定她们是哭了，我一定要弃了我离国的决心，一定的！这夜临别时，我告诉她们说，第二天还要来一次。但是，不，第二天，我决不敢再去向她们告别了。我真怕摇动了我的离国的决心！我宁愿负一次说谎的罪，我宁愿负一次不去拜别的罪！

　　岳父是真希望我有所成就的，他对于我的离国，用全力来赞助。他老人家仆仆的在路上跑，为了我的事，不知有几次了！托人，找人帮忙，换钱……都是他在忙着。我不知将如何说感谢的话好！然而临别时，他也不免有戚意。我看他扶着箧，在太阳光中忙乱的码头上站着，挥着手，我真的感动得说不出话来。

　　许多朋友，亲戚……他们都给我以在我预想以上之帮忙与亲切的感觉，这使我更不忍于离别了！

　　果然如此的轻于言离别，而又在外游荡着，一无成就，将如何的伤了祖母、母亲、岳父以及一切亲友的心呢！

别了，我最爱的祖母以及一切亲友们！

三

当我与岳父同车到商务去时，我首先告诉他我将于21日动身了。归家时，我将这话第二次告诉给箴，她还以为我是与她开开玩笑的。

"哪里的话！真的要这么快就动身么？"

"哪一个骗你，自然是真的，因为有同伴。"

她还不信，摇摇头道："等爸爸回来问他看。你的话不能信。"

岳父回家，她真的去问了。

"哪里会假的；振铎一定要动身了，只有六七天工夫，快去预备行装！"他微笑的说着。

箴有些愕然了："爸爸也骗我！"

"并没有骗你，是一点不假的事。"他正经的说道。

她不响了，显然的心上罩了一层殷浓的苦闷。

"铎，你为什么这样快动身？再等几时，八月间再走不好么？"箴的话有些生涩，不如刚才的轻快了。

一天天的过去，我们俩除同出去置办行装外，相聚的时候很少。我每天还去办公，因为有许多事要结束。

每个黄昏，每个清晨，她都以同一的凄声向我说道："铎，不要走了吧！"

"等到八月间再走不好么？"

我踌躇着，我不能下一个决心，我真的时时刻刻想不走。去年我们俩一天的相离，已经不可忍受了，何况如今是两三年的相别呢？

我真的不想走！

"泪眼相见，觉无语幽咽。"在别前的三四天已经是如此了。每天的早餐，我都咽不下去，心上似有千百重的铅块压着，说不出的难过。当护照没有签好字时，箴暗暗的希望着英、法领事拒绝签字，于是我可以不走了。我也竟是如此的暗暗的希望着。

当许多朋友请我们饯别宴上，我曾笑对他们说道："假定我不走呢，吃了这一顿饭要不要奉还？"这不是一句笑话，我是真的这样想呢。即在整理行装时，我还时时的这样暗念着：姑且整理整理，也许去不成。

然而护照终于签了字，终于要于第二天动身了。

只有动身的那一天早晨，我们俩是始终的聚首着。我们同倚在沙发上。有千万语要说，却一句也都说不出，只是默默的相对。

箴呜咽的哭了，我眼眶中也装满了热泪。谁能吃得下午饭呢！

码头上，握了手后，我便上船了。船上催送客者回去的铃声已经丁丁的摇着了。我倚在船栏上，她站在岳父身边，暗暗的在拭泪。中间隔的是几丈的空间，竟不能再一握手，再一谈话。此情此景，将何以堪！最后，岳父怕她太伤心了，便领了她先去。那临别的一瞬，她已经不能再有所表示了，连手也不能挥送，只慢慢的走出码头，她的手握着白巾，在眼眶边不停的拭着。我看着她的黄色衣服，她的背影，渐渐的远了，消失在过道中了！

"黯然魂销者唯别而已矣！"

Adieu！Adieu！

希望几个月之后——不敢望几天或几十天，在国外再有一次"不速之客"的经历。

"别离"，那真不是容易说的！

海　燕

　　乌黑的一身羽毛，光滑漂亮，积伶积伶，加上一双剪刀似的尾巴，一对劲俊轻快的翅膀，凑成了那样可爱的活泼的一只小燕子。当春间二三月，轻飔微微的吹拂着，如毛的细雨无因的由天上洒落着，千条万条的柔柳，齐舒了它们的黄绿的眼，红的白的黄的花，绿的草，绿的树叶，皆如赶赴市集者似的奔聚而来，形成了烂漫无比的春天时，那些小燕子，那么伶俐可爱的小燕子，便也由南方飞来，加入了这个隽妙无比的春景的图画中，为春光平添了许多的生趣。小燕子带了它的双剪似的尾，在微风细雨中，或在阳光满地时，斜飞于旷亮无比的天空之上，唧的一声，已由这里稻田上，飞到了那边的高柳之下了。再几只却隽逸的在鄰鄰如毂纹的湖面横掠着，小燕子的剪尾或翼尖，偶沾了水面一下，那小圆晕便一圈一圈的荡漾了开去。那边还有飞倦了的几对，闲散的憩息于纤细的电线上——嫩蓝的春天，几支木杆，几痕细线连于杆与杆间，线上是停着几个粗而有致的小黑点，那便是燕子，是多么有趣的一幅图画呀！还有一家家的快乐家庭，他们还特为我们的小燕子备了一个两个小巢，放在厅梁的最高处，假如这家有了一个匾额，那匾后便是小燕子最好的安巢之所。第一年，小燕子来住了，第二年，我们的小燕子，就是去年的一对，它们还要来住。

"燕子归来寻旧垒。"

还是去年的主，还是去年的宾，他们宾主间是如何的融融泄泄呀！偶然的有几家，小燕子却不来光顾，那便很使主人忧戚，他们邀召不到那么隽逸的嘉宾，每以为自己运命的塞劣呢。

这便是我们故乡的小燕子，可爱的活泼的小燕子，曾使几多的孩子们欢呼着，注意着，沉醉着，曾使几多的农人们市民们忧戚着，或舒怀的指点着，且曾平添了几多的春色，几多的生趣于我们的春天的小燕子！

如今，离家是几千里，离国是几千里，托身于浮宅之上，奔驰于万顷海涛之间，不料却见着我们的小燕子。

这小燕子，便是我们故乡的那一对，两对么？便是我们今春在故乡所见的那一对，两对么？

见了它们，游子们能不引起了，至少是轻烟似的，一缕两缕的乡愁么？

海水是皎洁无比的蔚蓝色，海波是平稳得如春晨的西湖一样，偶有微风，只吹起了绝细绝细的千万个粼粼的小皱纹，这更使照晒于初夏之太阳光之下的、金光灿烂的水面显得温秀可喜。我没有见过那么美的海！天上也是皎洁无比的蔚蓝色，只有几片薄纱似的轻云，平贴于空中，就如一个女郎，穿了绝美的蓝色夏衣，而颈间却围绕了一段绝细绝轻的白纱巾。我没有见过那么美的天空！我们倚在青色的船栏上，默默的望着这绝美的海天；我们一点杂念也没有，我们是被沉醉了，我们是被带入晶天中了。

就在这时，我们的小燕子，二只，三只，四只，在海上出现了。它们仍是隽逸的从容的在海面上斜掠着,如在小湖面上一样;海水被它的似剪的尾与翼尖一打,也仍是连漾了好几圈圆晕。小小的燕子,浩莽的大海,飞着飞着,不会觉得倦么?不会遇着暴风疾雨么?我们真替它们担心呢!

小燕子却从容的憩着了。它们展开了双翼,身子一落,落在海面上了,双翼如浮圈似的支持着体重,活是一只乌黑的小水禽,在随波上下的浮着,又安闲,又舒适。海是它们那么安好的家,我们真是想不到。

在故乡,我们还会想象得到我们的小燕子是这样的一个海上英雄么?

海水仍是平贴无波,许多绝小绝小的海鱼,为我们的船所惊动,群向远处窜去;随了它们飞窜着,水面起了一条条的长痕,正如我们当孩子时之用瓦片打水漂在水面所划起的长痕。这小鱼是我们小燕子的粮食么?

小燕子在海面上斜掠着,浮想着。它们果是我们故乡的小燕子么?啊,乡愁呀,如轻烟似的乡愁呀。

同舟者

今天午餐刚毕，便有人叫道："快来看火山，看火山！"

我们知道是经过意大利了，经过那风景秀丽的意大利了；来不及把最后的一口咖啡喝完，便飞快的跑上了甲板。

船在意大利的南端驶过，明显的看得见山上的树木，山旁的房屋。转过了一个弯，便又看见西西利岛的北部了；这个山峡，水是镜般平。有几只小舟驶过，那舟上的摇橹者也可明显的数得出是几个人。到了下午二时，方才过尽了这个山峡。

啊，我们是已经过意大利了，我们是将到马赛了；许多人都欣欣的喜色溢于眉宇，而我们是离家远了，更远了！

啊，我们是将与一月来相依为命的"阿托士"告别了，将与许多我们所喜的所憎的许多同舟者告别了。这个小小的离愁也将使我们难过。真的是，如今船中已是充满了别意了。一个军官走过来说：

"明天可以把椅子抛在海上了。"

一个葡萄牙水兵操着同我们说的一般不纯熟的法语道：

"后天，早上，再会，再会！"

有的人在互抄着各人的通信地址，有的人在写着要报关的货物及衣服单，有的人在忙着收拾行装。

别了，别了，我们将与这一月来所托命的"阿托士"别了！

在这将离别的当儿，我们很想恰如其真的将我们的几个同舟者写一写，他们有的是曾给我们以许多帮忙，有的是曾使我们起了很激烈的恶感的。然而，谢上帝，我是自知自己的错误了，在我们所最厌恶者之中，竟有好几个是使我们后来改变了厌恶的态度的。愿上帝祝福他们！我是如何的自惭呀！我觉得没有一个人是压根儿的坏的，我们应该爱人类，爱一切的人类！

第一个使我们想起的是一位葡萄牙太太和她的公子。她是一位真胖的女子，终日喋喋多言。自从香港上船后，一班军官便立刻和她熟悉了，有说有笑的，态度很不稳重。许多正人君子，便很看不起她。在甲板上，在餐厅中，她立刻是一个众目所注的中心人物了。然而，后来我们知道她并不是十分坏的人。在印度洋大风浪中的几天，她都躺在房中没出来，也没人去理会她——饭厅中又已有了一个更可注目的人物了，谁还理会到她。这个后来的人物，我下文也要一写——据说，她晕船了，然而在头晕脚软之际，还勉强的挣扎着为她儿子洗衣服。刚洗不到一半，便又软软的躺在床上轻叹了一口气。她同我们很好。在晕船那几天，每天傍晚，都借了我的藤椅，躺在甲板上休息着。那几天，刚好魏也有病，他的椅子空着，我自然是很乐意的把自己所不必用的椅子借给她。她坐惯了我的椅子，每天都自动的来坐。她坐在那里，说着她的丈夫，说着她的跳舞，"别看我身子胖，许多人和我跳舞过的，都很惊诧于我的'身轻如燕'呢！"还说着她女儿时代的事，说着她剖了肚皮把孩子取出的事，说着她儿子的不听话而深为叹息。她还轻声的唱着，唱着。听见三层楼客厅里的隐约的音乐声，便双脚在甲板上轻蹬着，随了那隐约的乐声。船过了亚丁，是风平浪静了，许多倒在床上的人都又立起来活动着。魏的病也好了。我于每日午、晚二餐后，便有无椅可坐之感，然而我却是不能久立的。于是，踌躇又踌躇，有一天黄昏，只得向她开口了：

"夫人，我坐一会椅子可以不可以。"

她立刻站起来了，说道："拿去，拿去！"

"十分的对不起！"

"不要紧，不要紧。"

我把我的椅子移到西边坐着，我们的几个人都在一处。隔了不久，她又立在我们附近的船栏旁了，且久立着不走。我非常难过，很想站起来让她，然怕自此又成了例，只得踌躇着，踌躇着，这些时候是我在船上所从没有遇到的难过的心境，然而她终于走开了。自此，她有一二天不上甲板，还有一顿饭是房里吃的。后来，即上了甲板，也永远不再坐着我们的椅子。我一见她的面，我便难过，我只想躲避了她。

她的儿子Jim最初也使我们不喜欢，一脸的顽皮相，我们互相说道："这孩子，我们别惹他吧。"真的，我们一个人也不曾理他。他只同些军官们闹闹，隔了好几天，他也并不见怎么爱闹，我开始见出我的错误。到西贡后，船上又来了二个较小的孩子。Jim带领了他们玩，也不大欺负他们。我们看不出他的坏处。在他的十岁生日时，我还为他和他母亲照了一个相。然而他母亲却终于在这日没有一点举动，也没有买一点礼物给他。在这一路上，没有见他吃过一点零食，没有见他哭过一声，对母亲也还顺和。别人上岸去，带了一包一包东西回来，他从来没有闹着要；许多卖杂物的人上船来，他也从不向他母亲要一个两个钱来买。这样的孩子还算是坏么？我颇难过自己最初对他之有了厌恶心。学昭女士还说——她本是与他们同一个房间的——每天早晨起来时，或每晚就寝时，这个孩子，一定要做一回祷告；这个小小的人儿，穿着睡衣，赤着足儿，跪在地上箱上，或板上，低声合掌的念念有词；念完了，便睁开眼望着他母亲叫了声"妈"。这幅画够多么动人！

一位白发萧萧的老头儿，在西贡方才上船来；他的饭厅上的座位，恰好可以给我们看得见。我不晓得他已有了多少年纪，只看他向下垂挂着的白须，迎着由窗口吹进来的风儿，一根根的微飘着；那样的银须呀，至少增加他以十分的庄严，十二分的美貌。他没有一个朋友，镇日坐着走着，精神仿佛很好。过了好几天，他忽然对我们这几个人很留意。他最先送了一个礼物来，那是由他亲手做成的，一个用线和硬纸板剪缀成的人形，把线一拉手足便会活动着。纸上还用钢笔画了许多眉目口鼻之类。老实说，这人形并不漂亮，然而这老人的皱纹重重的手中做出的礼物，我们却不能不慎重的领受着，慎重的保存着。他很好事，常常到我们桌子上来探探问问。什么在他都是新奇的：照相机也要看看，饼干也要问这是中国的或别国的；还很诧异的看着我们写字；我写着横行的字，这使他更奇怪："是中国字么？中国是直行向下写的。"直到了我们告诉他这是新式的写法，他方才无话，然而"诧异"似还挂在他的眉宇间。有一天，他看见一位穿着牧师的黑衣的西班牙教士来探望我们，他一直注目不已。这位教士刚走出饭厅门口，他便跑来殷殷的查问了："是中国人么？是天主教牧师么？"人家说，老人是像孩子的。这句话真不错，他简直是一位孩子。听说——因为我没有看见——那几天他执了剪刀、硬纸板、针和线，做了不少这些活动的人形分给同饭厅的孩子们，然而没有一个孩子和他亲热。军官们、少年们、太太们，没有一个人理会他。这几天，他是由房里取出一个袋子来，独自坐在椅上，把袋子里的绒线、长针都搬出，在那里一针一针的编织着绒线衣衫。他织得真不坏！这绒线衫是做了给谁的呢？我猜不出，我也不想猜。然而我每见了这位白发萧萧而带着童心的孤独的老人，我便不禁有一种无名的感动。

一位瘦瘦的男人，和一位瘦瘦的他的妻，最惹我们讨厌。第一天上船，他们的一个小孩子便啼哭不止，几乎是整夜的哭。徐、袁、魏三位的房门恰对着他的房门。他们谈话的声音略高，那瘦丈夫便跑来干涉，说是怕扰了孩子的睡眠。他们门窗没有放下，那瘦丈夫又跑来说，有女太太在对门不方便。这使他们非常的气愤。那样瘦得只剩皮和骷髅的脸，唇边两劈（撇）乌浓的黑胡子，一见面便使人讨厌。后来，他们终于迁居了一个房间，仿佛孩子也从此不哭了。他们夫妻俩似乎也很沉默，不大和人说话，我们也不大理会他们。他们那两个孩子可真有趣，大的女孩不过五岁，已经能够做事了——当她母亲晕船的那几天，她每顿饭总要跑好几趟路，又是面包、冷水，又是菜。我见了那小小的人儿、小小的手儿，慎重其事的把大盆子、大水杯子捧着，走过我的面前，我几乎要脱口的说道："小小的朋友，让我替你拿去了吧。"当然，这不过是一瞬间的幻想，并没有真的替她拿过。他们的小女孩子，那是更小了，需有人领着，才会在甲板上走。她那双天真的小黑眼，东方人的圆圆的小脸，常常笑着看着人。我不相信，她便是那位曾终夜啼哭过的孩子。

　　再有，上文说起过的那位胖女人，她也是由西贡上船来的。我不是说过了么，有了她一上船，那位葡萄牙太太便失了为军官们所注意的中心人物么？她胖得真可笑，身重至少比那位葡萄牙的胖太太要加重二分之一。她终日的笑声不绝，和那些军官玩笑得更为下流。我们不由得不疑心她是一个妓女。那些和她开玩笑的军官，都是存心要逗她玩玩的，只要看他们那样的和同伴们挤小眼儿便可见，然而她似乎一点也没有觉到这些。她是真心真意的说着、笑着、唱着、闹着、快乐着，不惜以她自己为全甲板、全饭厅的人的笑料。没有一个人见了她不摇摇头。她常不穿袜子，裸着半个上身，半个下身，拖着一双睡鞋，就这样的入饭厅、上甲板。啊，那肥胖到褶挂下来的黄色肌肉，走一步颤抖一下的，使我见了几乎要发呕。我躺在藤椅上,一见她走过便连忙闭了眼不敢望她一下。没有一个同舟的人比之她使我更厌恶的。有一次,她忽然和一位兔脸儿的军官,大开玩笑。她收集了好几瓶的未吃的红酒,由这桌到那桌的收集着,尽往兔脸军官那儿送去。兔脸军官立了起来,满怀抱都是酒瓶。他做的那副神情真使人发笑,于是全饭厅的人都拍了掌。从这一天起,她便每天由这桌到那桌的收集了红酒往兔脸军官那儿送去。只有我们这个桌子,她没有来光顾过;她往往望着我们的酒瓶,我们的酒瓶早已空了。有一天,隔壁桌儿上的军官,故意的把水装满了一瓶放在我们桌上。她来取了,倒还机灵,先倒来一试,说道水,又还给我们了。总算我们的桌上,她是始终没有光顾过。后来,船到了波赛,不知什么时候她已上岸了。她的座位上换了一个讨厌的新闻记者,而饭厅里不复闻有笑声。

讲起兔脸军官来,我也觉得了自己的错误,有一天,他在Lavatory门口对我说了一声"Bonjour",我勉强的还了一声。然而他除了和胖女人逗趣外,并无别的讨厌的事。在甲板上,他常常带领了几个孩子们玩耍,细心而且体贴。Jim连连的捏了他的红鼻子,他并不生气,只是笑嘻嘻的,还替两个孩子造了两个小车,放在满甲板上跑。他总是嘻嘻笑的,对了我总是点头。

啊,在这里,人是没有讨厌的,我是自知自己的错误了。然而那瘦脸的新闻记者,那因偷钱而被贬入四等舱而常到三等舱来的魔术家,我却是始终讨厌他们的。

不,上帝原谅我,我没有和他们深交,作兴他们也有可爱之处而为我们所不知道呢!

还有,许许多多的军官、同伴,帮忙我们不少的,早有别的人写了,我且不重复,姑止于此。

我在此,得了一个大教训,是:人都是好的。

黄昏的观前街

我刚从某一个大都市归来。那一个大都市，说得漂亮些，是乡村的气息较多于城市的。它比城市多了些乡野的荒凉况味，比乡村却又少了些质朴自然的风趣。疏疏的几簇住宅，到处是绿油油的菜圃，是蓬蒿没膝的废园，是池塘半绕的空场，是已生了荒草的瓦砾堆。晚间更是凄凉。太阳刚刚西下，街上的行人便已"寥若晨星"。在街灯如豆的黄光之下，踽踽的独行着，瘦影显得更长了，足音也格外的寂寥。远处野犬，如豹的狂吠着。黑衣的警察，幽灵似的扶枪立着。在前面的重要区域里，仿佛有"站住""口号"的呼叱声。我假如是喜欢都市生活的话，我真不会喜欢到这个地方；我假如是喜欢乡间生活的话，我也不会喜欢到这个所在。我的天！还是趁早走了吧。（不仅是"浩然"，简直是"凛然有归志"了！）

归程经过苏州，想要下去，终于因为舍不得抛弃了车票上的未用尽的一段路资，蹉跎的被火车带过去了，归后不到三天，长个子的樊与矮而美髯的孙，却又拖了我逛苏州去。早知道有这一趟走，还不中途而下，来得便利么？

我的太太是最厌恶苏州的，她说舒舒服服的坐在车上，走不了几步，却又要下车过桥了。我也未见得十分喜欢苏州；一来是，走了几趟都买不到什么好书，二来是，住在阊门外，太像上海，而又没有上海的繁华。但这一次，我因为要换换花样，却拖他们住到城里去。不料竟因此而得到了一次永远不曾领略到的苏州景色。

我们跑了几家书铺，天色已经渐渐的黑下来了，樊说："我们找一个地方吃饭吧。"饭馆里是那么样的拥挤，走了两三家，才得到了一张空桌。街上已上了灯。楼窗的外面，行人也是那么样的拥挤。没有一盏灯光不照到几堆子人的，影子也不落在地上，而落在人的身上，我不禁想起了某一个大城市的荒凉情景，说道："这才可算是一个都市！"

这条街是苏州城繁华的中心的观前街。玄妙观是到过苏州的人没有一个不熟悉的；那么粗俗的一个所在，未必有胜于北平的隆福寺，南京的夫子庙，扬州的教场。观前街也是一条到过苏州的人没有一个不曾经过的，那么狭小的一道街，三个人并列走着，便可以不让旁的人走，再加以没头苍蝇似的乱钻而前的人力车，或箩或桶的一担担的水与蔬菜，混合成了一个道地的中国式的小城市的拥挤与纷乱无秩序的情形。

然而，这一个黄昏时候的观前街，却与白昼大殊。我们在这条街上舒适的散着步，男人，女人，小孩子，老年人，摩肩接踵而过，却不喧哗，也不推拥。我所得到的苏州印象，这一次可说是最好。——从前不曾于黄昏时候在观前街散步过。半里多长的一条古式的石板街道，半部车子也没有，你可以安安稳稳的在街心踱方步。灯光耀耀煌煌的，铜的，布的，黑漆金字的市招，密簇簇的排列在你的头上，一举手便可触到了几块。茶食店里的玻璃匣，亮晶晶的在繁灯之下发光，照得匣内的茶食通明的映入行人眼里，似欲伸手招致他们去买几色苏制的糖食带回去。野味店的山鸡野兔，已烹制的，或尚带着皮毛的，都一串一挂的悬在你的眼前——就在你的眼前，那香味直扑到你的鼻上。你在那里，走着，走着，你如走在一所游艺园中。你如在暮春三月，迎神赛会的当儿，挤在人群里，跟着他们跑，兴奋而感到浓趣。你如在你的少小时，大人们在做寿，或娶亲，地上铺着花毯，天上张着锦幔，长随打杂老妈丫头，客人的孩子们，全都穿戴着崭新的衣帽，穿梭似的进进出出，而你在其间，随意的玩耍，随意的奔跑。你白天觉得这条街狭小，在这时，你才觉得这条街狭小得妙。她将你紧压住了，如夜间将自己的手放在心头，做了很刺激的梦；她将你紧紧的拥抱住了，如一个爱人身体的热情的拥抱；她将所有的宝藏，所有的繁华，所有的可引动人的东西，都陈列在你的面前，即在你的眼下，相去不到三尺左右，而别用一种黄昏的灯纱笼罩了起来，使它们更显得隐约而动情，如一位对窗里面的美人，如一位躲于绿帘后的少女。她假如也像别的都市的街道那样的开朗阔大，那么，你便将永远感不到这种亲切的繁华的况味，你便将永远受不到这种紧紧的箍压于你的全身，你的全心的燠暖而温馥的情趣了。你平常觉得这条街闲人太多，过于拥挤，在这时却正显得人多的好处。你看人，人也看你；你的左边是一位时装的小姐，你的右边是几位随了丈夫父亲上城的乡姑，你的前面是一二位步履维艰的道地的苏州佬，一二位尖帽薄履的苏式少年，你偶然回过头来，你的眼光却正碰在一位容光射人，衣饰过丽的少奶奶的身上。你的团团转转都是人，都是无关系的无关心的最驯良的人；你可以舒舒适适的踱着方步，一点也不用担心什么。这里没有乘机的偷盗，没有诱人入魔窟的"指导者"，也没有什么电掣风驰，左冲右撞的一切车子。每一个人都是那么安闲的散步着，散步着；川流不息的在走，肩摩踵接的在走，他们永不会猛撞着你身上而过。他们是走得那么安闲，那么小心。你假如偶然过于大意的撞了人，或踏了人的足——那是极不经见的事！他们抬眼望了望你，你对他们点点头，表示歉意，也就算了。大家都感到一种的亲切，一种的无损害，一种的无忧无虑的生活；大家都似躲在一个乐园中，在明月之下，绿林之间，悠闲的微步着，忘记了园外的一切。

那么鳞鳞比比的店房，那么密密接接的市招，那么耀耀煌煌的灯光，那么狭狭小小的街道，竟使你抬起头来，看不见明月，看不见星光，看不见一丝一毫的黑暗的夜天。她使你不知道黑暗，她使你忘记了这是夜间。啊，这样的一个"不夜之城"！

"不夜之城"的巴黎，"不夜之城"的伦敦，你如果要看，你且去歌剧院左近走着，你且去辟加德莱圈散步，准保你不会有一刻半秒的安逸；你得时时刻刻的担心，时时刻刻的提防着，大都市的灾害，是那么多，每个人都是匆匆的走马灯似的向前走，你也得匆匆的走；每个人都是紧张着，矜持着，你也自然得会紧张着，矜持着。你假如走惯了黄昏时候的观前街，你在那里准得要吃大苦头。除非你已将老脾气改得一干二净。你假如为店铺中的窗中的陈列品所迷住了，譬如说，你要站住了仔仔细细的看一下，你准得要和后面的人猛碰一下，他必定要诧异的望了望你，虽然嘴里说的是"对不起"。你也得说"对不起"，然而你也饱受了他，以至他们的眼光的奚落。你如走到了歌剧院的阶前，你如走到了那尔逊的像下，你将见斗大的一个个市招或广告牌，闪闪在发光；一片的灯光，映射得半个天空红红的。然而那里却是如此的开朗敞阔、建筑物又是那么的宏伟，人虽拥挤。却是那样的藐小可怜，Taxi和Bus也如小甲虫似的，如红蚁似的在一连串的走着。大半个天空是黑漆漆的，几颗星在冷冷的映着眼看人。大都市的荣华终敌不住黑夜的侵袭。你在那里，立了一会，只要一会，你便将完全的领受到夜的凄凉了。像观前街那样的燠暖温馥之感，你是永远得不到的。你在那里是孤零的，是寂寞的，算不定会有什么飞灾横祸光临到你身上，假如你要一个不小心。像在观前街的那么舒适无虑的亲切的感觉，你也是永远不会得到的。

有观前街的燠暖温馥与亲切之感的大都市，我只见到了一个委尼司；即在委尼司的St. Mark方场的左近。那里也是充满了闲人，充满了紧压在你身上的燠暖的情趣的；街道也是那么狭小，也许更要狭，行人也是那么拥挤，也许更要拥挤，灯光也是那么辉辉煌煌的，也许更要辉煌。有人口口声声的称呼苏州为东方的委尼司；别的地方，我看不出，别的时候，我看不出，在黄昏时候的观前街，我却深切的感到了。——虽然观前街少了那么弘丽的Piazza of St. Mark，少了那么轻妙的此奏彼息的乐队。

访笺杂记

我搜求明代雕版画已十余年。初仅留意小说戏曲的插图，后更推及于画谱及它书之有插图者。所得未及百种。前年冬，因偶然的机缘，一时获得宋、元及明初刊印的出相佛道经二百余种。于是宋、元以来的版画史，粗可踪迹。间亦以余力，旁骛清代木刻画籍。然不甚重视之。像《万寿盛典图》《避暑山庄图》《泛槎图》《百美新咏》一类的画，虽亦精工，然颇嫌其匠气过重。至于流行的笺纸，则初未加以注意。为的是十年来，久和毛笔绝缘。虽未尝不欣赏《十竹斋笺谱》《萝轩变古笺谱》，却视之无殊于诸画谱。

约在六年前，偶于上海有正书局得诗笺数十幅，颇为之心动；想不到今日的刻工，尚能有那样精丽细腻的成绩。仿佛记得那时所得的笺画，刻的是罗西峰的小幅山水，和若干从《十竹斋画谱》描摹下来的折枝花卉和蔬果。这些笺纸，终于舍不得用，都分赠给友人们，当做案头清供了。

这也许便是访笺的一个开始。然上海的忙碌生活，压得我透不过气来，哪里会有什么闲情逸趣，来搜集什么。

1931年9月，我到北平教书。琉璃厂的书店，断不了我的足迹。有一天，偶过清秘阁，选购得笺纸若干种，颇高兴，觉得较在上海所得的，刻工、色彩都高明得多了。仍只是作为礼物送人。

引起我对于诗笺发生更大的兴趣的是鲁迅先生。我们对于木刻画有同嗜。但鲁迅先生所搜求的范围却比我广泛得多了；他尝斥资重印《士敏土》之图数百部——后来这部书竟鼓动了中国现代木刻画的创作的风气。他很早的便在搜访笺纸，而尤注意于北平所刻的。今年春天，我们在上海见到了。他认为北平的笺纸是值得搜访而成为专书的。再过几时，这工作恐怕要不易进行。我答应一到北平，立即便开始工作。预定只印五十部，分赠友人们。

我回平后，便设法进行刷印笺谱的工作。第一着还是先到清秘阁，在那里又购得好些笺样。和他们谈起刷印笺谱之事时，掌柜的却斩钉截铁的回绝了，说是五十部绝对不能开印。他们有种种理由：板片太多，拼合不易，刷印时调色过难；印数少，板刚拼好，调色尚未顺手，便已竣工；损失未免过甚。他们自己每次开印都是五千一万的。

"那么印一百部呢？"我道。

他们答道："且等印的时候再商量吧。"

这场交涉虽是没有什么结果，但看他们口气很松动，我想，印一百部也许不成问题。正要再向别的南纸店进行，而热河的战事开始了；接着发生喜峰口、冷口、古北口的争夺战。沿长城线上的炮声、炸弹声，震撼得这古城的人们寝食不安，坐立不宁。哪里还有心绪来继续这"可怜无补费精神"的事呢？一搁置便是一年。

9月初，战事告一段落，我又回到上海。和鲁迅先生相见时，带着说不出的凄惋的感情，我们又提到印这笺谱的事。这场可怖可耻的大战，刺激我们有立刻进行这工作的必要。也许将来便不再有机会给我们或他人做这工作!

"便印一百部,总不会没人要的。"鲁迅先生道。

"回去便进行。"我道。

工作便又开始进行。第一步自然是搜访笺样。清秘阁不必再去。由清秘阁向西走,路北第一家是淳菁阁,在那里,很惊奇的发现了许多清隽绝伦的诗笺,特别是陈师曾氏所作的;虽仅寥寥数笔,而笔触却是那样的潇洒不俗。转以十竹斋,萝轩诸笺为烦琐,为做作。像这样的一片园地,前人尚未之涉及呢!我舍不得放弃了一幅。吴待秋、金拱北诸氏所作和姚茫文氏的《唐画壁砖笺》《西域古迹笺》等,也都使我喜欢。流连到三小时以上。天色渐渐的黑暗下来,朦朦胧胧的有些辨色不清。黄豆似的灯火,远远近近的次第放射出光芒来。我不能不走。那么一大包笺纸,狼狈不堪地从琉璃厂抱到南池子,又抱到了家。心里是装载着过分的喜悦与满意。那一个黄昏便消磨在这些诗笺的整理与欣赏上。

过了五六天,又进城到琉璃厂去——自然还是为了访笺。由淳菁阁再往西走,第一家是松华斋;松华斋的对门,在路南的,是松古斋。由松华斋再往西,在路北的,是懿文斋。再西,便是厂西门,没有别的南纸店了。

先进松华斋,在他们的笺样簿里,又见到陈师曾所作的八幅花果笺,说它们"清秀"是不够的、"神采之笔"的话也有些空洞。只是赞赏,无心批判。陈半丁、齐白石二氏所作,其笔触和色调,和师曾有些同流,唯较为繁缛燠暖。他们的大胆的涂抹,颇足以代表中国现代文人画的倾向;自吴昌硕以下,无不是这样的粗枝大叶的不屑屑于形似的。我很满意的得到不少的收获。

带着未消逝的快慰,过街而到松古斋。古旧的门面,老店的规模,却不料售的倒是洋式笺。所谓洋式笺,便是把中国纸染了矾水,可以用钢笔写;而笺上所绘的大都是迎亲、抬轿、舞灯、拉车一类的本地风光；笔法粗劣，且惯喜以浓红大绿涂抹之。其少数，还保存着旧式的图版画。然以柔和的线条、温茜的色调，刷印在又涩又糙的矾水拖过的人造纸面上，却格外的显得不调和。那一片一块的浮出的彩光，大损中国画的秀丽的情绪。

我的高兴的情绪为之冰结，随意的问道："都是这一类的么？"

"印了旧样的销不出去，所以这几年来，都印的是这一类的。"

我不能再说什么，只拣选了比较还保有旧观的三盒诗笺而出。

懿文斋没有什么新式样的画笺，所有的都是光、宣时所流行的李伯霖、刘锡玲、戴伯和、李毓如诸人之作；只是谐俗的应市的通用笺而已。故所画不离吉祥、喜庆之景物，以至通俗的着色花鸟的一类东西。但我仍选购了不少。

第三次到琉璃厂，已是九月底；那一天狂飙怒号，飞沙蔽天；天色是那样惨淡可怜；顶头的风和尘吹得人连呼吸都透不过来。一阵的风沙，扑脸而来，赶紧闭了眼，已被细尘潜入，眯着眼，急速的睁不开来看见什么。本想退回去。为了像这样闲空的时间不可多得，便只得冒风而进了城。这一次是由清秘阁向东走。偏东路北，是荣宝斋，一家不失先正典型的最大的笺肆，仿古和新笺，他们都刻得不少。我们在那里，见到林琴南的山水笺、齐白石的花果笺、吴待秋的梅花笺，以及齐、王诸人合作的壬申笺、癸酉笺等等，刻工较清秘为精。仿成亲王的拱花笺，尤为诸肆所见这一类笺的白眉。

半个下午便完全耗在荣宝斋，外面仍是卷尘撼窗的狂风。但我一点都没有想到将怎样艰苦地冒了顶头风而归去。和他们谈到印竹笺谱的事，他们也有难色，觉得连印一百部都不易动工。但仍是那么游移其词地回答道："等到要印的时候再商量罢。"

我开始感到刷印笺谱的事，不像预想那么顺利无阻。

归来的时候，已是风平尘静。地上薄薄地敷上了一层黄色的细泥，破纸枯枝，随地乱掷，显示着风力的破坏的成绩。

从荣宝斋东行，过厂甸的十字路口，便是海王村。过海王村东行，路北，有静文斋，也是很火的一家笺肆。当我一天走进静文的时候，已在午后。太阳光淡淡地射在罩了蓝布套的桌上。我带着怡悦的心情在翻笺样簿。很高兴地发见了齐白石的人物笺四幅。说是仿八大山人的，神情色调都臻上乘。吴待秋、汤定之等二十家合作的梅花笺也富于繁赜的趣味。清道人、姚茫父、王梦白诸人的罗汉笺、古佛笺等，都还不坏，古色斑斓的彝器笺，也静雅足备一格。又是到上灯时候才归去。

静文斋的附近，路南，有荣禄堂，规模似很大，却已衰颓不堪。久已不印笺。亦有笺样簿，却零星散乱，尘土封之，似久已无人顾问及之。循样以求笺，十不得一。即得之，亦都暗败变色。盖搁置架上已不知若干年。纸都用舶来之薄而透明的一种，色彩偏重于浓红深绿；似意在迎合光、宣时代市人们的口味。肆主人须发皆白，年已七十余，唯精神尚矍铄。与谈往事，娓娓可听，但搜求将一小时，所得仅缦卿作的数笺。于暮色苍茫中，和这古肆告别，情怀殊不胜其凄怆。

由荣禄更东行，近厂东门，路北，有宝晋斋。此肆诗笺，都为光、宣时代的旧型，佳者殊鲜。仅选得朱良材作的数笺。

出厂东门，折而南，过一尺大街，即入杨梅竹斜街。东行数百步，路北，有成兴斋。此肆有冷香女士作的月令笺，又有清末为慈禧代笔的女画家缨素筠作的花鸟笺；在光、宣时代，似为一当令的笺店。然笺样多缺，月令笺仅存其七。

再东行，有彝宝斋，笺样多陈列窗间，并样簿而无之。选得王昭作的花鸟笺十余幅，颇可观，而亦零落不全。

以上数次的所得，都陆续地寄给鲁迅先生，由他负最后选择的责任。寄去的大约有五百数十种，由他选定的是三百三十余幅，就是现在印出的样式。

这部《北平笺谱》所以有现在的样式，全都是鲁迅先生的力量——由他倡始，也由他结束了这事。

说是访笺的经过来，也并不是没有失望与徒劳。我不单在厂甸一带访求。在别的地方，也尝随时随地的留意过，却都不曾给我以满足。好几个大市场里，都没有什么好的笺样被发现。有一次，曾从东单牌楼走到东四牌楼，经隆福寺街东口而更往北走。推门而入的南纸店不下十家，大多数只售洋纸笔墨和八行素笺。最高明的也只卖少数的拱花笺，却是那么的粗陋浮躁，竟不足以当一顾。

在厂甸，也不是不曾遇见同样狼狈的事。厂甸中段的十字街头，路南，有两家规模不小的南纸店。一名崇文斋，在路东，有笺样簿，多转贩自诸大肆者。一名中和丰，在路西，专售运动器具及纸墨。并诗笺而无之。由崇文东行数十步，路南，有豹文斋，专售故宫博物院出品，亦尝翻刻黄瘿瓢人物笺，然执以较清秘、荣宝所刻，则神情全非矣。

但北平地域甚广，搜访所未及者一定还有不少。即在琉璃厂，像伦池斋，因无笺样簿，遂至失之交臂。他们所刻"思古人笺"，版已还之沈氏，故不可得；而其王雪涛花卉笺四幅，刻印俱精，色调亦柔和可爱。惜全书已成，不及加入。又北平诸文士私用之笺纸，每多设计奇诡，绘刻精丽的。唯访求较为不易。补所未备，当俟异日。

选笺已定，第二步便进行交涉刷印；淳菁、松华、松古三家，一说便无问题。荣宝、宝晋、静文诸家，初亦坚执百部不能动工之说，然终亦答应下来。独清秘最为顽强，交涉了好几次，他们不是说百部太少不能用，便是说人工不够，没有工夫印。再说下去，便给你个不理睬。任你说得舌疲唇焦，他们只是给你个不理睬！颇想抽出他们的一部分不印。终于割舍不下博心畲、江采诸家的二十余幅作品。再三奉托了刘淑度女士和他们商量，方才肯答应印。而色调转繁的十余幅蔬果笺，却仍因无人担任刷印而被剔出。蔬果笺刻印不精，去之亦未足惜。荣禄堂的笺纸，原只想印缦卿作的四幅。他们说，年代已久，不知板片还在否，找得出来便可开印，只怕残缺不全。但后来究竟算是找全了。

最后到彝宝斋。一位仿佛湖南口音的掌柜的，一开口便说："不能印。现在已经没有印刷这种信笺的工人了！我们自己要几千几万份的印，尚且不能，何况一百张！"我见他说得可笑，便取出些他家的定印单给他看，说道："那么别家为什么肯印呢？"他无辞可对，只得说老实话："成兴斋和我们是联号，您老到他们那里去看看吧。这些花鸟笺的板片他们那里也有。"我立刻明白那是怎么一回事，到成兴斋一打听，果然那板片已归他们所有。

看够了冰冷冷的拒人千里的面孔，玩够了未曾习惯的讨价还价、斤两计较的伎俩，说尽了从来不曾说过的无数恳托敷衍的话——有时还未免带些言不由衷的浮夸——一切都只为了这部《北平笺谱》！可算是全部工作里最麻烦，最无味的一个阶段。但不能不感激他们：没有他们的好意合作，《北平笺谱》是不会告成的。

为了访问画家和刻工的姓氏，也费了很大的工夫。有少数的画家，其姓氏是我所不知道的——我对于近代的画坛是那样的生疏！访之笺肆，亦多不知者。求之润单，间亦无之。打听了好久，有的还是见到了他的画幅，看到他的图章，方才知道。只有缦卿的一位，他的姓氏到现在还是一个谜。荣禄堂的伙计说："老板也许知道。"问之老主人则摇摇头，说："年代太久了，我已记不起来。"

刻工实为制笺的重要份子，其重要也许不下于画家。因彩色诗笺，不仅要精刻而且要就色彩的不同而分刻为若干板片；笺画之有无精神，全靠分板的能否得当。画家可以恣意的使用着颜料，刻工则必须仔细的把那么复杂的颜色，分析为四五个乃至一二十个单色板片。所以，刻工之好坏，是主宰着制笺的运命的。在《北平笺谱》里，实在不能不把画家和刻工并列着。但为了访问刻工姓名，也颇遭逢白眼。他们都觉得这是可怪的事，至多只是敷衍地回答着。有的是经了再三的迫问，四处的访求，方才能够确知的。有的因为年代已久，实在无法知道。目录里所注的刻工姓名，实在是不止三易稿而后定的。宋版书多附刊刻工姓名，明代中叶以后，刻图之工，尤自珍其所作，往往自署其名，若何铃、汪士珩、魏少峰、刘素明、黄应瑞、刘应祖、洪国良、项南洲、黄子立，其尤著者。然其后则刻工渐被视为贱技；亦鲜有目标姓氏者。当此木板雕刻业像晨星似的摇摇将坠之时，而复有此一番表彰，殆亦雕版史末页上重要的文献。

淳善阁的刻工，姓张，但不知其名。他们说，此人已死，人皆称之为张老西，住厂西门。其技能为一时之最。我根据了张老西的这个浑名，到处的打听着。后来还是托荣宝斋查考到，知道他的真名是启和。松华斋的刻工，据说是专门为他们刻笺的，也姓张。经了好几次的迫问，才知道其名为东山。静文斋的刻工，初仅知其名为板儿杨；再三地恳托着去查问，才知道其名为华庭。清秘阁的刻工，也经了数次的访问后，方知其亦为张东山。因此，我颇疑刻工与制笺业的关系，也许不完全是处在雇工的地位；他们也许是自立门户，有求始应，像画家那个样子的。然未细访，不能详。

荣宝斋的刻工名李振怀，鼓文斋的刻工名李仲武，松古斋的刻工名杨朝正，成兴斋的刻工名扬文、萧挂，出都颇费恳托，方能访知。至于荣禄、宝晋二家，则因刻者年代已久，他们已实在记不清了，姑缺之。刻工中，以张、李、杨三姓为多，颇疑其有系属的关系，像明末之安徽黄氏、鲍氏。这种以一个家庭为中心的手工业是至今也还存在的。

刷印之工，亦为制笺的重要的一个步骤。因不仅拆板不易，即拼板、调色，亦熬费工夫。惜印工太多，不能一一记其姓名。

对此数册之笺谱，不禁也略略有些悲喜和沧桑之感。自慰幸不辜负搜访的勤劳，故记之如右。

1933年11月15日

北　平

　　你若是在春天到北平，第一个印象也许便会给你以十分的不愉快。你从前门东车站或西车站下了火车，出了站门，踏上了北平的灰黑的土地上时，一阵大风刮来，刮得你不能不向后倒退几步；那风卷起了一团的泥沙；你一不小心便会迷了双眼，怪难受的；而嘴里吹进了几粒细沙在牙齿间萨拉萨拉的作响。耳朵壳里，眼缝边，黑马褂或西服外套上，立刻便都积了一层黄灰色的沙垢。你到了家，或到了旅店，得仔细的洗涤了一顿，才会觉得清爽些。

　　"这鬼地方！那么大的风，那么多的灰尘！"你也许会很不高兴的诅咒的说。

　　风整天整夜的呼呼的在刮，火炉的铅皮烟囱，纸的窗户，都在乒乒乓乓的相碰着，也许会闹得你半夜睡不着。第二天清早，一睁开眼，呵，满窗的黄金色，你满心高兴，以为这是太阳光，你今天将可以得一个畅快的游览了。然而风声还在呼呼的怒吼着。擦擦眼，拥被坐在床上，你便要立刻懊丧起来。那黄澄澄的，错疑做太阳光的，却正是漫天漫地的吹刮着的黄沙！风声吼吼的还不曾歇气。你也许会懊悔来这一趟。

但到了下午，或到了第三天，风渐渐的平静起来。太阳光真实的黄亮亮的晒在墙头，晒进窗里。那份温暖和平的气息儿，立刻便会鼓动了你向外面跑跑的心思。鸟声细碎的在鸣叫着，大约是小麻雀儿的唧唧声居多。——碰巧，院子里有一株杏花或桃花，正含着苞，浓红色的一朵朵，将放未放。枣树的叶子正在努力的向外崛起。——北平的枣树是那么多，几乎家家天井里都有个一株两株的。柳树的柔枝儿已经是透露出嫩嫩的黄色来。只有硕大的榆树上，却还是乌黑的秃枝，一点什么春的消息都没有。

你开了房门，到院子里，深深的吸了一口气。啊，好新鲜的空气，仿佛在那里面便挟带着生命力似的。不由得不使你神清气爽。太阳光好不可爱。天上干干净净的没半朵浮云，俨然是"南方秋天"的样子。你得知道，北平当晴天的时候，永远的那一份儿"天高气爽"的晴明的劲儿，四季皆然，不独春日如此。

太阳光晒得你有点暖得发慌。"关不住了！"你准会在心底偷偷的叫着。

你便准得应了这自然之招呼而走到街上。

但你得留意，即使你是阔人，衣袋里有充足的金洋银洋，你也不应摆阔，坐汽车。被关在汽车的玻璃窗里。你便成了如同被蓄养在玻璃缸的金鱼似的无生气的生物了。你将一点也享受不到什么。汽车那么飞快的冲跑过去，仿佛是去赶什么重要的会议。可是你是来游玩，不是来赶会。汽车会把一切自然的美景都推到你的后面去。你不能吟味，你不能停留，你不能称心称意的欣赏。这正是猪八戒吃人参果的勾当。你不会蠢到如此的。

北平不接受那么摆阔的阔客。汽车客是永远不会见到北平的真面目的。北平是个"游览区"。天然的不欢迎"走车看花"——比走马看花还杀风景的勾当——的人物。

那么，你得坐"洋车"——但得注意：如果你是南人，叫一声黄包车，准保个个车夫都不理会你，那是一种侮辱，他们以为。（黄包，北音近于王八。）或酸溜溜的招呼道"人力车"，他们也不会明白的。如果叫道："胶皮"，他们便知道你是从天津来的，准得多抬些价。或索性洋气十足的，叫道"力克夏"，他们便也懂，但却只能以"毛"为单位的给车价了。

"洋车"是北平最主要的交通物。价廉而稳妥，不快不慢，恰到好处。但走到大街上，如果遇见一位漂亮的姑娘或一位洋人在前面车上，碰巧，你的车夫也是一位年轻力健的小伙子，他们赛起车来，那可有点危险。

干脆，走路，倒也不坏。近来北平的路政很好，除了冷街小巷，没有要人、洋人住的地方，还是"无风三尺土，有雨一街泥"之外，其余冲要之区，确可散步。

出了巷口，向皇城方面走，你便将渐入佳景的。黄金色的琉璃瓦在太阳光里发亮光；土红色的墙，怪有意思的围着那"特别区"。入了天安门内，你便立刻有应接不暇之感。如果你是聪明的，在这里，你必得跳下车来，散步的走着。那两支白石盘龙的华表，屹立在中间，恰好烘托着那一长排的白石栏杆和三座白石拱桥，表现出很调和的华贵而苍老的气象来，活像一位年老有德、饱历世故、火气全消的学士大夫，没有丝毫的火辣辣的暴发户的讨厌样儿。春冰方解，一池不浅不溢的春水，碧油油的可当一面镜子照。正中的一座拱桥的三个桥洞，映在水面，恰好是一个完全的圆形。

你过了桥，向北走。那厚厚的门洞也是怪可爱的（夏天是乘风凉最好的地方）。午门之前，杂草丛生，正如一位不加粉黛的村姑，自有一种风趣。那左右两排小屋，仿佛将要开出口来，告诉你以明清的若干次的政变，和若干大臣、大将雍雍锵锵的随驾而出入。这里也有两支白色的华表，颜色显得黄些，更觉得苍老而古雅。无论你向东走，或向西走——你可以暂时不必向北进端门，那是历史博物馆的入门处，要购票的。——你可以见到很可愉悦的景色。出了一道门，沿了灰色的宫墙根，向西北走，或向东北走，你便可以见到护城河里的水是那么绿得可爱。太庙或中山公园后面的柏树林是那么苍苍郁郁的，有如见到深山古墓。和你同道走着的，有许多走得比你还慢，还没有目的的人物；他们穿了大袖的过时的衣服，足上登着古式的鞋，手上托着一只鸟笼，或臂上栖着一只被长链锁住的鸟，懒懒散散的在那里走着。有时也可遇到带着一群小哈叭狗的人，有气势的在赶着路。但你如果到了东华门或西华门而折回去时，你将见他们也并不曾往前走，他们也和你一样的折了回去。他们是在这特殊幽静的水边遛着的！遛，是北平人生活的主要的一部分；他们可以在这同一的水边，城墙下，遛整个半天，天天如此，年年如此，除了刮大风，下大雪，天气过于寒冷的时候。你将永远猜想不出，他们是怎样过活的。你也许在幻想着，他们必定是没落的公子王孙，也许你便因此凄怆的怀念着他们的过去的豪华和今日的沦落。

　　拍的一声响，惊得你一大跳，那是一个牧人，赶了一群羊走过，长长的牧鞭打在地上的声音。接着，一辆一九三四年式的汽车呜呜的飞驰而过。你的胡思乱想为之撕得粉碎。——但你得知道，你的凄怆的情感是落了空。那些臂鸟驱狗的人物，不一定是没落的王孙，他们多半是以驯养鸟狗为生活的商人们。

　　你再进了那座门，向南走。仍走到天安门内。这一次，你得继续的向南走。大石板地，没有车马的经过，前面的高大的城楼，作为你的目标。左右全都是高及人头的灌木林子。在这时候，黄色的迎春花正在盛开，一片的喧闹的春意。红刺梅也在含苞。晚开的花树，枝头也都有了绿色。在这灌木林子里，你也许可以徘徊个几小时。在红刺梅盛开的时候，连你的脸色和衣彩也都会映上红色的笑影。散步在那白色的阔而长的大石道，便是一种愉快。心胸阔大而无思虑。昨天的积闷，早已忘得一干二净。你将不再对北平有什么诅咒。你将开始发生留恋。

你向南走，直走到前门大街的边沿上，可望见东西交民巷口的木牌坊，可望见你下车来的东车站或西车站，还可望见屹立在前面的很宏伟的一座大牌楼。乱纷纷的人和车，马和货物；有最新式的汽车，也有最古老的大车，简直是最大的一个运输物的展览会。

你站了一会，觉得看腻了，两腿也有点发酸了，你便可以向前走了几步，极廉价的雇到一辆洋车，在中山公园口放下。

这公园是北平很特殊的一个中心。有过一个时期，当北海还不曾开放的时候，她是北平唯一的社交的集中点。在那里，你可以见到社会上各种各样的人物。——当然无产者是不在内，他们是被几分大洋的门票摈在园外的。你在那里坐了一会，立刻便可以招致了许多熟人。你不必家家拜访或邀致，他们自然会来。当海裳盛开时，牡丹、芍药盛开时，菊花盛开时的黄昏，那里是最热闹的上市的当儿。茶座全塞满了人，几乎没有一点空地。一桌人刚站了起来，立刻便会有候补的挤了上去。老板在笑，伙计们也在笑。他们的收入是如春花似的繁多。直到菊花谢后，方才渐渐的冷落了下来。

你坐在茶座上，舒适的把身体堆放在藤椅里，太阳光满晒在身上，棉衣的背上，有些热起来。前后左右，都有人在走动，在高谈，在低语。坛上的牡丹花，一朵朵总有大碗粗细。说是赏花，其实，眼光也是东溜西溜的。有时，目无所瞩，心无所思的，可以懒懒的呆在那里，整整的呆个大半天。

一阵和风吹来，遍地白色的柳絮在团团的乱转，渐转成一个球形，被推到墙角。而漫天飞舞着的棉状的小块，常常扑到你面上，强塞进你的鼻孔。

如果你在清晨来这里，你将见到有几堆的人，老少肥瘦俱齐，在大树下空地上练习打太极拳。这运动常常邀引了患肺痨者去参加，而因此更促短了他们的寿命。而这时，这公园里也便是肺痨病者们最活动的时候。瘦得骨立的中年人们，倚着杖，蹒珊的在走着——说是呼吸新鲜空气——走了几步，往往咳得伸不起腰来，有时，喀的一声，吐了一大块浓痰在地上。为了这，你也许再不敢到这园来。然而，一到了下午，这园里却仍是拥挤着人。谁也不曾想到天天清晨所演的那悲剧。

园后的大柏树林子，也够受糟蹋的。茶烟和瓜子壳，熏得碧绿的柏树叶子都有点显出枯黄色来，那林子的寿命，大约也不会很长久。

和中山公园的热闹相陪衬的是隔不几十步的太庙的冷落。不知为了什么，去太庙的人到底少。只有年轻的情人们，偶尔一对两对的避人到此密谈。也间有不喜追逐在热闹之后的人，在这清静点的地方散步。这里的柏树林，因为被关闭了数百年之后，而新被开放之故，还很顽健似的，巢在树上的"灰鹤"也还不曾搬家他去。

太庙所陈列的清代各帝的祭殿和寝宫，未见者将以为是如何的辉煌显赫，如何的富丽堂皇，其实，却不值一看，一色黄缎绣花的被褥衣垫，并没有什么足令人羡慕。每张供桌上所列的木雕的杯碗及烛盘等等，还不如豪富人家的祖先堂的讲究。从前读一明人笔记，说，到明孝陵参观上供，见所供者不过冬瓜汤等等极淡薄贱价的菜。这里在皇帝还在宫中时，祭供时，想也不过如此。是帝王和平民，不仅在坟墓里同为枯骨，即所馨享的也不过如此如此而已。

你在第二天可以到北城去游览一趟，那一边值得看的东西很不少。后门左近有国子监、钟楼及鼓楼。钟鼓楼每县都有之，但这里，却显得异常的宏伟。国子监，为从前最高的学府，那里边，藏有石鼓——但现在这著名的石鼓却已南迁了。由后门向西走，有什刹海；相传《红楼梦》所描写的大观园就在什刹海附近。这海是平民的夏天的娱乐场。海北，有规模极大的冰窖一区。海的面积，全都是稻田和荷花荡。（北平人的养荷花是一业，和种水稻一样。）夏天，荷花盛开时，确很可观。倚在会贤堂的楼栏上，望着骤雨打在荷盖上，那喷人的荷香和刹刹的细碎的响声，在别处是闻不到、听不到的。如果在芦席棚搭的茶座上听着，虽显得更亲切些，却往往棚顶漏水，而水点落在芦席上，那声音也怪难听的，有喧宾夺主之感。最佳的是夏已过去，枯荷满海，什刹海的闹市已经收场，那时如果再到会贤堂楼上，倚栏听雨，便的确不含糊的有"留得残荷听雨声"之妙，不过，北平秋天少雨，这境界颇不易逢。

　　什刹海的对面，便是北海的后门。由这里进北海，向东走，经过澄心斋、松坡图书馆、仿膳、五龙亭，一直到极乐世界，没有一个地方不好。唯惜五龙亭等处，夏天人太闹。极乐世界已破坏得不堪，没有一尊佛像能保得不断腿折臂的。而北海之饶有古趣者，也只有这个地方。那个地方，游人是最少进去的。如果由后面向南走，你便可以走到北海董事会等处，那里也是开放的，有茶座，却极冷落。在五龙亭坐船，渡过海——冬天是坐了冰船滑过去——便是一个圆岛，四面皆水，以一桥和大门相通。岛的中央，高耸着白塔。依山势的高下，随意布置着假山、庙宇、游廊小室，那曲折的工程很足供我们作半日游。

　　如果，在晴天，倚在漪澜堂前的白石栏杆上，静观着一泓平静不波的湖水，受着太阳光，闪闪的反射着金光出来，湖面上偶然泛着几只游艇，飞过几只鹭鸶，惊起一串的呷呷的野鸭，都足够使你留恋个若干时候。但冬天，那是最坏的时候了，这场面上将辟为冰场，红男绿女们在番里奔走驰驶，叫闹不堪。你如果已失去了少年的心，你如果爱清静、爱独游、爱默想，这场面上你最好是不必出现。

　　出了北海的前门，向西走，便是金鳌玉蝀桥。这座白石的大桥。隔断了中南海和北海。北海的白日，如画的映在水面上，而中南海的万善殿的全景，也很清晰的可看到。中南海本亦为公园，今则又成了"禁地"。只有东部的一个小地方，所谓万善殿的，是开放着。这殿很小，游人也极冷落，房室却布置得很好。龙王堂的一长排，都是新塑的泥像，很庸俗可厌。但你要是一位细心的人，你便可在一个殿旁的小室里，发现了倚在墙旁无人顾问的两尊木雕的菩萨像。那形态面貌，无一处不美，确是辽金时代的遗物；然一尊则双臂俱折，一尊则胫部只剩了半边。谁还注意到他们呢？报纸上却在鼓吹着龙王堂的神像塑得有精神，为明代的遗物，却不知那是民国三四年间的新物！仍由中南海的后门走出，那斜对过便是北平图书馆，这绿琉璃瓦的新屋，建筑费在一百四十万以上，每年的购书费则不及此数之十二。旧书是并合了方家胡同京师图书馆及他处所藏的，新书则多以庚款购入。在中国可称是最大的图书馆。馆外的花园，邻于北海者，亦以白色栏杆围隔之；唯为廉价之水门汀所制成，非真正的白石也。

　　由北平图书馆再过金鳌玉䗖东桥，向东走，则为故宫博物院。由神武门入院，处处觉得寥寂如古庙，一点生气都没有。想来，在还是"帝王家"的时代，虽聚居了几千宫女、太监们在内，而男旷女怨，也必是"戾气"冲天的。所藏古物，重要者都已南迁，游人们因之也寥落得多。

　　神武门的对门是景山。山上有五座亭，除当中最高的一亭外，多被破坏。东边的山脚，是崇祯自杀处。春天草绿时，远望景山，如铺了一层绿色的绣毡，异常的清嫩可爱。你如果站在最高处，向南望去，宫城全部，俱可收在眼底。而东交民巷使馆区的无线电台，东长安街的北京饭店，三条胡同的协和医院都因怪不调和而被你所注意。而其余的千家万户则全都隐藏在万绿丛中，看不见一瓦片，一屋顶，仿佛全城便是一片绿色的海。不到这里，你无论如何不会想象得到北平城内的树木是如何的繁密；大家小户，哪一家天井不有些绿色呢？你如站在北面望下时，则钟鼓楼及后门也全都耸然可见。

三大殿和古物陈列所总得耗费你一天的工夫。从西华门或从东华门入，均可。古物陈列所因为古物运走的太多，现在只开放武英殿，然仍有不少好东西。仅李公麟的《击壤图》便足够消磨你半天。那人物，几乎没有一个没精神的，姿态各不相同，却不曾有一懈笔。

三大殿虽空无所有，却宏伟异常。在殿廊上，下望白石的"丹墀"，不能不令你想到那过去的充满了神秘气象的"朝廷"和叔孙通定下的"朝仪"的如何能够维持着常在的神秘的尊严性。你如果富于幻想，闭了眼，也许还可以如见那静穆而紧张的随班朝见的文武百官们的精灵的往来。这里有很舒适的茶座。坐在这里，望着一列一列的雕镂着云头的白石栏杆和雕刻得极细致的陛道，是那么样的富于富丽而明朗的美。

你还得费一二天的工夫去游南城。出了前门，便是商业区和会馆区。从前汉人是不许住在内城的，故这南城或外城，便成了很重要的繁盛区域。但现在是一天天的冷落了。却还有几个著名的名胜所在，足供你的留连、徘徊。西边有陶然亭，东边有夕照寺、拈花寺和万柳堂。从前都是文士们雅集之地，如今也都败坏不堪，成为工人们编麻索、织丝线之地。所谓万柳也都不存一株。只有陶然亭还齐整些。不过，你游过了内城的北海、太庙、中山公园，到了这些地方，除了感到"野趣"之外，也便全无所得的了。你或将为汉人们抱屈；在二十几年前，他们还都只能局促于此一隅。而内城的一切名胜之地，他们是全被摈斥在外的。别看清人诗集里所歌咏的是那么美好，他们是不得已而思其次的呢！

而现在，被摈斥于内城诸名胜之外的，还不依然是几十百万人么？

南城的娱乐场所，以天桥为中心。这个地方倒是平民的聚集之所；一切民间的玩意儿，一切廉价的旧货物，这里都有。

先农坛和天坛也是极宏伟的建筑。天坛的工程尤为浩大而艰巨，全是圆形的；一层层的白石栏杆，白石阶级，无数的参天的大柏树，包围着一座圆形的祭天的圣坛。坛殿的建筑，是圆的，四周的阶级和栏杆也都是圆的。这和三大殿的方整，恰好成一最有趣的对照。在这里，在大树林下徘徊着，你也便将勾引起难堪的怀古的情绪的。

这些，都只是游览的经历。你如果要在北平多住些时候，你便要更深刻的领略到北平的生活了。那生活是舒适、缓慢、吟味、享受，却绝对的不紧张。你见过一串的骆驼走过么？安稳、和平，一步步的随着一声声丁当丁当的大颈铃向前走；不匆忙，不停顿；那些大动物的眼里，表现的是那么和平而宽容，负重而忍辱的性情。这便是北平生活的象征。

和这些宏伟的建筑，舒适的生活相对照的，你不要忘记掉，还有地下的黑暗的生活呢。你如果有一个机会，走进一所"杂合院"里，你便可见到十几家老少男女紧挤在一小院落里住着的情形：孩子们在泥地上爬，妇女们是脸多菜色，终日含怒抱怨着，不时的，有咳嗽的声音从屋里透出。空气是恶劣极了；你如不是此中人，你便将不能做半日留。这些"杂合院"便是劳工、车夫们的居宅。有人说，北平生活舒服，第一件是房屋宽敞，院落深沉，多得阳光和空气。但那是中产以上的人物的话，百分之八九十以上的人口，是住着龌龊的"杂合院"里的，你得明白。

更有甚的，在北城和南城的僻巷里，听说，有好些人家，其生活的艰苦较住"杂合院"者为尤甚，常有一家数口合穿一条裤或一衣的。他们在地下挖了一个洞。有一人穿了衣裤出外了，家中裸体的几人便站在其中。洞里铺着稻草或破报纸，藉以取暖。这是什么生活呢！

年年冬天，必定有许多无衣无食的人，冻死在道上。年年冬天，必定有好几个施粥厂开办起来。来就食的，都是些可怕的窘苦的人们。然也竟有因为无衣而不能到粥厂来就吃的！

"九渊之下，更有九渊。"北平的表面，虽是冷落破败下去，尚未减都市之繁华。而其里面，却想不到是那样的破烂、痛苦、黑暗。

终日徘徊于三海公园乃至天桥的，不是罪人是什么！而你，游览的过客，你见了这，将有动于中，而怏怏的逃脱出这古城呢，还是想到"我不入地狱谁入地狱"一类的话呢？

1934年11月3日

秋夜吟

幸亏找到了小石。这一年的夏天特别热，整个夏天我以面包和凉开水作为午餐；等太阳下去，才就从那蛰居小楼的蒸烤中溜出来，嘘一口气，兜着圈子，走冷僻的路到他家里，用我们的话，"吃一顿正式的饭"。

小石是一个顽皮的学生，在教室里发问最多，先生们一不小心，就要受窘。但这次在忧患中遇见，他却变得那么沉默寡言了。既不问我为什么不到内地去，也不问我在上海有什么任务，当然不问我为什么不住在庙弄，绝对不问我如今住在什么地方。

我突然的找到他了，突然每晚到他家里吃饭了，然而这仿佛是平常不过的事，早已如此，一点不突然。料理饮食的也是小石一位朋友的老太太，我们共同享用着正正式式的刚煮好的饭，还有汤——那位老太太在午间从不为自己弄汤菜，那是太奢侈了。——在那里，我有一种安全的感觉。直到有一次我在这"晚宴"上偶然缺席，第二天去时看到他们的脸上是怎样从焦虑中得到解放，才知道他们是如何理解我的不安全。

那位老太太手里提着铲刀，迎着我说："哎呀，郑先生，您下次不来吃饭最好打电话来关照一声啊，我们还当您怎么了呢。"

然而小石连这个也不说。

于是只好轮到我找一点话，在吃过晚饭之后，什么版画，元曲，变文，老庄哲学，都拿来乱谈一顿，自己听听很像是在上文学史之类，有点可笑。

于是我们就去遛马路。

有时同着二房东的胖女孩，有时拉着后楼的小姐L，大家心里舒舒坦坦的出去"走风凉"。小石是喜欢魏晋风的，就名之谓"行散"。

遛着遛着也成为日课，一直到光脚踏屐的清脆叩声渐渐冷落下来，后门口乘风凉的人们都缩进屋里去了，我们行散的兴致依然不减。

秋天的黄昏比夏天的更好，暮霭像轻纱似的一层一层笼罩上来，迷迷糊糊的雾气被凉风吹散。夜了，反觉得亮了些，天蓝的清清净净，撑得高高的，嵌出晶莹皎洁的月亮，真是濯心涤神，非但忘却追捕，躲避，恐怖，愤怒，直要把思维上腾到国家世界以外去。

我们一边走着，一边谈性灵，谈人类的命运，争辩月之美是圆时还是缺时，是微云轻抹还是万里无垠。……

小石的住所朝南再朝南。是徐家汇路，临着一条河，河南大都是空地和田，没有房子遮着，天空更畅得开，我们从打浦桥顺着河沿往下走往下走，把一道土堆算城墙，又一幢黑魆魆的房屋算童话里的堡垒，听听河水是不是在流。

走得微倦，便靠在河边一株横倒的树干上，大家都不谈话。

可是一阵风吹过来了，夹着河水污浊的气味，熏得我们站起来。这条河在白天原是不可向迩的。"夜只是遮盖，现实到底是现实，不能化朽腐为神奇！"小石叹了口气。

觉着有点凉，我随手取起了放在树干上的外衣，想穿。"嗄！"L

叫了起来,"有毛毛虫!"外衣上附着两只毛虫呢,连忙抖拍了下去。大家一阵忙,皮肤起着栗,好像有虫在爬。

"不要神经过敏了,听,叫哥哥在叫呢。"

"不,那是纺织娘。"

"那里,那一定是铜管娘。"

"什么铜管娘,昆虫学里没有的名字。"

其实谁也没有研究过昆虫学。热心的争论起来了,把毛毛虫的不快就此抖掉。

"听,那边更多呢。"

一路倾听过去,忽然有一个孩子的声音叫:

"在这里了。"

那是一个穿了睡衣裤的小孩,手里执着小竹笼,一条辫子梢上还系着红线,一条辫子已经散了,大概是睡了听见叫哥哥叫的热闹又爬起来的。

"你不要动,等我捉。"铁丝网那边的丛莽中有一个男人在捉,看样子很是外行,拿了盒火柴,一根根划着。

秋虫的声音到处都是,可是去捉呢,又像在这里,又像在那里,孩子怕铁丝网刺他,又急着捉不到,直叫。

小石也钻进丛莽里去了。

一个骑自行车的人经过,也停下来,放好了车,取下了车上的电石灯,也加入去捉了。

这人可是个惯家,捉了一会,他说:"不行,这样,你拿着灯,我们来捉。"原来的男人很听话的赶快把灯接过来,很合拍的照亮着。

果然,不一会,骑自行车的人就捉到了一只,大家钻出来,孩子喜欢得直跳。

骑自行车的人大大的手里夹着叫哥哥,因为感觉到大家欣赏他的成功而害羞，怯怯的说道："给谁呢？给谁呢？"

原来在捉的男人就推给小石说："先给他吧，他不会捉的。"孩子也说："给你吧，我们还好再捉。"

小石被这亲热的退让和赠予弄得不好意思起来，连忙走开去，说："哪里，哪里，我原不想要，我是帮你们捉的，"想想自己又不会捉，又改说，"我不过凑凑热闹。"

我们也说："小妹妹别客气了，把它放在笼子里吧，看跳掉了。"

那个孩子才欢欢喜喜感谢地要了，男人和骑自行车的又钻进丛莽中去。

小石一边走，一边笑，一边咕噜："我又不是小孩子，推给我做什么。"

L说："人家当你比那个小孩还小啦，这又有什么可脸红的呢。"

于是小石就辩了："月亮光底下看得出脸红脸白么。"

其实我们大家都饫饮这善良的温情而陶然了。

走得很远，回过头去，还看得见丛莽里一闪一闪亮着自行车的摩电灯。

避暑会

到处都张挂着避暑会的通告,在莫干山的岭下及岭脊。我们不晓得避暑会是什么样的组织,并且不知道以何因缘,他们的通告所占的地位和语气,似乎都比当地警察局的告示显得冠冕而且有威权些。他们有一张中文的通告说:

今年本山各工匠擅自加价,每天工资较去年增加了一角。本避暑会董事议决,诸工匠此种行动,殊为不合。本年姑且依照他们所增,定为水木各匠,每天发给工资五角。待明年本会大会时再决定办法。此布。

莫干山避暑会(原文大意)

增加工资的风潮,居然由上海蔓延到乡僻的山中来了,我想。避暑会的力量倒不小,倒可以有权力操纵着全山的政治大权。大约这个会一定是全山的避暑者与警察当局共同组织的,或至少是得到当地政治当局的同意而组织的。后来，遇到了几位在山上有地产，而且年年来避暑的人，如鲍君、丁君，我问他们：

"避暑会近来有什么新的设备？"

"我不知道。"

"我们是向来不预闻的。"

这使我更加疑诧了。到底这个"莫干山避暑会"是由谁组织的呢？

"你能把这会的内容告诉我么？我很愿意知道这会里面的事。"有一天，我遇见了一位孙君这样的问他。

"我也不大清楚，都是外国人在那里主办的。"

"没有一个中国人在内么？"

"没有。"

"为什么不加入？"

"我也不晓得，不过听说中国人的避暑者也正想另外组织一个会呢。"

"年年来避暑的，如丁君、鲍君他们都连来了二十多年了，怎样没有想到这事？"

"他们正想联络全山的中国避暑者。"

"进行得如何了？什么时候可以成立？"

孙君沉默了一会，似乎怪我多问。

"我也不大仔细知道他们的事。"

几天又过了，我渐渐明白了这避暑会的事业：他们设了一个游泳池，一个很大的网球场，建筑都很好，管理得都很有秩序。还有一个大会堂，为公共的会议厅，为公共的礼拜堂，会堂之旁，另辟了一个图书馆，还有一个幼稚园。每一个星期，大约是在星期五，总有一次音乐合奏会在那里举行。一切事业都举办得很整齐的。

一天，一位美国人上楼来找我们了。他自己介绍说是避暑会派来的，因为去年募款建造大会堂，还欠下一万多块钱的债，要每年向上山避暑的人捐助一点，以便还清。

"你没有到过大会堂么？那边有图书馆，可以去看书借书，还有音乐会，每星期一次，欢迎你们大家都去听。还有幼稚园，儿童们可以去上课。"

我便乘机略问了避暑会的情形。最后，他说，他是沪江大学的教员。见我桌上放了许多书，布了原稿纸在工作，便笑着说："我每天上午也都做工，预备下半年的教材。"

我们写了几块钱的款，他道了谢，便走了。

原来，这个山，自开辟为避暑区域以来，不到四十年，最初来的是一个英国人施牧师，他买了二百多亩地，除留下十分之二三为公地，做球场、礼拜堂之用外，其余的都由教友分买了。到了后来，来的人一天一天的多，避暑区域也一天一天的扩大，施牧师虽然死了，而他的工作却有人继续着做去。

他们的人却不多，而且很复杂。据说，全山总计起来，中国避暑者却比他们多得很多。他们的国籍，有美、法、英、德；他们的职业，有教员，有牧师，有商人，有上海工部局里的巡捕头。我们愤怒他们之侵略，厌恶他们之横行与这种不问主人的越俎代谋的举动，然而我们自己则如何！

要眼不见他们的越俎代谋，除非是我们自己出来用力的干去，有条理的干去！

我们一向是太懒惰了，现在是非做事不可了！能做的便是好人，能一同向前走去，为公共而尽力的便是好人，能不因私意而阻挡别人之工作者便是好人！

这个愤谈却禁不住的要发。

本来要写《山中通信》第二封，第三封……的，因为工作太忙了，且赶着要把它做完,所以没有工夫再写下去。现在把回忆中所有的东西,陆续的写出,作为如上的《山中杂记》,虽然并不是真的在山中记的,却因为都是山中的事,便也如此题着了。

1926年8月30日夜追记

山中的历日

"山中无历日。"这是一句古话,然而我在山中却把历日记得很清楚。我向来不记日记,但在山上却有一本日记,每日都有二三行的东西写在上面。自7月23日,第一日在山上醒来时起,直到了最后的一日早晨,即8月21日,下山时止,无一日不记。恰恰的在山上三十日,不多也不少,预定的要做的工作,在这三十日之内,也差不多都已做完。

当我离开上海时,一个朋友问我:"什么时候可以回来?"

"一个月。"我答道。真的,不多也不少,恰是一个月。有一天,一个朋友写信来问我道:"你一天的生活如何呢?我们只见你一天一卷的原稿寄到上海来,没有一个人不惊诧而且佩服的。上海是那样的热呀,我们一行字也不能写呢。"

我正要把我的山上生活告诉他们呢。

在我的二十几年的生活中,没有像如今的守着有规则的生活,也没有像如今的那么努力的工作着的。

第一晚,当我到了山时,已经不早了,滴翠轩一点灯火也没有。我问心南先生道:"怎么黑漆漆的不点灯?"

"在山上,我们已成了习惯,天色一亮就起来,天色一黑就去睡,我起初也不惯,现在却惯了。到了那时,自然而然的会起来,自然而然的会去睡。今夜,因为同家母谈话,睡得迟些,不然,这时早已入梦了。家中人,除了我们二人外,他们都早已熟睡了。"心南先生说。

我有些惊诧,却不大相信。更不相信在上海起迟眠迟的我,会服从了这个山中的习惯。

然而到了第二天绝早,心南先生却照常的起身。我这一夜是和他暂时一房同睡的,也不由得不起来,不由得不跟了他一同起身。"还早呢,还只有6点钟。"我看了表说。

"已经是太晚了。"他说。果然,廊前太阳光已经照得满墙满地了。

这是第一次,我倚了绿色的栏杆——后来改漆为红色的,却更有些诗意了——去看山景。没有奇石,也没有悬岩,全山都是碧绿色的竹林和红瓦黑瓦的洋房子。山形是太平行了。然而向东望去,却可看见山下的原野。一座一座的小山,都在我们的足下,一畦一畦的绿田,也都在我们的足下。几缕的炊烟,由田间升起,在空中袅袅的飘着,我们知道那里是有几家农户了,虽然看不见他们。空中是停着几片的浮云。太阳照在上面,那云影倒映在山峰间,明显的可以看见。

"也还不坏呢,这山的景色。"我说。

"在起了云时,漫山的都是云,有的在楼前,有的在足下,有时浑不见对面的东西,有时,清山只露出峰尖,如在海中的孤岛,这简直可称为云海,那才有趣呢。我到了山时,只见了两次这样的奇景。"心南先生说。

这一天真是忙碌,下山到了铁路饭店,去接梦旦先生他们上山来。下午,又东跑跑,西跑跑。太阳把山径晒得滚热的,它又张了大眼向下望着，头上是好像一把火的伞。只好在邻近竹径中走走就回来了。

在山上，雨是不预约就要落下来的，看它天气还好好的，一瞬间，却已乌云蔽了楼檐，沙沙的一阵大雨来了。不久，眼望着这块大乌云向东驶去，东边的山与田野却现出阴郁的样子，这里却又是太阳光满满的照着了。

"伞在山上倒是必要的；晴天可以挡太阳，下雨的时候可以挡雨。"我说。

这一阵雨过去后，天气是凉爽得多了，我便又独自由竹林间的一条小山径，寻路到瀑布去。山径还不湿滑，因为一则沿路都是枯落的竹叶躺着，二则泥土大干，雨又下得不久。山径不算不峻峭，却异常的好走。足踏在干竹叶上，柔柔的如履铺了棉花的地板，手攀着密集的竹竿，一竿一竿的递扶着，如扶着栏杆，任怎么峻峭的路，都不会有倾跌的危险。

莫干山有两个瀑布，一个是在这边山下，一个是碧坞。碧坞太远了，听说路也很险。走过去，要经过一条只有一尺多阔的栈道，一面是绝壁，一面是十余丈深的山溪，轿子是不能走过的，只好把轿子中途弃了，两个轿夫牵着游客的双手，一前一后的把他送过去。去年，有几个朋友到那里去游，却只有几个最勇敢的这样的走了过去，还有几个却终于与轿子一同停留在栈道的这边，不敢过去了。这边的山下瀑布，路途却较为好走，又没有碧坞那么远，所以我便渴于要先去看看——虽然他们都要休息一下，不大高兴走。

瀑布的气势是那么样的伟大，瀑布的景色是那么样的壮美；那么多的清泉，由高山石上，倾倒而下，水声如雷似的，水珠溅得远远的，只要闭眼一想象，便知它是如何的可迷人呀！我少时曾和数十个同学们一同旅行到南雁荡山。那边的瀑布真不少，也真不小。老远的老远的，便看见一道道的白练布由山顶挂了下来，却总是没有走到。经过了柔湿的田道，经过了繁盛的村庄，爬上了几层的山，方才到了小龙湫。那时是初春，还穿着棉衣。长途的跋涉，使我们都气喘汗流。但到了瀑布之下，立在一块远隔丈余的石上时，细细的水珠却溅得你满脸满身都是，阴凉的，阴凉的，立刻使你一点的热感都没有了；虽穿了棉衣，还觉得冷呢。面前是万斛的清泉，不休的只向下倾注，那景色是无比的美好，那清而宏大的水声，也是无比的美好。这使我到如今还记念着，这使我格外的喜爱瀑布与有瀑布的山。十余年来，总在北京与上海两处徘徊着，不仅没有见什么大瀑布，便连山的影子也不大看得见。这一次之到莫干山，小半的原因，因为那山有瀑布。

山径不大好走，时而石级，时而泥径，有时，且要在荒草中去寻路。亏得一路上溪声潺潺的。沿了这溪走，我想总不会走得错的。后来，终于是走到了。但那水声并不大，立近了，那水珠也不会飞溅到脸上身上来。高虽有二丈多高，阔却只有两个人身的阔。那么样萎靡的瀑布，真使我有些失望。然而这总算是瀑布，万山静悄悄的，连鸟声也没有，只有几张照相的色纸，落在地上，表示曾有人来过。在这瀑布下留连了一会，脱了衣服，洗了一个身，濯了一会足，便仍旧穿便衣，与它告别了。却并不怎么样的惜别。

刚从林径中上来，便看见他们正在门口，打算到外面走走。

"你去不去？"擘黄问我。

"到哪里去？"我问道。

"随便走走。"

我还有余力，便跟了他们同去。经过了游泳池，个个人喧笑的在那里泅水，大都是碧眼黄发的人，他们是最会享用这种公共场所的。池旁，列了许多座位，预备给看的人坐，看的人真也不少。沿着这条山径，到了新会堂，图书馆和幼稚园都在那里。一大群的人正从那里散出，也大都是碧眼黄发的人。沿着山边的一条路走去，便是球场了。球场的规模并不小，难得在山边会辟出这么大的一个地方。场边有许多石级凸出，预备给人坐，那边贴了不少布告，有一张说："如果山岩崩坏了，发生了什么意外之事，避暑会是不负责的。"我们看那山边，围了不少层的围墙。很坚固，很坚固，哪里会有什么崩坏的事。然而他们却要预防着。在快活的打着球的，也都是碧眼黄发的人。

梦旦先生他们坐在亭上看打球，我们却上了山脊。在这山脊上缓缓的走着，太阳已将西沉，把那无力的金光亲切的抚摩我们的脸。并不大的凉风，吹拂在我们的身上，有种说不出的舒适之感。我们在那里，望见了塔山。

心南先生说："那是塔山，有一个亭子的，算是莫干山最高的山了。"望过去很远，很远。

晚上，风很大。半夜醒来，只听见廊外呼呼的啸号着，仿佛整座楼房连基底都要为它所摇撼。

山中的风常是这样的。

这是在山中的第一天。第二天也没有做事。到了第三天，却清早的起来，6点钟时，便动手做工。8时吃早餐，看报，看来信，邮差正在那时来。9时再做，直到了12时。下午，又开始写东西，直到了4时。那时，却要出门到山上走走了。却只在近处，并不到远处去。天未黑便吃了饭。随意闲谈着。到了8时，却各自进了房。有时还看看书，有时却即去睡了。一个月来，几乎天天是如此。

下午4时后，如不出去游山，便是最好的看书时间了。

山中的历日便是如此，我从来没有过着这样的有规则的生活过！

1926年9月20日

塔山公园

由滴翠轩到了对面网球场,立在上头的山脊上,才可以看到塔山;远远的,远远的,见到一个亭子立在一个最高峰上,那就是所谓塔山公园了。到山的第三天的清早,我问大家道:"到塔山去好吗?"

朝阳柔黄的满山照着,鸟声细碎的嗍啾着,正是温凉适宜的时候,正是游山最好的时候。

大家都高兴去走走,但梦旦先生说,不一定要走到塔山,恐怕太远,也许要走不动。

缓缓的由林径中上了山;仿佛只有几步可以到顶上了,走到那处,上面却还有不少路,再走了一段,以为这次是到了,却还有不少路。如此的,"希望"在前引导着,我们终于到山脊。然后,缓缓的,沿山脊而走去。这山脊是全个避暑区域中最好的地方。两旁都是建造得式样不同的石屋或木屋,中间一条平坦的石路,随了山势而高起或低下。空地不少,却不像山下的一样,粗粗的种了几百株竹,它们却是以绿绿的细草铺盖在地上,这里那里的置了几块大石当做椅子,还有不少挺秀的美花奇草，杂植于平铺的绿草毡上。我们在那里，见到了优越的人为淘汰的结果。

一家一家的楼房构造不同，一家一家的园花庭草，亦布置得不同。在这山脊上走着，简直是参观了不少的名园。时时的，可于屋角的空隙见到远远的山峦，见到远远的白云与绿野。

走到这山脊的终点，又要爬高了，但梦旦先生有些疲倦了，便坐在一块界石上休息，没有再向前走的意思。

大家围着这个中途的界石而立着，有的坐在石阶上。静悄悄的还没有一个别的人，只有早起的乡民，满头是汗的挑了赶早市的东西经过这里，送牛奶面包的人也有几个经过。

大家极高兴的在那里谈天说地，浑忘了到塔山去的目的。太阳渐渐的高了，热了，心南看了手表道：

"已经9点多了。快回去吃早餐吧。"

大家都立了起来，拍拍背后的衣服，拍去坐在石上所沾着的尘土，而上了归途。

下午，我的工作完了，便向大家道："现在到塔山去不去呢？"

"好的。"蔡黄道，"只怕高先生不能走远道。"

高先生道："我不去，你们去好了。我要在房里微睡一下。"

于是我和心南、擘黄同去了。

到塔山去的路是很平坦的。由山后的一条很宽的泥路走去，后面的一带风景全可看到。山石时时有人在丁丁的伐采，可见近来建造别墅的人一天天的多了，连山后也已有了几家住户。

塔山公园的区域，并不很广大，都是童山，杂植着极小极小的竹材，只有膝盖的一半高。还有不少杂草，大树木却一株也没有。将到亭时，山势很高峭，两面石碑，立在大门的左右，是叙这个公园的缘起，碑字已为风雨所侵而模糊不清，后面所署的年月，却是宣统二年（1910）。据说，近几年来，亭已全圮，最近才有一个什么督办，来山避暑，提倡重修。现在正在动工。到了亭上，果有不少工匠在那里工作，木料灰石，堆置得凌乱不堪。亭是很小的，四周的空地也不大，却放了四组的水门汀建造的椅桌，每组二椅一桌，以备游人野餐之用。亭的中央，突然的隆起了一块水门汀建的高丘，活像西湖西泠桥畔重建的小青墓。也许这也是当桌子用的，因为四周也是水门汀建的亭栏，可以给人坐。

再没有比这个亭更粗陋而不谐和的建筑物了，一点式样也没有，不知是什么东西，亭不像亭，塔不像塔，中不是中，西不是西，又不是中西的合璧，单直可以说是一无美感，一无知识者所设计的亭子。如果给工匠们自己随意去设计，也许比这样的式子更会好些。

所谓公园者，所谓亭子者不过如此！然而这是我们中国人在莫干山所建筑的唯一的公共场所。

亏得地势占得还不坏。立在亭畔，四面可眺望得很远。莫干山的诸峰，在此一一可以指点得出来，山下一畦一畦的田，如绿的绣毡一样，一层一层，由高而低，非常的有秩序。足下的岗峦，或起或伏，或趋或耸，历历可指，有如在看一幅地势实型图。

太阳已经渐渐的向西沉下，我们当风而立，略略的有些寒意。那边有乌云起了，山与田都为一层阴影所蔽，隐隐的似闻见一阵一阵的细密的雨声。

"雨也许要移到这边来了，我们走吧。"

这是第一次的到塔山。

第二次去是在一个绝早的早晨，人是独自一个。

在山上，我们几乎天天看太阳由东方出来。倚在滴翠轩廊前的红栏杆上，向东望着，我们便可以看到一道强光四射的金线，四面都是斑斓的彩云托着，在那最远的东方。渐渐的，云渐融消了，血红血红的太阳露出了一角,而楼前便有了太阳光。不到一刻,而朝阳已全个的出现于地平线上了,比平常大,比平常红,却是柔和的,新鲜的,不刺目的。对着了这个朝阳而深深的呼吸着,真要觉得生命是在进展,真要觉得活力是已重生。满腔的朝气,满腔的希望,满腔的愉意,满腔的跃跃欲试的工作力!

怪不得晨鸟是要那样的对着朝阳婉转的歌唱着。

常常的在廊前这样的看日出。常常的移了椅子在阳光中,全个身子都浸没在它的新光中。

也许到塔山那个最高峰去看日出,更要好呢。泰山之观日出不是一个最动人的景色么?

一天,绝早,天色还黑着,我便起身,胡乱的洗漱了一下,立刻起程到塔山。天刚刚有些亮,可以看见路。半个行人也没有遇见。一路上急急的走着,屡次的回头看,看太阳已否升起。山后却是阴沉沉的。到了登上了塔山公园的长而多级的石阶时,才看见山头已有金黄色,东方是已经亮晶晶的了。

风呼呼的吹着,似乎要从背后把你推送上山去。愈走得高风愈大,真有些觉得冷栗,虽然是在6月,且穿上了夹衣。

飞快的飞快的上山,到了绝顶时,立刻转身向东望着,太阳却已经出来了,圆圆的红血的一个,与在廊前所见的一模一样,眼界并不见得因更高而有所不同。

在金黄的柔光中浸溶了许久许久才回去,到家还不过8时。

第三次,又到了塔山,是和心南先生全家去的,居然用到了水门汀的椅桌,举行了一次野餐会。离第一次到时,只有半个月,这里仿佛因工程已竣之故,到的人突多起来。空地上垃圾很不少,也无人去扫除。每个人下山时都带了不少只苍蝇在衣上帽上回去。沿路费了不少驱逐的工夫。

1926年9月30日

不速之客

　　这里离上海虽然不过一天的路程,但我们却以为上海是远了,很远了;每日不再听见隆隆的机器声,不再有一堆一堆的稿子待阅,不再有一束一束来往的信件。这里有的是白云,是竹林,是青山,如果镇日的靠在红栏杆上,看看山,看看田野,看看书,那么,便可以完全与外面的世界隔绝。偶然的听着鸟声喙格喙格的啭着,或一只两只小鸟,如疾矢似的飞过槛外,或三五丛蝉声曼长的和唱着,却更足以显出山中的静谧与心中的静谧来。

　　然而我们每天却有两次或三次是要与上海及外面世界接触的:一次便是早晨八时左右邮差的降临,那是照例总有几封信及一束日报递来的。如果今天邮差迟了一点来,或没有信件,我们心里便有些不安逸。

　　"我有信没有?"一见绿衣人的急步噔噔噔的上了楼,便这样的问;有时在路上遇见了,那时时间是更早,也便以这同样的问题问他。

　　他跑得满头是汗,从邮袋中取了信件日报出来,便又匆匆的转身下楼了。我到了山中不到三天,已与这个邮差熟悉。因为每次送这一带地方邮件的总是他。据他说，今年上山的人不到三百。因为熟悉了，在中途向他要信时，他当然不会不给的。

再一次是下午未时左右：那时带了外面的消息来的，又是邮差，且又是同样的那一个邮差；不过这一次是靠不住的，有时来，有时不来。

最后一次是夜间九、十时左右，那时是上海或杭州的旅客由山下坐了轿子来的时候。因为滴翠轩的一部分是旅馆，所以常常有旅客来。我的房间隔壁，有两间空房，后面也有一间，这几个房间的住客是常常更换的。有时是官僚，有时是军人，有时是教育家，有时是学生——我还曾在茶房扫除房间时，见到一封住客弃掉的诉说大学生活的苦闷的信——有时是商人，有时是单身，有时是带了女眷。虽然我是不大同他们攀谈的，但见了他们的各式各样的脸，各式各样的举动，也颇有趣。不过他们来时，往往我们已经睡了。第二天一清晨，便听见老妈子们纷纷传说来的是什么样的人。有时，座谈得迟了，便也看见他们的上山。大约每一二夜总有一批人来。一见轿夫挑夫的喧语，呼唤茶房的声音，楼梯上杂乱匆促的足步声，便知山客是又多了几个了。有时，坐在廊前，也看见对山有灯火荧荧的移动。老妈子们便道："又有人上山了。"刘妈道："一个，两个，还有一个，妈妈呀，轿子多着呢！今天来的人真不少呀！"这些人当然不是到滴翠轩来的，因为到滴翠轩是走老路近，而对山却是新路，轿夫们向来不走的。走新路的，都是到岭上各处别墅上去的。

第一次第二次的外面消息，是我们所最盼望的，因为载来的是与我们有关的消息。尤其热忱的来候着的是我。因为，箴没有和我同来，我几次写信去，总催她快些上山来。上海太热，是其一因，还有……

别离，那真不是轻易说的。如果你偶然孤身做客在外，如果你不是怕见你那母夜叉似的妻，如果你没有在外眷恋了别一个女郎，你必定会时时的想思到家中的她，必定会有一种说不出的离情别绪萦挂在心头的，必定会时时的因事，因了极小极小的事，而感到一种思乡或思家之情怀的。那是每个人都是这个样子的，毋庸其讳言。即使你和她向来并不怎么和睦，常常要口角几声，隔了几天，且要大闹一次的，然而到了别离之后，你却在心头翻腾着对于她的好感。别离使你忘了她的坏处，而只想到了她，特别是她的好处。也许你们一见面，仍然再要口角，再要拍桌子，摔东西的大闹，然而这时却有一根极坚固极大的无形的情线把你和她牵住，要使你们互相接近。你到了快归家时，你心里必定是"归心如箭"；你到了有机会时，必定要立刻的接了她出来同住。有几个朋友，在外面当教员的，一到暑假，经过上海回家时，必定是极匆忙的回去，多留一天也不肯。"他是急于要想和他夫人见面呢。"大家都嘲笑似的谈着。那不必笑，换了你，也是要如此的。

这也毋庸讳言，我在这里，当然的，时时要想念到她。我写了好几封信给她，去邀她来。"如果路上没有伴，可叫江妈同来。"但她回了信，都说不能来。我们大约每天总有一封信来往，有时有两封信，然而写了信，读了信，却更引起了离别之感。偶然她有一天没有信来，那当然是要整天的不安逸的。

"铎，你不在，我怎么都不舒服，常常的无端生气，还哭了几次呢。你什么时候才能回来呢？"这是她在我走了第二日写来的信。

凄然的离情，弥漫了全个心头，眼眶中似乎有些潮润，良久，良久，还觉得不大舒适。

听心南先生说，有两位女同事写信告诉他，要到山上来住。那是很好的机会，可以与箴结伴同行的。我兴冲冲的写了信去约她。但她们却终于没有成行，当然她也不来了。我每天匆匆的工作着，预备早几天把要做的工做完。她既不能来，还是我早些回去吧。

有一次，我写信叫她寄了些我爱吃的东西来。她回信道："明后天有两位你所想不到的人上山来，我当把那些东西托他们带上。"

这两位我所想不到的人是谁呢？执了信沉吟了许久，还猜不出。也许是那两位女同事也要来了吧？也许是别的亲友们吧？我也曾写信去约圣陶、予同他们来游玩几天，也许会是他们吧？

　　一天过去了，两天过去了，这两位还没有到，我几乎要淡忘了这事。

　　第三夜，10点钟的左右，我已经脱了衣，躺在床上看书。倦意渐渐迫上眼睫，正要吹灭了油灯，楼梯上突然有一阵匆促的杂乱的足步声；这足步到了房门口，停止了。是茶房的声音叫道：

　　"郑先生睡了没有？楼下有两位女客要找你。"

　　"是找我么？"

　　"她说是要找你。"

　　我心头扑扑的跳着。女客？那两位女同事竟来了么？匆匆的穿上了睡衣，黑漆漆的摸到楼梯边，却看不出站在门外的是谁。

　　"铎，你想得到是我来了么？"这是箴的声音，她由轿夫执的灯笼光中先看见了我，"是江妈伴了我来的。"

　　这真是一位完全想不到的不速之客！

　　在山中，我的情绪没有比这一时更激动得厉害的了。

1926年11月28日

大佛寺

祝福那些自由思想者！

挂了黄布袋去朝山，瘦弱的老妇、娇嫩的少女、诚朴的村农，一个个都虔诚的一步一换的，甚至于一步一拜的，登上了山；口里不息的念着佛，见蒲团就跪下去磕头，见佛便点香点烛。自由思想者站在那里看着笑着，"呵，呵，那一班愚笨的迷信者"。一个蓝布衣衫、拖着长辫的农人，一进门便猛拜下去，几乎是朝了他拜着，这使他吓了一跳，便打断了他的思想。

几个教徒，立在小教堂门外唱着《赞美诗》，唱完后便有一个在宣讲"道理"，四周围上了许多人听着，大多数是好事的小孩子们，自由思想者经过了那里，不禁嗤了一声，连站也不一站的走过了。

几个教徒陪他进了一座大礼拜堂。礼拜堂门口放了两个大石盆，盛着圣水，教徒们用手蘸了些圣水，在胸前画了一个"十"字，便走进了。大殿的四周都是一方一方的小方格，立着圣像，各有一张奇形的椅子，预备牧师们听忏悔者自白时用的，那里是很庄严的，然而自由思想者是漠然淡然的置之。

祝福那些自由思想者！

然而自由思想者果真漠然淡然么？

他嗤笑那些专诚的朝山者、传道者、烧香者、忏悔者，真的是！然而他果真漠然淡然么？

不，不！

黄色的围墙，庄严的庙门，四个极大的金刚神分站左右。一二人合抱不来的好多根大柱，支持着高难见顶的大殿；香烟缭绕着；红烛熊熊的点在三尊金色的大佛之前，签筒滴答滴答的作响，时有几声低微的宣扬佛号之声飘过你的耳边。你是被围抱在神秘的伟大的空气中了。你将觉得你自己的空虚，你自己的渺小，你自己的无能力；在那里你是与不可知的运命、大自然、宇宙相见了。你将茫然自失，你将不再嗤笑了。

尖耸天空的高大建筑，华丽而整洁的窗户、地板，雄伟的大殿，十字架上是又苦楚、又慈悲的耶稣，一对对的纯洁无比的白烛燃着。殿前是一个空棺，披罩着绣着白"十"字的黑布，许多教徒的尸体是将移停于此的。静悄悄的一点声响也没有，连苍蝇展翼飞过之声也会使你听见。假使你有意的高喊一声，那你将听见你的呼声凄楚的自灭于空虚中。这里，你又被围抱在别一个伟大的神秘的空气中了，你受到一种不可知的由无限之中而来的压迫，你又觉得你自己是空虚、渺小、无能力。你将茫然自失，你将不再嗤笑了。

便连几缕随风飘荡的星期日的由礼拜堂传出的风琴声、赞歌声以及几声断续的由寺观传到湖上的薄暮的钟声、鼓声，也将使你感到一种压迫、一种神秘、一种空虚。

那些信仰者是有福了。

呵，我们那些无信仰者，终将如浪子似的，如秋叶似的萎落在漂流在外面么？

我不敢想，我不愿想。

我再也不敢嗤笑那些专诚的信仰者。

我怎敢踏进那些"庄严的佛地"呢？然而，好奇心使我们战胜了这些空想，而去访问科仑布的大佛寺。

无涯的天，无涯的海，同样的甲板、餐厅、卧房，同样的人物，同样的起、餐、散步、谈话、睡，真使我们厌倦了；我们渴欲变换一下沉闷空气。于是我们要求新奇的可激动的事物。

到了科仑布，我们便去访问那久已闻名的大佛寺。我们预备着领受那由无限的主者、由庄严的佛地送来的压迫。压迫，究之是比平淡无奇好些的。

呵，呵，我们预备着怎样的心情去瞻仰这古佛、这伟佛，这只有我们自己知道。

到了！一所半西式的殿宇，灰白色的墙，并不庄严的立在南方的晚霞中。到了！我有些不信。那不是我们所想象的"佛地"，没有黄墙，没有高殿，没有一切一切，一进门是一所小园，迎面便是大卧佛所在的地方。我们很不满意，如预备去看一场大决斗的人，只见得了平淡的和解之结局一样的不满意。我们直闯进殿门。刚要揭开那白色嵌花的门帘时，一个穿黄色的和尚来阻止了。"不！"他说，"请先脱了鞋子。"于是我们都坐到长凳上脱下了皮鞋，用袜走进光滑可鉴的石板上。微微的由足底沁进阴凉的感触。大佛就在面前了。他慈和的倚卧着，高可一二丈，长可四五丈，似是新塑造的，油漆光亮亮的。四周有许多小佛，高鼻大脸，与中国所塑的罗汉之类面貌很不相同。"那都是新的呢。"同行的魏君说。殿的四周都是壁画，也似乎是新画上去的。佛前有好些大理石的供桌，桌上写着某人献上，也显然是新的。

那不是我们所想象的大佛寺里的大卧佛！

不必说了，我们是错走入一个新的佛寺里来了！

然而,光洁无比的供桌,堆着许多许多"佛花",神秘的花香,一阵阵扑到鼻上来时,有几个土人,带了几朵花来,放在桌上合掌向佛,低微的念念有词;风吹动门帘,那帘上所系的小钢铃,便丁零作声。我呆呆的立住,不忍立时走开。即此小小的殿宇,也给我以所预想的满足。

我并不懊悔!那便是大佛寺,那便是那古旧的大卧佛!

出门临上车时,车夫指着庭中一个大围栏说:"那是一株圣树。"圣树枝叶披离,已是很古老了。树下是一个佛龛,龛前一个黑衣妇人,伏在地上默默的祷告着。

呵,怕吃辣的人,尝到一点辣味已经足够了。

从清华园到宣化

别后，坐载重汽车向清华园车站出发。沿途道路太坏，颠簸得心跳身痛。因为坐得高，绿榆树枝，时时扑面打来，一不小心，不低头，便会被打得痛极。八时十二分，上平绥车，向西走，"渐入佳境"。左边是平原，麦田花畦，色彩方整若图案。右边，大山峙立，峰尖巉巉若齿，色极青翠。白云环绕半山，益增幻趣。绝似大幅工笔的青绿山水图。天阴，欲雨未雨。道旁大石巨崖棋布罗立，而小树散缀于岩间，益显其细弱可怜。沿途马缨花树最多，树尖即在车窗之下，绿衣红饰，楚楚有致。九时半，到南口。车停得很久。下去买了一筐桃子，总有一百多个，价仅二角。味极甜美。果贩们抢着叫卖，以脱手卖出为幸，据说获利极少。过南口，车即上山。溪水清冽，铮淙有声。过了几个山洞，山势险巇甚。在青龙桥站停了一会。又过山洞，经八达岭下，即入大平原。俨然换一天地。山势平衍若土阜，绿得可爱。长城如在车下。回顾八达岭一带，则山皆壁立，崚削不可攀援。长城婉蜒卧于山顶，雉堞相望。山下则堡垒形的烽火台连绵不断。昔日的国防，是这样的设备得周密,今已一无所用了。长城一线已不能阻限敌人们铁骑的蹂躏了!

十一时四十五分到康庄。这是一个很大的车站,待运的货物堆积得极多。有许多山羊,装在牲畜车上,当是从西边运来的。十二时二十五分,过怀来,山势又险峻起来。山色黄绿相间,斑斓若虎皮纹,白云若断若连的懒散地拥抱于山腰。太阳光从云隙中射下,一缕一缕的,映照山上,益显得彩色的幻变不居。

下午一时余,到土木堡。此地即明英宗被也先所俘处,侍臣及兵士们死难者极多。闻有大墓一,今已不知所在。有显忠祠一,祀死难诸臣的,今尚在堡内。我们下车,预备在此处停留数小时。堡离车站数里;在田垄间走着。进沛津门,即入堡。房屋构造,道路情形,已和"关内"不同。大街极窄小,满是泥泞,不堪下足,除小毛驴外,似无其他代步物。街下有"岁进士"和"选元"的匾额,初不知所指,后读题字,始知前者为"岁贡生",后者为"选拔贡生"。商店很少,有所谓"孟尝君子之店"者,即为旅馆。门上又悬"好大豆腐"的招记,后又数见此招记。似居民食物主要品即为豆腐。到显忠祠,房屋破败不堪,明碑也鲜存者。此祠立于景泰间,至万历时焚于火,清初又毁于兵。康熙五十六年(1717)雷有乾等重建之。嘉庆间又加重修。祠后,辟屋铜文昌帝君,壁上画天聋、地哑像,乔模作态,幽默可喜。三时半,回到车站,四时又上车西去。六时二十分到下花园车站。这个地方,辽代的遗迹颇多,惜未及下车。鸡鸣山远峙于左,洋河浊浪滔滔,车即沿河而走。右有一峰孤耸,若废垒,四无依傍,拔地数十丈,色若焦煤,是一奇景。一路上都是稻田,大有江南的风光。六时五十五分到辛庄子,溯河而上,洋河之水,势极湍急,奔流而下,潺潺之声满耳。堤岸皆方石所筑,极齐整,间亦有已被冲刷坏了的。对山一带,自山腰以下,皆是黄色,风力吹积之痕迹,宛然可见。漠外的沙碛,第一次睹得一斑。山色本来是绿的;为了黄沙的烘托,觉得幽暗,更显出暗绿。柳树极多,极目皆是。

七时四十分到宣化。车停在车站,似即在此过夜。城外有兵士甚多,正在筑土堡,据说是在盖建营房。夜间,风很大,虎虎有声,不像是夏天。

八日,清晨即起身。遥望山腰,白云绵绵不绝,有若衣带环束者,有若炊烟上升者。半山黄沙,看得更清楚。七时半,坐人力车进城。入昌平门,门两旁有烧砖砌成之金刚神。城门上钉的是钟形之铁钉;极别致。城墙上有一石刻小孩做向下放便势;下有一猴,头顶一盘承之。据车夫说,从前每逢天将雨,盘上便有水渍。今已没有这效验了。穿城而过,出北门。北门的城楼,即有名之威远楼,明代所建,今尚未全颓。正对此楼,为镇虏台,台高四丈,远望极雄壮。旁有一小阜,名药王阁。我们走上去,无一人,屋内皆停棺木。狗吠声极凶猛。一老太婆在最高处出而问客。语声不可懂。她骨瘦如柴,说一声话,便要咳嗽几声。明白的是肺痨病已到不可救药的地步,真所谓"与鬼为邻"的了。我心头上觉得有物梗塞,非常难过,便离开了她,向镇虏台走来。台下为龙王殿,台上有匾曰"眺远"。此台为嘉靖甲寅(1554)所建,登之,可眺望全城。有明代碑记,凡"镇虏台"之"虏"字,皆已被铲去,殆是清代驻防军人所为。台下山旁,有洞穴二,初不知为何物,人其中,可容人坐立。车夫云:"为一山西客民所居,今已弃之而去。"这是我第一次见到的穴居。

过镇虏台,便望见恒山寺(一名北岳庙)。寺占一山巅,须过一小河始可达。山径已湮没,无路可上。行于乱石细草之间,尚不难走。前殿为安天殿,后殿为子孙娘娘庙。有顺治十年(1653)及乾隆甲午(1774)二碑。山石皆铁色。对河即为龙烟铁矿办事处。本有铁路支线一,因此矿停工,路亦被拆去。此矿规模极大,炼矿砂处,在北平之石景山。恒山寺下葡萄园极多,亦间有瓜田。平津一带所需之葡萄,皆由此处供给。又有天主堂的修道院一，建筑不久，式样似辅仁大学，当为同时所造的。院主为本国人吴君，在内修道者，有五六十人，都是从远方来的。

回到城内，游城中央的镇朔楼，本为鼓楼，大鼓尚存，今改为民众教育馆，办事精神很好，图书有《万有文库》等，尚不少。其北为清远楼，尚是旧形，原为钟楼，崇阁三层，为明成化间御史秦纮所造，因上楼之门被锁上了，未能上去。清远楼正居城的中央，楼下通自衡四达，似峨（格）特式的建筑，全是圆拱式的。

甘霖桥东有朝玄观（亦作朝天观），有宣德九年（1434）杨荣撰及正统三年（1438）吴大节撰的碑记。楼阁虽已破败，而宏伟的规模犹在。

次到介春园（今名玉家花园），园本清初王毅洲（墨庄）的藏书处，乾隆间为李氏所得。道光十年（1830），始为守备王焕功所得，大加经营，为一邑名胜。鱼池花木，幽雅宜人，今也已衰败，半沦为葡萄园，闻年可出葡萄八千斤。园亭的建筑大有日本风（味），小巧玲珑。春时芍药极盛，今仅存数株耳。大树不少，正有两株绝大的，被斫伐去，斥卖给贾人。工匠丁丁的在挖掘树根。不禁有重读柴霍夫《樱桃园》剧之感。

次到弥陀寺。朝玄观的道士云："先有弥陀，后有宣化，不可不看。"但此寺今已改为第二师范，仅存明代的铜钟及大铜佛各一。其实，弥陀寺乃始建于元中书右丞相安童，元、清皆曾重修。今碑文皆不见。铜佛高一丈八尺五寸，重四千余斤，为明宣德十四年（1439）九月十五日比丘性杲真源募缘建造。校园中，有大葡萄树数株，远者已有六十余年。

次去参观一清真寺，脱鞋入殿。此地教徒约五千人，甚占势力。

宣化本为李克用的沙陀国城，余址今尚可辨，又有镇国府，为明武宗的行在，曾荤豹房珍宝及妇女实其中，称曰"家里"，今为女子师范学校。惜因时促，均未及游。

宣化城内用水，皆依靠洋河，全城皆有小沟渠，引水入城，饮用，洗濯，及灌溉葡萄园皆用此水。人工河道，规模之小，似当以此处为最。

张家口

由宣化到张家口，不过半小时；下午七时三十五分开车，八时便到。饭后，到日新池沐浴。临时买了一瓶消毒药水，店伙竟以为奇，不知如何用法。大街上很热闹，商店极多，虽比不上上海、天津，却有北平最热闹街道的气象。洋货铺及麻菇店最多；西路东路的麻菇，皆以此地为总汇。又有悬挂"批发"招记而无售卖何物之标识的，听说，都是批发"特货"的店铺。

九日，从睡梦中为喇叭声所惊醒。一队队的军士，肩负铁铲，唱着军歌，出去做工。这时，天色刚亮，红霞满天，仅五点多钟。从车窗里远望，山势蜿蜒，狼烟台依山势的高下布置着。虽然都已颓败，但还可看出古代军事家的有计划的国防布置。

八时，从车站到大境门。这门是通口外的大道，很重要。路过清水河，河上有桥名清水桥，工程甚大。过桥后，有名"西来顺"的一家商店，同行者指着道："这店便是批发'特货'的一家。"一看果然是没有任何标识，只有店名及"批发"二字。

又经下堡，即昨夜走过的商业区。下堡又名旧城，明宣德四年（1429）所建。

出大境门，沿西沟而至元宝山，此地为汉蒙交易处。"半里许有地名马桥，由6月6日到9月10日止，每晨卖马牛羊者，集于此桥。"（白眉初：《中国省区全志》第一册）商店皆用满、蒙、藏三种文字为店标。墙上又高标外国商店二家之名，一为英商西密得，专收皮革；一为德商德华洋行，做外蒙的买卖，规模极大，成为中蒙贸易的专利的公司。他们有长途汽车不少，往来于张家口、库伦间。每年获利极巨。闻去年即挣了纯利四百余万元。途中牛车百数十辆，连绵不断。山边有水泉流出，在沙地中流着，牛马皆就之而饮。泉水的发源地，在一所极小的小庙下的岩中。前望山岭，回环拥抱，仅此一线峡涧，为交通的孔道。峰回路转，气象万千。但此处为大车路，不通汽车，到库伦去的汽车，要经万全。

大境门上有"大好河山"四字，为高维岳手笔。沿途稽查很严，每逢要摄影的地方，岗警必来要去名片并盘问几句。足见这地方在防守上地位的重要，实不能不这样防备的。

回车午餐，休息了一会，车上热度到华氏表九十八度。便坐车到公园，布置尚楚楚，动物笼中仅山兔及狼而已。次到赐儿山，山为张垣最有名的胜地，有汽车道，正在修理，可直达半山。山一名云泉山，上有云泉寺。寺为娘娘庙，顺治辛卯年（1651）重修，求子者多祷于此，故香火很盛。殿下有二洞，一曰冰洞，终年皆冰；一曰水洞，冬日不冻。但入而观之，则水洞当此夏季，当然有水；而冰洞则干涸见底，不仅无冰，也不见水。娘娘殿两旁有忠义宫及袁公亭。忠义宫祀关羽，袁公亭则祀清时粮厅袁某者。袁公亭最高爽，登览之顷，四山似皆在足下。整个张垣，历历可指。亭中，闻有某军官在避暑，阶上放着留声机一具；亭下小屋一间，贴着"小厨房"字样。

忠义宫中，满挂着仙佛的"照相"，阴影憧憧，鬼形可怖。闻民国十八九年（1929—1930）间，扶乩之风最盛，此皆其所遗之痕迹。道人云："近来已衰落了。"但观其陈列之物很整齐、很新鲜，似还有人在开坛捣鬼。

园中有浊水一池，游人们多坐在池边纳凉，池中一无所有。公园四周，多树"格言画"牌，每牌画一个故事，表现"孝、悌、忠、信，礼、义、廉、耻"八个大字的训条。西北军的传统的老信念也。

次到地藏寺，一进门，开殿门的人便给我们一个警告："有汗的不要进去。"其实我们都已走得汗出。"为什么？""洞里头冷，怕着凉。"进洞，确是很冷，和外面温度至少相差十五度。原来此殿是就山洞而造的。骤由太阳的炎光中走到这洞里，觉得很爽快。没有人肯听警告者的话。殿里很黑暗，柱上都盘着龙，不是彩画的，是泥和木塑成的，张牙舞爪，形状可怕，这是我们第一次见到这样的"龙柱"。旁有风神祠及仓神殿。仓神殿亦为扶乩之所，陈列的鬼影不少。风神祠惜因门锁闭，未得进去，不知风神果作何状。寺内有康熙、乾隆、嘉庆各时代的碑。一阵风来，天井中亭角的风铃当当作响，清脆可听。这声音，在南方似已不易听到了。

次到市圈，即所谓上堡（一名新堡）者是。堡修于明万历时，为对蒙交易之所。有万历四十四年（1616）汪道亨所作"新城来远堡题名记"，今尚存。殆为张垣最古的一碑。闻在中俄通商、库伦贸易未断之前，此处商业甚盛。还有医院一所。今则半成颓垣废瓦，空无居人，仅有军士数人看守耳。军士们作业甚勤，提筐倒土，执铲去泥，无役不作。即抬土时，亦开正步走。我们去时，正有兵士数人被罚跪于道旁。堡上最高处为关岳庙，规模甚大，其戏台乃在市圈广场之一边。庙中有"合圣佛坛"，亦为扶乩的地方。

次到旧堡，亦有城，甚大。有玉皇阁，在城边上，就城为庙，可望见全部商业地及四山。道人遥指道："对山是宋主席新建的观音寺，还没有完工呢。"绿山之中，一大块的白茫茫的新斫的山岩，即为其地。

归时，往怡安市场，大似北平头发胡同的旧货市，不过所售者非旧物耳。

张垣风光，和东南及冀鲁都不相同。我们到处所见皆为新鲜的事物，几乎是带着好奇的心去考察。这里没有旧的文化，没有像大同那样的惊人的古迹，甚至没有像宣化那样漂亮的建筑和楼牌。这里始终是一个商业的中心，从明代到民国初元都是在这样的情形底下发展着，但现在却形势全非了！那地方的险要是什么人都知道的。西北几省的存亡，几以此一要塞的保全与否为关键；甚至在远东的国际战争上，也是握着极重要的关键。目前的这样熙熙攘攘的景象，果能保持到几时呢？

车正从一所戏园边经过，悲壮凄凉的秦声正从园中透出。

大　同

十日，五时即起身。六时二十分由张家口开车。过阳高时，本想下去游白登堡，因昨夜大雨滂沱，遍地泥泞，不能下足，只好打消此议。下午一时半到大同。

大同在六朝做过北魏的都城，历代也都是大邑重镇。遗留古迹极多。在平绥路线上是一个最有过去的光荣的地方。现在车道可通太原等处。将来同蒲路修竣，这个地方在军事和商业上占的地位更为重要。

过大同的人，没有一个不耳熟于云冈石窟之名。这是北魏时代的一个伟大的艺术的宝窟，我憧憬于兹者已有好多年。到大同的目的，大半在游云冈。但并不是说，城内便没有可逛的地方。大同的城内也到处都是古迹，都有伟大的建筑物和艺术品在着。在大同，便够你逛个十天八天，逛个心满意足，还使你流连徘徊，不忍即返。

在车站上听见人说，连日大雨倾盆，通云冈的汽车道已被水冲坏，交通中断。这话使我的游兴为之减去大半。其田、文藻到骑兵司令部去打听关于云冈道上的消息，并去借汽车——到云冈虽不过三十里，汽车一小时余可达，坐骡车骑马却都很费事，故非去借汽车不可。过了许久，他们才回来，说赵司令承绶已赴云冈，他也因路断不能回来。现在正派工兵连夜赶修，大约明天这条路可以修好。

　　这样的在期待中，在车厢里过了半天，夜色苍茫，如豆的电灯光照得人影如鬼影似的，实在鼓不起上街的兴趣。到这陌生的地方，也不愿意夜游。便在车上闲谈，消遣过这半夜。

　　十一日六时起。九时左右，司令部的载重汽车来了。先游城内。云冈的修路消息还没有来，据说，要十二时前后方才知道确实的情形。颉刚游过大同数次，他独留在车上写信，不出去。

　　大同旧城外，有外郭三，除兵房外，无甚商店。但马路甚好，兵士时常的在修理。一进旧城，便是县政府的范围，那马路的崎岖不平，泥泞满涂，有过于北平人所称的"无风三尺土，有雨一街泥"。我们坐在大汽车上颠簸得真够受。旧城的城楼，曾改建成西式的楼房，作为图书馆。后冯玉祥军围大同，图书馆为炮火所毁。至今未能恢复。一座破坏了的洋楼孤巍巍的耸立在城头，倒是一个奇观。

　　到了阳和街东，便是九龙壁的所在。这是代王邸前的一道照壁。王邸已沦为民居，仅此照壁尚存。锁上了门，须叫看守者开门进去。那九条龙张牙舞爪的显得很活泼。琉璃砖瓦砌合的东西，光彩过于辉煌耀目，火辣辣的，一看便有非高品之感。但此壁琉璃砖上的彩色已剥落了不少，却觉得古色斑斓，恬暗幽静，没有一点火气，较之北海公园的那一座九龙壁来，这一座是够得上称做老前辈的了。在壁下徘徊了好久。壁的前面是一个小池。据看守人说，池里有水的时候，龙影映在水中，活像是真龙。又说，大小龙共计一千三百八十条。此数大约不确，连琉璃瓦片上的小龙计之，也不会到此巨数的。"九龙神迹"的一碑为乾隆重修时所立。又有嘉庆及民国十九年（1930）重修的二碑。门首有一碑，题云"奉旨传教修德立功为义殉躯杨司铎、雅各伯"，大约是拳匪时被杀者的纪念碑。

次游华严寺，这是大同城内最著名的梵刹。共有上寺下寺二所，相距甚近。当初香火盛时，或是相连的，后来寺址的一部分被占为民居，便隔成两地了。这是很可能的解释。上华严寺规模极大，现在虽然破坏不堪，典型犹在。旁院及后院皆夷为民居。大雄宝殿是保存得最好的一部分。终年锁上了门，可想见香火的冷落。找到了一个看守的和尚，方才开了门。此殿曾经驻过兵，被蹂躏得不堪。壁画尚完好。但都是金碧焕然，显为二三十年内所作的。有题记云："信心弟子画工董安"，又云："云中钟楼西街兴荣魁信心弟子画工董安"。这位董安，当是很近代的人。但画的佛像及布置的景色却浑朴异常，饶有古意。有好几个地方还可看出旧的未经修补涂饰的原来痕迹。大约董安只不过修补一下，加上些新鲜的颜色上去而已。原来署名的地方，一定是有古人署名的，却为他所涂却，僭写上了自己的名号了。此种壁画，当不至经过一次两次的涂饰。每经过一次的"装修"，必定会失去若干的"神韵"。凡董安所曾"装修"过的，细阅之，笔致皆极稚弱，仅存古作的躯壳耳。凡未经他的"装修"的，气魄皆很伟大，线条使色，都比较的老练、大胆。今日壁画的作家，仅存于西北一隅，而人皆视之为工匠，和土木工人等量齐观，所得也极微少，无怪他们的堕落。再过几年，恐怕连这类的"匠人"也不易找到了。北方的佛教势力实在是太微弱了，除了一年一度或数度的庙会之外，差不多终年是没有香火的。有香火的几个庙，不过是娘娘庙、城隍庙及关帝庙、玉皇庙等寥寥数座而已。为了生活的压迫，连宗教的崇拜也都专趋于与自己有切身利害关系的神祇们身上，什么释迦、如来之类，只好是关上大门喝西风了。故北方的庙宇，差不多不容易养活多少个僧侣。像灵隐寺及普陀山诸寺之每寺往往住着数百千个和尚的简直是没有。这有名的古刹华严寺，不过住着几个很穷苦的看守人而已，而其衣衫的破烂，殊有和这没落的古庙相依为命之概。

北方的庙宇，听说，只有喇嘛庙还可以存在，每庙也常住着数百人。其经济的来源却是从蒙古王公们那方面供给的居多，然今日也渐渐的日见其衰颓了。

上华严寺的大殿上的佛像以及布置，都和江南及北平的不同。殿很大，共有九九八十一间。还是辽代的建筑，历经丧乱，巍然独存。佛像极庄严，至晚是金元时代的东西。供养佛前的花瓶，是石头造的。像后的焰光极繁缛绚丽，和永乐时代的木版雕刻的佛像有些相同。无疑的，木雕是从这实物上仿得的。"大雄宝殿"四字是宣德二年（1427）写的。又有"调御丈夫"一额，是万历戊午年（1618）马林所题。此外，便无更古的题记了。

走过一条街便是下华严寺。一走进寺门，觉得气魄没有上寺大，眼界没有上寺敞。但当小和尚们——这里还有几个和尚及沙弥，庙宇保存得也还好——把大殿的门打开了时，我们的眼光突为之一亮，立刻喊出了诧异和赞叹之声。啊，这里是一个宝藏，一个最伟大的塑像的宝藏！从不曾见过那么多的那么美丽的塑像拥挤在一起的。这里的佛像确有过于拥挤之感，也许是从别的地方搬运了些过来的吧。简直像个博物院。上寺给我们的是衰败没落的感觉，到这下寺却使我们感到走进一个保存古物的金库里去。上寺的佛像是庄严的，但这里的佛像，特别倚立着的几尊菩萨像，却是那样的美丽。那脸部，那眼睛，那耳朵，那双唇，那手指，那赤裸的双足，那婀娜的细腰，几乎无一处不是最美的制造品，最漂亮的范型。那倚立着的姿态，娇媚无比啊，不是和洛夫博物院的 Venus de Melo 有些相同么？那衣服的褶痕、线条，哪一处不是柔和若最柔软的丝布的，不像是泥塑的，是翩翩欲活的美人。地山曾经在北平地摊上买到过一尊木雕的小菩萨像，其姿势极为相同。当为同时代之物。大约还是辽代的原物吧？否则，说是金元之间的东西，是决无疑问的。在明代，便不见了那飞动、那婀娜的作风了。明的塑像往往是庄严有余，生动不足的。清代的作物，则只有呆板的形象，连庄严慈祥的表情也都谈不到了。眼前便有一个好例：在这宝库里，同时便有几尊清代的塑像杂于其间，是那样的猥琐可怜！

我看了又看，相了又相，爬上了供桌，在佛像菩萨像之间，走着，相着，赞叹着。在殿前殿后转了好几个弯。要是我一个人在这里的话，便住在这里一天两天三天都还不能看得饱足的。可惜天已正午，不能不走。走出这拥挤的宝殿时，还返顾了好几次！

殿内有《大金国西京大华严寺重修薄伽藏教记》，为金天眷三年（1140）云中段子卿撰。原来这里是一个藏经殿。殿的四周，经阁尚存，但不知是否原物。打开了经阁看时，金代的藏经当然是不翼而飞了，但其中还藏着一部《正统藏》，残阙颇多，有的仅存经皮。赵城县广胜寺所藏的一部《金藏》或与这寺有些渊源关系吧。

回到车上，匆匆的吃了午饭。司令部的招待员不久便来，说云冈的汽车道已经修好了。我们便兴冲冲的又上了载重汽车，是带着那样的兴奋和期望走向我们的更伟大的佛教的宝藏云冈去！

在云冈预定至少要住两天。

云 冈

云冈石窟的庄严伟大是我们所不能想象得出的。必须到了那个地方，流连徘徊了几天几月，才能够给你以一个大略的、美丽的轮廓。你不能草草的、浮光掠影的、跑着、走着的看。你得仔细的去欣赏。猪八戒吃人参果似的一口吞下去，永远不会得到云冈的真相。云冈决不会在你一次两次的过访之时，便会把整个的面目对你显示出来的。每一个石窟，每一尊石像，每一个头部，每一个姿态，甚至每一条衣襞，每一部火轮或图饰，都值得你仔细的流连观赏，仔细的远观近察，仔细的分析研究。七十呎，六十呎的大佛，固然给你以宏伟的感觉，即小至一呎二呎，二时三时的人物，也并不给你以貌小不足观的缺憾。全部分的结构，固然可称是最大的一个雕刻的博物院，仅就一洞、一方、一隅的气氛而研究之，也足以得着温腻柔和、慈祥秀丽之感。它们各有一个完整的布局。合之固极繁赜富丽，分之亦能自成一个局面。

假若你能够了解，赞美希腊的雕刻，欣赏雅典处女庙的浮雕，假若你会在Venns de Melo像下，流连徘徊，不忍即去，看两次，三次，数十次而还不知满足者，我知道你一定能够在云冈徘徊个十天八天、一月两月的。

见到了云冈，你就觉得对于下华严寺的那些美丽的塑像的赞叹，是少见多怪。到过云冈，再去看那些塑像，便会有些不足之感——虽然并不会以他们为变得丑陋。

说来不信，云冈是离今一千五百年前的遗物呢；有一部分还完好如新，虽然有一部分已被风和水所侵蚀而失去原形，还有一部分是被斫下去盗卖了。

那么被自然力或奸人们所破坏的完整部分，还够得你赞叹欣赏的，且仍还使你有应接不暇之慨。入了一个佛洞，你便有如走入宝山，如走到山阴，珍异之多，山川之秀，竟使你不知先拾那件好，先看那一方面好。

曾走入一个大些的佛洞，刚在那里看大佛的坐姿和面相，忽然有一个声音叫道：

"你看，那高壁上的侍佛是如何的美！"

刚刚回过头去，又有一个声音在叫道：

"那门柱上的金刚，有五个头的如何的显得力和威！还有那无名的鸟，躯体是这样的显得有劲！"

"快看，这边的小佛是那么恬美，座前的一匹马，没有头的，一双前腿跪在地上，那姿态是不曾在任何画上和雕刻上见到呢。"

"啊，啊，一个奇迹，那高高的壁上的一个女像，手执了水瓶的，还不活像是阿述利亚风的浮雕么？那扁圆的脸部简直是阿述帝国的浮雕的重现。"

这样的此赞彼叹，我怎样能应付得来呢！赵君执着摄影机更是忙碌不堪。

但贪婪的眼和贪婪的心是一点不知疲倦的；看了一处还要再看一

处，看了一次，还要再看一次。

云冈石窟的开始雕刻，在公元453年（魏兴安二年）。那时，对于佛教的大迫害方才除去，主张灭佛法的崔浩已被族诛。僧侣们又纷纷的在北朝主者的保护下活动着。这一年有高僧昙曜，来到这武周山的地方，开始掘洞雕像。昙曜所开的窟洞，只有五所。后来成了风气，便陆续的扩大地域，增多窟洞。佛像也愈雕愈多，愈雕愈细致。

《魏书·释老志》云："太安初，有师子国胡沙门邪奢遗多、浮陁难提等五人，奉佛像三，到京师，皆云备历西域诸国，见佛影迹及肉髻，外国诸王相承，咸遣工匠摹写其容，莫能及难提所造者。去十余步，视之炳然，转近转微。又沙勒湖沙门赴京师致佛钵及画像迹。初昙曜以复佛法之明年（兴安二年，公元453年），自中山被命赴京。帝后奉以师礼。昙曜白帝，于京城西武周塞凿山石壁，开窟五所，镌建佛像各一，高者七十呎，次六十呎，雕饰奇伟，冠于一世。"又云："皇兴中，又构三级石佛图，榱栋楣楹，上下重结，大小皆石。高十丈，镇固巧密，为京华壮观。"（均见卷一百十四）

又《续高僧传》云："元魏北台恒北石窟通乐寺沙门解昙曜传：释昙曜，未详何许人也。少出家，摄行坚贞，风鉴闲约。以元魏和平年，任北台昭元统，绥辑僧众，妙得其心。住恒安石窟通乐寺，即魏帝之所造也。去恒安西北三十里，武周山谷，北面石崖，就而镌之，建立佛寺，名曰灵岩。龛之大者，举高二十余丈，可受三千许人，面别镌像，穷诸巧丽，龛别异状，骇动人神。栉比相连，三十余里。东头僧守恒供千人，碑碣见存，未卒陈委。先是太武皇帝太平贞君七年，司徒崔浩，令帝崇重道士寇谦之，拜为天师，珍敬老氏，虔刘释种，焚毁寺塔。至庚寅年，太武感致疠疾，方始开始。帝既心悔，诛夷崔氏。至壬辰年，太武云崩，子文成立，即起塔寺，搜访经典。毁法七载，三宝还兴。曜慨前陵废。欣今重复（以和平三年壬寅）。故于北台石窟，集诸德僧，

对天竺沙门译《付法藏传》,并《净土经》,流通后贤,意存无绝。"(卷一)

然这二书之所述,已可见开窟雕像的经过情形,不必更引他书。惟《续高僧传》所云"栉比相连,三十余里",未免邻于夸大。武周山根本便没有绵延到三十余里之长,至多不过五六里长。还是《魏书·释老志》所述"开窟五所"的话,最可靠。但昙曜开辟了此山不久,此山便成了皇家崇佛的圣地。在元魏迁都之前,《魏书》屡记皇帝临幸武周山石窟寺之事。

《魏书·显祖记》:"皇兴元年八月丁西,行幸武周山石窟寺。"(公元467),以后又有七八次。

又《魏书·高祖记》:"太和四年八月戊申,幸武周山石窟寺。"以后又有三次。但也不仅皇家在那里开窟雕像;民间富人们和外国使者们也凑热闹的在那里你开一窟,我雕一像的相竞争。就连日所得的碑刻看来,西头的好几个洞,都是民间集资雕成的。这消息,足征各洞窟的雕刻所以作风不甚相同之故。因此,不久之后,武周山便成了极热闹的大佛场。

《水经注》"漯水"条下注云:"其水又东北流注武周川水,武周川水又东南流。水侧有石祗洹舍,并诸窟室,比邱尼所居也。其水又东转迳灵岩,凿石开山,因岩结构,真容巨壮,世法所希。山堂水殿,烟寺相望,林渊锦镜,缀目新眺。川水又东南流出山。《魏上地记》曰:平城西三十里,武周塞口者也。"

按《水经注》撰于后魏太和,去寺之建,不过四五十年,而已繁盛至此。所谓"山堂水殿,烟寺相望,林渊锦镜,缀目新眺",决不是瞎赞。

《大清一统志》引《山西通志》:"石窟十寺,在大同府治两三十里,元魏建,始神瑞,终正光,历百年而工始完。其寺,一同升,二灵光，三镇国，四护国，五崇福，六童子，七能仁，八华严，九天宫，十兜率。内有元载所修石佛十二龛。"那十寺不知是哪一代的建筑。所谓元载云云，到底指的是元代呢，还是指的唐时宰相元载？或为"元魏"二字之误吧？云冈石刻的作风，完全是元魏的，并没有后代的作品掺杂在内。则所谓元载一定是元魏之误。十寺云云，也不会是虚无之谈。正可和《水经注》的"山堂烟寺相望"的话相证。今日所见，石窟之下，是一片的平原，武周山的山上也是一片的平原，很像是人工所开辟的；则"十寺"的存在，无可怀疑。今所存者，仅一石窟寺，乃是清初所修的，石窟寺的最高处，和山顶相通的，另有一个古寺的遗构。惜通道已被堵塞，不能进去。又云冈别墅之东，破坏最甚的那所大窟，其窟壁上有石孔累累，都是明显的架梁支柱的遗迹。此窟结构最为宏伟，难道便是《魏书·释老志》所称"皇兴中又构三级石佛图"的故址所在么？这是很有可能的。今尚见有极精美的两个石柱耸立在洞前。

经我们三日（11日到13日）的奔走周览，全部武周山石窟的形势，大略可知。武周山因其山脉的自然起讫，天然的分为三个部分，每一部分都可自成一局面，中有山涧将它们隔绝开。如站在武周河的对岸望过去，那脉络的起讫是极为分明的。今人所游者大抵为中部；西部也间有游者，东部则问津者最少。所谓东部，指的是自云冈别墅以东的全部。东部包括的地域最广，惜破坏最甚，洞窟也较为零落。中部包括今日的云冈别墅、石窟寺、五佛洞，一直到碧霞宫为止。碧霞宫以西便算是西部了。中部自然是精华所在，西部虽也被古董贩者糟蹋得不堪，却仍有极精美的雕刻物存在。

我们十一日下午一时二十分由大同车站动身，坐的仍是载重汽车。沿途道路，因为被水冲坏的太多，刚刚修好，仍多崎岖不平处。高坐在车上，被颠簸得头晕心跳。有时，猛然一跳，连座椅都跳了起来。双手紧握着车上的铁条或边栏，不敢放松一下，弄得双臂酸痛不堪。沿武周河而行，中途憩观音堂。堂前有三龙壁，也是明代物。驻扎在堂内的一位营长，指点给我们看道："对山最高处便是马武塞，中有水井，相传是汉时马武做强盗时所占据的地方。惜中隔一水，山又太高，不能上去一游。"

三十华里的路，足足走了一个半钟头。渡过武周河两次，因汽车道是就河边而造的。第一次渡过河后，颉刚便叫道：

"云冈看见了！那山边有许多洞窟的就是。"

大家都很兴奋。但我只顾着紧握铁条，不遑探身外望；什么也没有见到，一半也因坐的地方不大好。

"看见佛字峪了，过了寒泉石窟了。"颉刚继续的指点道，他在三个月之前刚来过一次。

啊，啊，现在我也看见了，云冈全景展布我们之前。几个大佛的头和肩也可远远的见到。我的心是怦怦的急跳着。向往着许久的一千五百年前的艺术的宝窟，现在是要与它相见了！

三时到云冈。车停于石窟寺东邻的云冈别墅。这别墅是骑兵司令赵承绶氏建的。这时，他正在那里避暑。因为我们去，他今天便要回大同，让给我们住几天。这里，一切的新式设备俱全——除了电灯外。

这一天只是草草的一游。只到石窟寺（一作大佛寺）及五佛洞走走，别的地方都没有去。

登上了大佛寺的三层高楼，才和这寺内的一尊大佛的头部相对。四周都是黄的红的蓝的色彩，都是细致的小佛像及佛饰。有点过于绚丽失真。这都是后人用泥彩修补的，修得很不好，特别是头部，没有一点是仿得像原形的。看来总觉得又稚弱又猥琐，毫没有原刻的高华生动的气势。这洞内几乎全部是彩画过的，有的原来未毁坏的，其真容也被掩却。想来装修不止一次，最后的一次是光绪十七年兴和王氏所修的。他"购买民院地点，装采五佛洞，并修饰东西两楼，金装大佛全身"。

不能不说与云冈有功，特别是购买民地，保存石窟的一事。向西到五佛洞，也因被装修彩绘而大失原形，反是几个未被"装彩"过的小洞，还保全着高华古朴的态度。

游五佛洞时，有巡警跟随着。这个区域是属于他们管辖的；大佛寺的几个窟，便是属于寺僧管辖的。五佛洞西的几个窟，有居民，可负保管之责；再西的无人居的地方，便索性用泥土封闭了洞口，在洞外写道"内有手榴弹，游者小心"一类的话，其实没有。被封闭的无人看管的若干洞，也尽有好东西在那里。据巡长说，他们每夜都派人在外巡察。此地现已属于古物保管会管辖，故比较的不像从前那样容易被毁坏。

五佛洞西，有几尊大佛的头部，远远的可望见。很想立刻便去一游。但暮色渐渐的笼罩上来，像在这古代宝窟之前，挂上了一层纱帘。我们只好打断了游兴，回到云冈别墅。

武周山下，靠近西部，为云冈堡，一名下堡，堡门上有迎薰、怀远二额，为万历十四年所立。云冈山上还有一座土城屹立于上，那便是云冈堡的上堡。明代以大同为重镇，此二堡皆为边防兵的驻所。

晚餐后，在别墅的小亭上闲谈。东部的大佛窟，全在眼前。那两个立柱还朦朦胧胧的可见到。忽听到山下人家有击筑奏筝及吹笛的声音；乐声呜呜、托托的，时断时续。我和颉刚及巨渊寻声而往，听说是娶亲。正在一个古洞的前面，庭际搭了一个小棚，有三个音乐家在吹打。贺客不少，新娘盘膝的坐在炕上。

在这古窟宝洞之前，在这天黑星稀的时候，在当前便是一千五百年前雕划的大佛，便是经历了不知多少次的人世浩劫的佛室，听得了这一声声的呜呜托托的乐调，这情怀是怎样可以分析呢？凄惋？眷恋？舒畅？忧郁？沉闷？啊，这飘荡着的轻纱似的无端的薄愁呀！啊，在罗马斗兽场见到黑衫党聚会，在埃及的金字塔下听到土人们作乐，在雅典处女庙的古址上见旅客们乘汽车而过，是矛盾？是调和？这永古不能分析的轻纱似的薄愁的情怀!

归来即睡。入睡了许久,中夜醒来,还听见那梆子的托托和笛声的鸣鸣。他们是彻夜的在奏乐。

十二日一早,我性急,便最先起身,迎着朝暾,独自向东部去周览各窟。沿着大道(这是骡车的道)向东直走,走过石窟寒泉,走过一道山涧,走过佛字峪。愈向东走,石窟愈少愈小,零零落落的简直无可称道。山涧边,半山上有几个古窟,攀登了上去一看,那些窟里是一无所有。直走到尽头处,然后再回头向西来,一窟一窟的细看。

最东的可称道的一窟,当从"左云交界处"的一个碑记的东边算起。这一窟并不大。仅存一坐佛,面西,一手上举,姿态尚好,但面部极模糊,盖为风霜雨露所侵剥的结果。

窟的前壁,向内的一部分,照例是保存得最好的,这个所在,非风势雨力所能侵及,但也一无所有,刀斧斫削之痕,宛然犹在。大约是古董贩子的窃盗的成绩。

由此向西,中隔一山涧,地势较低,即"左云交界处"。道旁零零落落的,小佛窟不少。雕刻的小佛随处可见。一窟内有较大的立佛二,但极模糊。窟西,有一小窟,沙土满中,一破棺埋在那里,尸身的破蓝衣已被狗拖出棺外,很可怕。然此窟小佛像也有不少,窟外壁上有明人朱廷翰的题诗,字很大。由此往西,明人的题刻不少,但半皆字迹剥落,不堪卒读。在明代,此处或有一大庙,为人云冈的头门,故题壁皆萃集于此。

西首有二洞,上下相连,皆被泥土所堵塞,想其中必有较完好的佛像。一大窟,在其西邻,也已被堵塞,但从洞外罅隙处,可见其中彩色黝红,极为古艳,一望而知,是元魏时代所特有的鲜红色及绿色,经过了一千五百余年的风尘所侵所曝的结果,决不是后代的新的彩饰所能冒充得来的。徒在门外徘徊,不能入内。这里便是所谓"石窟寒泉"。有一道清泉，由被堵塞的窟旁涓涓的流出，流量极微。窟上有"云深处"及"山水清音"二石刻，大约也是明人的手笔。

西边有一洞，可入。洞中有一方形的立柱，高约八尺。一佛东向，一佛西向，又一佛西南向，皆模糊不清。西南向者且为泥土所修补的，形态全非。所雕立的、坐的、盘膝的小佛像甚多，但不是模糊，便是头部或连身部俱被盗去。

再西为碧霞洞（并非原名，疑亦明人所题），窟门有六，规模不小。窟内一物无存，多斧凿痕，当然也是被盗的结果。自此以西，便没有石窟可见。颇疑自"左云交界处"向西到碧霞洞，原是以"石窟寒泉"那个大窟的中心的一组的石洞。在明代，大约这里是士人们来往最为繁密的地方，或窟下的平原上，本有一所大庙，可供士大夫往来住宿的，然今则成为云冈最寥落、最残破的一部分了。

碧霞洞以西，是另成一个局面的结构。那结构的规模的宏伟，在云冈诸窟中，当为第一。数十丈的山壁上，凿有三层的佛像，每层的中间，皆有石孔，当然是支架梁木的所在。故这里，在从前至少是一所高在三层以上的大梵刹。颉刚说："这里便是刘孝标的译经台。"正中是一个大佛窟，窟前有二方形立柱，虽柱上雕刻皆已模糊不可辨识，那希腊风的人形雕柱的格局却是一看便知的。大窟的两旁，各有一窟，规模也殊不小。和这东西二窟相连的，更有数不清的小窟小龛。惜高处无法攀缘而上，只能周览最下层的一部分。

一进了正中的那个大窟，霉土之气便触鼻而来；还夹着不少鸽粪的特有的臭味，脱落的鸽翎，满地都是。有什么动物，咕咕咕的在低鸣着。啪啪的一扑着翼，成群的飞了出来，那都是野鸽。地上很潮湿，积满了古尘、泥屑和石屑。阴阴的，温度很低冷，如入了地下的古墓室，但一抬起头来，却见的是耀眼的伟大的雕刻物。正中是一尊大佛，总有六十多呎高，是坐像，旁有二尊菩萨的大像，侍立着。诸像腰部以下皆剥落不堪，连形态都不存，但上半身却仍是完好如新。那头部美妙庄严，赞之不尽。反较大佛寺、五佛洞诸大佛之曾经修补者为更真朴可爱。这是东部唯一的一尊大佛。但除此三大佛外，这大窟中是空无所有，后壁及东西壁皆被风势及水力或人工所削平，连半点模糊的雕像的形状都看不到。壁上湿漉漉的，一抹便是一手指的湿的细尘。窟口的向内的壁上，也平平的不存一物，唯一条条的极整齐的斧凿痕还很清显的在那里，一定是近十余年来的人工破坏的遗迹。

东边的一窟，其中也被破坏得无一物存在。地上堆积了不少的由壁上脱落下来的石块，被古尘沾满，和泥土成了同色，大约不是近数十年来之所为的。

西边的一窟，虽也破败不堪，却还有些浮雕可见到。副窟小龛里，遗物还不少。这西窟的东壁为泥土所堵塞，西壁及南壁，浮雕尚有规模可见。窟顶上刻有"飞天"不少，那半裸体的在空中飞舞着的姿态，是除了希腊浮雕外，他处少见的，肉体的丰满柔和，手足腰肢的曲线的圆融生动，都不是东方诸国的古石刻上所有的。我抬了头，站在那里，好久没有移开，有时，换了一个方向看去。但无论在哪个方向看去，那美妙、圆融的姿态总是令人满意、赞赏的。

由此窟向西，可通另一窟，也是一个相连的副窟。我们可称它为西窟第二洞。洞中有三尊坐佛，皆盘膝而坐。这个布置，在诸窟中不多见。东壁的浮雕皆比较的完整。后壁及西壁则皆模糊不堪。

如果把这以大佛窟为中心的一组洞窟恢复起来，其宏伟是有过于其西邻的大佛寺的。可惜过于残破，要恢复也不可能。我疑心《魏书·释老志》上所说，皇兴中构的三级石佛图，其遗址便在此处。此地曾经住人，近代建的窑式的穹形洞尚存数所。

由此向西，不多数步，便是一道山涧，或小山峡，隔开了云冈别墅和这大佛窟的相连。

从云冈别墅开始向西走，便是中部。

中部又可分为五个部分来说。

我依旧是独自一个人由云冈别墅继续的向西走，他们都已出发到西头去逛了。

第一部分是云冈别墅。别墅的原址是否为一大洞窟，抑系由平地填高了的，今已不能查考。但别墅之后，今尚有好几个石窟，窟内有一佛的，有二佛对坐的，俱被风霜侵蚀得不成形体。小雕像也几乎无存。但在那些洞窟中，还堆着不少烧泥的屋瓦和檐饰。显然的这别墅的原址，本是一座小庙，或竟是连合在大佛寺中的一个东偏院。惜不及详问大佛寺的住持以究竟。那些佛窟，决不能独立成为一组，也当是大佛寺的大佛窟的东边的几个副窟。但为方便计，姑算它做中部的第一部分。

第二部分包括大佛寺内的两个大窟。这两窟的前面，各有一楼，高各三层，第三层上有游廊可相通达。三楼之上，更有最高的一层，仿佛另有梯级可通，却寻不到。前面已经说过，大约是较此楼更古的一个建筑物。

第一窟通称为大佛殿；殿前有咸丰辛酉重修碑，有不知年月满文碑，有同治十二年及光绪二年的满文碑。又有明万历间吴氏的一个刻石，更无古者。

入殿后，冷气飕飕由窟中出。和尚手执一把香燃点起来，为照看雕像之用。楼下一层很黑暗，非用火光，看不到什么。正中是一尊大佛，高约六十呎，身上都装了金，四壁浮雕，都被涂饰上新的色彩。且几原像模糊不清，或已失去之处，皆以彩泥为之补塑，怪不调和的。第二层楼上，光线较好，壁上也多半都是彩泥的塑像。站在这楼，正对大佛的胸部，到了三层楼上，方才和大佛的头部相对。大佛究竟还完好，故虽装了金，还不失其美妙慈祥的面姿。

第二窟俗称如来殿。窟中也极黑暗，结构和大佛殿大不相同。正中是一个方形立柱，每一面有一立佛，像支柱似的站着，柱上雕得极细。但有一佛，已毁，为彩泥所补塑。北壁为泉水所侵害，仅模糊可辨人形。东西壁尚完好，修补较少，较大佛殿稍存原形。登上了三楼，有一木桥可通那四方柱的第二层。这一层雕刻的是四尊坐像，四边浮雕极多，皆是侍像及花饰，有极美者。这立方柱当是云冈最完好的最精致的一个。

第三部分包括所谓"弥勒殿"及佛籁洞的二窟；这二窟介于大佛寺和五佛洞之间，几成了瓯脱之地，无人经管，弥勒殿前有额曰"西来第一山"，为顺治四年马国柱所题。那结构又自不同。正壁有二佛对坐着，像在谈经。其上层则为三尊佛像。其东西二壁各有八佛龛；每龛的帏饰，各有不同；都极生动可爱。有的是圆帏半悬，有的是绣带轻飘，无不柔软圆和，一点石刻的生硬之感也没有。顶壁的飞天及莲花最为完整。六朵莲花，以雕柱隔为六部。每一朵莲花，四周皆绕以正在飞行的半裸体的飞天，隔柱上也都雕刻着飞天。总有四十位飞天，那姿态却没有一个相同的；处处都是美，都是最圆融的曲线，那设计和雕工是世界上所不多见的。更好的是这窟中的雕像，全为原形，未经后人涂饰。

佛籁洞在其西，破坏已甚。观其结构的形势，当和弥勒殿完全相同。惟无后殿，规模较小。正中的一佛，为后人用彩泥补塑的。原来，照其佛龛的布置及大小，当也是二佛对坐谈经的姿态。

此殿前面，本来有楼，已塌毁。窟门左右，一边有五头佛，一边有三头佛，都显出有威力和严肃的样子，似是把守门口的神道们，同时用来做支柱的。窟外壁上，有浮雕的痕迹甚多，惜剥落殆甚，极为模糊。以上二窟，似也为大佛洞的西首的副窟。

第四部分就是俗称的五佛洞，不知为什么这五佛洞保护得格外周密。有巡警室在其口外，游人入内，必有一警士随之而入。其实，这一部分被装修涂改得最厉害，远不及弥勒殿和如来殿天然秀丽。

说是五佛洞，其实却有六个大窟。最东的第一窟，分隔为三进。结构甚类大佛殿。正中有大佛一，高亦有五十余呎，尚完好。后壁低而潮湿，雕像毁败已甚，前窟的许多浮雕都被涂饰得不成形状，但也有尚存原形的。

西为第二窟，结构略同前窟，大佛已毁去。到处都是新修新饰的色彩，唯高处的飞天及立佛尚有北魏的典型。

再西为第三窟，内部较小，结构同如来殿，中为一方形立柱，一方各雕着一佛，四壁皆新修新饰者，原有浮雕皆披彩泥填平，几乎是整个重画过。

再西为第四窟，较大，有两进，外进有四支塔形的支柱，极挺秀，尚未失原形。第二进则完全被涂饰改造过。疑其结构本同弥勒殿，正中的佛龛，原分上下二层，上层为三佛，下层为二坐佛。但今则上下二龛都仅坐着泥塑的二佛。以三佛及二佛的宽敞的地位，安置了一佛，自然要显得大而无当。再西为第五窟，结构同大佛殿。大佛高约五十呎，盘膝而坐，四壁多为新修饰的彩色泥像。

又西为第六窟。此窟内部已全毁，空无所有，故后人修补，亦不及之。仅窟门的内部，浮雕尚完好。西边即为一道泥墙，和寺外相隔绝。但此窟的外壁，小佛龛颇多，有几尊尚完整的佛像，那坐态的秀美，面姿的清俊，是诸窟内所罕见的，惜头部失去的太多。

再往西走，要出大佛寺，绕过五佛洞的外墙，才是中部的第五部分。这一部分的雕像我认为最美好，最崇高；却没有人加以保护，任其曝露于天空，任其夷为民居，任其给农民们作为存放稻草及农具之处所。其尚得保存到现在的样子，实在是侥幸之至。到这几个佛窟去，我们都得叩了农民们的大门进去。有时，主人不在家，便要费了本事。有一次，遇到一个病人，躺在床上起不来，没法开门，只好不进去，直等到第二次去，方才看到。

这一部分的第一大窟亦为一大佛洞，洞中有大佛一，高在六十呎以上，远远的便可望见其肩部及头部，壁上的浮雕也有一部分可见到。洞门却被泥墙所堵塞，没法进去。此窟东边，有二小窟；最东一窟有二坐佛，对坐谈经，却败坏已甚。较近的一窟也被堵塞。隐隐约约的看见其中彩色古艳的许多浮雕，心怦怦动，极力要设法进去一看而不可能。窗外数十丈的高壁上满雕着小佛像，不知其几千几百，功力之伟大，叹观止矣！

向西为第二大窟。这一窟，也在民居的屋后，保存得甚好。正中为一大坐佛，高亦在六十呎左右。两壁有二佛像，一立一坐，此二像的顶上，其"宝盖"却是雕成像戏院包厢似的，三壁的浮雕，也皆完好。

再西也为一大窟（第三窟）。正中一大佛为立像，高约七十呎，体貌庄严之至。袈裟半披在身上；而袈裟上却刻了无数的小佛像，像虽小而姿态却无粗率草陋者。两旁有四立佛。东壁的二立佛间，诸雕像都极隽好。特别是一个被袈裟而手执水瓶的一像，面貌极似阿述利亚人，袈裟上的红色，至今尚新艳无比。这一像似最可注意。

窟门口的西壁上，有刻石一方，题云："大茹茹……可登□□斯□□□鼓之□尝□□以资征福。谷浑□方妙□。"每行约十字，共约二十余行，今可辨者不到二十字耳，然极重要。大茹茹即蠕蠕国。这在魏的历史上是极重要的一个发现。茹茹国竟到云冈来雕像求福，这可见此地在不久时候，便已成了东亚的一个圣地了。

再西为第四大窟，破坏最甚。一大佛盘膝而坐，曝露在天日中，左右有二大佛龛，尚有一二壁的浮雕还完好。因为此处光线较好，故游人们都在此大佛之下摄影。据说，此像最高，从顶至通，有七十叹以上。

再西为第五大窟，亦有一大坐佛，高约六十呎，东西壁各有一立佛。西边的一佛已被毁去。

由此再往西走，便都是些小像小龛了；在那些小龛小像里，却不时的可发现极美丽的雕像。各像坐的姿态，最为不同，有盘膝而坐者，有交膝而坐者，有一膝支于他膝上，而一手支颐而坐者，处处都是最好的雕像的陈列所。惜头部被窃者甚多，甚至有连整个小龛都被凿下的。

到了碧霞宫止，中部便告了段落。碧霞宫为嘉庆十年所修，两壁有壁画，是水墨的，画得很生动。

颇疑中部的第五部分的相连续的五个大窟，便是昙曜最初所开辟的五窟。五尊大佛像是昙曜时所雕刻的，其壁上及前后左右的浮雕及侍像，也许是当地官民及外国人所捐助的，也未必是一时所能立即完全雕刻好。每一个大窟，其经营必定是很费工夫的。无力的或力量小些的人民，便在窟外雕个小龛，或开辟一小窟，以求消灾获福。

西部是从碧霞宫以西直到武周山的尽西头处。山势渐渐的向西平衍下去，最西处，恰为武周河的一曲所拥抱着。

这一路向西走，共有二十多个洞窟，规模都不甚大。愈向西走，愈见龛小，且也愈见其零落，正和东部的东首相同。故以中部的第三部分，假设为昙曜最初所选择而开辟的五窟，是很有可能的，那地位恰在正中。

西部的二十余窟，被古董贩子斫去佛头不少。几个较好的佛窟，又都被堵塞住了，而以"内有手榴弹"来吓唬你。那些佛像，有原来的色彩尚完整存在者。坐佛的姿势，隽好者不少。立像的衣襞，有翩翩欲活的。在中段的地方，一连四个洞，俱被堵塞，而标曰"内有手榴弹"。西部从罅中望进去，那顶壁的色彩是那样的古艳可喜！

西邻为一大窟，土人说，内为一石塔。由外望之，顶壁的色彩也极隽美。再西有一佛龛，佛像已为风雨所侵剥，而龛上的悬帏却是细腻轻软若可以手揽取。

再西的各小窟及各龛则大都破败模糊，无足多述。

这样的匆匆的巡览了一遍，已经是过了一整天，连吃午饭的时间都忘记了。

把云冈诸石窟的大势综览了一下，如以中部的第五部分为中心，则今日的大佛寺、五佛洞和东部的大佛图的遗址，都是极宏大的另成段落的一部分。

高到五十呎至七十呎的大佛，或坐或立的，计东部有一尊，中部的大佛寺有一尊、五佛洞现存二尊（或当有三尊，一尊已毁）。连同中部的第五部分五尊，共只有九尊或十尊。《山西通志》所谓十二龛及一说的所谓的二十尊，都是不可靠的。

这一夜终夜的憧憬于被堵塞的那几个大窟的内容。恰好，第二天，赵司令来到了别墅。我们和他商议打开洞门的事。他说："那很容易，吩咐他们打开就是了。"不料和看守的巡长一商量，却有许多的麻烦。非会同大同县的代表，古物保管会的代表及本地的村长村副眼同打开，眼同封上不可。说了许久，巡长方允召集了村长村副去打开洞门，先打东部"石窟寒泉"的一洞。他们取了长梯，只拆去最高的墙头的一段。高高的站在梯头向下望，实在看不清楚。跳又跳不下去，这洞内是一座石塔，塔的背后有佛像。因为忙乱了半天，还只开了一个洞，便只好放弃了打开西部各洞的计划，一半也因为打开了，负责任太大。

十三日的下午，一吃过饭，便到武周山的山顶上去闲逛。从云冈别墅的东首山路走上去，不一会便到了"云同东冈龙王庙斗母宫"，其中空无人居。过此，走入山顶的大平原。这平原约有数十顷大小，上有和尚的坟塔三座，一为万历时的，一为康熙时的，其一的铭志看不清了。有农人在那里种麦种菜，我们又向西走，进入云冈堡的上堡，堡里连一间破屋也没有，都夷为菜圃麦田，有一人裸了全身在耙地。望见远山上烽火台好几座绵延不断，前后相望。大概都是明代所建的。

再向西走，到了玉皇阁，那也是一个小庙，空无人居。由此庙向下走，下了山头，便是武周河边。"断岸千尺，江流有声"，正足以形容这个地方的景色。

下午四时，动身回大同，仍坐的载重汽车。大雨点已经开始落下，但不久便放晴。下了不过十多分钟的雨，不料沿途从山上奔流下来的雨水却成了滔滔的洪流，冲坏了好几处的大道。汽车勉强的冒险而过。到了一个桥边，山洪都从桥面上冲下去，激水奔腾，气势极盛，成了一道浊流的大瀑布，轰轰隆隆之声，震撼得人心跳。被阻在那里，二十多分钟，这道瀑布方才势缓声低，汽车才得驶过。

有没经过这种情形的，简直想不到所谓"山洪暴发"的情形是如何的可怕。

过了观音堂，汽车本来是在干的河床上走的，这次却要在急水中走着了。

7月13日夜

从丰镇到平地泉

十六日，五时起身遇见老同学郑秉璋君，在此地为站长。他昨夜恰轮着夜班，彻夜未睡，然今天九时左右，仍陪着我们，出去游览。丰镇无甚名胜，歧王山的闹鸡台及长城的得胜口因离站太远，未去游。此地连人力车都没有。步行过镇，沿途所见，与大同完全不同。大同是一个很热闹的城市，古代文化的遗迹又多，很可以流连忘返，这里却一点令人可游的地方都没有。目的是走向镇的东北隅的灵岩寺，几乎是穿过全镇。过平康里，为妓女集居之处。文庙已改成民众教育馆，但大殿仍保存，柱下的础石，做虎头状，很别致。又过城隍庙，庙前高柱林立，柱顶多饰以花形，不知做何用。在张家口大境门外的一庙，仅见二柱，初以为系旗杆，这里却多至数十，殆为信心的男女们所许愿树立者钦？

庙前广场上，百货陈列，最触目惊心者为鸦片烟灯枪，及盛烟膏之膏，大批的在发售。几乎无摊无此物，粮食摊子反倒相形见绌。同行者有购烟灯归来做纪念的，但我不愿意见到它，心里有什么在刺痛！

沿途，烟铺甚多，有专售烟膏的，也有附带吃烟室的；茶食铺兼营此业者不少。旅馆之中，更不用说了。我们走进一家小茶食店，他们的门前也挂着竹篾做的笊篱式的东西作为标识，上贴写着"净水清烟""君子自重"的红字条。店伙们正在烟榻旁做麻花，一个顾客则躺榻上洋洋自得的在吞吐烟霞，旁若无人，此人不过三十岁左右。"你们自己也吃烟么？"我问一个店伙道。

"不，不，我们哪里吃得起。"

又走过一家出售烟膏的大店，店前贴着大红纸条，写道"新收乳膏上市"。

"新烟卖多少钱一两呢？"

"大约二毛钱一钱。"店伙道。他取出许多红绿透明洋纸包的烟膏道："一包是二十枚，够抽一次的。"

我们才知道穷人们吃烟是不能论两计钱的，只有零星的买一包吃一顿的。

过市梢头，渐渐现出荒凉气象。远见山上有一庙独占一峰顶，势甚壮，我们知道即灵岩寺了。

灵岩寺从山麓到山顶凡九十九级，依山筑寺，眺望得很远。庙的下层为牛王庙，供的是马王、牛王。只是泥塑的牛马本形而已。这天恰是忠义社（毡毡业的同业会社）借此开会祭神，正中供一临时牌位是：

供奉毡毡古佛神位

人众来得很热闹。最上一层，有小屋数间，屋门被锁上，写的是"大仙祠"。从张家口以西，几乎无地无此祠。祠中供的总是一老一少的穿着清代袍褂的人物，且讳言狐狸，其信仰在民间是极强固的。

在最高处远望，为山所阻，市集是看不见的，仅见远山起伏，皆若培塿，不高，也不秀峭。秉璋指道："前面是薛刚山，传说，薛刚逃难时，尝避追兵于此山。"此山也是四无依傍的土阜。中隔一河，因有曹福祠过河的经验，故不欲往游。

"听说，这一带罂粟花极盛，都在什么地方呢？"我们问道。

"那一片白色的不是么？"

远望一片白花，若白毡毯似的一方方的铺在地上，都是烟田。

这时正是开始收割的时候。

"车站附近也有。"

下午，午睡得很久。五时许，天气很凉快，我们都去看罂粟花及收烟的情形。离站南里余，即到处都是烟田，有粉红色的，有大红色的，有红中带白的，唯以白色者为最多，故远望都成白色。花极美丽，结实累累，形若无花果。收烟者执一小刀、一小筒，小刀为特制的，在每一实上，割了一道。过了一会，实上便有乳白色的膏液流出。收烟者以手指刮下，抹入筒口，这便是烟膏了。每一果实，可割三四次以上。农人们工作得很忙。

"你们自己吃烟么？"我们又以这个问题问之。

"我们那里吃得起！"

看他们的脸色，很壮健，确乎不像是吃烟的。其中大部分都是短工，从远地赶着这收烟时节来做工的。

夜里，车开到平地泉。

十七日，七时起床。在车站上，知道前几天的大雨，已把卓资山以西的铁路都冲坏了，正在修理，不能去。绥远主席傅作义的专车，也已在此地等候了好几天。冲坏的地方很多。听说，少则五日，久则半月，始可修复。我们觉得在车上老等着是无益的，所以想逛完平地泉便先回家。这封信到了家时，人也许已经跟着到了。

九时，傅作义君来谈，因同人中，有几位是曾经有人介绍给他的。当路局方面打电报托他照料时，他曾经来电欢迎过。他是一个头脑很清楚的军人，以守㟁州的一役知名，很想做一点事。其田问他关于烟税的问题，有过很公开的谈话。他说：绥远省的军政费，收支略可相抵，快用不到烟税。烟税所入，年约一百万元，都用在建设及整理金融方面。现在绥远金融已无问题，皆由烟税方面收入的款去整顿。所以烟税的废除，在省府是没有多大问题的。只要中央下令禁止，便可奉命照办。惟中央现在已有了三年禁绝之令，现正设法，从禁吸下手，逐渐肃清。如不禁吸，则此地不种，他省的烟土必乘隙而入，绥晋的金融必大感困难。这话也许有一部分的理由。听说绥远的种烟，也是晋绥经济统制政策之一。绥晋二省吸烟的极多，如不自种自给，结果是很危险的。同时，白面、红丸之毒最甚，不得已而求其次，吃鸦片的还是"两害相权取其轻"的一法。山西某氏有"鸦片救国论"的宣布，大约其立论的根据便在于此。但饮鸩止渴，绝非谋国者的正当手段，剜肉补疮，更是狂人的举动。不必求其代替物，只应谋根本禁绝之道。但这是整个中国的大问题。

二时许，游老鸦嘴（一名老虎山），山势极平衍。青草如毡，履之柔软无声。有方广数丈的岩石，突出一隅，即所谓老鸦嘴也。岩上有一小庙，一乞丐住于中。登峰顶四望，平野如砥，一目无垠，一阵风过，麦浪起伏不定，大似一舟漂泊大海中所见的景象。

平地泉的名称，确是名副其实。塞外风光，至此已见一斑。天上鸦鸽轻飞，微云黏天，凉风徐来，太阳暖而无威，山坡上牛羊数匹，恬然的在吃草。一个牧人，骑在无鞍马上，在坡下放马奔跑，驰骤往来，无不如意。马尾和骑士的衣衫，皆向后拂拂吹动，是一幅绝好的平原试马图。我为之神往者久之。山上掘有战壕及炮座，延绵得很长，闻为晋军去年防冯时所掘。

冯玉祥曾在此驻军过，今日平地泉的许多马路，还是冯军遗留下的德政。但街道上苍蝇极多，成群的在人前飞舞。听说，从前此地本来无蝇。冯军来后，马匹过多，蝇也繁殖起来。

路过一打蛋厂，入内参观，规模颇大。有女工数十人，正在破蛋，分离蛋黄、蛋白。蛋黄蒸成粉状，蛋白则制成微黄色的结晶片。仅此一厂，闻每日可打蛋三万个，每年可获利三四万元。车站上正停着装满了制成的蛋的一车，要由天津运到海外去。惜厂中设备，尚未臻完美。如对空气、日光等设备完全，再安上了纱窗纱门，则成效一定可以更好的。

  傍晚，在离车站不远的怀远门外散步。"日之夕矣，牛羊下来"，这诗句正描写着此时此地的景象。牛群、羊群过去了，又有一大群的马匹，被赶入城内。太阳刚要西沉，人影长长的被映在地上。天边的云，拥挤在地平线上，由金黄色而紫、而青、而灰，幻变无穷。原野上是无垠的平，晚风是那样的柔和。车辙痕划在草原上，像几条黑影躺在那里。这是西行以来最愉快的一个黄昏。古人所谓"心旷神怡"之境，今已领略到了。拟于夜间归平，我们后天便可见面了。

7月17日

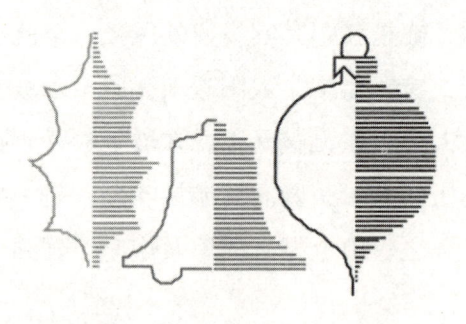

归绥的四"召"

这次是直接挂车到绥远的，中途并不停顿。所要游览的鸡鸣山及居庸关，都只好待之归来的时候了。八日八时许由清华园开车。九日十时十分到绥远省城。沿途无可述者。惟经过白塔车站时，可望见白塔巍然屹立。此塔为辽金时所建，中藏《华严经》万卷，清初尚可登览。张鹏翮《漠北日记》云："七级，高二十丈，莲花为台砌，人物斗拱，较天宁寺塔更巍然。内藏篆书《华严经》万卷，拾级而上，可以登顶。嵌金世宗时阅经人姓名，俱汉字。"今则塔已颓败，不可登。《华严经》殆也已散失，无存的了。

正午，到城南古丰轩吃饭，闻此轩已历时二百余年；有烙甜馅饼的大铁锅，重至八百余斤。下午，将行装搬下车，到绥远公医院暂住。傅作义氏来谈得很久，他就住在邻宅。

10日，上午8时，乘汽车到城内各召游览。

锡拉图召（一作舍利图召）在城南，为绥远城内最整洁的一庙。听说，财产最多，尚可养活不少喇嘛，故不现出颓败的样子。还有一座庙，在召河附近，是这里的大喇嘛夏天的避暑所在。此召，寺额名延寿寺。大殿分前后二部。前部完全是西藏式的"经堂"，为喇嘛们学经的地方，柱八，皆方形，朱红色，又有围楼。堂的正中，有大座椅，是活佛讲经处。今日尚有破碎的哈达不少方抛在那里。三壁都画着壁画，除特殊的藏佛数像外，余皆和内地的壁画不殊，大体皆画释迦佛的生平。

后部是"佛堂"，供着五尊佛，三壁都是藏经的高柜。

殿后，有楼，似为从前藏经的地方。但现在是空着，正中供观音，东边供关羽。

我问看庙的人说，这庙什么时候造的？说是明朝。

我也很疑心是明代的古庙。"经堂"的一部却是后来添造的，它和后半部的建筑是那样的不调和。

我第一次见到这种式样的汉藏合璧的建筑。

十时，到小召，即崇福寺，蒙名巴甲召。"巴甲"就是"小"的意思，规模很宏伟，并不小。清圣祖西征时，曾驻跸在此"召"，今有纪功碑在着。

碑云：城南旧有古刹，喇嘛拖音葺而新之，奏请寺额，因赐名崇福寺。"经堂"及佛殿的结构，和锡拉图召相同。此"召"原由古刹改造，可证实我的"经堂"为后来新增的一说。

经堂的柱，圆形，亦作朱红色，亦有楼围绕之。

寺甚颓败。盖布施日少，喇嘛不能生活，都去而他之。

寺内藏有圣祖的甲胄一副，也是他西征时留置在寺里的。

寺门口有小学校一所，额悬"归绥县第二代用小学校"，书声朗朗。

我们进去参观，教师不在校，学生数十人，所读皆《百家姓》《三字经》《四书》《左传》等老书。但墙上贴着他们的窗课，除了五七言诗之外，大体都是应用的文字，像"家书""合同"等等。这当是很有用处的练习。这些"私塾"，其作用大约全在于此。正是应了小市民的这个需要而存在着的。

次到"五塔召",即慈灯寺,在小召东南,颓败更甚。管召者为鸦片瘾极大的人,慢吞吞走来开门。大殿无甚可观。一般人所要参观的,都是那所谓五塔的。塔基,围十丈。上有五塔,皆建以炼砖,花纹雕刻极纤美。我们由黑漆漆的洞中,走了上去。可望见后街的平康里。砖上尚附有金彩,但大部分则均已剥落。寺建于雍正五年(1727),故亦名"新寺"。

次到大召,额题"古无量寺",周围占地四亩余,门口又悬"九边第一泉"额。泉在寺前百余步,今名玉泉井。寺的收入极少,故将前殿租给了商贩,辟作共和市场。大类北平的隆福寺、苏州的玄妙观。

大殿里的菩萨立像,都是细腰的,甚类大同的辽代之作,但身材太直、太板,没有下华严寺的菩萨像美丽,其制作或在元明间吧。大佛像后,有铜制的小喜欢佛一尊,视为神秘,须执灯去看。像为狞恶的喜欢佛,足踏一牛,牛下则为一女。

这所庙宇,"经堂"和佛殿的不融合的痕迹,分得最清楚,"经堂"极显明的,可见出其为后建的。佛殿的前檐,有一半是成了"经堂"的屋顶,被挤塞在那里,怪不调和的。后面的楼阁,也出租于商人们。一灯荧然,有人正在那里吃鸦片烟。

这时,已经十二时多了,赶快的上了汽车,赴阎伟氏的召宴。

下午三时,到民政厅,观西太后出生处。今有亭,名懿览。四围花木甚多,较政府为胜。

次到第一师范。观公主府,府虽改为学校,遗物及匾额有存者。康熙写的,有"静宜堂"一额;公主自写的,有"静定长春"一额。西边有一小屋,中尚存公主的神牌,上书"公主千岁千千岁",及佛幡佛经等。闻佛经即为公主生时所诵念的。公主为圣祖的姑母,康熙间,下嫁给额驸策伦敦笃。土人称她为黑蚌公主,关于她的传说很多。她的后人尚多，到现在，每年还派人来祭供一次。

　　归时，灯火已零星的闪耀着。

　　睡得很早；明天一早，便要动身到百灵庙。

8月10日

百灵庙

一

十一日清早，便起床。天色刚刚发白。汽车说定了五点钟由公医院开行，但枉自等了许久，等到六点钟车才到。有一位沈君，是班禅的无线电台长，他也要和我们同到百灵庙去。

同车的，还有一位翻译，是绥远省政府派来招呼一切的。这次要没有傅作义氏的殷勤的招待，百灵庙之行，是不会成功的。车辆是他借给的，还有卫士五人，也是他派来保卫途中安全的。

车经绥远旧城，迎向大青山驶去。不久，便进入大青山脉，沿着山涧而走，这是一条干的河床，乱石细砂，随地梗道。砂下细流四伏，车辙一过，即成一道小河，涓涓清流，溢出辙迹之外。我们高坐在大汽车上，兴致很好，觉得什么都是新鲜的。朝阳的光线是那么柔和的晒着。那长长的路，充满了奇异的未知的事物，继续的展开于我们的面前。

走了两小时,仍顺了山涧,爬上了蜈蚣坝。这坝是绥远到蒙古高原的必经的大道口。路很宽阔,且也不甚峻峭,数车可以并行。但为减轻车载及预防危险,我们都下车步行。到了山顶,汽车也来了。再上了车,下山而走。下山的路途较短,更没有什么危险。据翻译者说,这条山道上,从前是常出危险的。往来车马拥挤在山道上,在冬日,常有冻死的、摔死的。西北军驻此时,才由李鸣钟的队伍,打开山岩,把道路放宽,方才化险为夷,不曾出过事。这几年来,此道久未修治,也便渐渐的崎岖不平了。但规模犹在,修理自易。本来山口有路捐局,征收往来车捐。最近因废除苛捐杂税的关系,把这捐也免除了。

下了坝,仍是顺了山涧走。好久好久,才出了这条无水的涧,也便是把大青山抛在背后了。我们现在是走在山后。颉刚说苏谚有"阴山背后"一语,意即为:某事可以不再做理会了。可见前人对于这条阴山山脉是被视做畏途很少人肯来的。

但当我们坐了载重汽车,横越过这条山脉的时候,一点也不觉得这是一个荒芜的地方。也许比较南方的丛山之间还显得热闹,有生气。时时有农人们的屋舍可见——但有人说,到了冬天,他们便向南移动。不怎么高峻的山坡和山头,平铺着嫩绿的不知名的小草,无穷无尽的展开着,展开着,很像极大的一幅绿色地毯,缀以不知名的红、黄、紫、白色的野花,显得那样的娇艳,露不出半块骨突的酱色岩来。有时,一大片的紫花,盛开着,望着像地毯上的一条阔的镶边。

在山坡上有不少已开垦的耕地。种植着荞麦、莜麦、小麦以及罂粟。荞麦青青,小麦已黄,莜麦是开着淡白色的小花,罂粟是一片的红或白,远远的望着,一方块青,一方块黄,一方块白,整齐的间隔的排列着,大似一幅极宏丽的图案画。

十一时,到武川县。我们借着县署吃午饭,县长席君很殷勤的招待着。所谓县署,只是土屋数进,尚系向当地商人租来的。据说,每月的署中开支，仅六百元。但每年的收入却至少在十万元以上，其中烟税占了七万元左右。

赵巨渊君忽觉头晕腹痛，吐泻不止。我们疑心他得了霍乱，异常的着急，想把他先送回绥远，又请驻军的医军官来诊断。等到断定不是霍乱而只是急性肠炎时，我们方才放心。这时，大雨忽倾盆而下，数小时不止，我们自幸不曾在中途遇到。天色渐渐的暗了下来。这天的行程是决不能继续的了。席县长让出他自己的那间住房，给我们住。但我们人太多，任怎样也拥挤不开。我和文藻、其田到附近去找住所，上了平顶山，夕阳还未全下。进了一个小学校，闲房不少，却没有一个人，门户也都洞开，窗纸破碎的拖挂着，临风簌簌作响。这里是不能住，附近有县党部，那边却收拾得很干净，又是这一县最好的瓦房。我们找到委员们，说明借宿之意时，他们毫不犹豫的答应了，且是那样的殷殷的招呼着。冰心、洁琼、文藻、宣泽和我五个人便都搬到党部来住。烹着苦茶，一匙匙的加了糖，在喝着，闲谈着，一点也不觉得是在异乡。这所房子是由娘娘庙改造的，故地方很宽敞。据县长说，每年党部的费用，约在一万元左右。但他们的工作，似很紧张，且有条理，几个委员都是很年轻、很精明的。

这一夜睡得很好。第二天清早，便听见门外的军号声。仿佛党部的人员们都已经起来，这天（12日）是星期日，不知道他们为什么这样的早起。等到我们起床时，他们都已经由门外归来。原来是赴北门外的"朝会"的，天天都得赴会，县长、驻军的团长以及地方办事人员们，都得去。这是实行新生活运动的条规之一。

九时半，我们上了汽车，出县城北门，继续的向百灵庙走。沿途所经俱为草原。我们是开始领略到蒙古高原的景色了，风劲草平，牛羊成群的在漫行着，地上有许多的不知名的黄花、紫花、红花。又有雉鸡草，一簇簇的傲慢的高出于蒿莱及牧草之群中。据说，凡雉鸡草所生的地方，便适宜于耕种。

不时的有黄斑色的鸟类，在草丛里，啪啪的飞了起来。翻译说，那小的是叫天子，大的是百灵鸟。在天空里飞着时，鸣声清婉而脆爽，异常的悦耳。北平市上所见的百灵鸟，便产在这些地方。大草虫为车声所惊，也展开红色网翼而飞过，双翼嗤嗤嗤的作声。那响声也是我们初次听闻到的。又有灰黄色的小动物，在草地上极快的窜逃着过去，不像是山兔。翻译说，那是山鼠。一切都是塞外的风光。我们几如孔子的入周庙，每事必问，充满了新崭崭的见与闻。虽是长途的旅行，却一点也不觉得疲倦。

十一时，到保商团本部，颉刚、洁琼他们，下去参观了一会。这保商团是商民们组织的，大半都是骑兵，招募蒙人来充当，很精悍。这一途的商货，都由他们负责保护安全。

十二时，过召河，到了段履庄。这里只有一家大宅院，是一个大百货商店，名鸿记，自造油、酒、粉、面，交易做得极大。有伙计二百余人。掌柜人的住宅，极为清洁。在那里略进饼干，喝了些热水，便是草草的一顿午餐。

由鸿记上车，走了两点多钟，所见无异于前。但牛群羊群渐渐的多了，又见到些马群和骆驼群，这是召河之东的草原上所未遇的。最有趣的是，居然遇见了成群的黄羊（野羊），总共有三四百只，在山坡上立着。为车的摩托声所惊，立在最近的几只，没命的奔逃着去；那迅奔的姿态，伶俐的四只细腿的起落，极为美丽。翻译说，野羊是很难遇到的，遇者多主吉祥。3时，阴云突在车的前后升起。"快有雨来了。"翻译说。果然，大滴的雨点，由疏而密的落下。扯好了盖篷，大家都蛰伏在篷下，怪闷气的。车子闯过了那堆黑云，太阳光又明亮亮的晒着。而这时，远远的已见前面群山起伏，拥在车前。翻译指道："那一带便是乱七八糟山——这怪名字是他自己杜撰的，他后来说——这山的缺口,便是九龙口,我们由南口进去。在这四山的包围之中的,便是百灵庙。"我们登时都兴奋起来,眼巴巴的望着前面。前面还只是乱山堆拥着,望不见什么。

三时半,进了山口,有穿着满服的几个骑士们,见了汽车来,立刻策马随车奔驰了一会,仿佛在侦察车中究竟载的何等人物似的。那骋驰的利落、自如,是我们第一次见到的好景。跟了一会,便勒住马,回到山口去。

而这时,翻译忽然叫道:"百灵庙能望见了!"一簇的白屋,间以土红色的墙堵;屋顶上有许多美丽的金色的瓶形饰物,在太阳底下,闪闪发亮。

我们的车,在一个"包"前停下。这"包"装饰得很讲究,地毡都是很豪华的。原来是客厅,其组成,系先用许多交叉着的木棒,围成穹圆形,然后,外裹以白毡,也有裹上好几层的,内部悬以花布或红色毡,地上都铺垫了几层的毡。上为主座,中置矮案,案下为沙土一方,预备随时把垃圾倾在其中,隔若干日打扫一次。居者坐卧皆在地毡上。每一包,大者可住十余人,我们自己带有行军床,铺设了起来,又另成一式样。占了两包,每包住四人或五人,很觉得舒畅,比局促在河东商店的厢屋里好得多了。大家都充溢着新奇的趣味。

七时,天色忽暗,一阵很大的雹雨突然的袭来。小小的雹粒,在草地上迸跳着,如珠走玉盘似的利落,但包内却绝不进水。

雨后夕阳如新浴似的,格外鲜洁的照在绿山上,光色娇艳之至!天空是那么蔚蓝。两条虹霓,在东方的天空,打了两个大半圈,色彩可分别得很清晰。那彩圈,没有一点含糊,没有一点断裂。这是我们在雨后的北平和南方所罕见的;根本上,我们便不曾置身于那么广阔无垠的平原上过。

天色渐渐的黑了,黑得什么都看不见,仅包内一灯荧然而已。

不久便去睡。包外，不时的有马匹嘶鸣的声音传入。犬声连续不断的在此呼彼应的吠着，真有点像豹的呼叫。听说，牧犬是很狞恶的，确比口内的犬看来壮硕得多。但在车上颠簸了大半天，觉得倦极，一会儿便酣酣的睡着。

半夜醒来，犬声犹在狂吠不已。啊，这草原上的第一夜，被包裹于这大自然的黑裳里，静聆着这汪汪的咆叫，那情怀确有点异样的凄清。

今天五点多钟便起，还是为犬吠声所扰醒。趁着大家都还在睡，便急急的写这信给你。

写毕时，太阳光已经晒遍地上。预备要吃早餐，不多说了。

二

昨天，早餐后，一个人出去散步。在北面的一带山地上漫游着。山势都不高峻，山坡平衡之至，看不见一点岩石。足下是软滑滑的，一点履声都没有。那草原上的绿草简直便是一床极细厚的地毡，踏在上面，温适极了。太阳光一点都不热。山底下便是矮伯格河环之而流。

中途遇见保安处的军事教官刘建华君，随走随谈，谈得很久。他参加过好几次的抗日战，这可伤心的往事，不能不令人想起来便悲愤交集。

上午往游百灵庙。百灵庙，汉名广福寺，占地极广；凡有大小佛殿及"经堂"十一座；大小的喇嘛住所一百数十处，共有六百余间屋，可容得下三千余众。但现在住着的，不过数百人。

庙为康熙时所建，圣祖西征，曾在这里住得很久。民国三年（1914）时，张治曾驻此，曾经过一次大战，庙全被焚毁，现在的庙，是民国十年（1912）后重建的，规模遂远逊于前。

正殿及白塔，正对着庙前的突出的一峰，这峰名女儿山。相传，康熙怕女儿山要产生真命天子，便特建此庙以镇压之。

殿门上有梵符、符傍，注着汉字云："凡在此符下经过一次者，得消除千百世之罪孽。"前殿之"经堂"，正中为班禅驻此时诵经处。四周皆壁画，气韵还好，当出于大同、张家口的画人手笔。画皆释迦故事，唯有数尊喜欢佛，较异于他处。后殿为供佛之所。如来像的下方，别有头戴黄尖帽，身披黄袍的大小坐像数尊。其面貌和一般的佛像大异，鼻扁，额平，颧骨凸出，极肖蒙人。初以为蒙佛，问了翻译，才知道是黄教祖师的真容。这位宗教改革家，在西藏史上是占着很重要的地位的。殿的东隅，置一金色的柱形物，分三层，为宇宙的象征。下层为地，做圆形；中层为水，亦圆形而有波浪纹；上层为天，做楼阁层叠状。水的四面，有二伞形及日、月二形，此亦藏物。

出正殿，又进几个佛殿去参观，规模有大小，而结构无殊，便也懒得去追历十一殿了。

出庙，在山坡上散步。太阳光渐渐的猛烈起来，有点夏天的气候了。山顶有一白色石堆，插有木杆无数，成为斗形。木杆上悬挂着许多彩色的绸布，上有经文。此种石堆，名为"鄂博"，本为各旗分界之用，同时也成了祀神之所。我们坐在这"鄂博"的阴影下闲谈着。赵君说起蒙古所以定阴历三月二十一日为大祭成吉思汗日者，非为他的生忌死忌，而是他的一个特殊的战胜纪念日。是日为黑道日，本不利于出兵。但他每在黄道日出兵必败，特选这个黑道日出兵，遂获大胜。后人遂定这个奇特的日子为大祭日。

不觉的，太阳已经在天的正中了。我们赶快的向"包"走回。饭后，午睡了一会。"包"内闷热甚，大有住在沙漠上的意味。

夜间，赵君请了两个奏乐的人来。因为只有两个人，故只能奏两种乐器。一吹笛，一拉胡琴。奏的音调，极似《梅花三弄》，但他们说，是古调，名《阿四六》。这种音调，我疑心确是由蒙古高原传到内地来的。次换用胡琴和马头琴合奏,马头琴是件很奇特的乐器,蒙名"胡尔"或"尚尔",弦以马尾制成,饰以马首形。相传系成吉思汗西征时所制的。每一弹之,马群皆静立而听。马头琴声宏浊悲壮,间以胡琴的尖烈的咿哑声,很觉得音韵旋徊动人,虽然不知道奏的是什么曲。最后,是马头琴的独奏。极慷慨激昂,抑扬顿挫之至,没有一个人不为之感动的。奏毕,争问曲名,并求重奏一次。他们说,这曲名《托伦托》,为成吉思汗西征时制。奏乐者去后,余兴未尽,又由韩君他们唱《托伦托》曲及情歌《美的花》,歌唱出来的《托伦托》曲较在乐器上奏的尤为壮烈,确具骑士在大草原上仰天长歌的情怀。《美的花》则若泣若诉,郁而不伸。反复的悲叹其情人的被夺他嫁,但叹息声里,也带着慷慨的气概,不那么靡靡自卑。

"包"内客人们散去时,已经午夜。盘膝坐得腰酸,走出"包"外,全身舒直了一下。夜仍是黑漆漆的,伸手不见掌,但天空却灿灿烂烂的缀着满空的星斗。银河横亘于半天,成一半圆形,恰与地平线相接。此奇景,不到此,不能见到。

十二时睡。相约明早到康熙营子去,又要去考察一般蒙人所住的"包"。明日午后,尚约定看赛马会和"摔跤"。

三

前昨二日由百灵庙寄上一信。此二信皆系由邮差骑马递送,每两天一班,每班需走三天才到绥远。故此二信也许较这封信还要迟到几天呢!

百灵庙地方,很可留恋。昨日(14日)上午,七时方才起床,夜间睡得很熟,九时左右,乘汽车到康熙营子。相传该处为康熙征准噶尔时的驻所。今尚留有遗迹,且有宝座,但通觅宝座不见。四周大石重叠,果似营门。疑为附会之辞；因大石皆是天生，不大像人工所堆成。营子内，山势平衍，香草之味极烈，大约皆是蒿艾之属。草虫唧唧而鸣，声较低于北平之"叫哥哥"，其翼膀也较短。红翼的蚱蜢不断的嗤嗤的飞过。蒙古鹰成群的在山顶的蓝天上打旋。后山下有孤树二三株，挺立于水边。一个人独坐于最高的山上，实在舍不得便走开。可惜大家都在远处催促着，只得走了，香草之味尚浓浓的留在鼻中。

离开康熙营子，循汽车路去找蒙人住的蒙古包。走了好久，方才看见几个包，大约总是两个包成为一家。有山西老头儿，骑骡到各包索账，态度极迂缓从容。我们去访问一家。这家有二包，男人已经出外，仅有老母及妻在家，尚有一个汉人的孩子，是雇来看牛的。这家不过是中下之家，但有牛三十余匹，羊百余只，包内也甚整洁。锅内有牛奶一大锅，食物架上堆满了奶皮、奶豆腐。火炉旁有一小火，长明不熄。由译人传语，知其老母为七十五岁，妻为二十五六岁，男人为三十余岁，已结婚二三年，尚未有子女。被雇之幼童年约九、十龄，每日工资一角。老妇人背已驼，但精神尚健壮。其媳颇好静，语声甚低，手中正在做活计，闻为其婆所穿之衣。说话时，含羞低头，且仅简单的回答着。大约都是说"不知道"之类。有问，往往由其婆代答。我们要为他们摄影，但坚持不肯出包，等到我们出包上车时，他们又立在包前看。

下午，到河东商家去访问，河东有买卖十余家，主伙皆山西大同人。又有无线电台及邮局等机关。最老的商店有一二百年者；最大的一家集义公也有四五十年的历史，每年可赚纯利四五千元，其资本则仅千元。这里的贸易，向不用钱，皆以货易货。商人以布匹、茶、糖等必需品卖给他们。到了第二年秋天，他们则以牛羊马匹偿还之，商人们可以获得往返的两重的利息，故获利颇丰，然近年竞争亦甚烈。有商号十余家，二三人、四五人一组的行商，也有一百余组，来往各包做买卖。每组所做，有多至数百十个包者。因地面辽阔之故，他们多以骆驼、马匹、骡子等代步及运货。亦有蒙人上商号去做买卖的。我们在河东，即见二蒙人执一狐皮来兜销，要价八元，然无人问津。

无线电台为政委会的，新由北平军分会运去，可通南京、北平、绥远及德王府等处。台长关君为东北大学毕业生。

二时，沿了百灵河，向山后走去，择一僻地，洗足擦身。水极清冽，沙更细软。跣足步行水中，很觉舒适。游鱼极多，见人皆乱窜而去。鱼极小，水中也无人钓鱼，故生殖至多。也有蛙，形体较小于内地。三时回。

十五日上午五时，即起床，天色尚未大亮。早餐后，太阳始出。六时半，开车。来送行的人仍不少，各有依依不舍之情意。车将出九龙口，回望百灵庙，犹觉恋恋。庙顶的金色，照耀在初阳里，和庙墙的白色相映，觉分外的显得可爱，其美丽远胜于近睹。

有一喇嘛着红色衣，牵一白马，在绿色草原上走着，颜色是那样的鲜明。

途中遇见灰鹤成群，这和黄羊，同为罕见的动物。张君取出手枪，放了一回，灰鹤纷纷惊飞，飞态很美。其他马群、牛羊群及成群之骆驼则所遇不止一次。有一次，总有百来匹马见了车来，在车前飞奔而去，是那样的脱羁而逃，较赛马尤为天然可爱。

汽车道旁，有二蒙古包，是一家，有羊圈，已稍见汉化。此家有二女，皆未嫁，少女极姣美，头戴银圈，镶以红绿色的宝石珊瑚等，双辫悬前，璎珞满缀于上，面色红白相融，是内地所罕见之健美的女子。我们徘徊了一会，即复上车。十一时，经过召河，绕道到普会寺，即绥远锡拉图召大喇嘛的避暑地。寺额为乾隆所写，寺凡三层，皆藏式，仅屋檐参以汉式。寺内结构和大召、小召等相同，也是经堂在前，佛殿在后。寺旁有二院落，极整洁，一院有高树二株。窗户皆用蓝色及绿色，而间以金色的圆圈及卍字等为饰。很别致。一旁厅悬有画马二幅，很古，似为郎世宁笔。惜门已锁上，不能进去参观。下午二时，过武川路，和县长及县党部诸君周旋了一会，即别。四时左右，过蜈蚣坝，车颠簸甚。五时半始到达公医院。计坐了十一小时的汽车，殆为生平最长途的汽车旅行。尚不觉甚倦。饭后，到旧城春华池沐浴，身体大为舒适。今夜当可有一觉好睡。

现已十二时，不再写了，明天还要早起到昭君墓。

8月13至15日

永在的温情——纪念鲁迅先生

十月十九日下午五点钟,我在一家编译所一位朋友的桌上,偶然拿起了一份刚送来的 *Evening Post*,被这样的一个标题:"中国的高尔基今晨五时去世",惊骇得一跳。连忙读了下来,这惊骇变成了事实:果然是鲁迅先生去世了!

这消息像闪雷似的,当头打了下来,呆坐在那里不言不动。

谁想得到这可怕的噩耗竟这样的突然的来呢?

鲁迅先生病得很久了,间歇的发着热,但热度并不甚高。一年以来,始终不曾好好的恢复过,但也从不曾好好的休息过。半年以来,情形尤显得不好。缠绵在病榻上者总有三四个月,朋友们都劝他转地疗养,他自己也有此意。前一个月,听说他要到日本去。但茅盾告诉我,"双十节"那一天还遇见他在 Isis 看 Dobrovsky;中国木刻画展览会,他也曾去参观。总以为他是渐渐的复原了,能够出来走走了。谁又想得到这可怕的噩耗竟这样突然的来呢?

刚在前几天,他还有信给我,说起一部书出版的事;还附带的说,想早日看见《十竹斋笺谱》的刻成。我还没有来得及写回信。谁想得到这可怕的噩耗竟这样的突然的来呢？

我一夜不曾好好的安心的睡。

第二天赶到万国殡仪馆，站在他遗像的面前，久久的走不开。再一看，他的遗体正在像下，在鲜花的包围里，面貌还是那么清瘦而带些严肃，但双眼却永远的闭上了！

我要哭出来，大声的哭，但我那时竟流不出眼泪，泪水为悲戚所灼干了。我站在那里，久久走不开。我不相信，他竟是那样突然的便离我们而远远的向不可知的所在而去了。

但他的友谊的温情却是永在的，永在我的心上——也永在他的一切友人的心上，我相信。

初和他见面时，总以为他是严肃的、冷酷的。他的瘦削的脸上，轻易不见笑容。他的谈吐迟缓而有力，渐渐的谈下去，在那里面，你便可以发现其可爱的真挚、热情的鼓励与亲切的友谊。他虽不笑，他的话却能引你笑。和他的兄弟启明先生一样，他是最可谈、最能谈的朋友，你可以坐在他客厅里，他那间书室兼卧室里，坐上半天，不觉得一点拘束、一点不舒服。什么话都谈，但他的话头却总是那么有力。他的见解往往总是那么正确。你有什么怀疑、不安，出于他的几句话也许便可以解决你的问题，鼓起你的勇气。

失去了这样的一位温情的朋友，就个人讲，将是怎样的一个损失呢？

他最勤于写作，也最鼓励人写作。他会不惮烦的几天几夜的在替一位不认识的青年，或一位不深交的朋友，改削创作，校正译稿，其仔细和小心远过于一位私塾的教师。

他曾和我谈起一件事：有一位不相识的青年寄一篇稿子来请求他改，他仔仔细细的改了寄回去。那青年却写信来骂他一顿，说被改涂得太多了。第二次又寄一篇稿子来,他又替他改了寄回去,这一次的回信,却责备他改得太少。

"现在做事真难极了!"他慨叹的说道。对于人的不易对付和做事之难,他这几年来时时的深切的感到。

但他并不灰心。仍然的在做着吃力不讨好的改削创作,校正译稿的事,挣扎着病躯,深夜里,仔仔细细的为不相识的青年或不深交的朋友在工作。

这样的温情的指导者和朋友,一旦失去了,将怎样的令人感到不可补赎之痛呢?

他所最恨的是那些专说风凉话而不肯切实做事的人。会批评,但不工作;会讥嘲,但不动手;会傲慢自夸,但永远拿不出东西来,像那样的人物,他是不客气的要摈之门外,永不相往来的。所谓无诗的诗人,不写文章的文人,他都深诛痛恶的在责骂。

他常感到"工作"的来不及做,特别是在最近一二年,凡做一件事,都总要快快的做。

"迟了恐怕要来不及了。"这句话他常在说。

那样的清楚的心境,我们都是同样深切感到的。想不到他自己真的便是那么快的便逝去,还留下要做的许多事没有来得及做——但,后死者却要继续他的事业下去的!

我和他第一次的相见是在同爱罗先珂到北平去的时候。

他着了一件黑色的夹外套,戴着黑色呢帽,陪着爱罗先珂到女师大的大礼堂里去。我们匆匆的谈了几句话。由于自己不久便回到南边来,在北平竟不曾再见一次面。

后来,他自己说,他那件黑色的夹外套,到如今还有时着在身上。

我编《小说月报》的时候,曾不时的通信向他要些稿子。除了说起稿子的事,别的话也没有什么。

最早使我笼罩在他温热的友情之下的，是一次讨论到"三言"问题的信。

我在上海研究中国小说，完全像盲人骑瞎马，乱问乱摸，一点凭藉都没有，只是节省着日用，以浅浅的薪水购书，而即以所购入之零零落落的破书，作为研究的资源。那时候实在贫乏得、肤浅得可笑，偶尔得到一部原版的《隋唐演义》却以为是了不得的奇遇，至于"三言"之类的书，却是连梦魂里也不曾读到。

他的《中国小说史略》的出版，减少了许多我在暗中摸索之苦。我有一次写信问他《醒世恒言》《警世通言》及《喻世明言》的事，他的回信很快的便来了，附来的是他抄录的一张《醒世恒言》的全目。——这张目录我至今还保全在我的一部《中国小说史略》里。他说，"喻世""警世"，他也没有见到，《醒世恒言》他只有半部，但有一位朋友那里藏有全书。所以他便借了来，抄下录寄给我。

当时，我对于这个有力的帮助，说不出应该怎样的感激才好。这目录供给了我好几次的应用。

后来，我很想看看《西湖二集》（那部书在上海是永远不会见到的），又写信问他有没有此书。不料随了回信同时递到的却是一包厚厚的包裹。打开了看时，却是半部明末版的《西湖二集》，附有全图。我那时实在眼光小得可怜，几曾见过几部明版附插图的平话集？见了这《西湖二集》为之狂喜！而他的信道：他现在不弄中国小说，这书留在手边无用，送了给我吧。这贵重的礼物，从一个只见一面的不深交的朋友那里来，这感动是至今跃跃在心头的。

我生平从没有意外的获得。我的所藏的书，一部部都是很辛苦的设法购得的；购书的钱，都是黑夜灯下疾书的所得或减衣缩食的所余。一部部书都可看出我自己的夏日的汗、冬夜的凄栗，有红丝的睡眼，右手执笔处的指端的硬茧和酸痛的右臂。但只有这一集可宝贵的书，乃是我书库里唯一的友情的赠予——只有这一部书！

现在这部《西湖二集》也还堆在我最宝爱的几十部明版书的中间，看了它便要泫然泪下。这可爱的直率的真挚的友情，这不意中的难得的帮助，如今是不能再有了！

但我心头的温情是永在的——这温情也永在他的一切友人的心上，我相信！

"九一八"以后，他到过北平一趟，得到青年人最大的热烈的欢迎。但过了几天，便悄悄的走了。他原是去探望他母亲的病去的，我竟来不及去看他。

但那一年寒假的时候，我回到上海，到他寓所时，他便和我谈起在北平的所获。

"木刻画如今是末路了，但还保存在笺纸上。不过，也难说保全得不会久。"他深思的说道。

他搬出不少的彩色笺纸，来给我看，都是在北平时所购得的。

"要有人把一家家南纸店所出的笺纸，搜罗了一下，用好纸刷印个几十部，作为笺谱，倒是一件好事。"他说道。

过了一会，他又道："这要住在北平的人方能做事。我在这里不能做这事。"

我心里很跃动，正想说"那么，我来做吧"。而他慢吞吞的续说道："你倒可以做，要是费些工作，倒可以做。"

我立刻便将这责任担负了下来，但说明搜集而得的笺纸，由他负选择之责。我相信他的选择要比我高明得多。

以后，我一包一包的将购得的笺样送到上海，经他选择后，再一包一包的寄回。

中间，我曾因事把这工作停顿了二三个月。他来信说："这事我们得赶快做，否则，要来不及做，或轮不到我们做。"

在他的督促和鼓励之下，那六巨册的美丽的《北平笺谱》方才得以告成。

有一次，我到上海来，带回了亡友王孝慈先生所藏的《十竹斋笺谱》四册，顺便的送到他家里给他看。

这部谱，刻得极精致，是明末版画里最高的收获，但刻成的年月是崇祯十六年的夏天，所以流传得极少。

"这部书似也不妨翻刻一下。"我提议道。那时，我为《北平笺谱》的成功所鼓励，勇气有余。

"好的，好的，不过要赶快做！"他道。

想不到全部要翻刻，工程浩大无比，所耗也不资，几乎不是我们的力量所及。第一册已出版了，第二册也刻好待印；而鲁迅先生却等不及见到第三册以下的刻成了！

对于美好的东西，似乎他都喜爱。我曾经有过一个意思，要集合六朝造像及墓志的花纹刻为一书，但他早已注意及此了。他告诉我说，他所藏的六朝造像的拓本也不少，如今还在陆续的买。

他是最能分别得出美与丑，永远的不朽与急就的草率的。

除了以朽腐为神奇，而沾沾自喜，向青年们施以毒害的宣传之外，他对于古代的遗产，决不歧视，反而抱着过分的喜爱。

他曾经告诉过我，他并不反对袁中郎；中郎是十分方巾气的，这在他文集里便可见。他所厌弃、所斥责的乃是只见中郎的一面，而恣意鼓吹着的人物。

京平刚从鲁迅先生那里得到最大的鼓励。他感激得几乎哭出来，但想不到鲁迅竟这样的突然的过去了！

第三天，我在万国殡仪馆门门遇见他；他的嘴唇在颤动，眼圈在红。

从万国公墓归来后，他给我一封信道："我心已经分裂。我从到达公墓时,就失去了约束自己的力量。一直到墓石封合了,我竟痛哭失声。先生,这是我平生第一痛苦的事了,他匆匆的瞥了我一眼,就去了——"

但他并没有去。他的温情永在我的心头——也永在他的一切友人的心上,我相信!

1936年10月25日写

最后一课

口头上慷慨激昂的人，未见得便是杀身成仁的志士。无数的勇士，前仆后继的倒下去，默默无言。

好几个汉奸都曾经做过抗日会的主席，首先变节的一个国文教师，却是好使酒骂座，惯出什么"富贵不能淫，威武不能屈"一类题目的东西；说是要在枪林弹雨里上课，绝对的"宁为玉碎，不为瓦全"的一个校长，却是第一个屈膝于敌伪的教育界之蟊贼。

然而默默无言的人们，却坚定的做着最后的打算，抛下了一切，千山万水的，千辛万苦的开始长征，绝不做什么"为国家保存财产、文献"一类的借口的话。

上海国军撤退后，头一批出来做汉奸的都是些无赖之徒，或愍不畏死的东西。其后，却有"我不入地狱谁入地狱"的维持地方的人物出来了。再其后，却有以"救民"为幌子，而喊着"同文同种"的合作者出来。到了珍珠港的袭击以后，自有一批最傻的傻子们相信着日本政策的改变，在做着"东亚人的东亚"的白日梦，吃尽了"独苦"，反以为

"同甘"，被人家拖着"共死"，却糊涂到要挣扎着"同生"。其实，这一类的东西也不太多。自命为聪明的人物，是一贯的利用时机，做着升官发财的计划，其或早或迟的蜕变，乃是做恶的勇气够不够，或替自己打算得周到不周到的问题。

默默无言的坚定的人们。所想到的只是如何抗敌救国的问题，压根儿不曾梦想到"环境"的如何变更，或敌人对华政策的如何变动、改革。

所以他们也有一贯的计划，在最艰苦的情形之下奋斗着，绝对的不做"苟全"之梦；该牺牲的时机一到，便毫不踌躇的踏上应走的大道，义无反顾。

十二月八号是一块试金石。

这一天的清晨，天色还不曾大亮，我在睡梦里被电话的铃声惊醒。

"听到了炮声和机关枪声没有？"C在电话里说。

"没有听见。发生了什么事？"

"听说日本人占领租界，把英国人缴了械，黄浦江上的一只英国炮舰被轰沉，一只美国炮舰投降了。"

接连又来了几个电话，有的是报馆里的朋友打来的。事实渐渐的明白。

英国军舰被轰沉，官兵们凫水上岸，却遇到了岸上的机关枪的扫射，纷纷的死在水里。

日本兵依照着预定的计划，开始从虹口或郊外开进租界。

被认为孤岛的最后一块弹丸地，终于也沦陷于敌手。

我匆匆的跑到了康脑脱路的暨大。

校长和许多重要的负责者们都已经到了，立刻举行了一次会议。简短而悲壮的，立刻议决了：

"看到一个日本兵或一面日本旗经过校门时，立刻停课，将这大学关闭结束。"

太阳光很红亮的晒着,街上依然的熙来攘往,没有一点异样。

我们依旧的摇铃上课。

我授课的地方,在楼下临街的一个课室。站在讲台上,可以望得见街。

学生们不到的人很少。

"今天的事。"我说道,"你们都已经知道了吧。"学生们都点点头。"我们已经议决,一看到一个日本兵或一面日本旗经过校门,立刻便停课,并且立即的将学校关闭结束。"

学生们的脸上都显现着坚毅的神色,坐得挺直的,但没有一句话。

"但是我这一门功课还要照常的讲下去,一分一秒也不停顿,直到看见了一个日本兵或一面日本旗为止。"

我不荒废一秒钟的工夫,开始照常的讲下去。学生们照常的笔记着,默默无声的。

这一课似乎讲得格外的亲切、格外的清朗,语音里自己觉得有点异样,似带着坚毅的决心、最后的沉着;像殉难者的最后的晚餐,像冲锋前的士兵们上了刺刀,"引满待发"。

然而镇定、安详,没有一丝的紧张的神色。该来的事变,一定会来的。一切都已准备好。

谁都明白这"最后一课"的意义。我愿意讲得愈多愈好,学生们愿意笔记得愈多愈好。

讲下去,讲下去,讲下去。恨不得把所有的应该讲授的东西,统统在这一课里讲完了它;学生们也沙沙的不停的在抄记着。心无旁用,笔不停挥。

别的十几个课室里也都是这样的情形。

对于要"辞别"的,要"离开"的东西,觉得格外的恋恋。黑板显得格外的光亮,粉笔是分外的白而柔软适用,小小的课桌觉得十分的可爱,学生们靠在课椅的扶手上,抚摩着,也觉得十分的难分难舍。那晨夕与共的椅子,曾经在扶手上面用钢笔、铅笔,或铅笔刀,有意识或无意识的涂写着,刻划着许多字或句的,如何舍得一旦离别了呢!

街上依然的平滑光鲜,小贩们不时的走过,太阳光很有精神的晒着。

我的表在衣袋里低低的嗒嗒的走着,那声音仿佛听得见。

没有伤感,没有悲哀,只有坚定的决心,沉毅异常的在等待着;等待着最后一刻的到来。

远远的有沉重的车轮辗地的声音可听到。

几分钟后,有几辆满载着日本兵的军用车,经过校门口,向东向西,徐徐的走过,当头一面旭日旗——血红的一个圆圈,在迎风飘荡着。

时间是上午十时三十分。

我一眼看见了这些车子走过去,立刻挺直了身体,做着立正的姿势,沉毅的阖上了书本,以坚决的口气宣布道:

"现在下课!"

学生们一致的立了起来,默默的不说一句话,有几个女生似在低低的啜泣着。

没有一个学生有什么要问的,没有迟疑,没有踌躇,没有彷徨,没有顾虑。个个人都已决定了应该怎么办,应该向那一个方面走去。

赤热的心,像钢铁铸成似的坚固,像走着鹅步的仪仗队似的一致。

从来没有那么无纷纭的一致的坚决过,从校长到工役。

这样的,光荣的国立暨南大学在上海暂时结束了它的生命。默默的在忙着迁校的工作。

那些喧哗的慷慨激昂的东西们,却在忙碌的打算着怎样维持他们的学校,借口于学生们的学业、校产的保全与教职员们的生活问题。

烧书记

我们的历史上，有了好几次的大规模的"烧书"之举。秦始皇帝统一六国后，便来了一次烧书。"史官非《秦纪》，皆烧之。非博士官所职，天下敢有藏'诗''书'百家语者，悉诣守尉杂烧之。有敢偶语'诗''书'者弃市。以古非今者族。吏见知不举者与同罪。令下三十日，不烧，黥为城旦。所不去者，医药卜筮种树之书，若欲有学法令，以吏为师。"这是最彻底的烧书，最彻底的愚民之计，和一般殖民地政府，不设立大学而只开设些职业、工艺学校者，有异曲同工之妙。此后，烧书的事，无代无之。有的烧历史文献，以泯篡夺之迹；有的烧佛教、道教的书，以谋宗教上的统一；有的烧淫秽的书，以维持道德的纯洁。近三百年，则有清代诸帝的大举烧书。我们读了好几本的所谓"全毁""抽毁"书目，不禁凛然生畏；至今尚觉得在异族铁蹄下的文化生活的如何窒塞难堪！

"八·一三"后，古书、新书之被毁于兵火之劫者多矣。就我个人而论，我寄藏于虹口开明书店里的一百多箱古书，就在八月十四日那一天被烧，烧得片纸不存。我看见东边的天空，有紫黑色的烟云在突突的向上升，升得很高很高，然后随风而四散，随风而淡薄，被烧的东西的焦渣，到处的飘坠。其中就有许多有字迹的焦纸片。我曾经在天井里拾到好几张，一触手便粉碎；但还可以辨识得出些字迹，大约是教科书之类居多。我想，我的书能否捡得到一二张烧焦了的呢？——那时，我已经知道开明书店被烧的情形——当然，这想头是很可笑的。就捡得到了又有什么意义；还不是徒增忉怛与愤激么？

这是兵火之劫；未被劫的还安全的被保存着，所遭劫的还只是些不幸的一二隅之地。但到了"一二·八"敌兵占领了旧租界后，那情形却大是不同了。

我们听到要按家搜查的消息，听到为了一二本书报而逮捕人的消息，还听到无数的可怖的怪事、奇事、惨事。

许多人心里都很着急起来，特别是有"书"的人家。他们怕因"书"惹祸，却又舍不得割爱，又不敢卖出去——卖出去也没有人敢要。有好几个友人，天天对书发愁。

"这部书会有问题么？"

"这个杂志留下来不要紧么？"

"到底是什么该留的，什么不该留的？"

"被搜到了，有什么麻烦没有？"

个个人在互相的询问着，打听着。但有谁能够说明哪几部书是有问题的，或那些东西是可留的呢？

我那时正忙于烧毁往来有关的信件、有关的记载和许多报纸、杂志及抗日的书籍——连地图也在内。

我硬了心肠在烧。自己在壁炉里生了火，一包包，一本本，撕碎了，扔进去，眼看它们烧成了灰，一蓬蓬的黑烟从烟道里冒出来，烧焦了的纸片，飞扬到四邻，连天井里也有了不少。

心头像什么梗塞着，说不出的难过。但为了特殊的原因，我不能不如此小心。

连秋白送给我的签了名的几部俄文书，我也不能不把它们送进壁炉里去。

我觉得自己实在太残忍了！我眼圈红了不止一次，有泪水在落。是被烟熏的吧？

实在舍不得烧的许多书，却也不能不烧。踌躇又踌躇，选择又选择，有的头一天留下了，到了第二三天又狠了心把它们烧了。有的，已经烧了，心平却还在惋惜着，觉得很懊悔，不该把它们烧去。

但有了第一次淞沪战争时虹口、闸北一带的经验——有《征倭论》一类的书而被杀，被捉的人不少——自然不能不小心。对于发了狂的兽类，有什么理可讲呢！

整整的烧了三天。我翻箱倒箧的搜查着，捧了出来，动员孩子们在撕在烧。

"爸爸，这本书很好玩，留下来给我吧。"孩子们在恳求着。

我难过极了！我也何尝不想留下来呢？但只好摇摇头，说道："烧了吧，下回去买好一点的书给你。"

在这时候，就有好些住在附近的朋友们在问，什么书该烧，什么书不必烧。

我没法回答他们，领了他们到壁炉边去。

"你自己看吧！我在烧着呢，但我的情形不同，你自己斟酌着办吧。"

这一场烧书的大劫，想起来还有余栗与余憾。

不烧，不是至今还无恙么？

但谁能料得到呢？

把它们设法寄藏到别的地方去吧。

但为什么要"移祸"呢？这是我所绝对不肯做的事。

这是我不能不狠心动手烧的一个原因。

但也实在有些人把自认为"不安全"的书寄藏到别人家里去的。

这还是出于自动的烧，究竟自动烧书的人还不多，大量的"违碍"的书报还储藏在许多人家里。有许多人不肯烧，不想烧，也有人不知道烧，甚至有人压根儿没有想到这件事。

过了不久，敌人的文化统制的手腕加强了。他们通过了保甲的组织，挨户按家的通知，说：凡有关抗日的书籍、杂志、日报等等，必须在某天以前，自动烧毁或呈缴出来。否则严惩不贷。

同时，在各书店，各图书馆，搜查抗日书报，一车车的载运而去，不知运向何方，也不知它们的运命如何。

这一次烧书的规模大极了！差不多没有一家不在忙着烧书的。他们不耐烦呈缴出去，只有出于烧之一途。最近若干年来的报纸、杂志遭劫最甚，有许多人索性把报纸、杂志全都烧毁了，免得惹起什么麻烦。外间谣传说，连包东西的报纸，上面有了什么抗日的记载，也要追究、捕捉的。

因之，旧报纸连包东西的资格也被取消了。

最可怜的是，有的朋友已经到了内地去，他们的书籍还藏在家里，或寄存在某友处。家里的人到处打听，问要紧不要紧，甚至去问保甲处的人。他们当然说要紧的，甚至还加上些恫吓的话。

于是，不分青红皂白的，他们把什么书全都付之一炬；只要是有字的，无不投到了火炉里去。

记得清初三令五申的搜求"禁书"的时候，有些藏书家的后人，为了省得惹祸，也是将全部古书整批的烧了去。

这个书劫，实在比兵、比火、比水等等大劫更大得多，更普遍而深入得多了！

这样纷扰了近一个多月，始终不曾见敌伪方面有什么正式的文告。又有人说，这是出于误会，日本人方面并没有这个意思。

于是烧书的火渐渐的又灭了、冷了，终至不再有人提起这件事。

不烧的人，忘了烧的人，特地要小心保存这类抗日文献的人，当然也有。

许多抗日文献还保存得不少，像《文汇年刊》之类，我家里便还保存着，忘记了烧。

书如何能烧得尽呢？"野火烧不尽，春风吹又生。"以烧书为统制的手法，徒见其心劳日拙而已。

但愿这种书劫，以后不再有！

售书记

嗟食何如售故书，疗饥分得蠹虫余。
丹黄一付绛云火，题跋空传士礼居。
展向晴窗胸次了，抛残午枕梦回初。
莫言自有屠龙技，剩作天涯稗贩徒。

以上是一个旧友的《售书诗》，这个旧友和我常在古书店里见到。从前，大家都买书，不免带点争夺的情形，彼此有些猜忌。劫中，我卖书，他也卖书，见了面，大家未免常常叹气，谈着从来不会上口的柴米油盐的问题。他先卖石印书，自印的书，然后卖明清刊本的书。后来，便不常在古书店见到他了。大约书已卖得差不多，不是改行做别的事，便是守在家里不出门。关于他，有种种的传说。我心里很难过，实在不愿意在这里再提起，这是一位在这个大时代里最可惜、残酷的牺牲者。但写下他抄给我的这首诗时，我不能不黯然！

说到售书，我的心境顿时要阴晦起来。谁想得到，从前高高兴兴，一部部，一本本，收集起来，每一部书，每一本书，都有它的被得到的经过和历史；这一本书是从那一家书店里得到的，那一部书是如何的见到了，一时踌躇未取，失去了，不料无意中又获得之；那一部书又是如何的先得到一二本，后来，好容易方才从某书店的残书堆里找到几本，恰好配全，配全的时候，心里是如何的喜悦；也有永远配不全的，但就是那残帙也很可珍贵，古宫的断垣残刻，不是也足以令人流连忘返么？那一本书虽是薄账，却是孤本单行，极不易得；那一部书虽是同光间刊本，却很不多见；那一本书虽已收入某丛书中，这本却是单刻本，与丛书本异同甚多；那一部书见于禁书目录，虽为陋书，亦自可贵。至于明刊精本，黑口古装者，万历竹纸，传世绝罕者，与明清史料关系极巨者，稿本手迹，从无印本者，等等。则更是见之心暖，读之色舞。虽绝不巧取豪夺，却自有其争斗与购取之阅历。差不多每一本，每一部书于得之之时都有不同的心境，不同的作用。为什么舍彼取此，为什么前弃今取，在自己个人的经验上，也各自有其理由。譬如，二十年前，在中国书店见到一部明刊蓝印本《清明集》和一部道光刊本《小四梦》，价各百金，我那时候倾囊只有此数，那么，还是购《小四梦》吧。因为我弄中国戏曲史，《小四梦》是必收之书。然而在版本上，或在藏书家的眼光看来，那《清明集》——一部极罕见的古法律书，却是如何的珍奇啊！从前，我不大收清代的文集，但后来觉得有用，便又开始大量收购了。从前，对于词集有偏嗜，有见必收。后来，兴趣淡了些，便于无意中失收了不少好词集。凡此种种，皆寄托着个人的感情。如鱼饮水，冷暖自知。谁想得到，凡此种种，费尽心力以得之者，竟会出以易米么？谁更会想得到，从前一本本、一部部书零星收得，好容易集成一类，堆做数架者，竟会一捆捆、一箱箱的拿出去卖的么？我从来不肯好好的把自己的藏书编目，但在出卖的时候，买书的先要看目录，便不能不咬紧牙关，硬了头皮去编。编目的时候，觉得部部书、本本书都是可爱的，都是舍不得去的，都是对我有用的，然而又不能不割售。摩挲着，仔细的翻看着，有时又摘抄了要用的几节几段，终于舍不得，不愿意把它上目录。但经过了一会，究竟非卖钱不可，便又狠了狠心，把它写上。在劫中，像这样的"编目"，不止三两次了。特别在最近的两年中，光景更见困难了，差不多天天都在打"书"的主意，天天在忙于编目。假如天还不亮的话，我的出售书目又要从事编写了。总是先去其易得者，例如《四部丛刊》、百衲本《廿四史》之类，《四部丛刊》，连二三编，我在前年只卖了伪币四万元；百衲本《廿四史》，只卖了伪币一万元。谁想得到，在今年今日，要想再得到一部，便非花了整年的薪水还不够么？只好从此不做再收藏这一类大部书的念头了。最伤心的是，一部石印本《学海类编》，我不时要翻查，好几次书友们见到了，总要怂恿我出卖，我实在舍不得。但最后，却也不得不卖了。卖得的钱，还不够半个月花，然而如今再求得一部，却也已非易了。其后，卖了一大批明本书，再后来，又卖了八百多种清代文集，最后，又卖了好几百种清代总集文集及其他杂书。大凡可卖的，几乎都已卖尽了！所万万舍不得割弃的是若干目录书、词曲书、小说书和版画书。最后一批，拟目要去的便是一批版画书。天幸胜利来得恰如其时，方才保全了这一批万万舍不得去的东西。否则，再拖长了一年半载，恐怕连什么也都要售光了。但我虽然舍不得与书相别，而每当困难的时光，总要打它的主意，实在觉得有点对不起它！如果把积"书"当做了回货——有些暴发户实在有如此的想头，而且也实在如此的做，听说，有一个人，所囤积的《四部丛刊》便有廿余部——那么，售去倒也没有什么伤心。不幸，我的书都是"有所谓"而收集起来的，这样的一大批一大批的"去"，怎么能不痛心呢？售去的不仅是"书"，同时也是我的"感情"，我的"研究工作"，我的"心的温暖"！当时所以硬了心肠要割舍它，实在是因为"别无长物"可去。不去它，便非饿死不可。在饿死与去书之间选择一种，当然只好去书。我也有我的打算，每售去一批书，总以为可以维持个半年或一年。但物价的飞涨，每每把我的计划全部推翻了。所以只好不断的在编目，在出售；不断的在伤心，有了眼泪，只好往肚里倒流下去。忍着，耐着，叹着气，不想写，然而又不能不一部部的编写下去。那时候，实在恨自己，为什么从前不藏点别的，随便什么都可以，偏要藏什么劳什子的书呢？曾想告诉世人说，凡是穷人，凡是生活不安定的人，没有恒产、资产的人，要想储蓄什么，随便什么都可以，只千万不要藏书。书是积藏来用，来读的，不是来卖的。卖书时的惨楚的心情实在受得够了！到了今天，我心上的创伤还没有愈好；凡是要用一部书，自己已经售了去的，想到书店里去再买一部，一问价，只好叹口气，现在的书已经不是我辈所能购置的了。这又是用手去剥疮疤的一个刺激。索性狠了心，不进书店，也决心不再去买什么书了。书兴阑珊，于今为最。但书生积习，扫荡不易，也许不久还会发什么收书的雅兴吧。

  但究竟不能不感谢"书"，它竟使我能够度过这几年难度的关头。假如没有"书"，我简直只有饿死的一条路走！

从"轧"米到"踏"米

江南人的食粮以稻米为主。"八·一三"后，米粮的问题，一天天的严重起来。其初，海运还通，西贡米、暹罗米还不断的运来。所以，江南的米粮虽大部分已为敌军所控制、所征用，而人民们多半改食洋米，也还勉强可以敷衍下去。其时米价大约二十元左右一担，但平民们已有岌岌不可终日之势。"工部局"开始发售平价米，平民们天一亮便等候在米店的门口，排了队，在"轧"米。除了排队上火车之外，这"轧"米的行列，可以说是最"长"，最齐整的了。穿制服的人，"轧"米有优先权。他们可以后到而先购，毋需排队。平民们都有些侧目而视，敢怒而不敢言。

有些维持"秩序"的人，拿粉笔在每个排了的衣服上写上了号码。其初是男女混杂的，后来，分成了男女两队。每一家米店门前，每一队的号码有编到一千几百号的。有的小贩子，"轧"到了米，再去转卖。一天可以"轧"到好几次米，便集起来到里弄里去叫卖。以此为生的人很不少。

后来，主持平卖的人觉得这方法不好，流弊太多，小贩子可以得到米，而正当的籴米的人却反而挤不上去，便变更了方法，不写号码，而将每一个购过米的人的手指上，染了一种不易褪色的紫墨水。这一天，已染了紫色的人便不得再购第二次米。

但这方法也行了不久。"工部局"所储的米，根本不能维持得很久。洋米的来源也渐渐的困难起来，米价飞跃到八十余元一担。

"轧"米的队伍更长了，常常的排到了一两条街。有的实在支持不住了，便坐在地上。有的带了干粮来吃。小贩们也常在旁边叫卖着大饼、油条一类的充饥物。开头，"轧"米的人，以贫苦者为多，以后，渐有衣衫齐整的人加入。他们的表情，焦急、不耐、忍辱、等候、麻木、激动，无所不有，但都充分的表示着无可奈何的忍受。因为太挤了，有的被挤得气都喘不过来。为了要"活"，什么痛苦都得忍受下去。有执鞭子或竹棒的人在旁，稍一不慎，或硬"轧"进队伍去，便被打了出去；有的，在说明理由；有的，只好忍气吞声而去。强有力的人，有时中途插了进去，后边的人便大嚷起来，制止着，秩序顿时乱了起来。为了一升米，或两升米，为了一天的粮食，他们不能不忍受了一切从未经过的"忍耐""等候"与"侮辱"。

米价更涨了。一升米的平售价值，也一天天的不同起来。然而较之黑市价格还是便宜得多，所以"轧"米的行列，更加多，更加长。

有办法的人会向米店里一担两担的买，然已不能明目张胆的运送着了。在黑夜里，从米店的后门，运出了不少的米。但也有纠纷，时有被群众阻止住了，不许运出。

最大的问题是"食"，是米粮。无办法的人求能一天天的"轧"得一升半升的米，已为满足；有办法的人储藏了十担百担的米，便可安坐无忧。平民们食着百元一担，或十元一升的米时，有办法的人所食的还是八元十元一担的米。

有许多"轧"米的悲惨的故事在流传着。因为"轧"不到米，全家挨饿了几天，不得不悬梁自尽的有之。因为"轧"米而家里无人照料，失了窃，或走失了儿女的有之。因为"轧"米而不能去教书，或办事，结果是失了业的，也有之。携男带女的去"轧"米，结果还是空手而回。将旧衣服去当了钱，去"轧"米，结果，那仅有的养命的钱，却在排队拥挤中为扒手所窃去。

　　大多数的人家，米缸都是空的，米是放在钵里、罐里或瓶里，却不会放在缸里的。数米为饭的时候已经到了。有的人在计数着，一合米到底有几粒。他们用各种方法来延长"米"的食用的次数。有的搀合了各种的豆类——蚕豆、红豆、绿豆、黄豆，有的与山薯或土豆合煮。吃"饭"的人一天天的少了。能够吃粥的，粥上浮有多半的米粒的，已是少数的人家了。

　　如果有画家把这一时期的"轧米图"绘了出来，准比《流民图》还要动人，还要凄惨。那一张张不同的、憔悴的面容，正象征着经历了许多年代的痛苦与屈辱的中国人民们的整个生活的面容。

　　到了后来，"工部局"的储粮交了，同时，敌人们的压力也更大，更甚了，便借着实行"配给制度"的诱惑力，开始调查户口，编制"保甲"；百数十年来向来乱丝无绪的"租界"的户口，竟被他们整理得有条有理。

　　所谓"配给制度"，便是按着户口，发给"配给证"，凭证可以购买白米及其他杂粮和日用品。开头，倒还有些白米配给出来，渐渐的米的"质""江河日下"了，渐渐的米的"量"也一天天的少下去了，渐渐的用杂粮来代替一部分的白米了。米的"质"变成了"糠"多"米"少，变成了泥沙多，米质有臭味，不能入口，变成了空谷多于米粒。这些，都是日本人所不能入口，所不欲入口的，所以很慷慨的分了一部分出来。至于我们所生产的香糯的白米呢，那是敌人们的军粮，老百姓们是没有份吃到的。

有几个汉奸，勾结了管理军粮的敌人们，窃出了若干白米或军粮，在黑市上卖了出来。上海人总有半年以上，能够在黑市上买得到真正的白米或杜米，那不能不归功于那些汉奸们的做弊之功——从老虎嘴里偷下了一小部分的肥肉出来。后来这事被他们发现了，两个汉奸——侯大椿和胡政，便被他们枪决。从此以后，白米或杜米，在市面上便更少见到了。"一二·八"珍珠港事变以后，海运完全断绝了，连日本本上的白米也要"江南"地方来供给，白米的来源，便更加艰难，稀少起来。

上海区的人民们，如果有力量，不愿吃杂粮或少吃杂粮的，只好求之于少数的米贩子，那便是所谓"踏"米的人们。"踏"米的人，不过是一个代表的名词，指的便是那批用自行车偷偷的从敌人的封锁线上，载运了少数米粮过来的人，他们都是年轻力壮的汉子，冒着生命的危险，做着这种黑市交易，其他妇孺们和老年的人们也常常带了些米粮来卖。身上穿了特制的"背身"，"背身"前后面都有的，其中便储藏着白米，很机警的偷过了敌人的"检问所"——其实，还是用金钱来买"过"的居多。他们常常的发生"麻烦"，最轻的处罚是将食米充公。封锁线的边缘上常见有许多的"没收"的白米堆积着，有的是"没收"后还被"打"被"罚跪"。遇到敌人们不高兴的时候，便用刺刀来戳毙他们，如此遭害的人很不少。友人程及君曾绘了一幅《踏米图》，那幅图是活生生的一幅表现得很真切的凄惨的水彩画，是沦陷区人民的生活的烙印。

为了食米的输入一天天的艰难起来，敌人们的搜刮，一天天的加强加多起来，米价便发狂的飞涨着。从伪币一千元两千元一担，到四千元八千元一担，后来便是一万元五万元的狂跳着。最后，竟狂跳到一百万元左右一担，最高峰曾经到过二百万一担的关口。平民们简直没有吃到"白米"的福气，连所谓"二号米""三号米"也难得到口。许多人都被迫改食杂粮,从面粉到蚕豆、山薯,只要是能够充饥的东西,没有不被一般人搜寻着。饭店里也奉命不许出卖白米饭,有的改用面食,有的改用所谓"麦饭",白米成了最奢侈的、最珍贵的东西。"配给制度"也在无形中停顿了。——从半个月配给一次,到一个月两个月配给一次,直到了"无形停顿"为止。

食粮缺乏的威胁,不仅使一般平民感受到,即有力食用白米者们也都感受到了。肉和鱼和蔬菜还有得见到,白米却都到了敌人们的"仓库"里去了。前些时,听说烟台的人请客,食米要自己随身带去。江南产米区的人们,这时也有同样的情形。历史上有一个笑话,说有一个皇帝,遇到荒年,饥民遍野,他提议说:"何不吃肉糜?"这时,倒的确有这样的"事实"了。吃肉糜易,吃白米饭却难。

假如胜利不在八月里到来的话,在冬天,饿死的人一定要成坑成谷的,然而江南产米区并不是没有米。米都被堆藏在敌人的仓库里,一包包,一袋袋堆积如山,任其红腐下去。他们还将米煮成了"饭",做成了罐头,一罐罐的堆积着,以备第二年、第三年的军粮。

什么都被掠夺,但食粮却是他们主要的掠夺的目的物。我常经过几个大厦,那里面的住户都已被赶了出去,无数的卡车,堆载着白米,往这些大厦里搬运进去。雪白香糯的米粒,漏得满地,这不是白米!然而沦陷区的人民们是分配不到一粒的!德国人对占领地的许多欧洲人说:"德国人是不会饿死的;你们不种田,不生产,饿死的是你们;最后饿死的才是德国人。"这话好不可怕!日本人虽然没有公开的说这句话,然而他们实实在在是这样做着的。

假如天不亮,我们是要首先饿死了的!

好不可怕的一场噩梦!

悼夏丏尊先生

夏丏尊先生死了,我们再也听不到他的叹息,他的悲愤的语声了;但静静的想着时,我们仿佛还都听见他的叹息,他的悲愤的语声。

他住在沦陷区里,生活紧张而困苦,没有一天不在愁叹着。是悲天?是悯人?

胜利到来的时候,他曾经很天真的高兴了几天。我们相见时,大家都说道"好了,好了",个个人的脸上似乎都泯没了愁闷,耀着一层光彩。他也同样的说道:"好了,好了!"

然而很快的,便又陷入愁闷之中。他比我们敏感,他似乎失望,愁闷得更迅快些。

他曾经很高兴的写过几篇文章,很提出些正面的主张出来。但过了一会,便又沉默下去,一半是为了身体逐渐衰弱的关系。

他是一个自由主义者,反对一切的压迫和统制。他最富于正义感,看不惯一切的腐败、贪污的现象。他自己曾经说道:"自恨自己怯弱,没有直视苦难的能力,却又具有着对于苦难的敏感。"又道:"记得自己幼时,逢大雷雨躲入床内;得知家里要杀鸡就立刻逃避;看戏时遇到《翠屏山》《杀嫂》等戏,要当场出彩,预先俯下头去;以及妻每次产时,不敢走入产房,只在别室中闷闷地听着妻的呻吟声,默祷她安全的光景。"(均见《平屋杂文》)

这便是他的性格。他表面上很恬淡,其实心是热的,他仿佛无所褒贬,其实心里是泾渭分得极清的。在他淡淡的谈话里,往往包含着深刻的意义。他反对中国人传统的调和与折中的心理。他常常说,自己是一个早衰者,不仅在身体上,在精神上也是如此。他有一篇《中年人的寂寞》:

> 我已是一个中年的人。一到中年,就有许多不愉快的现象,眼睛昏花了,记忆力减退了,头发开始秃脱而且变白了,意兴、体力甚么都不如年轻的时候,常不禁会感觉得难以名言的寂寞的情味。尤其觉得难堪的是知友的逐渐减少和疏远,缺乏交际上的温暖的慰藉。

在《早老者的忏悔》里,他又说道:

> 我今年五十,在朋友中原比较老大。可是自己觉得体力减退,已好多年了。三十五六岁以后,我就感到身体一年不如一年,工作起来不得劲,只得是恹恹地勉强挨,几乎无时不觉到疲劳,甚么都觉得厌倦,这情形一直到如今。十年以前,我还只四十岁,不知道我年龄的,都以我是五十岁光景的人,近来居然有许多人叫我"老先生"。论年龄,五十岁的人应该还大有可为,古今中外,尽有活到了七十八十,元气很盛的。可是我却已经老了,而且早已老了。

这是他的悲哀，但他的并不因此而消极，正和他的不因寂寞而厌世一样。他常常愤慨，常常叹息，常常悲愁。他的愤慨、叹息、悲愁，正是他的入世处。他爱世、爱人，尤爱"执著"的有所为的人和狷介的有所不为的人。他爱年轻人，他讨厌权威，讨厌做作、虚伪的人。他没有机心，表里如一。他藏不住话，有什么便说什么，所以大家都称他"老孩子"。他的天真无邪之处，的确够得上称为一个"孩子"的。

他从来不提防什么人。他爱护一切的朋友，常常担心他们的安全与困苦。我在抗战时逃避在外，他见了面，便问道："没有什么么？"我在卖书过活，他又异常关切的问道："不太穷困么？卖掉了可以过一个时期吧。"

"又要卖书了么？"他见我在抄书目时问道。

我点点头：向来不做乞怜相，装做满不在乎的神气，有点倔强，也有点傲然。但见到他的皱着眉头，同情的叹气时，我几乎也要叹出气来。

他很远的挤上了电车到办公的地方来，从来不肯坐头等，总是挤在拖车里。我告诉他，拖车太颠太挤，何妨坐头等，他总是不改变态度，天天挤，挤不上，再等下一部，有时等了好几部还挤不上。到了办公的地方，总是叹了一口气后才坐下。

"丏翁老了！"朋友们在背后都这么说。我们有点替他发愁，看他显著的一天天的衰老下去。他的营养是那么坏，家里的饭菜不好，吃米饭的时候很少；到了办公的地方时，也只是以一块面包当做午餐。那时候，我们也都吃着烘山芋、面包、小馒头或羌饼之类做午餐，但总想有点牛肉、鸡蛋之类伴着吃，他却从来没有过；偶然是涂些果酱上去，已经算是很奢侈了。我们有时高兴上小酒馆去喝酒，去邀他，他总是不去。

在沦陷时代，他曾经被敌人的宪兵捉去过。据说，有他的照相，也有关于他的记录。他在宪兵队里，虽没有被打、上电刑或灌水之类，但睡在水门汀上，吃着冷饭，他的身体因此益发坏下去。敌人们大概也为他的天真而恳挚的态度所感动吧，后来，对待他很不坏。比别人自由些，只有半个月便被放了出来。

他说，日本宪兵曾经问起了我："你有见到郑某某吗？"他撒了谎，说道："好久好久不见到他了。"其实，在那时期，我们差不多天天见到的。他是那么爱护着他的朋友！

他回家后，显得更憔悴了；不久，便病倒。我们见到他，他也只是叹气，慢吞吞的说着经过，并不因自己的不幸的遭遇而特别觉得愤怒。他永远是悲天悯人的。——连他自己也在内。在晚年，他有时觉得很起劲，为开明书店计划着出版辞典；同时发愿要译《南藏》。他担任的是《佛本生经》（Jataka）的翻译，已经译成了若干，有一本仿佛已经出版了。我有一部英译本的Jataka，他要借去做参考，我答应了他，可惜我不能回家，托人去找，遍找不到。等到我能够回家，而且找到Jataka时，他已经用不到这部书了。我见到它，心里便觉得很难过，仿佛做了一件不可补偿的事。

他很耿直，虽然表面上是很随和。他所厌恨的事，隔了多少年，也还不曾忘记。有一次，在一个宴会上遇到了一个他在杭州第一师范学校教书时代的浙江教育厅长，他便有点不耐烦，叨叨的说着从前的故事。我们都觉得窘，但他却一点也不觉得。

他是爱憎分明的！

他从事教育很久，多半在中学里教书。他的对待学生们从来不采取严肃的督责的态度。他只是恳挚的诱导着他们。

……我入学之后，常听到同学们谈起夏先生的故事，其中有一则我记得最牢，感动得最深的，是说夏先生最初在一师兼任舍监的时候，有些不好的同学，晚上熄灯，点名之后，偷出校门，在外面荒唐到深夜才回来；夏先生查到之后，并不加任何责罚，只是恳切的劝导，如果一次两次仍不见效；于是夏先生第三次就守候着他，无论怎样夜深都守候着他，守候着了，夏先生对他仍旧不加任何责罚，只是苦口婆心，更加恳切地劝导他，一次不成，二次；二次不成，三次……总要使得犯过者真心悔过，彻底觉悟而后已。

许志行：《不堪回首悼先生》

他是上海立达学园的创办人之一，立达的几位教师对于学生们所应用的也全是这种恳挚的感化的态度。他在国立暨南大学做过国文系主任，因为不能和学校当局意见相同，不久，便辞职不干。此后，便一直过着编译的生活，有时也教教中学。学生们对于他，印象都非常深刻，都敬爱着他。

他对于语文教学，有湛深的研究。他和刘薰宇合编过一本《文章作法》，和叶绍钧合编过《文章讲话》《阅读与写作》及《文心》，也像做国文教师时的样子，细心而恳切的谈着作文的心诀。他自己作文很小心，一字不肯苟且；阅读别人的文章时，也很小心，很慎重，一字不肯放过。从前，《中学生》杂志有过《文章病院》一栏，批评着时人的文章，有发必中；便是他在那里主持着的，他自己也动笔写了几篇东西。

古人说"文如其人"。我们读他的文章，确有此感。我很喜欢他的散文，每每劝他编成集子。《平屋杂文》一本，便是他的第一个散文集子。他毫不做作，只是淡淡的写来，但是骨子里很丰腴。虽然是很短的一篇文章，不署名的，读了后，也猜得出是他写的。在那里，言之有物，是那么深切的混和着他自己的思想和态度。

他的风格是朴素的，正和他为人的朴素一样。他并不堆砌，只是平平的说着他自己所要说的话。然而，没有一句多余的话、不诚实的话，字斟句酌，决不急就。在文章上讲，是"盛水不漏"，无懈可击的。

　　他的身体是病态的胖肥，但到了最后的半年，显得瘦了，气色很灰暗。营养不良，恐怕是他致病的最大原因。心境的忧郁，也有一部分的因素在内。友人们都说他"一肚皮不合时宜"。在这样一团糟的情形之下，"合时宜"的都是些何等人物，可想而知。怎能怪丏尊的牢骚太多呢！

　　想到这里，便仿佛还听见他的叹息、他的悲愤的语声在耳边响着。他的忧郁的脸、病态的身体，仿佛还在我们的眼前出现。然而他是去了！永远的去了！那悲天悯人的语调是再也听不到了！

　　如今是，那么需要由叹息、悲愤里站起来干的人，他如不死，可能会站起来干的。这是超出于友情以外的一个更大的损失。

1946年6月

悼许地山先生

许地山先生在抗战中逝世于香港。我那时正在上海蛰居，竟不能说什么话哀悼他。——但心里是那么沉痛凄楚着。我没有一天忘记了这位风趣横逸的好友。他是我学生时代的好友之一，真挚而有益的友谊，继续了二十四五年，直到他的死为止。

人到中年便哀多而乐少。想起半生以来的许多友人们的遭遇与死亡，往往悲从中来，怅惘无已。有如雪夜山中，孤寺纸窗，卧听狂风大吼，身世之感，油然而生。而最不能忘的，是许地山先生和谢六逸先生，六逸先生也是在抗战中逝去的。记得二十多年前，我住在宝兴西里，他们俩都和我同住着，我那时还没有结婚，过着刻板似的编辑生活，六逸在教书，地山则新从北方来。每到傍晚，便相聚而谈，或外出喝酒。我那时心绪很恶劣，每每借酒浇愁，酒杯到手便干。常常买了一瓶葡萄酒来，去了瓶塞，一口气咕嘟嘟的全都灌下去。有一天，在外面小餐店里喝得大醉归来，他们俩好不容易的把我扶上电车，扶进家门口。一到门口，我见有一张藤的躺椅放在小院子里，便不由自主的躺了下去，沉沉入睡。第二天醒来，却睡在床上。原来他们俩好不容易的又设法把我抬上楼，替我脱了衣服鞋子。我自己是一点知觉也没有了。一想起这两位挚友都已辞世，再见不到他们，再也听不到他们的语声，心里便凄楚欲绝。为什么"悲哀"这东西老跟着人跑呢？为什么跑到后来，竟越跟越紧呢？

地山在北平燕京大学念书。他家境不见得好，他的费用是由闽南某一个教会负担的。他曾经在南洋教过几年书，他在我们这一群未经世故人情磨炼的年轻人里，天然是一个老大哥。他对我们说了许多我们从来没有听到过的话。他有好些书，西文的，中文的，满满的排了两个书架。这是我所最为羡慕的。我那时还在省下车钱来买杂志的时代，书是一本也买不起的。我要看书，总是向人借。有一天傍晚，太阳光还晒在西墙，我到地山宿舍里去。在书架上翻出了一本日本翻版的《太戈尔诗集》，读得很高兴。站在窗边，外面还亮着。窗外是一个水池，池里有些翠绿欲滴的水草，人工的流泉，在淙淙的响着。

"你喜欢太戈尔的诗么？"

我点点头，这名字我是第一次听到，他的诗，也是第一次读到。

他便和我谈起太戈尔的生平和他的诗来。他说道："我正在译他的《吉檀迦利》呢。"随在抽屉里把他的译稿给我看。他是用古诗译的，很晦涩。

"你喜欢的还是《新月集》吧。"便在书架上拿下一本书来。"这便是《新月集》。"他道，"送给你，你可以选着几首来译。"

我喜悦的带了这本书回家。这是我译太戈尔诗的开始。后来，我虽然把英文本的《太戈尔集》，陆续的全都买了来，可是得书时的喜悦，却总没有那时候所感到的深切。

我到了上海，他介绍他的二哥敦谷给我。敦谷是在日本学画的。一位孤芳自赏的画家，与人落落寡合，所以，不很得意。我编《儿童世界》时，便请他为我作插图。第一年的《儿童世界》，所有的插图全出于他的手。后来，我不编这周刊了，他便也辞职不干。他受不住别的人的指挥什么的，他只是为了友情而工作着。

地山有五个兄弟，都是真实的君子人。他曾经告诉过我，他的父亲在台湾做官，在那里有很多的地产。当台湾被日本占去时，曾经宣告过，留在台湾的，仍可以保全财产；但离开了的，却要把财产全部没收。他父亲召集了五个兄弟们来，问他们谁愿意留在台湾，承受那些财产，但他们全都不愿意。他们一家便这样的舍弃了全部资产，回到了大陆。因此，他们变得很穷，兄弟们都不能不很早的各谋生计。

他父亲是丘逢甲的好友。一位仁人志士，在台湾被占时代，尽了很多的力量，写着不少慷慨激昂的诗。地山后来在北平印出了一本诗集。他有一次游台湾，带了几十本诗集去，预备送给他的好些父执，但在海关上，被日本人全部没收了。他们不允许这诗集流入台湾。

地山结婚得很早。生有一个女孩子后，他的夫人便亡故，她葬在静安寺的坟场里。地山常常一清早便出去，独自到了那坟地上，在她坟前，默默的站着，不时的带着鲜花去。过了很久，他方才续弦，又生了几个儿女。

他在燕大毕业后，他们要叫他到美国去留学，但他却到了牛津。他学的是比较宗教学。在牛津毕业后，他便回到燕大教书。他写了不少关于宗教的著作；他写着一部《道教史》，可惜不曾全部完成。他编过一部《大藏经引得》。这些，都是扛鼎之作，别的人不肯费大力从事的。

茅盾和我编《小说月报》的时候，他写了好些小说，像《换巢鸾凤》之类，风格异常的别致。他又写了一本《无从投递的邮件》，那是真实的一部伟大的书，可惜知道的人不多。

最后，他到香港大学教书，在那里住了好几年，直到他死。他在港大，主持中文讲座，地位很高，是在"绅士"之列的。在法律上有什么中文解释上的争执，都要由他来下判断。他在这时期，帮助了很多朋友们。他提倡中文拉丁化运动，他写了好些论文，这些，都是他从前所不曾从事过的。他得到广大的青年们的拥护。他常常参加座谈会，常常出去讲演。他素来有心脏病，但病状并不显著，他自己也并不留意静养。

有一天，他开会后回家，觉得很疲倦，汗出得很多，体力支持不住，便移到山中休养着。便在午夜，病情太坏，没等到天亮，他便死了。正当祖国最需要他的时候，正当他为祖国努力奋斗的时候，病魔却夺了他去。这损失是属于国家民族的，这悲伤是属于全国国民们的。

他在香港，我个人也受过他不少帮助。我为国家买了很多的善本书，为了上海不安全，便寄到香港去；曾经和别的人商量过，他们都不肯负这责任，不肯收受，但和地山一通信，他却立刻答应了下来。所以，三千多部的元明本书，抄校本书，都是寄到港大图书馆，由他收下的。这些书，是国家的无价之宝，虽然在日本人陷香港时曾被他们全部取走，而现在又在日本发现，全部要取回来，但那时如果仍放在上海，其命运恐怕要更劣于此。——也许要散失了，被抢得无影无踪了。这种勇敢负责的行为，保存民族文化的功绩，不仅我个人感激他而已！

他名赞堃，写小说的时候，常用落花生的笔名。"不见落花生么？花不美丽，但结的实却用处很大，很有益。"当我问他取这笔名之意时，他答道。

他的一生都是有益于人的，见到他便是一种愉快。他胸中没有城府。他喜欢谈话，他的话都是很有风趣的，很愉快的。老舍和他都是健谈的，他们俩曾经站在伦敦的街头，谈个三四个钟点，把别的约会都忘掉。我们聚谈的时候，也往往消磨掉整个黄昏，整个晚上而忘记了时间。

他喜欢做人家所不做的事。他收集了不少小古董，因为他没有多余的钱买珍贵的古物。他在北平时，常常到后门去搜集别人所不注意的东西。他有一尊元朝的木雕像，绝为隽秀，又有元代的壁画碎片几方，古朴有力。他曾经搜罗了不少"压胜钱"，预备做一部压胜钱谱，抗战后，不知这些宝物是否还保存无恙。他要研究中国服装史，这工作到今日还没有人做。为了要知道"纽扣"的起源，他细心的在查古画像、古雕刻和其他许多有关的资料。他买到了不少摊头上鲜有人过问的"喜神像"，还得到很多玻璃的画片。这些，都是与这工作有关的。可惜牵于他故，牵于财力、时力，这伟大的工作，竟不能完成。

我写中国版画史的时候，他很鼓励我。可惜这工作只做了一半，也困于财力而未能完工。我终要将这工作完成的，然而地山却永远见不到它的全部了！

他心境似乎一直很愉快，对人总是很高兴的样子。我没有见他疾言厉色过；即遇怫意的事，他似乎也没有生过气。然而当神圣的抗战一开始，他便挺身出来，献身给祖国，为抗战做着应该做的工作。

抗战使这位在研究室中静静的工作着的学者，变为一位勇猛的斗士。

他的死亡，使香港方面的抗战阵容失色了。他没有见到胜利而死，这不幸岂仅是他个人的而已！

他如果还健在，他一定会更勇猛的为和平建国，民主自由而工作着的。

失去了他，不仅是失去了一位真挚而有益的好友，而且是，失去了一位最坚贞、最有见地、最勇敢的同道的人。我的哀悼实在不仅是个人的友情的感伤！

1946年7月

苏州赞歌

苏州这个天堂似的好地方，只要你逛过一次，你就会永远地爱上了它，会久久地想念着它。它是典型的一个江南的城市，是水乡，又是鱼米之乡。

春天的时候，一大片的开着紫花的苜蓿田，夹杂着一块块的娇黄色的油菜花儿的田，还有一望无际的嫩绿可喜的刚刚插好稻秧儿的水田，那色彩本身，就是一幅秀丽无边的绝大的天然的图案画。谁不喜爱这表现着春天的烂漫而又娇嫩的颜色呢？很像维纳丝刚从海水泡沫儿里生了出来，一双眼睛还朦朦忪忪地带着惶惑之意。它就是春天自己！田埂上还开放着各色各样小花朵，白色的，黄色的，还有粉红色的，深红色的。清澈的春水，顺着大渠小沟，哈哈地流着。小鸟儿在叫着。合作社的男女社员们，一大早就肩负着锄头，手拿着小筐子下田去了。他们彼此在竞赛着。《青年突击队歌》，高响入云。他们把春天变得更活跃又有精神了。

千万盆的茉莉花、代代花和玫瑰花都已从玻璃房里搬出来，在花田里竞媚斗艳,老远地,就嗅到那喷射出来的清馨的香味儿。站在虎丘山的大石块上,望着桃红柳绿的山景,望着更远的五色斑斓的田野和躺在太阳光底下放亮光的湖泊和小河流。天气老是润滋滋地,不知什么时候就会有一阵春雨,在云端飘洒下来。

走在留园、西园一带的石塘上,望着运河的流水,嘴里吟着"凌波不过横塘路,但目送芳尘去",足旁有一大块深绿色的菜园,正开着紫中透黑的蚕豆花儿,那不时钻入鼻孔的菜花香,夹杂着泥土气味,甜甜地像要醉人。在西园的略带野趣和荒凉味儿的后花园里,有游人们在等候着大癞头龟在池塘里出现。留园的引人入胜的园景,吸引着更多的外地的客人们。还有城里的许多花园,个个有特色,够你逛个一天半天的,狮子林的假山洞,钻得你不禁嘻嘻哈哈地大惊小怪起来,拙政园不再是几十间东倒西歪的老屋和千百株将枯未倒的老树,显得凄凉暗淡的园林了,它成为精神百倍的大好的游逛的地方。汪氏义庄就剩下靠北面的一带假山和几间房子了,但还别有风趣的吸引着游人们,它们活像是小摆设,不,它们并不小;它们乃是模拟着名山大川而缩小之于寻丈之地的。这显出了我们老祖先们怎样地喜爱自然,又怎样地能够把自然缩小了搬运到家园里来。从一扇小窗里望过去,不是有几棵碧绿的芭蕉树,一峰玲珑剔透的太湖石,还有小小的几株花木么?那就显得那个屋角勃勃地有生趣、有远趣起来。无梁殿是一座很坚实的古建筑。沧浪亭就在水边,具有渺荡的深趣。中国最古老的《天文图》和《舆地图》就放在孔庙里。许多的记载织工们斗争的石碑,也在玄妙观等处发现。这些美好的园林和重要的古迹名胜,不仅供应了苏州市人民自己和它四乡的工农兵的享用和游逛,而且,更重要的是给予江南一带的特别是大上海市的工农民以惊喜,以舒畅,以闲憩的休息和快乐。苏州人和扬州人所擅长培植的小盆景,这些苏州市的大大小小的园林,就活像是一座座的大盆景。

苏州不完全是一个游逛的、休息的城市。它有长久的斗争的历史。苏州是中国封建社会的一个典型的手工业城市。织坊老早就成立了，织工们的斗争史值得写成厚厚的几本书。"吴侬软语"的苏州人民，看起来好像很温和，但往往是站在斗争的最前线，勇猛无前，坚忍不屈。它那里产生了不少民族英雄，革命烈士以至劳动模范，他们的故事是可歌可泣的，是十分地感动人的。

苏州城外有一座寒山寺，那是以唐代诗人张继的一首"姑苏城外寒山寺，夜半钟声到客船"而著名的。清初诗人王渔洋，就为了要题一首诗在这寺的山门上，半夜里坐船赶到那里，在山门上用墨笔写了诗，然后就下船离开了，连大殿也没进。到了今天，还有不少人慕名而去到那里。有一口大钟，但已经不是原来的那口钟了，听说原来的钟是被日本帝国主义者盗去的，下落不明。如今，这座本来荒凉不堪的寺院，变成了很华美。有一座盘梯的楼，很精致，是从城里一个旧家搬来的，包括搬运、重建、修整、油漆等等费用，只花上五千元。苏州人民就是会那么勤俭起家的。听说那些美丽的园林，也都是花了不多的钱而都收拾得"有声有色"，漂漂亮亮。

苏州的许多工艺美术品，特别是刺绣、云锦等等，乃是国家的光荣，也是国家的财富。它的农业的成就，乃是属于全国高产地区，供给着许多城市，其农业的生产技术和经验乃是值得推广的。

苏州城和苏州人民是勤俭的，谦虚的，温暖的，却又是那么可喜可爱。凡是到过那里一次的人，准保不会忘了它。

1958年10月30日

石　湖

　　前年从太湖里的洞庭东山回到苏州时，曾经过石湖。坐的是一只小火轮，一眨眼间，船由窄窄的小水口进入了另一个湖。那湖要比太湖小得多了，湖上到处插着蟹簖和围着菱田。他们告诉我："这里就是石湖。"我跃然的站起来，在船头东张西望的，想尽量地吸取石湖的胜景。见到湖心有一个小岛，岛上还残留着东倒西歪的许多太湖石。我想：这不是一座古老的园林的遗迹么？

　　是的，整个石湖原来就是一座大的园林。在离今八百多年前，这里就是南宋初期的一位诗人范成大（1126～1193）的园林。他和陆游、杨万里同被称为"南宋三大诗人"。成大因为住在这里，就自号石湖居士，"石湖"因之而大为著名于世。杨万里说："公之别墅曰石湖，山水之胜，东南绝境也。"我们很向往于石湖，就是为了读过范成大的关于石湖的诗。"石湖"和范成大结成了这样的不可分的关系，正像陶渊明的"栗里"，王维的"辋川"一样，人以地名，同时，地也以人显了。成大的《石湖居士诗集》，吴郡顾氏刻的本子（1688年刻），凡三十四卷，其中歌咏石湖的风土人情的诗篇很不少。他是一位中国文学史上重要的田园诗人，继承了陶渊明、王维的优良传统，描写着八百多年前的农民的辛勤的生活。他的《四时田园杂兴》六十首，就是淳熙丙午（1186年）在石湖写出的。在那里，充溢着江南的田园情趣，像读米芾和他的儿子米友仁所作的山水，满纸上是云气水意，是江南的润湿之感，是平易近人的熟悉的湖田农作和养蚕、织丝的活计，他写道：

昼出耘田夜绩麻，村庄儿女各当家。
童孙未解供耕织，也傍桑阴学种瓜。

农村里是不会有一个"闲人"存在的，包括孩子们在内。

垂成穑事苦艰难，忌雨嫌风更祜寒。
笺诉天公休搅剩，半偿私债半输官。

他是同情于农民的被剥削的痛苦的。更有连田也没有得种的人，那就格外的困苦了。

采菱辛苦废犁锄，血指流丹鬼质祜。
无力买田聊种水，近来湖面亦收租。

他住在石湖上，就爱上那里的风土，也爱上那里的农民，而对于他们的痛苦，表示同情。后来，在明朝弘治间（1488～1505），有莫旦的，曾写了一部《石湖志》，却只是夸耀着莫家的地主们的豪华的生活，全无意义。至今，在石湖上莫氏的遗迹已经一无所存，问人，也都不知道，是"身与名俱朽"的了。但范成大的名字却人人都晓得。

去年春天，我又到了洞庭东山。这次是走陆路的，在一年时间里，当地的农民已经把通往苏州的公路修好了。东山的一个农业合作社里的人，曾经在前年告诉过我：

"我们要修汽车路，通到苏州，要迎接拖拉机。"果然，这条公路修好了，如今到东山去，不需要走水路，更不需要花上一天两天的时间了，只要两小时不到，就可以从苏州直达洞庭东山。我们就走这条公路，到了石湖。我们远远地望见了渺茫的湖水，安静地躺在那里，似乎水波不兴，万籁皆寂。渐渐地走近了，湖山的胜处也就渐渐地豁露出来。有一座破旧的老屋，总有三进深，首先唤起我们注意。前厅还相当完整，但后边却很破旧，屋顶已经可看见青天了，碎瓦破砖，抛得满地，墙垣也塌颓了一半。这就是范成大的祠堂。墙壁上还嵌着他写的《四时田园杂兴》的石刻，但已经不是全部了。我们在湖边走着，在不高的山上走着。四周的风物秀隽异常。满盈盈的湖水一直溢拍到脚边，却又温柔地退回去了，像慈母抚拍着将睡未睡的婴儿似的，它轻轻地抚拍着石岸。水里的碎瓷片清晰可见。小小的鱼儿，还有顽健的小虾儿，都在眼前游来蹦去。登上了山巅，可望见更远的太湖。太湖里点点风帆，历历可数。太阳光照在粼粼的湖水上面，闪耀着金光，就像无数的鱼儿在一刹那之间，齐翻着身。绿色的田野里，夹杂着黄色的菜花田和紫色的苜蓿田，锦绣般地展开在脚下。

这里的湖水，滋育着附近地区的桑麻和水稻，还大有鱼虾之利。劳动人民是喜爱它的，看重它的。

"正在准备把这一带全都绿化了，已经栽下不少树苗了。"陪伴着我们的一位苏州市园林处的负责人说道。

果然有不少各式各样的矮树，上上下下，高高低低地栽种着。不出十年，这里将是一个很幽深新洁的山林了。他说道："园林处有一个计划，要把整个石湖区修整一番，成为一座公园。"当然，这是很有意义的，而且东山一带已将成为上海一带的工人的疗养区，这座石湖公园是有必要建设起来的。

他又说道："我们要好好地保护这一带的名胜古迹，范石湖的祠堂也要修整一下。有了那个有名的诗人的遗迹，石湖不是更加显得美丽了么？"

事隔一年多，不知石湖公园的建设已经开始了没有？我相信，正像苏州——洞庭东山之间的公路一般，勤劳勇敢的苏州市的人民一定会把石湖公园建筑得异常漂亮，引人入胜，来迎接工农阶级的劳动模范的游览和休养的。

昭君墓

　　早晨刚给你一信，现在又要给你写信了。

　　上午九时半早餐后，出发游昭君墓。墓在绥远城南二十里。希白、雷小姐他们都骑马去。我因为没有骑过马，只好坐骡车。车很干净，三面皆为黑色的纱窗。但道路崎岖不平，车轴又无弹簧，身体颠簸得厉害。两只手紧握着车窗或车门，不敢一刻疏忽。一疏忽，不是头被撞痛，便是手臂或腿部嘭的一声，被撞在车门上。有时，猛烈一撞，心胆俱裂，百骸若散。好在车轮很高，相距亦阔，还不至演出覆车的危险。有马队四人，带了手提机关枪，来保护我们，因为前日城内出过抢案。骡夫走得很慢，骑马的人不时的休息下来等着我们。十时三刻，才到小黑河。水不深，还不到尺。十一时一刻，到民丰渠。浊流湍急，不测深浅，渡河时，人人皆惴惴危惧。一个从者的马匹倒了下去，骑者浑身俱湿。幸渠身不大宽，河水也至多只有两尺多深。大家都不曾再出危险，骡车也安稳的渡过。据说，春时，汽车可达。此时水深，除马及骡车外，无法渡过。十一时三刻到昭君墓。墓甚高，据说有二十丈，周围数十亩。土色特黑，草色青翠，多半是香蒿，高及人腰，香味极烈。墓前列碑七八座，最古者为道光十一年（1831）长白昇演所书之"汉明妃冢"及他的碑阴的题诗。次有道光十三年（1833）长白珠澜的碑，次有戊申年耆英的碑。此外皆民国时代的新碑。民国十二年（1923）立的马福祥的墓碑云：

《辽史·地理志》："丰州下则曰青冢，即王昭君墓。"据此则昭君墓之在丰州，已无疑义。又考清初张文端《使俄行程录》云：归城化南直书有青冢，冢前石虎双列，白石狮子仅存其一，光莹精工，必中国所制，以赐明妃者也。又有绿琉璃瓦砾狼藉，似享殿遗址。

民国十九年（1930）冯曦的一碑，最为重要：

岁庚午，清明后十日，海础李公召集军政各长议定植树冢右。始掘土获梵文经卷，随风湮灭。既而石虎、木柱现，而零星璃瓦，碧苔叠篆，犹不可更仆数。知古人于冢有实右大招提在。

冯氏所推测的大致很对，张氏所云，享殿遗址，必是大招提的遗址无疑。"中国所制，以赐明妃者也"，语尤无根。惟清初已破败至此，则此遗址至晚必为辽金时代的遗物。惜未获碑文，无从断定。但此冢孤耸于平原上，势颇险峻，如果不是古代一个瞭望台，则也许是一个古墓。至于是否昭君之墓，则不可知了。他日也许能够发掘一次以定之。此望台或古墓的时代当较右有的庙宇为古。石虎一只，今尚倒在田垄间，极粗朴，似非名贵之物。昭君墓，包头附近尚有一座（闻西陲更有一座）。依常理推之，汉时绥归（归绥），尚为中土，明妃决不会葬在这个地方的。但青冢之说，唐人的《王昭君变文》里已提及之，有"青冢寂辽，多经岁月"的话。元人马致远有"沉黑水明妃青冢恨，破幽梦孤雁汉宫秋"一剧，黑水青冢，皆见于此。冢南的大黑河殆即所谓黑水，其后明人的《和戎记》《青冢记》诸传奇也都坐实青冢之说。究竟有此富于诗意的古址，留人凭吊，也殊不恶。休息了一会，即登冢上。仅有小路，沿山边而上，宽仅容足，一边即为壁立数丈的空际。"一失足成千古恨"，走时，很小心。半山有极小的大仙祠一所。据说，中为一洞，甚深。从前游人们常从大仙借碗汲水喝，今已不能借到了，闻之，为之一笑。冢上白土披离，似为雨冲刷的结果。仅有此方丈之地不生草，四边仍为黑土及绿草。南望，即大黑河，今已枯浅。北望大青山脉，绵延不断，为归绥的天然屏障。西北方即归绥的新旧城所在。太阳光很猛烈。徘徊了一会，方下山。在碑阴喝水，吃轻便的午饭。我先坐骡车走。骡夫说，青冢一日有三变，一变似馒头，再变为盖碗，第三变则他已忘记了。骡夫为一老头儿，他说，现年五十六岁，十余岁时已业此，至今已四十余年了。他慨叹的道："前清的生意好做，民国时是远不如前了。洋车抢了不少生意去。"他似对一切新事物都抱不愤。有自行车经过，骡为所惊，他便咒诅不已。他又说："这车已经三天不开张了。"我问他："是你自己的车么？"他说："不，我替人赶的，买卖实在不好做。每月薪水二元，吃东家的，有时，客人们赐个一毛五分的。东家一天得费五毛钱养车，净赔，卖了也没人要。从前有七八百辆，如今只存二百九十多辆了。"他脸上满是烟容，我问他："你吃烟么？"他点点头。"一个月两块钱的工钱，如何够吃烟？"他道："对付着来。"

骡车在入城的道上，因骡惊，踢翻了一个水果担子。他道："不要紧，我赔，我赔。"结果赔了一毛钱。他似毫不容心的，还是笑着。水果贩子还要不依,我阻止了他。骡夫却始终从容而迂缓,若不动心的。等到回到公医院,我给了三毛钱的赏钱。

"是给我的么?"他有点惊诧。

"给你做赏钱。"

他现了笑容,谢了又谢,显出感激的样子。

这可爱的人呀!世事在他看来,是怎样简朴而无容思虑。

回望昭君墓,仅见如三角台形似的一堆绿色土阜。同行的王副官说,这青冢,冬天草枯时,也并不显出土色,远望仍是青的。

这一天实在是太辛苦了。为了这么一个土阜或古墓,实在不值得写这封信,但又不能不对你诉苦。双腿为了支配的不得当,或盘膝,或伸直,直被颠簸得走路都抬不起来,软软的好像大病方愈。

最后,还有一件事要说。到昭君墓去的途中,见有不少德政碑。又有禧神庙一所,在路右,已破烂不堪,为乞丐们所占据。然在门外望之,神像虽已不存,而两壁的壁画颇佳,皆清代衣冠,作迎亲送亲的喜祥之进行队,是壁画中所仅见者。

8月16日

包　头

十七日晨五时起床，六时半到绥远车站，预备向包头走。因二次车迟到的缘故，等到八时半方才开车。车沿大青山脉而走。山色黑绿斑斓若虎皮纹，太阳照射其上格外的现出复杂的色彩，和康庄附近的山色正相同。远远的望见浊流一线，和田野的积水之清莹白清者正相映照。这浊流便是黄河。到蹬口，可望见民生渠。十二时，到包头，周站长及七十师派来招待的参谋吴泽君都到车上来谈，吴君极有风趣，好说笑话。一时半坐车到城内新生活改进社，找段承泽君。段君为此地实业界的巨子，他主持电灯面粉公司，能用新的方法，垦辟荒地至数百顷。他购地时每亩价仅四角，今已值价至数十倍。他试验种水稻，两年以来，已有成绩，但决不种烟（种烟出息最好）。惜他不在家，遂到东门外转龙藏去，这寺是此地的一个很好的风景，占住了一个小山顶。水泉由寺中流出，全城饮水，半赖于此。由长工而成佃户，由佃户而成自耕农，要做到由自养到自卫，由自卫到自治的思想。自养的计划是自耕而食，自织而衣；自卫的计划是寓兵于农，变兵为农。最高的理想，则要实现

"耕者有其田"的主张；并本节制资本的主张，田产不许买卖及抵押。现在正在进行的是"农牧林工商"业的自给。有百货商店，性质略同于合作社。这实"世外桃源"的新村，任君他自己也颇怀疑能否独在"浊世"中存在。但他相信，社会主义国家的苏俄，既能做到自养自给的地位，则新村似也可以办到不受外来影响的地位。新村运动向为无政府主义者的同志的组合，今此新村却带些官办性质，至少和当地政府是合作的。其主张很值得讨论，却也不妨有此一种试验。九时半回到火车上，倦甚，即睡。

十八日，五时半即醒。天空半为淡云所蔽，日影微露，大有雨意。六时三刻，坐汽车出发到五当召。途中很不好走，沙地过软，车轮易陷于其中。雨点已落，由小而大淅沥不已，大有江南春天的气候。到了一个山峡中，车路已坏，不易走上，停了好久。我到瓜田中散步了一会，仍无办法，只好归来，打消了到五当召去的计划。因倦甚，一倒头便睡到正午。明日拟游民生渠、麦达召等处。

到包头后，给过你一封信，想已经收到了。这两天在包头，这一无文化、古迹的所在，觉得很气闷。包头城很大，依山筑城为西北三大镇之一，后升为县。冯玉祥驻军于此的时代，很有建设的计划；他想更建一外城区分商业区、住宅区、农业区等等。外城筑不及半，他便失败了，今尚存废基。包头为西路商业中心，水路交通有黄河可通宁夏，陆路则由五原、临河可达青海等地，实西陵一要地。今商业尚发达，铁路运费，每年可得八十余万到一百余万元。虽历经冯孙军事及十八年的大旱灾，损失极大，但这几年来，休养生息之后，已渐渐的恢复元气了。东南各地实业家，有志投业于此者，也大有人在。吴泽君来，谈及此地的风土人情，他觉得鸦片烟是一大患，男女也为了吃烟而往往流入为娼为盗之途。十八年旱灾时，绥远妇女们被卖到山西、河北一带者近二十七万人左右。山西商人在此，以百元可得一妻并附带的有一子一女,立刻能够成一家庭。

十九日,七时起,天色阴沉沉的,像要下雨。精神很不好,也像天色似的,阴沉沉的。因为出来了已经十几天,所收获的实在不多。本想到五原,因坐汽车需走一天,太远,且道路多有被雨水冲坏的,只好放弃了那计划,急想回家,但也不能走。不久,天又下起牛毛细雨来,活像江南的清明时节。连日吃得过多,泻了几次。雨停时,到段氏所办的河北新村去。新村尚未着手,正在招集河北灾民,到这里来移垦。村南,靠近一海子,段君招集几个朝鲜农人在试验种水稻。如果成功,那影响是很大的。

中途遇见一大群的驴子,那也是很罕见的。

将近新村时汽车停住了,泥湿轮滑,无论怎样都开不动,只好步行而往。村中荒地尚多,未尽开辟。水稻固堤低,去年即为水所湮没,收成未及十五,今年情形略好,但也仍在试验中,没有确定的成功的希望。但此村,地势实在好。海子近在咫尺,取水极为方便,灌溉之利,是不成问题的。段君说,当他购地时,每亩仅给洋四角;因系咸地,无人肯要。这几年经他经营之后,农人们肯出七八元的租钱向他租来种鸦片。他不欲种烟,故不曾租出。

次到南海子。汽车也在途中陷于泥中,不得已而折回。

下午三时,挂车到磴口,拟参观民生渠。下车时遇见徐川君,他是从前复旦的学生,现在渠口黄河水利委员会做工程师,他说大道已被水所湮没,但他今早另发现了一条小路可走,他领了我们走,不久便到渠口。黄河的水,很平稳的在流着,一道小河,正阻在我们之前。那道清流奔入黄河,在这里激成几圈漩涡。我们在漩涡之前下了船,渡过对岸,便是民生渠的渠口了。此渠落成时,宣传得厉害,但到今日尚未收灌溉之利。当时勇于救灾民,以工代赈,草草落成,设计很有疏忽处,但并不是完全无用。经整理后,仍可成为一道很好的渠道。渠口用铁闸闭住，河水今不能人。渠底长出疏疏的几株红蓼花，临风摇曳着。附近即为黄河水利委员会的办公处，专为测量黄河水量及含沙量的，徐君即主其事。他怕土匪，不敢住在屋内。他说，冬天，河冻时，河西大批土匪即过河劫掠，无物不取。会中看守人，曾有数人被抛入黄河。有一人则被掳过数次。割烟季节，土匪绝迹，皆去做工去了。但这季节一过，他们又猖獗起来。目的是在抢烟，也无法剿除他们。他们并不以匪为业，他们是农民，只是穷不聊生而出此，连几角钱也是要的。兵来则是良民，兵去则为匪。无法可防，怪不得车站上是城堞式的建筑。他本住在磴口镇上，因镇上驻兵他去，他只得搬到车站来住。他的太太是北平工学院的毕业生，现在也在这里。这种不避艰难的工作，我们的大学生们是开始"身临其境"了。他仍陪送我们上车站。石磴站是不能过夜的，故依然要开回包头。过渡时，遇见渔船一只，载了两束莜麦。据说，把莜麦沉到黄河底鲤鱼便来吃，渔人把那束莜麦提了起来，鲤鱼也便随之而上钩了。此地鲤鱼价极廉，鲫鱼几乎无人吃。

六时半回到包头。

二十日上午六时其田等到南海子去调查，我没有去。此地已是过去的黄河埠头了，今已移至离铁路线较近的二里半及王大汉营子。

十一时半，开车到公积坂，参观天主教的村落八达盖村。我因倦，仍未同去。天色仍是灰色。不久，又落下牛毛雨来。他们坐了骡车去，下午五时回。据说，居民共千余人，自卫能力很好。有自营电灯厂及无线电台，男皆健壮有业，女皆天足，在村外住者便都是缠足的女子了。村中有幼稚园，有男女学校，主持者为比利时的牧师夫妇。为什么这种奇特的"宗教社会"会在西北一带存在呢？为什么农人们住在那圈子里的会比较的有生气呢？为什么村外的人见了，并不羡慕而要求加入呢？这其间，必有很重要的秘密在着，非实地加以深切的调查不可，读教会的报告是不足信的。下午五时三十三分，由公积坂开车赴麦达召，拟定明日游麦达召。

在麦达召过夜，警卫得很严密，以防万一。本想在隆县住下，因水大，要看的地方都不能通，故便放弃了。

这是西行的最后的一封信了，因为明天游麦达召后，便返回北平，我们不久便可相见。

最后，还要说几句忘了说的话：赴磴口时，沿途风景极好，北面是大青山，天然的一面大屏障。南边是黄河，一条柔带似的，随了我们走。中间是麦田，虽涨满了水，收成还不至无望，路上有许多背了包袱的农民们在走着。他们都是赶到西头去做短工的，连几毛钱的车费也没有，只好步行而去。那耐苦求食的精神，足以表现出真正的中国人的本色。立在黄河岸边，望见大青山的山腰，有屋宇很多，徐君遥指道："那便是沙尔沁召。"

"关于这召有一段神话呢。"他又道，"从前，不知在什么时候，当汉蒙争疆的时候，约定以一箭所到的地方为二族的交界处。说是一个汉人，一射直射到这个地方。所以大青山便成两族的分界，而沙尔沁召便是建筑起来纪念这一箭所射到的那个地方的。"

8月20日

春风满洛城——考古游记之二

去年三月二十六日午夜,我从西安到了洛阳。这个城市也是很古老的,又是很年轻的。工厂林立在桃红柳绿的春天的田野里,还有更多的工厂在动土、在建筑。但古老的埋藏在地下的都市也都陆续地被翻掘出来。从周代的王城、汉代的东都,直到诗人白居易、历史学家司马光他们的遗迹,全都值得我们的向往和注意。这个古城的东郊,是白马寺的所在地,那是相传为汉明帝时代,白马驼经,从印度把佛教经典初次输入中国时建立起来的第一个佛教寺院。今天,山门的两座穹形门洞,其上嵌着不少块汉代的石刻(是取当地出土的汉代石刻而加以利用的,据说明朝人所为),其四围墙角,也多半使用汉砖、汉石砌成。可以说是世界上十分阔绰的一个寺院了。寺内古松苍翠,至少已有三五百年的寿命。大殿里的几尊古佛、菩萨的塑像,古雅美丽,当是元代或明初之物,甚至可能是辽、金的遗制。再往东走,乃是李密城,即金村遗址所在地,在那里曾出土了七十多块古空心墓砖,五十年前曾经震撼了一世耳目。那扑扑地向天惊飞的鸿雁,那且嗅且搜索地、威猛而稳慎地前进捕捉什么的猎狗,那执杖前行的老人,那手执竹简而趋的学者,那相遇而揖的两个行人,都将二千多年前的艺术家的现实主义的表现力,活泼泼地重现于我们的眼前。这全部墓砖,现在陈列于加拿大的博物院里,但我们是永远地不会忘记它们的。还有好些绝精绝美的战国时代的金银镶嵌(即金银错)的铜器,特别是那面人兽相搏的古铜镜,成为世界上任何博物院的骄傲。可惜,包括那面古镜在内,绝大多数都不在国内。

除了帝国主义者们长久地在洛阳掠夺出土古物之外,解放后的几年之内,才开始做着科学的考古发掘工作。这是一个"无牛眠之地"的几千年的古墓葬、古遗址的累积地。单是1953年到1955年,就发现了六千多座墓藏,其中有一千七百三十八座已经加以发掘。古遗址也已发现了两处。所得的古文物,从仰韶时期的彩陶、龙山时期的黑陶,到汉代的大量遗物,成为临时博物馆,周公庙里的辉煌的陈列品吸引了许多游人的注意与赞叹。

我走在大道上,春风吹拂着,太阳晒得很暖和,就看见工人们在使用"洛阳铲"钻探古墓。就在那大道上,发现了一个汉代的砖墓和一个较小的土墓,我都跳下去考察一番。在农民们打井挖渠的时候,也出现了不少古墓。在新开辟的金矿公路上,有一个大汉墓,中有壁画,还保存得不坏。我也去看过。在新鲜的春天的气息里,嗅得到古代的泥土的香味,但随地有古墓的事实却引起了从事建设工作的担心。有一个干部宿舍,把两个床陷落到地下的古墓中去了,幸未伤人。新建的水塔,倾斜得很厉害。压路机掉落到七米多深的大墓里去。有此种种经验教训,建设部门才知道非清理好地下的古墓葬,便不能在地上进行建设,因之,也便加强了和考古部门、文化部门的合作,因此,便处处出现了"洛阳铲"的钻探队。这是完全必要的。不清理好地下的,便不能建设好地上的。这道理已经是建设部门所"家喻户晓"的了。但有不相信这道理,一意孤行鲁莽从事的,没有不出乱子。最深刻的教训,就是那些地方工业系统的打包厂、砖瓦厂、纺纱厂等等。

在周公庙看到的好东西多极了，也精彩极了，往往是前所未见的。像一面出土于唐墓的嵌螺钿的平托镜，那镜背上的图画，精丽工致的程度，令人心动魄荡。可以说是一幅《夜宴图》。月在天空，树上有凤凰，有鹦鹉，树下有池，池上有一对鸳鸯，相逐而行。还有两位老者，席地而坐，一弹阮咸，一持杯欲饮，一双鬟侍立于后。这面古镜远比日本正仓院所藏的同类的唐代物为精美。

二十八日，到龙门去。这是值得在那里停留十月、八月，或一年、两年的时光，应该写出几本乃至几十本的专书来的一个伟大的古代艺术宝库。这里只能简单地说一下。龙门的佛像多被帝国主义者们盗去，但存在于各洞里的大小佛像，仍有二万尊以上。西山区以潜溪洞、新洞、宾阳三洞、双窑南北洞、万佛洞、老龙洞、莲花洞、破窟、奉先寺、药方洞及古阳洞为最著。宾阳洞被剜斫下去，盗运出国的两方著名的浮雕，即北魏时代的皇帝礼佛图和皇后礼佛阁，斧凿的遗痕犹在，令人见之，悲愤不已！那些保存下来的石雕刻，表现了从北魏到唐代的各时期的雕刻家们最精心雕琢出来的伟大的精美的艺术品，成为中国美术史上最辉煌的若干篇页。我站在若干大佛像、小佛像的前面，细细地欣赏着，只感到时间太短促了。有人在搭木架，以石膏传摹若干代表作下来。但愿有一个时候，在北京和其他地方也能看到这些最好的中国雕刻的石膏复制的代表作品。

经过一座横跨于伊水上的草桥（这草桥到了水大时就被冲断，东西山的交通也就中断了），到了东山区。以擂鼓台、四方千佛洞为最著。十多尊的罗汉像，神情活泼极了，在国内许多泥塑木雕的罗汉像里，这里所有的，是最古老的，也是最庄严美妙的。东山区的石洞，中多空无所有，破坏最甚。有几个石灰窑，在万佛沟里烧石灰。幸及早予以制止，免于全毁。

东山的高处是香山寺，现已改为某干部疗养院。徒然破坏了这个重要的名胜古迹，而绝对解决不了疗养院的房屋问题。且山高招风，交通时断，实也不适宜于做疗养地。在山上走了一段路，到了诗人白居易的墓地，墓顶还有纸钱在飘扬。清明才过，白氏子孙住在山下者，刚来上过坟（听说他们年年都上山上坟）。黄澄澄的将落的夕阳，照在黄澄澄的墓土上，站在那里，不禁涌起了一缕凄楚的情思。

二十九日，去访问东汉时代的太学遗址。这座太学，在其最盛时代，曾经有六万多学生在那里上学。到今天为止，恐怕世界上还没有比它规模更宏伟的一座大学。但这遗址，知道的人却不多。我们渡洛河，过枣园，沿途打听，将近二小时，才到达朱圪瘩村。一路上时见地面有烟雾似的尘气上升，飞扫而过。有人说，这就是庄子所谓"野马也，尘埃也"的"野马"。一位李老者引导我们到遗址去。显著地可看出是一大片较高的地面，许多农民正在辛勤地打井。我问他们："有发现石经的碎片么？"他们说："近半年来已打不出了。"他们人人都知道《石经》，发现有一二个字的碎块就可以卖钱。过去男男女女，老老少少，在农闲的时候就去挖地寻"经"。民国十八年（1929）时，在黄氏墓地上出土过晋咸宁四年（278）的"皇帝重临辟雍碑"。李老者领我们到这块地上去看。他说，还有"石经"的碑座散在各村呢。我们在朱圪瘩村见到一座，在大郊村见到三座。这些碑座底宽二尺三寸四，长三尺六寸，厚一尺九分。有中缝，深三寸，宽五寸又二分之一。此当是汉三体"石经"的碑座，应予以保护保管。"辟雍碑"也在大郊村，侧卧于地。我找了村长来，要他好好地保护这座碑，并建筑一座草屋于碑上。

下午，到倒塌掉的砖瓦厂去查勘。在这个砖瓦厂的范围里，周、汉、宋墓密布，一受大批的砖瓦的巨大重量的压力，即纷纷下陷，以致停工不用。大洞深陷的大周墓和弄塌的窑穴，互相交错着。见之触目惊心。这是"古"与"今"同受其祸的盲目地动土的活生生的大榜样。

入邙山，登其峰，见处处白纸乱飞，皆是清明时节，子孙们来上坟的余迹，坟上套坟，不知有几许历代的名人杰士、美女才子，埋身于此。有大冢隆起于远处，有如一个大平台，乃是一座汉帝的陵墓。邙山西起潼关，东到郑州，南北阔达四十里，直到黄河边上。山上均是大大小小的古今墓葬。北邙山在洛阳之北，乃是百年来有名的出土陶俑和其他古器物的所在地，大部分精美的古代艺术品都已出国。发掘之惨，旷古未闻。解放后，此风才泯绝。

洛阳市的建设规划，即如何在这个古老的城市里进行新的大规模的建设，不破坏或少破坏古墓葬和古代遗址，并如何好好地保护它们，使在崭新的林立的工厂当中，保存着特出的非保存不可的古墓葬和古代遗址的问题，正在研究讨论中。正像西安市一样，"新"和"老""古"和"今"，在洛阳市也一定会结合得十分好的。

龙门石窟，必须坚决地大力地加以保护。有三个大问题，必须尽快地予以解决。一、龙门煤厂，在西山区石窟附近开采，必须立即制止。绝对地要防护龙门石窟的安全和完整。这事，市委会已经注意到，并筹划到了。二、龙门石窟的洞前大车路，要予以改道。否则，各洞里常会有人在内住憩，很难防止其破坏或污损。这条改道的大车路，也已在计划中。河水常常要漫涨到这条大车路和下层的石洞里去，为害甚大，应该乘此修路的时机，于河边加筑石坝。三、各洞窟之间，应该开凿道路互相通连。山上开要建筑石墙，以堵住山洪、雨水的流下；奉先寺尤需急速修整，以防大佛像的继续风裂。这些，都需要有关部门共同加紧进行的。东西山区仅靠草桥交通，也是很不方便的。已毁了的桥梁，应该早日修复。

1957年2月

郑州，殷的故城——考古游记之三

郑州是一个四通八达的交通要道，也是河南省的政治中心。自从河南省人民委员会由开封迁移到郑州以后，这个又古老、又先进的城市就开始大兴土木。在处处破土动工的当儿，发现了不少古文化遗址和古墓葬，特别是以殷代的遗存物为最多。二里岗是新建筑的重点地区，建筑任务，急如星火。曾在那里发现一片有字的牛骨，接着又发现了殷代的烧瓦器的窑址，炼铜和制造青铜器的工场，接着又发现了殷代的制造骨器的工场。二里岗这个默默无闻的地方，顿时变得举世皆知。当时我们曾使用了一部分专家的力量，到那里从事发掘工作。但随着发掘工作的进行，建筑工程也随着在填土砌墙。没能坚决地把那些在学术研究上有重要价值的殷代遗址保存下来，只是把现场情况做了模型，并把遗存物全部取了出来而已。这是科学界的一个绝大损失！至于发现的殷代的大批墓葬，则更是随着这个城市的建设的发展，而即时发掘，即时填坑。

过了不久，更重要的消息来了，说是发现了殷代的城墙。这个远古的城墙遗址是相当于《荷马史诗》所歌咏的特洛伊古城的，是相当于古印度的摩亨杰达罗遗址的。在中国，恐怕是一座最古老的城墙的遗存了。是这个大消息，引动我到郑州去。

　　三月三十日上午，从洛阳到了郑州。下午，就偕同陈建中同志等，到白家庄看那个殷代的城墙。这座城墙曾被白家庄作为寨墙的一部分，原来展开得很远，乃是一个可测知的三千多年前的大城市。但后来经过取土或拆毁，现在只保存着几十丈长的两段。就在那么一眼所及的古城址上，看到了那夯土堆砌得层次分明的城墙，每个夯眼（即打夯时的遗痕）都十分的明显。有一个特点，那夯眼很小，比起西安汉城的夯眼来，显得小得多了，可肯定的是属于更早的时代的遗迹。城墙之上，有若干殷代的墓葬，打穿了城头，可见这城墙乃是殷代的，甚至是更早期的。在那个遗址里，古代陶片俯拾皆是。龙山期的陶片也出土得不少，曾经出土过属于龙山期的一个瓦鬲，陶质薄而精致，有柄，有流。在殷代遗址里，也发现过同类型的陶器。这个遗址的时代问题，值得更加仔细的探索，但至晚是属于殷代的遗存，那是没有疑问的。

　　我们在这座古老的城墙的四周走着，又走上这座古城的城头。太阳光很大，但并不猛烈，天气很令人觉得愉快。时时俯下身去，捡拾些破碎的古陶片。我们决定：这一部分的城墙，绝对不能允许有任何的破坏了，应该立即设法，积极地、周到地保护起来。

　　为什么郑州这个地方会有那么重要的殷代的文化遗址和大批殷代墓葬呢？在古书上没有提到过这个地方是殷代的故城。只知道郑州是管城故城，周初管叔封于此。《史记·殷本纪》说，周武王灭殷后，封纣"子武庚禄父以续殷祀"。"周武王崩，武庚与管叔、蔡叔作乱。成王命周公诛之，而立微子于宋以续殷后焉。"同书《周本纪》也说，武王"封商纣子禄父殷之余民。武王为殷初定未集，乃使其弟管叔鲜、蔡叔度相禄父治殷"。又说："管叔、蔡叔群弟疑周公，与武庚作乱畔周。周公奉成王命，伐诛武庚、管叔，放蔡叔。以微子开代殷后，国于宋。"当时周武王封管叔、蔡叔时，一定是就殷故地封之的，故有"相禄父治殷"之语。今郑州既为管城故城，也就是管叔"相禄父治殷"之地，可见郑州乃是当时很重要的一个殷城。我们在郑州发现了许多殷代的文化遗存，是不足怪的。

接着到郑州文物清理队，看他们的陈列室和仓库。他们在短短的清理工作时间里，就获得了很大的成绩，不仅殷代的墓葬，战国到唐宋的墓葬也发掘、清理了不少。在他们的院子里，就堆存了不少大的空心墓砖，有的是从战国墓里得到的。砖上的图案，以几何文的为最多，但也有人物图像和建筑图样的。

最重要的是殷代的种种遗存物。殷代的冶铜设备和遗址的模型，使我们看了益感到把这么重要的殷代冶铜工场毁坏了，实在是一件莫大的遗憾。制骨器的工场，也只是存留了些骨器的原料和半成品而已。骨器的原料，分为人骨、鹿骨、牛骨，各放一处，不相掺杂，且也已把可用的材料拣选齐整。像这样的大作坊，如果不是属于一座大城市，便不可能存在的，还见到一只殷代陶虎，也是极不多见的。在殷城附近，曾掘出了殉葬的犬坑九个，每坑里，少者有犬十余只，多者有犬三四十只，可能有大墓在其附近。一只犬架上还附着金片若干，这是唯一的可见的犬身上的饰物。用犬做殉葬的墓葬，在安阳也有发现。可见这是殷代的风俗之一。

在清理队附近有一座宋代墓葬，遗存物已空，而墓的建筑却还保存得很好，可作为宋墓建筑的标本。在这一带地区，也有殷代的文化遗址。不能再听任破坏下去了，要坚决地予以保护，不可一掘就算了事。

三十一日上午九时，冒着蒙蒙细雨，到铭功路工地看刚发掘、清理出来的几个殷代墓葬。就在大路之旁，就在立将填坑平土、进行建筑的工区。一个是孩子的墓，一个是成人的墓，二墓的人架均在，成人的骷髅头旁，还放着一只碧玉簪。有两个墓已经清理完毕，遗存物和人架都已取出。在一个墓里得到过青铜器,墓的下面发现有殉葬的犬架。这里也发现过殷代人民的居住区,还有窑址,但全都在急急忙忙的配合基建的工程里给"平整"掉了。那个地区将建筑一所中学,为了下一代的教育而毁坏掉可以作为下一代教育的具体生动的历史、文化资料,这是合理的么?至于为了建筑一所饭店、一个招待所、一座办公大楼,甚至为了盖某一个机构的厨房,而大量毁坏了殷代文化遗址、居住遗址,乃至极为珍贵的殷代的制造骨器工场、冶铜工场,也岂是合理的么?不可能再在别的地方见到或得到的比较完整的殷代冶钢工场,制造骨器工场,如今是永远地消失无踪了!就在我们眼前,就在我们这一个时代,从地面上消失了去!这悲愤岂是言语所能形容的。我站在这个殷代的文化遗址上,心里感到辛辣,感到痛苦,眼眶边酸溜溜地像要落下泪来。只怪我们没有坚决地执行国家政策法令;只怪我们过于迁就那些过分强调不大重要的基建工程的重要性,而过分轻视或蔑视先民的文化遗存物的人的主张!所有造成这种不文明的毁坏,我们是至少要负一半以上的责任。为什么斗争性不强呢?为什么不执法如山呢?为什么不耐心用力,多做些教育说服工作呢?

有了这样的一场惨痛入骨的经验,遇事便不应该再那么糊涂地迁就下去了。

就在大道旁,有新建的一座人民公园,规模很大,这个地区也便是殷代文化遗址的一部分。据说是为了保护这遗址,建筑公园是再保险不过的,因为不进行基建,不盖房子,不大动土(即使动土,也不会很深),遗址当然会保存得住。但我一走进这所公园的大门,就知道有些不大对头,满不是那么一回事。有好些清理队工作人员,搭盖了田野工作时所用的几座篷帐,在那里紧张地工作着。此时,雨点大了起来,渐渐沥沥地有点像秋天的萧索之感。他们不能继续在工地上工作,都躲到篷帐里来。我们也在一座篷帐里休息着。

"有什么新发现的东西么?"陪伴着我们的赵君问道。

"又清理了几座殷代墓,出土了不少东西。"一个人指着堆在旁边的陶器等等说道。

我的心情就同天气般的阴暗。原来这个公园,动员了青年人,在挖一个青年湖。好大的一片湖,也就正在这殷代的文化遗址和墓葬的所在地方,而清理队的工作人员们便不得不移到这里,配合挖湖工作的进行,而急急忙忙地在发掘、在清理着。所谓建了公园便会保护得好,便不会破坏的话,也便成了"托词"或"遁词"。

开元寺的遗址,现在成了郑州市医院的分院、我们看见在这个医院的院子里,还危立着两个经幢。一个是唐武宗会昌六年(846)所立的道教经幢,上面刻的是"度人经"。像这样的道教经幢,在全国是很少见的。会昌灭法,不知毁坏了多少佛教艺术的精英,却只留下了这个道教经幢,作为活生生的见证,可叹也!另有一座尊胜经幢,是后晋天福五年(940)所立的。这座经幢上所刻的飞天及其他浮雕,都很精彩。我们说:"这两个经幢都很重要,要好好保护着。"医院里的人点点头。

晚上,和陈局长们谈保护河南省和郑州市文物古迹事,谈得很多,我们有信心和决心要做好这个保护工作。

郑州是有关古史研究的一个新的领域,必须更加仔细、更加谨慎小心地从事基建和考古发掘工作,不能再有任何粗率的破坏行为了!

1957年3月

文学馆

小说
郑振铎精品选

猫

我家养了好几次的猫,却总是失踪或死亡。三妹是最喜欢猫的,她常在课后回家时,逗着猫玩。有一次,从隔壁要了一只新生的猫来。花白的毛,很活泼,常如带着泥土的白雪球似的,在廊前太阳光里滚来滚去。三妹常常的,取了一条红带,或一条绳子,在它面前来回地拖摇着,它便扑过来抢,又扑过去抢。我坐在藤椅上看着他们,可以微笑着消耗过一二小时的光阴,那时太阳光暖暖地照着,心上感着生命的新鲜与快乐。后来这只猫不知怎地忽然消瘦了,也不肯吃东西,光泽的毛也污涩了。终日躺在客厅上的椅下,不肯出来。三妹想着种种方法去逗它,它都不理会。我们都很替它忧郁。三妹特地买了一个很小很小的铜铃,用红绫带穿了,挂在它颈下,但只显得不相称,它只是毫无生意的、懒惰的、郁闷地躺着。有一天中午,我从编译所回来,三妹很难过地说道:"哥哥,小猫死了!"

我心里也感着一缕的酸辛,可怜这两个月来相伴的小侣!当时只得安慰着三妹道:"不要紧,我再向别处要一只来给你。"

隔了几天，二妹从虹口舅舅家里回来，她道，舅舅那里有三四只小猫，很有趣，正要给人家。三妹便怂恿着她去拿一只来。礼拜天，母亲回来了，却带了一只浑身黄色的小猫回来。立刻引起了三妹的注意，又被这只黄色的小猫吸引去了。这只小猫较第一只更有趣，更活泼。它在园中乱跑，又会爬树，有时蝴蝶安详地飞过时，它也会扑过去捉。它似乎太活泼了，一点也不怕生人，有时由树上跃到墙上，又跑到街上，在那里晒太阳。我们都很为它提心吊胆，一天都要"小猫呢？小猫呢？"的查问好几次。每次总要寻找一回，方才寻到。三妹常指它笑着骂道："你这小猫呀，要被乞丐捉去后才不会乱跑呢！"我回家吃午饭，它总坐在铁门外边，一见我进门，便飞也似地跑进去了。饭后的娱乐，是看他在爬树，隐身在阳光隐约里的绿叶中，好像在等待着要捕捉什么似的。把它捉了下来，又极快地爬上去了。过了二三个月，它会捉鼠了。有一次，居然捉到一只很肥大的鼠，自此，夜间便不再听见讨厌的"吱吱"的声音了。

某一日清晨，我起床来，披了衣下楼，没有看见小猫，在小园里找了一遍，也不见。心里便有些亡失的预警。

"三妹，小猫呢？"

她慌忙地跑下楼来，答道："我刚才也寻了一遍，没有看见。"

家里的人都忙乱地在寻找，但终于不见。

李妈道："我一早起来开门，还见它在厅上，烧饭时，才不见了它。"

大家都不高兴，好像亡失了一个亲爱的同伴，连向来不大喜欢它的张妈也说："可惜，可惜，这样好的一只小猫。"这使我心里还有一线希望，因为它偶然跑到远处去，也许会认得归途的。

午饭时，张妈诉说道："刚才遇到隔壁周家的丫头，她说，早上看见我家的小猫在门外，被一个过路的人捉去了。"

于是这个亡失证实了。三妹很不高兴的，咕噜着道："他们看见了，为什么不出来阻止？他们明晓得它是我家的！"

我也怅然的，愤然的，在咒骂着那个不知名的夺去我们所爱的东西的人。自此，我家好久不养猫。

冬天的早晨，门口蜷伏着一只很可怜的小猫，毛色是花白的，但并不好看，又很瘦。它伏着不去。我们如不取来留养，至少也要为冬寒与饥饿所杀。张妈把它拾了进来，每天给它饭吃。但大家都不大喜欢它，它不活泼，也不像别的小猫之喜欢游玩，好像是具有天生的忧郁性似的，连三妹那样爱猫的，对于它，也不加注意。如此的，过了几个月，它在我家仍是一只若有若无的动物，它渐渐地肥胖了，但仍不活泼。大家在廊前晒太阳闲谈着时，它也常来蜷伏在母亲和三妹的足下。三妹有时也逗着它玩，但并没有对于前几只猫那样感兴趣。有一天，它因夜里冷，钻到火炉底下去，毛被烧脱好几块，更觉得难看了。

春天来了，它成了一只壮猫了，却仍不改它的忧郁性，也不去捉鼠，终日懒惰的伏着，吃得胖胖的。

这时，妻买了一对黄色白芙蓉鸟来，挂在廊前，叫得很好听。妻常常叮咛着张妈换水，加鸟粮，洗刷笼子。那只花白猫对于这一对黄鸟，似乎也特别注意，常常跳在桌上，对鸟笼凝望着。

妻道："张妈，留心猫，它会吃鸟呢。"

张妈便跑来把猫捉了去，隔一会儿，它又跳上桌子对鸟笼凝望着了。

一天，我下楼时，听见张妈在叫道："鸟死了一只，一条腿没有了，笼板上都是血。是什么东西把它咬死的？"

我匆匆跑下去看，果然一只鸟是死了，羽毛松散着，好像它曾与它的敌人挣扎了许多。

我很愤怒，叫道："一定是猫，一定是猫！"于是立刻便去找它。

妻听见了，也匆匆地跑下来，看了死鸟，很难过，便道："不是这猫咬死的还有谁？它常常对着鸟笼望着，我早就叫张妈要小心了。张妈！你为什么不小心？"

张妈默默无言，不能有什么话来辩护。

于是猫的罪状证实了。大家都去找这可厌的猫，想给它以一顿惩戒。找了半天，却没找到。真是"畏罪潜逃"了，我以为。

三妹在楼上叫道："猫在这里了。"

它躺在露台板上晒太阳，态度很安详，嘴里好像还在吃着什么。我想它一定是在吃着这可怜的鸟的腿了，一时怒气冲天，拿起楼门旁倚着的一根木棒，追过去打了一下。它很悲楚地叫了一声"咪呜！"便逃到屋瓦上了。

我心里还愤愤的，以为惩戒得还没有快意。

隔了几天，李妈在楼下叫道："猫，猫！又来吃鸟了。"同时我看见一只黑猫飞快地跳过露台、嘴里衔着一只黄鸟。我开始觉得我是错了！

我心里十分难过，真的，我的良心受伤了，我没有判断明白，便妄下断语，冤枉了一只不能说话辩诉的动物。想到它的无抵抗的逃避，益使我感到我的暴怒，我的虐待，都是针，刺我的良心的针！

我很想补救我的过失，但它是不能说话的，我将怎样地对它表白我的误解呢？

两个月后，我们的猫忽然死在邻家的屋脊上。我对于它的亡失，比以前两只猫的亡失，更难过得多。

我永无改正我的过失的机会了！至此，我家永不养猫。

1925.11.7于上海

风　波

　　楼上洗牌的声音瑟拉瑟拉的响着，几个人的说笑、辩论、计数的声音，隐约的由厚的楼板中传达到下面。仲清孤寂的在他的书房兼作卧房用的那间楼下厢房里，手里执着一部屠格涅夫的《罗亭》在看，看了几页，又不耐烦起来，把它放下了，又到书架上取下了一册《三宝太监下西洋演义》来，没有看到二三回，又觉得毫无兴趣，把书一抛，从椅上立了起来，微微的叹了一口气，在房里踱来踱去。壁炉架上立着一面假大理石的时钟，一对青瓷的花瓶，一张他的妻宛眉的照片。他见了这张照片，走近炉边凝视了一回，又微微的叹了一口气。楼上啪，啪，啪的响着打牌的声音，他自言自语的说道："唉，怎么还没有打完！"

　　他和他的妻宛眉结婚已经一年了。他在一家工厂里办事，早晨八九点钟时就上工去了，午饭回家一次，不久，就要去了。他的妻在家里很寂寞，便常到一家姨母那里去打牌，或者到楼上她的二姊那里，再去约了两个人来，便又可成一局了。

　　他平常在下午五点钟，从工厂下了工，匆匆的回家时，他的妻总是立在房门口等他,他们很亲热的抱吻着。以后,他的妻便去端了一杯牛奶给他喝。他一边喝,一边说些在工厂同事方面听到的琐杂的有趣的事给她听:某处昨夜失火,烧了几间房子,烧死了几个人;某处被强盗劫了,主人跪下地去恳求,但终于被劫去多少财物或绑去了一个孩子。这些都是很刺激的题目,可以供给他半小时以上的谈资。然后他坐在书桌上看书,或译些东西,他的妻坐在摇椅上打着绒线衫或袜子,有时坐在他的对面,帮他抄写些诗文,成誊清文稿。他们很快活的消磨过一个黄昏的时光,晚上也是如此。

　　不过一礼拜总有一二次,他的妻要到楼上或外面打牌去。他匆匆的下了工回家,渴想和他的妻见面,一看她没有立在门口,一缕无名怅惘便立刻兜上心来。懒懒的推开了门口进去,叫道:"蔡妈,少奶奶呢?"明晓得她不在房里,明晓得她到什么地方去,却总要照例的问一问。

　　"少奶奶不在家,李太太请她打牌去了。"蔡妈道。

　　"又去打牌了!前天不是刚在楼上打牌的么?"他恨恨的说道,好像是向着蔡妈责问。"五姨也太奇怪了,为什么常常叫她去打牌?难道她家里没有事么?"他心思暗暗的怪着他的五姨。桌上的报纸凌乱的散放着,半茶碗的剩茶也没有倒去,壁炉架上的花干了也不换,床前小桌上又是几本书乱堆着,日历也已有两天不扯去了,椅子也不放在原地方,什么都使他觉得不适意。

　　"蔡妈,你一天到晚做的什么事?怎么房间里的东西一点也不收拾收拾?"

　　蔡妈见惯了他的这个样子,晓得他生气的原因,也不去理会他,只默默的把椅子放到了原位,桌上报纸收拾开了,又到厨房里端了一碗牛奶上来。

　　他孤寂无聊的坐着,书也不高兴看,有时索性和衣躺在床上,默默的眼望着天花板。晚饭是一个人吃着，更觉得无味。饭后摊开了稿纸要做文章，因为他的朋友催索得很紧，周刊等着要发稿呢。他尽有许多的东西要写，却总是写不出一个字来。笔杆似乎有千钧的重，他简直没有决心和勇气去提它起来。他望了望稿纸，叹了一口气，又立起身来，踱了几步，穿上外衣，要出去找几个朋友谈谈，却近处又无人可找。自他结婚以后，他和他的朋友们除了因公事或宴会相见外，很少特地去找他们的。以前每每的强拽了他们上王元和去喝酒。或同到四马路旧书摊上走走。婚后，这种事情也成了绝无仅有的了。渐渐的成了习惯以后，便什么时候也都懒得去找他们了。

街上透进了小贩们卖檀香橄榄，或五香豆的声音，又不时有几辆黄包车衣挨衣挨的拖过的声响。马蹄的的，是马车经过了，汽号波波的，接着是飞快的呼的一声，他晓得是汽车经过了，又时时有几个行人大声的互谈着走过去。一切都使他的房内显得格外的沉寂。他脱下了外衣，无情无绪的躺在床上，默默的不知在想些什么。

铛，铛，铛，他数着，一下，二下，壁炉架上的时钟已经报十点了，他的妻还没有回来，他想道："应该是回来的时候了。"于是他的耳朵格外的留意起来，一听见衣挨衣挨的黄包车拖近来的声音，或马蹄的的的走过，他便谛听了一回，站起身来，到窗户上望着，还预备叫蔡妈去开门。等了半晌，不见有叩门的声音，便知道又是无望了，于是便恨恨的叹了一口气。

如此的，经了十几次，他疲倦了，眼皮似乎强要阖了下来，觉得实在要睡了，实在不能再等待了，于是勉强的立了起身，走到书桌边，气愤愤的取了一张稿纸，涂上几个大字道："唉！眉，你又去了许久不回来！你知道我心里是如何的难过么？你知道等待人是如何的苦么？唉，亲爱的眉，希望你下次不要如此！"

他脱下衣服，一看钟上的短针已经指了十二点。他正钻进被窝里，大门外仿佛有一辆黄包车停下，接着便听见门环嗒，嗒，嗒的响着，"蔡妈，蔡妈，开门！"是他的妻的声音。蔡妈似乎也从睡梦中惊醒，不大愿意的慢吞吞的起身去开门。"少爷睡了么？"他的妻问道。"睡了，睡了，早就唾了"，蔡妈道。

他连忙闭上双眼，一动不动的，假装已经熟睡。他的妻推开了房门进来。他觉得她一步步走近床边，俯下身来。冰冷的唇，接触着他的唇，他懒懒的睁开了眼，叹道："怎么又是十二点钟回来！"她带笑的道歉道："对不住，对不住！"一转身见书桌上有一张稿纸写着大字，便走到桌边取来看。她读完了字，说道："我难道不痛爱你？难道不想最好一刻也不离开你！但今天五姨特地差人来叫我去。上一次已经辞了她，这一次却不好意思再辞了。再辞，她便将误会我对她有什么意见了。今天晚饭到九点半才吃，你知道她家吃饭向来是很晏的，今天更特别的晏。我真急死了！饭后还剩三圈牌，我以为立刻可以打完，不料又连连的连庄，三圈牌直打了两点多钟。我知道你又要着急了，时时看手表，催他们快打。惹得他们打趣了我好一回。"说时，又走近了床边，双手抱了他的头，俯下身来连连的吻着。

他的心软了，一阵的难过，颤声的说道："眉，我不是不肯叫你去玩玩。终日闷在家里也是不好的。且你的身体又不大强壮，最好时时散散心。但太迟了究竟伤身体的。以后你打牌尽管打去，不过不要太迟回来。"

她感动的把头倚在他身上说道："晓得了，下次一定不会过十点钟的，你放心！"

他从被中伸出两只手来抱着她。久久的沉默无言。

隔了几天，她又是很迟的才回家。他真的动了气，躺在床上只不理她。

"又不是我要迟，我心里真着急得了不得！不过打牌是四个人，哪里能够由着我一个人的主意。饭后打完了那一圈牌,我本想走了,但辛太太输得太厉害了,一定要翻本,不肯停止。我又是赢家,哪里好说一定不再打呢。"

"好,你不守信用,我也不守信用。前天我们怎么约定的?你少打牌,我少买书。现在你又这样晚的回家,我明天一定要去买一大批的书来!"

"你有钱,你尽管去买好了。只不要欠债!看你到节下又要着急了!我每次打牌你总有话说,真倒霉!做女人家一嫁了就不自由,唉!唉!"她也动了气,脸伏在桌上,好像要哽咽起来。

他连忙低头下心的劝道:"不要着急,不要着急,我说着玩玩的!房里冷,快来睡!"

她伏着头在桌上,不去理会他。他叹道:"现在你们女人家真快活了。从前的女人哪里有这个样子!只有男人出去很晚回来,她在家里老等着,又不敢先睡。他吃得醉了回来,她还要小心的侍候他,替他脱衣服,还要受他的骂!唉,现在不同了!时代变了,丈夫却要等待着妻子了!你看,每回都是我等待你。我哪一次晚回来过,有劳你等过门?"

她抬起头来应道:"自然喽,现在是现在的样子!男子们舒服好久了,现在也要轮到我们女子了!"

他噗哧的一声笑了,她也笑了。

如此的,他们每隔二三个礼拜总要争闹一次。

这一次,她是在楼上打牌。她的二姐因为没事做,气闷不过,所以临时约了几个人来打小牌玩玩。第一个自然是约她了。因为是临时约成的,所以没有预先告诉他。他下午回家手里拿着一包街上买的他的妻爱吃的糖炒栗子,还是滚热的,满想一进门,就扬着这包栗子,向着他的妻叫道:"你要不要?"不料他的妻今天却没有立在房门口,又听见楼上啪,啪,啪的打牌声及说笑声,知道她一定也在那里打牌了,立刻便觉得不高兴起来，紧皱着双眉。

他什么都觉得无趣，读书，做文，练习大字，翻译。如热锅上蚂蚁似的，东爬爬，西走走，都无着落处。又赌气不肯上楼去看看她。只叫蔡妈把那包栗子拿上楼去，意思是告诉她，他已经回来了。满望她会下楼来看他一二次，不料她却专心在牌上，只叫蔡妈预备晚饭给他吃，自己却不动身，这更使他生气。"有牌打了，便什么事都不管了，都是假的，平常亲亲热热的，到了打牌时，牌便是她的命了，便是她的唯一的伴侣了。"他只管叽哩咕噜的埋怨着，特别怨她的是她今天打牌没有预先通知他。这个出于意外的离别，使他异常的苦闷。

书桌上镇纸压着一张她写的信；

"我至亲至爱的清，你看见我打牌一定很生气的。我今天本来不想打牌。他们叫我再三我才去打的。并且你叫我抄写的诗，我都已抄好了半天了。你说要我抄六张，但是你所选的只够抄三张，你回来，请你再选些，我明天再替你抄。我亲爱的，千万不要生气。你生气，我是很难过的。这次真的我并没有想打牌。都是二姐她自己打电话去叫七嫂和陈太太，我并不知道。如果早知道，早就阻止她了。千万不要生气，我难道不爱你么？请你原谅我罢！你如果生气，我心中是非常的不安的！二姐后来又打一次电话去约七嫂。她说，明天来。约我在家等她。二姐不肯，一定要她来。我想宁可今晚稍打一会，明天就不打了。因为明天是你放假的日子，我不应该打牌，须当陪你玩玩，所以没有阻止她，你想是么？明天一块去看电影，好么？我现在向你请假了。再会！

你的眉

他手执这封信，一行一行的看下去，眼睛渐渐朦胧起来，不觉的，一大滴的眼泪，滴湿了信纸一大块。他心里不安起来。他想：他实在对待眉太残酷了！眉替他做了多少事情！管家记账，打绒线衣服，还替他抄了许多书，不到一年，已抄有六七册了。他半年前要买一部民歌集，是一部世间的孤本，因为嫌它定价略贵，没有钱去买，心里又着实的舍不下，她却叫他向书坊借了来，昼夜不息的代他抄了两个多月，把四大厚册的书全都抄好了。他想到这里，心里难过极了！"我真是太自私了！太不应该了！有工作，应该有游戏！她做了一个礼拜的苦工，休息一二次去打牌玩玩，难道这是不应该么？我为什么屡次的和她闹？唉，太残忍了，太残忍了！"他恨不得立刻上楼去抱着她，求她宽恕一切的罪过，向她忏悔，向她立誓说，以后决不干涉她的打牌了，不再因此埋怨她了。因为碍着别人的客人在那里，他又不敢走上去。他想等她下楼来再说罢。

时间一刻一刻的过去。他清楚的听着那架假大理石的时钟，的嗒的嗒的走着，且看着它的长针一分一分的移过去。他不能看书，他一心只等待着她下楼。他无聊的，一秒一秒的计数着以消磨这个孤寂的时间。夜似乎比一世纪还长。铛，铛，铛，已经十一点钟了。楼上还是啪，啪，啪的打着牌，笑语着，辩论着，不像要终止的样子。他又等得着急起来了！"还不完，还不完！屡次告诉她早点打完，总是不听话！"他叹了一口气，不觉的又责备她起来。拿起她的信，再看了一通，又叹了一口气，连连的吻着它，"唉！我不是不爱你，不是不让你打牌，正因为爱你，因为太爱你了，所以不忍一刻的离开你，你不要错怪了我！"他自言自语着，好像把她的信当作她了。

等待着，等待着，她还不下来。楼上的洗牌声瑟啦瑟啦的响着，几个人的说笑，辩论，计数的声音，隐约的由厚的楼板中传达到下面。似乎她们的兴致很高，一时决不会散去。他无聊的在房里踱来踱去，心里似乎渴要粘贴着什么，却又四处都是荒原，都是汪汪的大洋，一点也没有希望。

十二点钟了，她们还在啪，啪，啪的打牌，且说着笑着。"快乐"使她们忘了时间的长短，他却不能忍耐了。他恨恨的脱了衣服，钻到被中，却任怎样也不能闭眼睡去。"唉！"他曼声的自叹着，睁着眼凝望着天花板。

原载1928年远东图书公司版《家庭的故事》

书之幸运

天一书局送了好几部古书的头本给仲清看。一本是李卓吾评刻的《浣纱记》的上册,附了八页的图,刻得极为工致可爱。送书来的伙计道:"这是一部不容易得到的传奇。李卓吾的书在前清是禁书。有好些人都要买它呢。您老人家是老交易,所以先送来给您老人家看。"又指着另外一本蓝面子、洁白的双丝线订着的《隋唐演义》,道:"这是褚氏原刻的,头本有五十张细图呢,您老人家看看,多么好,多么工细!"说着,便翻几页给他看,"一页也不少,的确是原刻的,字迹一点也不模糊,边框也多么完整。我们老板费了很贵的价钱,昨天才由同行转让来的,刚才拿到手呢。"又指着一本很污秽的黄面子虫蚀了好几处的书道:"这是明刻的《隋炀艳史》,外面没有见过。今早才放进来,还没有装订好呢。您老人家如要,马上就可以去装订。看看只有八本,衬订起来可以有十六本,还是很厚的呢。老板说,他做了好几十年的生意,这部书还不曾买过呢。四十回,每回有两张图,共八十张图,都是极精工的。"又指着一本黄面子装订得很好看的书道:"这是《笑史》，共十六册，龙子犹原编，李笠翁改订的，外间也极少见。"这位伙计是晓得他极喜欢这一类的书，且肯出价钱，所以一本本的指点给他看。此外还有几部词选，都是不大重要的。

仲清默默的坐在椅上，听着伙计流水似的夸说着，一面不停手的翻着那几本书。书委实都是很好的，都是他所极要买下的，那些图他尤其喜欢。那种工致可爱的木刻，神采奕奕的图像，不仅足以考证古代的种种制度，且可以见三四百年前的雕版与绘画的成绩是如何的进步。那几个刻工，细致的地方，直刻得三五寸之间可以容得十几个人马，个个须眉清晰，衣衫的襞痕一条条都可以看出；粗笨的地方，是刻的一堆一堆的大山，粗粗几缕远水，却觉得逸韵无穷，如看王石谷、八大山人的名画一样。他委实的为这部书所迷恋住了。但外面是一毫不露，怕被伙计看出他的强烈的购买心，要任意的说价，装腔的不卖。

"书倒不大坏；不过都是玩玩的书，没有实用。"他懒懒的装着不大注意的说着。

"虽然是玩玩的书，近几年买的人倒不少，书价比以前贵得好几倍了呢。"伙计道。

"李卓吾的《浣纱记》多少钱？那几部多少钱？"

伙计道："老板吩咐过的，您老人家是老交易。不说虚价。《浣纱记》是五十块钱，《隋唐演义》是三十块钱，《隋炀艳史》是八十块钱，《笑史》是五十块钱，……"他正要再一部的说下去，仲清连忙阻挡住他道："不必再说了，那些我不要。"

"价钱真不贵，不是您老人家，真的不肯说实价呢。卖到东洋去，《浣纱记》起码值得一百块钱。《隋炀艳史》起码得卖个两三百块……。"

仲清心里嫌着太贵，照他的价钱计算起来，共要二百块钱以上呢，一时哪里来这许多钱去买！且买了下来，知道宛眉一定又要生气的。心里十分的踌躇,手却不停的翻翻这本,翻翻那本,很想狠心一下,回绝那个伙计说:"我不要买,请送给别人家去!"却又委实的舍不得那几部书归入别人的书室中。踌躇了好一会,表面上是假饰着仔细的在翻看那些书,实则他的心思全不注在书上。

伙计站在他旁边等候着他的回话。

"这几部书都是一点也不残缺的么?没有缺页,也没有破损么?"他随意的问着伙计。

"一点都没有,全是初印最完全的。我们店里已经检查过了,一页也不缺。缺了一页,一个钱都不要,您老人家尽管来退。您老人家是老交易,一点也不会欺骗您老人家的,您老人家放心好了。"

"那么,把这三部书的头本先放在这里吧。"说时,他把《浣纱记》《隋唐演义》《隋炀艳史》另放在一边,"其余的你带回去。价钱,我停一刻去和你们老板面议,还要去看看全书。"

"好的,好的。"伙计带笑的说道,好像他的交易已经成功了,"请您老人家停一刻过来。价钱,老板说是一定不减的。这部《笑史》也给您老人家留下吧,这部书很少见的,有人要拿去做石印呢。"伙计拿起《笑史》也要把它放在《浣纱记》诸书一堆。他连忙摇头道:"这部我不要,没有用处,你带给别人家看吧。"伙计缩回手,把它和其他拣剩的书包在一个包袱中,说着"再见,您老人家",而去了。他点点头。仍旧坐下去办他的公事,心里十分踌躇着买不买的问题。

他的妻宛眉因为他的浪买书,已经和他争闹过不止几十次了。

"又买书了!家里的钱还不够用呢。你的裁缝账一百多块钱还没有还,杭州的二婶母穷得非凡,几次写信来问你借几十块钱。你有钱也应该寄些给她用用。却自己只管买书去!现在,你一个月,一个月,把薪水都用得一文不剩,且看你,一有疾病时将怎么办!你又没有什么储蓄的底子。做人难道全不想想后来!况且,书已经有了这许多了。"她说时指着房间的七八个大书架，这间厢房不算小，却除了卧床前面几尺地外，无处不是书，四面的墙壁都被书架遮没着，只有火炉架上面现出一方的白色。"房间里都堆得满满的了，还买书，还买书，看你把它们放到哪里去？"她很气愤的说着，"下次再买，我一定把你的什么书都扯碎了！"她的牙紧咬着，狠狠的顿一顿足。

他低头坐在椅上，书桌上放着一包新买来的书，沉默不言，任她滔滔的诉说着。

"这些书都是要用的，才买来。"他等着她说完了。抗辩似的回答了一句，但心里却十分的不安，他自己忏悔，不该对他的妻说言不由衷的话；他买的书，一大半是随意的购买，委实不是什么因为要用了才去买的。

"要用，要用，只听见你说要用，难道我不晓得你么？你买的都是什么小说，传奇，这些书翻翻而已，有什么实用！"

"你怎么知道没有用？我搜罗了小说是因为要做一部《中国小说考》，这部书还没有人做过呢。"

他的妻气渐渐的平了："难道别处都没有地方借么？为什么定要自己一部一部的买？"

"借么？向哪里去借？那么大的一个上海，哪里有一座图书馆给公众使用？有几家私人的藏书室，非极熟的人却不能进去看，更不用说借出来了。况且他们又有什么书？简直是不完不备的。我也去看过几家了，我所要的书，他们几乎全都没有。怎么不要自己去买呢！唉！在中国研究什么学问，几乎全都是机会使他们成功的。寒士无书可读，要成一个博览者真是难于登天呢！"他振振有词的如此的说着，他的妻倒弄得没有什么话可说了。

"不过为了做一部书而去买了那么多的书来，也实在不合算。书店买不买你那部书还是问题，即使买了，三块钱一千字，二块钱一千字的算着,我敢担保定你买书的花的钱是决计捞不回来了,工夫白费了是当然!"他的妻恳挚的劝着。

"我也何尝不知道。他们乱写了一顿,什么诗,什么小说,出了一二部集子倒立刻有了大作家的称号,一般青年盲目的崇拜着,书铺里也为他们所震吓,有稿子不敢不买了。辛辛苦苦的著作者却什么幸运都没有遇见。唉,世间上的事都是如此。谁叫得响些,谁便有福了。以后,再不买什么捞什子的书了,读书买书有什么用!"

"非必要的书少买些就好了,何必赌咒说不买书呢。别人的事不去管它,你只自己求己心之所安而已。"他的妻安慰着他说。"不过,你说的话未必见得用得住的。现在说一定不买,你看不到几天,一定真又要一大包一大包的买进家了。"

他被他的妻说着了真病,倒说得笑起来了。

不多几天,他又买了一大包的书回家了。一大半是随手的无目的的买来的。他的妻见了,又生气起来:"你真的一个钱在身边也留不住,总要全都送了出去才安心!家用没有了,叫我去想什么方法。你却又买了一大包的书回来!"她气愤愤的从书架上取了一本书抛在地上,"一定要把它们都扯碎了,才可出我的一口气。"说着,又抛了一本书在地上,却究竟不忍实行她的扯碎的宣言。他伏下去一本一本的拾起来。仍旧安放在架上,心思却也难过起来,暗暗的恨着自己太不争气了,太无决心了,太喜欢买书了,买了许多不必用的书,徒然摆在架上装装样子,一面却使他经济弄得十分穷困。他叹了一口气,自己怨艾着。他的妻坐在椅上默默的无言,两行沾泪挂下了她的双颊。他走近她身边.俯下身去,吻她的发,两手紧握着她,忏悔的说:"真对不住,真对不住,又使你生气了!我实在自己太无自制力了。见书就买,累你伤心。我心里真是难过,下次决计再不到书店里去了。"他又咬着牙顿顿足的誓道:"下次再去的不是人!"他的妻仰头望着他,双眼中泪珠还是满盈盈的。

像这样的,一年来不止有几十次了。仲清好买书的习惯总是屡改不悛。正和他的妻宛眉打牌的习惯一样。

"你少买书,我就少打牌。"

"你不打牌,我也就不买书。"他们俩常常的这样牵制的互约着,却终于大家都常常的破约,没有遵守着。

现在,仲清要买的书,价钱太大了,他身上又没有几块钱剩下。买不买的问题,总在他心上缭绕着。这一天,恰好宛眉又被他五姨请去打牌了,他又得空到天一书局去走一趟。老板见了他来,很恭敬的招呼着他,刚才送书来的伙计也在那里,连忙端了一张凳来请他坐,又送了一杯茶来。

"您老人家请用茶,我到栈房里拿书给您。"那个伙计说着出店门去了。

"这几部书真是不容易见到。我做了好几十年的生意了,还不常遇见。《隋唐演义》卖出三部,李卓吾批的《浣纱记》只见过一次,那样好的《隋炀艳史》却简直未曾见过。不是您,真不叫人送去看。赵三爷不知听见谁说,刚才跑来,要看这几部书,我好容易把他回绝了。刘鼎文也正在收买这些小说传奇。不过他们都是买去点缀书架的,不像您是买去用的。"老板这样滔滔的说着。

"那几部书倒委实不坏,不过你们的价钱未免开得太大了。"

"不大,不大。不瞒你说,不是您老主顾,真的不肯说实价呢。这种书东洋人最要买,他们的价钱真出得不低。不过我们中国的好东西,不瞒您说,我实在有些不愿意使它们流入异邦。所以本店不大和东洋人来往。不像他们,往往把好书都卖给外国人了。像他们那么样不知保存国粹的做着,不到几十年,恐怕什么宋版元钞,以及好一点的小说,传奇,都要陈列在他们外国人的家里去了。唉,唉,可叹!可叹!"老板似乎很感慨的说着，频频摇着他的光头。

仲清不好说什么，只默默的远瞩着对面架上的书。慢慢的立起身来，走近架边，无目的的翻翻架上的书，又看看他们标着的价目。

伙计抱了一包的书回到店里来："你老人家请来看，一页缺残也没有，只有一点虫蚀的地方。不要紧，我们会替您老人家修补好的。"

他一本一本的把这三部书都翻看了一迫，委实是使他愈看愈爱。《隋炀艳史》上还有好几幅很大胆的插图，是他向未在别的书图上见过的。每本书，边框行格都是完完整整的，并无断折，一个个字那是锋棱钢利，笔画清晰，墨色也异常的清浓，看起来非常的爽目。一页一页的似乎伸出手来，要招致他来购买它。他心里强烈的燃着购买的愿望，什么宛眉的责难，经济的筹划，他都不计及了。然他表面上却仍装出可买可不买的样子。

"书实在不坏，只是价钱太贵了，不让些是难以成交的。这种玩玩的书，我倒不一定要买，如果便宜了，便买，贵了，犯不着买，只好请你们送到别家去吧。"

老板道："价钱是实实的，一个也不能让。不瞒您说，《隋唐演义》我是花了二十五块钱买下的，《浣纱记》是我花四十块钱买下的，《隋炀艳史》却花了我五十块钱，都是从一个公馆里买来的。除了我，别一家真不肯出那么大的价钱去买它们的。我辛苦了一场，二三十块钱，您总要让我挣的。这一次您别让价了。下次别的交易上，我们吃亏些倒可以。这次委实是来价太贵，不能亏本卖出。"

他明晓得秃头老板说的是一派谎话，却不理会他，假装着不热心要买的样子，说道："那么，请你的伙计明天到我公事房里把头本拿去吧。太贵了，我买不起。"

老板沉下脸，好像很失望的样子，说道："您说说看，能出多少钱？"

"一百块钱,三部书,《隋炀艳史》要衬订过。"

老板摇摇头道:"不成,不成,实在不够本钱。我本没有向您要过虚价。对不起,请您作成了我,不要让价了。大家是老交易,不瞒您说,有好书我总是先送给您看的。"

他很为难,想不到老板这样强硬,知道价是一定不能多让的了。

"那么,多出了十块钱,一百十块,不能再多了。我向来是很直爽的,不喜欢多讲价。"

"是的,我晓得您。不过这一次委实是吃亏不起。您是老顾主,既然如此,我也让去十块吧,一共一百四十块。不能再吃亏了。"

他懒懒的走到店门口,跨足要到街上去。心里却实实的欢喜这几部书,生怕被别人抢夺去了。"我再加十块钱,一共一百二十块,不能再加了。"

"相差有限,请你再加十块钱,就把书取去吧。"

他知道交易可成了,只摇摇头,仍欲跨出店门,"一个钱也不能再加了,实在不便宜了。"

老板道:"好了,好了,大家老交易,替您包好了,《隋炀艳史》先放在这里,订好了再送上。"

伙计把《隋唐演义》《浣纱记》包好了递给他,说道:"我替您老人家叫车去,是不是回家?"

他点点头,伙计叫道:"黄包车,海格路去不去?多少钱?"

"今天钱没有带来,隔几天钱取来再给你吧。"他对老板道。

"不要紧,不要紧,您随便几时送下都可以。"老板恭敬的鞠躬一下,几乎有九十度的弯下,光光的秃头,全部都显现出;送到门口,又鞠躬了一下,看他上车走了才进去。

他如像从前打得了一次胜仗,占了敌国一大块土地似的喜悦着,双手紧紧的抱着那一包书。别的问题一点也没有想起。

他到了家,坐在书桌上,只管翻阅新买来的几部书,心里充满了喜悦,也没有想起他的妻在外打牌的事。平常时候的等待时的焦闷与不安,这时如春初被日光所照射的残雪,一时都消融不见了。"实在买的不贵,"他暗自想着。

阅了许久,许久,才突然的想起了经济的问题。"怎么样呢?一百二十块钱,一块都还没有着落呢!"他时时的责怪自己的冒失,没有打算到钱,却敢于去买书。自己暗暗的苦闷着后悔着,想同宛眉商议。又怕她生气,责备。

他从来没打开口向人借过钱,这时却不由得不想到"借"的一条路上去了。这是一条唯一的救急的路。

向谁去借呢?叫谁去借呢?他自己永没有向人开口过,实在说不出,只好请宛眉去。这一次已经买了,总得还钱,挨些气也无法。叫她到五姨那里去借,五姨没有,再向二舅去,总可以有。"唉,这样的盘算着,真是苦恼!下次再不冒失去买书了!"

懒懒的在灯下翻着新买的书,担着一肚子的忧苦,怕宛眉回来听了,要大怒起来,不肯去借。

嗒,嗒,嗒,门环响着,他知道是他的妻回来了。他心脏加速的猛烈的跳着。"蔡妈,开门,开门!"他的妻如常的叫道。

蔡妈开了门,她匆匆的走进房,见他独坐在灯下,问道:"清,你还没有睡?在看书么?"他点点头,怀着一肚子鬼胎。她走近他,俯头吻了他一下,回头见书桌上放着一堆书,问道:"你又买了书么?"他点点头,心里扰乱起来。

"多少钱?你昨天说身边一个钱也没有了,怎么又有钱去买书?是赊账的么?千万不要在外面赊账!你又没有额外的收入,这一笔账怎么还法?唉!又买书!"见他呆呆的如有所思的坐在椅上,一句话不响,便着急的再迫问道:"怎么不说话?是不是赊账买来的?回答一声既:

'不是',也可以使我宽心些!"

他心上难过极了,如果有什么地洞可逃,他一定逃下去了。她见他仍旧呆呆的坐在椅上不言语,便颤声的说道:"唉!你还是不说话!想什么心事,是不是赊账买的?请你告诉我一声!说,'不是',说'不是'!唉!"

他硬了头皮,横了心,摇摇头。她喜悦的说道:"那么,不是赊账的了。是不是?"他点点头。她向前双手抱着他,说道:"好的清,我的清,这样才对!买书不要紧,有多余的钱时可以去买。千万不要负债!"

他沉默着,什么话都说不出口。

全夜在焦苦、追悔、自责中度过。

第二天清早,他起床了,他的妻还在睡。他们没有说什么话。午饭时,他回家吃饭。饭后,坐在书桌上翻阅昨天买来的《隋唐演义》,一面翻着,一面想同他的妻说话,迟疑了半天,才慢吞吞嗫嚅的说道:"你能否替我到五姨那里借一百二十块钱来?这几天我要用。"他的眼不敢望着她,只凝视着书页,一面手不停的在翻着,虽然假装着很镇定,心却扑扑的跳着,等待她回答。

"什么用,借钱?你向来没有问过人借钱。"她诧异的问。

他不声不响,手不停的翻着书页。

"什么用要借钱?你说,你说!不说用途,我不去借。"

他只是不声不响,眼望着书页。

"晓得了,是不是要借去买书,还书店的账?除此之外,你不会有别的用途。"

他点点头,等候着她的责备。真的她生气起来,把桌上的书一本一本的抛在地上,"一天到晚只想买书!这个脾气老是不改,我已不知劝说了多少次了!唉,唉!最好把饭钱房钱也都买书去,大家饿死就完了"。她伏着头在桌上,声音有些哽咽。他心里很难过,俯下身去拾书,说道:"不要把这些书糟蹋了,价钱很贵呢。"

她抬起头来问道:"多少钱?是不是借钱就去买这些书?"

他点点头,承认道:"是的。"把一本书拿到地面前,指点给她听,"共买了三部书,实在不贵,一百二十块钱。你看,这些画多末工致!如果我肯转卖了,一定可以赚钱。"

她不声不响,接过了书翻了一会。她的眼凝注着他的脸,见他愁眉不展的样子,心里委实不忍。她的气平下去了,叹了一口气道:"为了买书去借钱,唉,下次再不可如此了。没有钱便不要买。欠账是最不好的事!这次我替你去借借看。五姨也不是很有钱的,姨夫财政部里的薪水又几个月没有发了。能不能借来,还是一个问题呢。"

他脸上露出一线宽慰的笑容。"五姨那里没有,二舅那里去问问,他一定会有的。"

"你下次再不可这样冒失的去买书了。"她再三的吩咐着。

他点点头,不停手的在翻着书页。似乎一块大石已在心上落下。

(原载1928年远东图书公司版《家庭的故事》)

淡　漠

　　她近来渐渐的沉郁寡欢，什么事也懒得去做，平常最喜欢听的西洋文学史的课，现在也不常上堂了。平常她最活泼，最愿意和几个同学在草地上散步，或是沿着柳荫走着，或是立在红栏杆的小桥上，凝望着被风吹落水面的花瓣，随着水流去，现在她只整天的低了头坐着，懒说懒笑的，什么地方也不去走。她的同学们都觉察出她的异态。尤其是她最好的女同学梁芬和周好之替她很担心，问她又不肯说什么话。任她们说种种安慰的话，想种种法子去逗她开心，她只是淡漠的毫不受感动。

　　有一天，梁芬下用拿着一封从上海来的信，匆匆的跑来向她说道：

　　"文贞，你的芝清又有信给你了，快看，快看！"

　　她懒懒的把信接过来，拆开看了，也不说什么话，便把它塞在衣袋里。

　　梁芬打趣她道："怎么？芝清来信，你应该高兴了！怎么不说话？"

　　她也不答理她，只是摇摇头。

梁芬觉得没趣,安慰了她几句话,便自己走开去了。

她又从衣袋里把芝清的信取出看了一遍,觉得无甚意思,便又淡漠的把它抛在桌上。

无聊的烦闷之感,如霉菌似的爬占在她的心的全部。桌上花瓶里,插着几朵离枝不久的红玫瑰花;日光从绿沉沉的梧桐树荫的间隙中射进房里,一个校役养着的黄莺的鸟笼,正挂在她窗外的树枝上,黄莺在笼里宛转的吹笛似的歌唱着。她什么也听不见,看不见,只见闷闷的沉入深思之中。

她自己也深深的觉察到自己心的变异。她不知道为什么近来淡漠之感,竟这样坚固而深刻的攀据在她的心头?她自己也暗暗的着急,极想把它泯灭掉。但是她愈是想泯灭了它,它却愈是深固的占领了她的心,如午时山间的一缕炊烟,总在她心上袅袅的吹动。

她在半年之前,还是很快活的,很热情的。

她和芝清认识,是两年以前的事。那时他们都在南京读书。芝清是南京学生联合会主席,她是女师范的代表。他们会见的时候很多,谈话的机会也很多。他们都是很活泼,很会发议论的。芝清主张教育是神圣的事业,我们无论是为了人类,为了国家,都应该竭力去创办一种理想的学校,以教育第二代的人民。有一次,他们坐在草地上闲谈,芝清又慨然的说道:

"我家乡的教育极不发达。没有人肯牺牲了他的前途,为儿童造幸福。所有的小学教员,都是家贫不能升学,借教育事业以搪塞人家,以免被乡人讥为在家坐食的。他们哪里会有真心,又哪里有什么学识办教育?我毕业后定要捐弃一切,专心在乡间办小学。我家有一所房子,建筑在山上,四面都是竹林围着,登楼可以望见大海。溪流正经过门前,坐在溪旁石上,可以看见溪底游鱼;夏天卧树荫下,静听淙淙的水声,真是'别有天地非人间'。屋后又有一块大草地,可以做操场。真是天然的一所好学校呀！只……"他说时，脸望着她，如要探索她心里的思想似的。停了一会，便接下去说道：

"只可惜同志不容易找得到。在现在的时候，谁也是为自己的前途奔跑着，钻营着，岂肯去做这种高洁的事业呢，文贞，你毕业后想做什么呢？"

她低了头并不回答他，但心里微微的起了一种莫名的扰动，她的脸竟涨得红红的。

沉默了一会，她才低声说道：

"这种理想生活，我也很愿意加入。只不知道毕业后有阻力没有？"

芝清的手指，这时无意中移近她的手边，轻轻的接触着，二人立刻都觉得有一种热力沁入全身心，脸都变了红色。她很不好意思的慢慢把手移开。

经了这次谈话后，他们的感情使较前挚了许多。同事的人，看见这种情形，都纷纷的议论着。他们只得竭力检点自己的行迹，见面时也不大谈话；只是通信却较前勤得多了，几乎每天都有一封信来往。

他们心里都感到一种甜蜜的无上的快乐。同时，却因不能常常见面，见面时不能谈话，心里未免时时有点难过。

她从他的朋友那里，得到他已结过婚的消息。他也从她的朋友那里，知道她是已经和一位姓方的亲戚订过婚的。虽然他们因此都略略的有些不高兴，都想竭力的各自避开了，预防将来发生什么恶果，然而他们总不能除却他们的恋感，似乎他们各有一丝不可见的富于感应的线，系住在彼此的心上。愈是隔离得久远，想念之心愈是强烈。

时间流水似的滚流过去，他们的这种恋感，潜入身心也愈深愈固。他们很忧惧。预防这恶果的实现，只是时间上的问题。他们似乎时时刻刻都感有一种潜隐的神力，要推通他们成为一体。他们心里时时刻刻都带着凄然的情感，各有满肚子的话要待见面时倾吐，而终无见面的机会。即使见面了，也不像从前的健谈，谁都默默的，什么话也说不出，四目相对了许久，到了别离时，除了虚泛的问答外，仍旧是一句要说的话也没有诉说出来。

他们都觉得这种情况是决不能永久保持下去的。

他们便各自进行，要把各自的婚姻问题先解决了。在道德上，在法律上，都是应该这样做的。

他的问题倒不难解决，他的妻子是旧式的妇人。当他提出离婚的要求时，她不反抗，也不答应，只是低声的哭，怨叹自己的命运。后来他们的家庭，被芝清逼促得无可如何，便由两方的亲友出面，在表面上算是完全答应了芝清的要求。不过她不愿意回娘家，仍旧是住在他的家里，做一个食客。芝清的事总算是宣告成功了。

解决她的问题，却有些不容易。她与她的未婚夫方君订婚，原是他们自己主动的。他们是表兄妹。她的母亲是方君的二姨母。他们少时便在一起游戏，在同一的私塾里读书。后来他们都进了学校。当他在中学毕业时，她还在高等小学二年级里读书。

五年前的暑假，他们同在他们的外祖父家里住。这时她正刚毕业。

他们互相爱恋着。他私向她求婚，她羞涩的答应了他。后来他要求他母亲向姨母提求正式婚议。他们都答应了。他们便订了正式的婚约。她很满意；他在本城是一个很活动的人物，又是很有才名的。

暑假后，她很想再进学校，他便极力的帮助她。她到了南京，进了女子师范。他们的感情极好，通信极勤。遇到暑假时，便回家相见。

自五四运动爆发后，他们的这种境况便完全变异了。她因为被选为本校的代表，出席于学生会之故，眼光扩大了许多，思想也与前完全不同，对于他便渐渐的感得不满意。后来她和芝清发生了恋爱，对于他更是隔膜，通信也不如从前的勤了。他来了三四封信，她总推说学生会事忙,只寥寥的勉强的复了几十字给他。暑假里也不高兴回去。方君写了一封极长的信给她,诉说自己近来生了一场大病,因为怕她着急,所以不敢告诉她。现在已经好了,请她不要挂念。又说,他现在承县教育局的推荐,已被任为第三高等小学的校长。极希望她能够在假期内回来一次。他有许多话要向她诉说呢!但她看了这封信后,只是很淡漠的,似乎信上所说的话,与她无关。她自己也觉得她的感情现在有些变异了!她很害怕;她知道这种淡漠之感是极不对的,她也曾几次的想制止自己的对于芝清的想念,而竭力恢复以前的恋感。但这是不可能的。她愈是搜寻,它愈是逃匿得不见踪痕。

她在良心上,确实不忍背弃了方君,但同时她为将来的一生的幸福计,又觉得方君的思想,已与自己不同,自己对于他的爱情又已渐渐淡薄,即使勉强结合,将来也决不会有好结果的;似不应为了道德的问题,牺牲自己一生的幸福。

这种道德与幸福的交斗,在她心里扰乱了许久。结果,毕竟是幸福战胜了。她便写了一封信,说了种种理由,告诉方君,暑假实不能回去。

她与芝清的事,渐渐的由朋友之口,传入方君之耳,他便写了许多责难的信来。这徒然增加她对他的恶感。最后,她不能再忍受,便详详细细的写了一封长信,述说自己的思想与志愿,并坚决的要求他原谅她的心,答应她解除婚约的要求。隔了几天,他的回信来了,只写了几个字:

"玉已缺不能复完,感情已变不能复联。解除婚约,我不反对。请直接与母亲及姨母商量。"

这又是一个难关。亲子的爱与情人的爱又在她心上交斗着。她知道母亲和姨母如果听见了这个消息一定要十分伤心的。她不敢使她们知道,但又不能不使她们知道。踌躇了许久,只得硬了头皮,写信告诉她母亲与表兄解约的经过。

她母亲与她姨母果然十分的伤心，写了许多信劝他们，想了种种方法来使他们复圆。后来还是方君把一切事情都对她们说了，并且坚决的宣誓不愿再重合，她们才死了心，答应他们解约。

他们的问题都已解决，便脱然无巢的宣告共同生活的开始。

虽然有许多人背地里很不满他们的举动，但却没有公然攻击的。他们对于这种诽议，却毫不介意；只是很顺适的过者他们甜蜜美满的生活。

他们现在都相信人生便是恋爱，没有爱便没有人生了。他们常常坐在一张椅上看书，互相偎靠着，心里甜蜜蜜的。有的时候，他们乘着晴和的天气，到野外去散步。菜花开得黄黄的，迎风起伏，如金色的波浪。野花的香味，一阵阵的送来，觉得精神格外爽健。他们这时便开始讨论将来的生活问题，凭着他们的理想，把一切计划都订得妥当。

一年过去，芝清已经毕业了。上海的一个学校，校长是他很好的朋友，便来请他去当教务主任。

"去呢，不去呢？"这是他们很费踌躇的问题。她的意思，很希望他仍在南京做事，她说：

"我们的生活，现在很难分开。而且你也没有到上海去的必要。南京难道不能找到一件事么？你一到上海，恐怕我们的计划，都要不能实现了，还有……"

她说到这里，吞吐的说不出话来，眼圈红了，怔视着他，像卧在摇篮里的婴孩渴望他母亲的抚抱。隔了一会，便把头伏在他身上，泣声说道："我实在离不开你。"

他的心扰乱无主了。像拍小孩似的，他轻轻的拍着她的背臂，说道："我也离不开你，这事，我们慢慢的再商量吧。"她抬起头来；他们的脸便贴在一起，很久很久，才离开了。

他知道在南京很不容易找到事，就找到事也没有上海的好，不做事原是可以，不过学校已经毕业，而再向家里拿钱用，似乎是不很好开口。因此，他便立意要到上海去。她见他意向已决，便也不再拦阻他，只是心里深深的感到一种不可言说的凄惨，与从未有过的隔异。因此，不快活了好几天。

芝清走了，她寂寞得心神不定。整天的什么事也不做，课也不上，只是默默的想念着芝清，每天都写了极长的甜蜜的信给芝清，但是要说的话总是说不尽。起初，芝清的来信，也是同样的密速与亲切。后来，他因为学校上课，事务太忙，来信渐渐的稀少，信里的话，也显得简硬而无感情。她心里很难过，终日希望接得他的信，而信总是不常来；有信来的时候，她很高兴的接着读了，而读了之后，总感得一种不满足与苦闷。她也不知道这种情绪，是怎样发生的。她原知道芝清的心，原想竭力原谅他的这种简率，但这种不满之感，总常常的魔鬼似的跑来扣她的心的门，任怎样也斥除不去。

半年以后，她也毕业了。为了升学与否的问题，她和芝清讨论了许久许久。她的意见，是照着预定的计划，再到大学里去读书，而芝清则希望她就出来做事，在经济上帮他一点忙。他并诉说上海生活的困难与自己勤俭不敢糜费，而尚十分拮据的情形。她很不愿意读他这种诉苦的话。她第一次感到芝清的变异和利己，第一次感到芝清现在已成了一个现实的人，已忘净了他们的理想计划。她想着，心里异常的不痛快。虽然芝清终于被她所屈服，然而二人却因此都未免有些芥蒂。她尤其感到痛苦。她觉得她的信仰已失去了，她的航途已如一片红叶在湍急的浊流上飘泛，什么目的都消散了。由彷徨而消极，而悲观，而厌世；思想的转变，如夏天的雨云一样快。此后，她一个活泼泼的人，便变成了一个深思的忧郁病者。

有一天，她独自在房里，低着头闷坐着，觉得很无聊，便提起笔来写了一封信给芝清：

"我现在很悲观！我正徘徊在生之迷途。我终日沉闷的坐在房里，课也不常去上；便走到课堂里，教师的声音也如蝇蚊之鸣，只在耳边扰叫着，一句也领会不得。

我竭力想寻找人生的目的，结果却得到空幻与坟墓的感觉；我竭力想得到人生的趣味，却什么也如炊死灰色的白汤，不惟不见甜腻之感，而且只觉得心头作恶要吐。

唉！芝清，你以为这种感觉有危险么？是的，我自己也有些害怕，也想极力把它扑灭掉。不过想尽了种种方法，结果却总无效，它时时的来鞭打我的心，如春燕的飞来，在我心湖的绿波上，轻轻的掠过去，湖面立刻便起了圆的水纹，扩大开去，漾荡得很久很久。没等到水波的平定，它又如魔鬼，变了一阵的凉飕。把湖水又都吹皱了。唉！芝清，你有什么方法，能把这个恶魔除去了呢？

亲爱的芝清，我很盼望你能于这个星期日到南京来一次。我真是渴想见你呀！也许你一来，这种魔鬼便会进去了。

这几天南京天气都很晴明，菊花已半开了。你来时，我们可以在菊园里散步一会，再到梧村吃饭。饭后登北极阁，你高兴么？"

她写好了，又想不寄去；她想芝清见了信，不见得便会对她表亲切的同情吧！虽然这样想，却终于把信封上了，亲自走到校门，把信抛入门口的邮筒里。

她渴盼着芝清的复信。隔了两天，芝清的信果然来了。校役送这信给她时，她手指接着信，微微的颤抖着。

芝清的信很简单,只有两张纸。她一看,就有些不满意;他信里说,她的悲观都因平日太空想了之故。人生就是人生,不必问它的究竟,也不必找它的目的。我们做一天和尚撞一天钟,低着头办事,读书,同几个朋友到外边去散步游逛,便什么疑问也不会发生了。又说,上海的生活程度,一天高似一天。他的收入却并不增加,所以近来经济很困难。下月寄她的款还正在筹划中呢。南京之行,因校务太忙,恐不能如约。

她读完这封无爱感,不表同情的信,心里深深的起了一种异样的寂寞之感,把抽屉一开,顺手把芝清的信抛进去。手支着颐,默默的悲闷着。

她现在完全失望了,她感得自己现在真成了一个孤寂无侣的人了;芝清,她现在已确实的觉得,是与她在两个绝不相同的思想世界上了。

此后,她便不和芝清再谈起这个问题。但她不知怎样,总渴望的要见芝清。连写了几封信约他来,才得到他一封答应要于第二天早车来的快信。

第二天她起得极早,带着异常的兴奋,早早的便跑到车站上去接芝清。时间格外过去得慢,好容易才等到火车的到站。她立在月台上,靠近出口的旁边,细细的辨认下车的人。如蚁般的人,一群群的走过去,只看不见芝清。月台上的人渐渐的稀少了,下车的人,渐渐都走尽了。她又走到取行李的地方,也不见芝清,"难道芝清又爽约不来么?也许一时疏忽,不曾见到他,大概已经下车先到校里去了。"她心里这样无聊的自慰着。立刻跑出车站,叫车回校。到校一问,芝清也没有来。她心里便强烈的感着失望的愤怒与悲哀。第二天芝清来了一封信,说因为校里有紧急的事要商量,不能脱身,所以爽约,请她千万原谅。她不理会这些话,只是低着头自己悲抑着。

她以后便不再希望芝清来了。

她心里除了淡漠与凄惨,什么也没有。她什么愿望都失掉了。生命于她如一片枯黄的树叶,什么时候离开枝头,她都愿意。

原载1928年远东图书公司版《家庭的故事》

失去的兔

"贼如果来了，他要钱或要衣服，能给的，我都可以给他。"

一家人饭后都坐在廊前太阳光中，虽是十月的时候，天气却不觉十分冷。太阳光晒在身上，透进一缕舒适的暖意。微风吹动翠绿的竹，长竿和细碎的叶的影子也跟了在地上动摇着。两只红眼睛的白兔，还有六只小兔，在小小的园中东奔西跑的找寻食物。我心里很高兴，微笑的对着大家忽然谈起贼的问题。

二妹摇摇头笑道："世界上难有这样的好人。"

母亲笑道："你哥哥他真的会做出来。前年，我们刚搬到这里来时，正是夏天，他把楼上的窗户都洞开了，一点警戒的心也没有。一个多月没有失去一件东西。他大意的说道：'这里倒还没有贼'。不料到了第三天晚上，忽然被贼不费力的偷去了一件春大衣，两套哔叽的洋装，一件羽毛纱的衣服，还有一个客人的长衫。明早他起来了，不见了衣服，才查问了起来，看见楼廊上有一架照相箱落下，是匆促中来不及偷走的，栏杆外边的缘檐上有一块橡皮底鞋的印纹。他才知道了贼是从什么地方上来的。但他却不去报巡警,说道:'不要紧,让他拿去好了,我还有别的衣服穿呢。'你们看他可笑不可笑。后来贼被捉了,在警局里招出偷过某处某处。于是巡警把他们带来这里查问。一个是平常做生意人的样子,一个是很老实的老头子,如一个乡下初上来的愚笨的底下人。你哥哥道:'东西已被偷去了,钱已被花尽了。还追问他们做什么?'巡警却埋怨他一顿,说他为什么不报警局呢。"

三妹道:"哥哥对衣服是不希罕的,偷去了所以不在意。如果把他的书偷走了,看他不暴怒起来才怪呢!前半个月,我见他要找一本书找不到,在乱骂人,后来才记起来被一个朋友带走了。他咕咕絮絮的自言自语道:'再不借人了,再不借人了。自己要用起来,却不在身边!'"她一边说,一边学着我着急的样子,逗引得大家都笑了。

祖母道:"你哥哥少时候真有许多怪脾气。他想什么,真会做出什么来呢。"

我正色的说道:"说到贼,他真不会偷到书呢!偷了书,又笨重,又卖不得多少钱。不过我对于贼,总是原谅他们的。人到了肚皮饿得叫着时,什么事做不出来!我们偶然饿了一顿,或迟了一刻吃饭,已经忍耐不住了,何况他们大概总是饿了几顿肚子的,如何不会迫不得已的去做贼。有一次,我在北京,到琉璃厂书店里去,见一部古书极好,便买了下来,把身上所有的钱都用尽了,连回家的车钱都没有了。近旁又无处可借。那时恰好是午饭时候,肚里饥饿得好像有虫要爬到嘴边等候着食物的入口。我勉强的沿路走着。见一路上吃食店里坐客满满的,有的吃了很满足的出来,有的骄傲的走了进去。我几次也想跟了他们走进。但一摸,衣袋里是空空的,终于不敢走进。但看见热气腾腾的馒头饺子陈列在门前。听见厨房里铁铲炒菜的声音,铁锅打得嗒、嗒的声音,又是伙计们:'火腿白菜汤一碗,冬菜炒肉丝一盘,烙饼十个,多加些儿油'的叫着,益觉得肚里饥饿起来,要不是被'法律'与'羞耻'牵住了,我那时真的要进去白吃一顿了。以此推之,他们饿极了的人,如何能不想法子去偷东西!况且,他们偷东西也不是全没有付代价的。半夜里人家都在被窝中暖暖的熟睡着,他们却战战瑟瑟的在街角巷口转着。审慎了又审慎,迟疑了又迟疑,才决定动手去偷。爬墙,登屋,入房,开箱,冒了多少危险,费了多少气力,担了多少惊恐。这种代价恐怕万非区区金钱所能抵偿的呢。不幸被捉了,还要先受一顿打,一顿吊,然后再坐监中几个月或几年。从此无人肯原谅他,无人肯有职业给他。'他是做过贼的',大家都是如此的指目讥笑着他,且都避之若虎狼。其实他们岂是甘心作贼的!世上有许多人,贪官,军阀,奸商,少爷等等,他们却都不费一点力,不受一点惊,安坐在家里,明明的劫夺、偷盗一般人民的东西,反得了荣誉,恭敬,挺胸凸腹的出入于大聚会场,谁敢动他们一根小毫毛。古语说,'窃钩者诛,窃国者侯',真是不错!"我越说越气愤,只管侃侃的说下去,如对什么公众演说似的。

"哥哥在替贼打抱不平呢,"三妹道。

"你哥哥的话倒还不错,做了贼真是可怜,"祖母道。

"况且,贼也不是完全不能感化的。某时,有一个官,知道了家里梁上有贼伏着,他便叫道:'梁上君子,梁上君子,请你下来,我们谈谈。'贼怕得了不得,战战兢兢的下梁来,跪在他面前求赦。他道:'请起来。你到这里来,自然是迫不得已的。你到底要用多少钱,告诉我,我可以给你。'这个出于意外的福音,把贼惊得呆了,他一句话也说不出,半晌,才嗫嚅的说道:'求老爷放了我出去,下次再不敢来了。'某官道:'不是这样说,我知道你如果不因为没有饭吃,也决不至于做贼的。'说时,便踱进了上房,取出了十匹布,十两银子,说道:'这些给你去做小买卖。下次再不可做这些事了。本钱不够时,再来问我要。'贼带了光明有望的前途走了回去,以后便成了一个好人。我还看了一部法国的小说,它写一个流落各地的穷汉,有一次被一个牧师收在他家里过夜。他半夜时爬起床来偷了牧师的一只银烛台逃走了。第二天，巡警捉了这个人到牧师家里来，问牧师那只烛台是不是他家的。牧师笑道：'是的，但我原送给他两只的，为什么他只带了一只去？'这个流浪人被感动得要哭了。后来，改姓换名，成为社会中一个很著名的人物。可知人原不是完全坏的，社会上的坏人都是被环境迫成的。"

大家都默默无语，显然的是都同情于我的话了。太阳光还暖暖的晒着，竹影却已经长了不少。祖母道："坐得久了，外面有风，我要进去了。"

母亲，二妹，三妹都和祖母一同进屋去了，廊上只有我和妻二人留着。

"看那小兔，多有趣，"妻指着墙角引我去看。

约略只有大老鼠大小，长长的两只耳朵，时时耸直起来，好像在听什么，浑身的毛，白得没有一点污瑕，不像它们父母那么样已有些淡黄毛间杂着，两只眼睛红得如小火点一样，正如大地为大雪所掩盖时，雪白的水平线上只露出血红的半轮夕阳。我没有见过比它们更可爱的生物。它们有时分散开，有时奔聚在母亲的身边，有时它们自己依靠在一处，它们的嘴，互相磨擦着，像是很友爱的。有时，它们也学大兔的模样，两只后足一弹，跳了起来。

"来喜，拿些菠菜来给小兔吃，"妻叫道。

菠菜来了，两只大兔来抢吃，小兔们也不肯落后，来喜把大兔赶开了，小兔们也被吓跑了。等一刻，又转身慢慢的走近来吃菜了。

"看小兔，看小兔，在吃菜呢。"几个邻居的孩子立在铁栅门外望着，带着好奇心。

妻道："天天有许多人在门外望着，如不小心，恐怕要有人来偷我们的兔子。"

"不会的，不会的，他们爬不进门来，"我这样的慰着妻，但心里也怕有失，便叫道："根才，根才，晚上把以前放兔子的铁笼子仍旧拿出来，把兔子都赶进笼里去。散在园里怕有人要偷。"根才答应了。

第二天早晨，我下了楼，第一件事便是去看兔子，但是园里不见一只兔子的影子。再找兔笼子也不见了。

"根才，根才，你把兔笼放在哪里去了？"我吃惊的叫着。

"根才不在家，买小菜去了，"张妈答应道。

"你晓得根才把兔笼子放在哪里？"我问张妈。

"我不晓得，昨天晚上听见根才说，把兔子赶了半天，才一只一只捉进笼去。后来就不晓得他把笼子放在哪里了。"张妈答道。

我到处的找，园中，廊上，厅中，厨房中，后天井，晒台上，书房中，各处都找遍了，兔子既不见一只，兔笼子也无影无踪。

"该死，该死！一定被什么贼连笼偷走了。"我开始有些愤急了。

妻和三妹也下楼来帮我寻找，来喜也来找。明知这是无益的寻找，却不肯就此甘心失去。

我躺在书房中的沙发上，想念着：大兔们还不大可惜，小兔们太可爱了，刚刚是最有趣的时期，却被偷走了。贼呀，该死！该死！为什么不偷别的，却偷了兔去！能卖得多少钱？为什么不把兔拿回来换钱？巡警站在街上做什么的？见贼半夜三更提了兔笼走，难道不会阻止。根才也该死，为什么不把兔笼放到厅上来？

我咀咒贼，怨恨贼，这是第一次。我失了衣服，失了钱，都不恨；但这一次把可爱的小兔提走了，我却病痛的恨怒了他！这个损失不是金钱的损失！

……唉，大姐问我们要过，二妹的朋友也问我们要过，我都托辞不肯给，如今全都失去了。早知这样，还是分给人家的好。

"一定没有了，一定被贼偷去了！都是你，你昨天如果不叫根才把兔都捉进笼，一定不会全都失去的！散在园中，贼捉起来多么费力，他们一定不敢来捉的。现在好了，笼子，兔子，一笼子都被捉去了。倒便宜了贼，替他装好在笼子里，提起来省力！"妻在寻找了许久之后．也进了书房，带埋怨似的说着。我两手捧着头，默默无言。

"小兔子，又有几只，一只，二只，"是来喜的声音，在园中喊着，我和妻立刻跳起来奔出去看。

"什么，小兔子已经找到了么？"我叫问着，心里突突的惊喜的跳着。

"不是的，是第二胎的小兔子，还很小呢，只生了两只，"来喜道。

墙角的瓦堆中，不知几时又被大兔做了一个窝，底下是用稻草垫着，草上铺了许多从母兔身上落下的柔毛，上面也是柔毛，做成一个穹形的顶盖，很精巧，很暖和，两只极小的小兔，大约只有小白鼠大小，眼睛还没有睁开，浑身的毛极薄极细，红的肉色显露在外，柔弱无能力的样子，使人一见就难过。

又加了一层的难忍的痛苦与悲悯。

母兔去了，谁给它们乳吃呢？难道看它们生生的饿死！该死的贼，该杀的贼；简直是犯了万恶不可赦的谋杀罪！

"根才怎么还不回来！快叫巡警去，一定要捉住这偷兔贼，太可恨了！叫他们立刻去查！快些把母兔捉回来！"我愤急的叫着。

"唉！只要贼肯把兔子送回呀，什么价钱都肯出，并且决不追究他的偷窃的罪！"我又似对全城市民宣告似的自语着。

我们把那两只可怜的小兔从瓦堆中捉出，放在一个竹篮中，就当作它们的窝。

我不敢正眼看它们那种柔弱可怜的惨状。

"快些倒点牛奶给它们吃吧！"我无望的，姑且自慰的吩咐道。

"没有用，没有用，它们不肯吃的。"

我着急的叫道："不管它们吃不吃，你去拿你的好了；不能吃，难道看它们生生的饿死！"

"少爷要，你去拿来好了。"妻说道。

牛奶拿来了，我把它们的嘴放在奶盘中。好像它们的嘴曾动了几动，后来又匍匐的浑身抖战的很费力的爬开了，毫没有要吃的意思。我摇摇头，什么方法也没有。

根才在大家忙乱中提了一大盘小菜进来。

"根才，你把兔笼子放在哪里的？"我道。

"根才，兔子连笼子都不见了！"妻道。

根才惶惑的说道："我把它放在廊前的，怎么会被偷了？"

我怒责道："为什么放在廊前？为什么不取来放在客厅上？现在，你看，"我手指着那两个未睁开眼睛的小兔说，"这两只小兔怎么办？都是你害了它们！"

根才无话可答，只摇摇头，半晌，才说道：平日放在园中都不会失去。太小心了，反倒不好了。"

我走进书房，取了一张名片，写上几个字，叫根才去报巡警，请他们立刻去找。

根才回来了，带了一句很简单的话来："他们说，晓得了。"

我心里很不高兴。妻道："时候不早了，你到公事房去吧。"

在公事房里，我无心办事，一心只记念着失去的兔，尤其是那两只留存的未睁开眼的小兔。我特地小心的去问好几个同事，有什么方法可以养活它们。又到图书馆，立等的借了几册论养兔的书来，他们都不能给我以一点光明。

午饭时，到了家，问道："小兔呢？怎么样了？"

"很好，还活泼。"妻道。

竹篮上盖了一张报纸，两只小兔在报纸下面沙沙的挣爬着，我不忍把报纸揭开来看。

下午，巡警还没有什么消息报告给我们。我又叫根才去问他们一趟。警官微笑的说道："兔子么？我们一定代你们慢慢的查好了，不过上海地方太大了，找得到否，我们也不如道。"

要他们用心去找是无望的了。他们怎么肯为了几只兔子去探访呢？

姐夫来了，他的家住在西门，我特地托他到城隍庙卖兔的地方去看看，有没有像我们家里的兔在那里出卖。

又一天过去了，姐夫来说，那里也没有一毫的影踪。恐怕是偷兔的人提了笼沿街叫卖去了。

两只小兔还在竹篮中沙沙的挣爬着。我一点方法也没有。又给牛奶它们吃，强灌了进去，不久又都吐了出来。

"唉，无望，无望！"我这样的时时叹息着。

祖母不敢来看小兔子，只说，"可怜，可伶，快些给它们奶吃。"

母亲拿了牛奶去灌了它们几次，但也无用。

到了三天了，竹篮里挣爬的声音略低了些，我晓得这两个小小的可怜的生物，临绝命之期不远了。但我不敢揭开报纸的盖去望望它们。

"有一只不能动了，快要死了，还有一只好一点，还能够在篮上挣爬。"午饭时三妹见了我这样说。

我见来喜用火钳把倒死在地上的那只小兔钳到外面。妻掩了脸不敢看，我坐在沙发上叹息。

"贼，可诅咒的贼！唉，生生的饿死了这两只可怜的生物，真是万死不足以蔽辜！只要我能捉住你呀……"我紧紧的握着双拳，这样想着。如果贼真的到了我的面前，我一定会毫不踌躇的一举打了下去。

再隔一天，剩下的那只小兔也倒毙在竹篮中了。

"贼，该死的贼……"我咬紧了牙根，这样的诅咒着，不能再说别的话了。

"哥哥失去了兔子,比失去了什么都痛心些;他现在很恨贼,大概不肯再替贼打抱不平了。"仿佛是三妹在窗外对着什么人说道。

我心里充满了痛苦,悲悯,愤怒与诅咒,抱了头默默的坐在书房中。

(原载1928年远东图书公司版《家庭的故事》)

压岁钱

家里的几个小孩子,老早就盼望着大年夜的到来了。十二月十五,他们就都放了假,终日在家里,除了温温书,读读杂志,童话,或捉迷藏,踢毽子,或由大人们带他们出去看电影以外,便梦想着新年前后的热闹与快活。他们聚谈时,总提到新年的作乐的事,他们很早的就预算着新年数日间的计划。

小妹最活泼,两颊如苹果般的红润,大哥一回家便不自禁的要去抱她,连连的亲她,有时把她捉弄得着急起来要哭了,还不肯放松。她常拍着两手,咕嘟着可爱的嘴,撒娇似的说道:"姊姊,大年夜怎么还不来?"三妹一年一年的长大了,现在不觉得已是一个婀娜动人的女郎了,便应道:"不要性急!今天是十六,还有两个礼拜就是大年夜了。"

说到大年夜,那真是儿童们最快乐的一夜。他们见到许多激动而有趣的事与物,他们围着火堆,戴了花面具跳舞,他们有压岁钱,这些钱可以给他们自由花用。一切都是有味的,都是蕴蓄无穷的乐趣的。

近二十时，家里开始忙乱起来了，厨子买了许多鸡鸭鱼肉来；孩子们天天见他杀鱼杀鸡鸭，有的用盐腌，有的浸在酱油中，都觉得是平常所未有过的。隔了几天，瓦檐前已挂起许多腊货来了。家里的个个人都忙着，二妹三妹也去帮忙，只有小妹小弟和倍倍旁观着，有时带着诧异的神情望着，有时却不休的问着，问得大人们也都讨厌起来。

地板窗户都揩擦洗过了，椅上也加了红缎垫子，桌前围了红缎围布，铜的锡的烛台都用瓦灰擦得干干净净；这是张妈，李妈，来喜们的成绩，母亲也曾亲自动手过。

大年夜一天天近了，孩子们一天天的益发高兴起来。二十八日，厨子带了一个大猪头来，这引动了孩子们的好奇心，窝蜂似围拢来看。母亲叫张妈取了一大盆水来，把猪头放在水盆中，母亲自己，来喜，张妈和二妹，每个人都手执一把钳子，去钳猪头上的细毛。费了半天的工夫才把猪头钳洗干净了。

二十九日，厨房里灯火点得亮亮的，厨子和李妈忙得没有一刻空闲，他们在蒸米粉做年糕。厨子拿了热气腾腾的大堆的糕团，在石臼中舂捶；孩子们见他执了大石捶，一下一下，很吃力的舂着，觉得他的气力真是不可思议的大。舂完了，三妹首先问他要一点糕团来，掐做好些有趣的东西，人呀，兔呀，猴子呀，她都会做。小妹，小弟学样，也去问厨子要糕团。

"你们也要做什么？又不会做东西，"他故意的嗔责道。

小弟哭丧着脸，如受了重大打击似的，一声不响的站着，小妹却生气了。

"三姊有，我们为什么不能有？你怎么知道我不会做什么？告诉妈妈去，你敢不给我！"

厨子带笑的摘了两小块糕团给他们，一人给一块，说道："不要气，同你玩玩，不要气。"小弟还咯嘟着嘴不大高兴。

大年夜终于到来了。

早上,一切的筹备都已就绪了。大家略略的觉得安闲些。大哥还要到公司里去做半天工,因为要到下午才放假。店家要账的人,陆续的来了,母亲和嫂嫂一个个的付钱,把他们打发走。到了午后,母亲在房里包压岁钱,嫂嫂和二妹三妹在祖宗牌位前面摆设香炉烛台;厨子在劈柴,一根根的劈得很细,来喜帮他把柴堆在天井中,很整齐的堆列着,由下堆到上。小妹,小弟和倍倍在房里围着大哥,抢着要他刚才买回家的种种花面具。

"我要那个红脸的。"小弟道。

"我要那个白脸有长胡子的。"小妹道。

倍倍伸了两只小手道:"爹爹,我也要,我也要!"

大哥把红脸的给小弟,白脸有须的给小妹,剩下一个黑脸的给倍倍。孩子们拿了花面具,立刻嘻嘻哈哈的带到脸上去,各自欲吓别人。

"你长了胡子了,脸怎么白得和壁上的石灰一样?"

"你才好看哩,怕人的红脸,和强盗似的!"

倍倍不说话,带了黑的面具,立刻到大厅上去找他的母亲。"姆妈,姆妈,我的脸好看不好看?"他很起劲的说道。

"真有趣,黑黑的脸,倍倍,你这个花面具真好,谁买给你的?"

"爹爹,他给我的。"

说时,小弟,小妹也都跑来了,大厅上立刻充满了孩子们的笑声和哄闹声。

晚上,先供祭了祖先,大家都恭恭敬敬的跪拜着,哥哥却只鞠了三下躬。倍倍拜时,几乎是伏在地上,大家哄堂的笑了。然后,母亲带着小弟到灶下去。叫他取了火钳,在灶中钳了一块熊熊燃烧着的柴来,放在天井柴堆中。这个柴堆也烧了起来。黑暗的天井中,充满了火光,人影幢幢的往来。来喜把盐一把一把的掷在柴堆中,它便噼啪噼啪的爆响起来。小妹也学样,掷了不少盐进去。

母亲道:"好了,不要再掷了。"她还是不肯停止。

大厅上摆设了桌子,大大小小都围在桌上吃年饭。没有在家的人,也设有座位,杯前也放着一副杯箸。天井中柴堆还只是烧着,来喜在那里照料。

饭后,母亲分压岁钱了,二妹三妹都是十块钱,小妹,小弟和倍倍,则每人一块钱,都用红纸包了。小弟接了钱,见只有一块,立刻失望的不高兴起来。

"姆妈答应过给我五块钱,去定一年《儿童画报》,还买一部滑冰车。怎么只有一块钱?我不要!"

说时,他把钱锵的一声抛在桌上。母亲道:"做什么?你,大年夜还要发脾气!你看,小妹,倍倍都安安静静没有说一句话。"

小弟急得嘴边扁皱起来,快要哭了。

"大年夜不许哭,哭就打!"母亲道。

大哥连忙把小弟连劝带骗的哄到书房里来。

"不要着急,等一等我给你钱。哭,弟弟,你知道我小时有多少压岁钱?哪里像你们一样,有什么一块两块的!"

"有一年,当我才八九岁时,我在大年夜的前几天,就预算好新年要用的钱和要买的东西了。我和大姊道:'去年祖母给二百钱做压岁钱,今年我大了一岁,一定可以给我五百钱。我要买花炮放,还要买糖人,还要和你及他们掷状元红,今年一定要赢你的。'我一切都计划得好好的,五百钱恰好够用。

"到了大年夜了,我十分的快活,一心等候着祖母发压岁钱。饭后,祖母拿出一包包的红纸包,先递一包给大姊,又递一包给我。我一看,只有一百钱!那时,我真失望,好像跌入一个无底的暗洞中似的,觉得什么计划都打翻了;火炮糖人都买不成,状元红也不配掷了。

"我哭声的问祖母道：'今年压岁钱怎么只有一百钱，我不要！'

"祖母一句话也没有，眉毛紧皱着，好像有满脸心事似的。

"我见祖母不答应我，知道无望了，便高声的哭了起来。祖母道：'你哭你哭！要讨打了！大姊只有五十钱呢！她不哭，你哭！你晓得今年没有钱吗？'说时，她脸色凄然，好像倒也要下泪了。婶母见我哭了，连忙把我哄到她房里，说道：'乖乖的，不要哭，祖母今年实在没有钱，明年正月里一定会再给你的。'

"祖母在她房里自言自语道：'三儿钱还不寄来，只有两块钱了，今天又换了一块做压岁钱，怎么过日子！'她说时，声音有些硬咽了。婶母道：'你听，祖母说的话！她多疼爱你，有钱难道还不给你么？'

"我的气终于不能平下去。倒在床上抽噎了许久，才被婶母拉进房里去睡。那一个大年夜真是不快活的一个。第二天，听婶母对老妈子说，老太太昨夜曾暗自流泪了一回。后来，我见祖母开抽屉取钱发地保上门贺喜的，去望了一望，真的，她抽屉里只有一块钱，另外还有压岁钱分剩的几百钱，此外半个钱包没打了。这个印象我到现在还极深刻的留着。唉！我真不应该使祖母伤心！"

弟弟依在大哥怀里，默默的听着，在灯光底下，见大哥脸色很凄惨，眼角上微微的有几滴泪珠，书房里是死似的沉寂。

外面。大厅上，小妹和倍倍的喧闹、嘻笑的声音；时时的透达进来。

原载1928年远东图书公司版《家庭的故事》

五老爹

我们猜不出我们自己的心境是如何的变幻不可测。有时，大事变使你完全失了自己的心，狂热而且迷乱，激动而且暴勇，然而到事变一过去，却如暴风雨后的天空一样，仍旧蔚蓝而澄清；有时，小小的事情，当时并不使你怎样感动，却永留在你的心底，如墨水之渗入白木，使你想起来便凄楚欲绝；有时，浓势的友情，牵住你一年半年，而一年半年之后，他或她的印象却如梅花鹿之临于澄清无比的绿池边一样，一离开了，水面上便不复留着他们的美影；有时，古旧的思念，却历劫而不磨，愈久而愈新，如喜马拉雅山之永峙，如东海、南海之不涸。

三十年中，多少的亲朋故旧，走过我的心上，又过去了，多少的悲欢哀乐，经过我的心头，又过去了；能在我心上留下他们的深刻的印象的有几许呢？能使我独居静念时，不时忆恋着的又有几许呢？在少数之少数中，五老爹却是一位使我不能忘记的老翁。他常在我童年的回忆中，活泼泼的现出，他常使我忆起了许多童年的趣事，许多家庭的琐故，也常使我凄楚的念及了不可追补的遗憾，不忍复索的情怀。

是三十年了，是走到"人生的中途"了，由呱呱的孩提，而童年，而少年，而壮年；我的心境不知变异了几多次，我的生活不知变异了几多的式样，而五老爹却永远是那样可惊的不变的五老爹。长长的身材，长长而不十分尖瘦的脸，月白的竹布长衫，污黄的白布袜，慈惠而平正的双眼，徐缓而滞涩的举止，以至常有烟臭的大嘴，常有烟污的焦黄色手指，厚底的青缎鞋子，柔和的微笑，善讲善说的口才，善于作种种姿势的手足，三十年了，却仿佛都还不曾变了一丝一毫似的。去年的春天，我到故乡去了一次。五老爹知道我回去了，特地跑来找我。他一见了我，便道：

"五六年不见了，你又是一个样子了。听说你近来很得意。但你五老爹却还依然是从前一贫如洗的五老爹！……"

面前立的宛然是五年前的五老爹，宛然是三十年前的五老爹，神情体态都还不变，连头发也不曾有一茎白；足以表示五年的，三十年的岁月的变迁的，只有：他的背脊是更弓弯了。

这是我最后一次的见他。半个月后，我离了故乡。三四个月后，黄色封套，贴着一条蓝色封套，上写"讣闻"二大字的丧帖，突然的出邮局寄到。"前清邑廪生春浩府君痛于……"我翻开了丧帖一看便怔住了：想不到活泼泼的五老爹这么快便死去了。

后来听见故乡的亲友们传说，五老爹临死的两三个月，体态完全变了一个样子，龙钟得连路都走不动；又变成容易发怒，他的妻，我们称她为"姑娘"的，一天不知给他骂了多少次，甚至动手拿门闩来打她。亲戚们的资助，他自己不能去取了，便叫了大的男孩子去。有时拿不到，他便叨叨罗罗的大骂一顿，是无目的的乱骂。他们都私下说"五老爹变死"了。而真的，不到两三个月，这句咒语便应验了。

但我没有见到过这样变态的五老爹。五老爹在我的回忆中，始终是一位可惊的不变的五老爹。长长的身材，长长而不十分尖瘦的脸，月白的竹布长衫，污黄的白布袜，……三十年来如一日。

我说五老爹是"老翁，"一半为了他辈分的崇高。他是祖母的叔父，因为是庶出的，所以年龄倒比祖母少了十多岁。他对祖母叫"大姊"，随了从前祖母母家的称号；祖母则称他为五老爹，随了我们晚辈的称呼。叔叔们已都称他为五老爹了，我自然应该更尊称他。然而祖母说："孩子不便说拗口的话，只从众称五老爹好了！"

我说五老爹是"老翁"，一半也为了他体态的苍老。我出世时，他只有三十多岁，然而已见老态，举止徐缓而滞涩，语声苍劲而沙板，眼睛近视得连二三尺前面的东西也看不清楚。他还常常夸说他的经历，他的见闻。我们浑忘了他的正确的年龄，往往当他是一个比祖母还老的老翁。然而他的苍老的体态，却年年是一样的，如石子缝中的苍苔，如屋瓦下的羊齿草，永远是那样的苍绿。所以三十多岁不觉得他是壮年，六十多岁也不觉他变得更老，除了背脊的更为弓弯。

他并不曾念过许多书。听说，年轻时曾赴过考场。然而不久便弃了求功名的念头，由故乡出来，跟随了祖父谋衣食。如绕树而生的绿藤一样，总是随树而高低，祖父有好差事了，他便也有；祖父一时赋闲了，他便也闲居在家；祖父虽有短差事在手而不能安插自己私人时，他便又闲居着。大约他总是闲居的时候多。他闲居着没事，抱抱孩子，以逗引孩子的笑乐为事。孩子们见他闲居在家便喜欢；五老爹这个，五老爹那个，几乎一时一刻离不了他；见他有事动身了便觉难过；"五老爹呢？五老爹？我要五老爹！"个个孩子一天总要这样的吵几次。而我在孩子们中间尤为他所喜爱。我孩提时除了乳母外，每天在他怀抱中的时候最久。他抱了我在客厅中兜圈子；他抱了我，坐在大厅上停放着的祖父的藤轿中荡动着；他把我坐在书桌上，而他自己裁纸摺了纸船纸匣给我玩。我一把抓来，不经意的把他摺的东西毁坏了，而他还是摺着。在夜里，他逗引着我注视红红的大洋油灯；我不高兴的要哭了，他便连声的哄着道:"喏,喏,喏,你看墙上是什么在动?"他的手指,便映着灯光做种种的姿态。我至今还清楚的记得:他映的兔头最像,而两个手指不住的上下扇动,状着飞鸟之拍翼的,最使我喜欢。其他犬头,猫头,猪头,也都和兔头的样子差不了多少,不过他定要说他是犬头,猫头或者猪头罢了。最使我害怕,又最使我高兴的,是:他双手叉着我的腋下,高高的把我举在空中,又如白鸽之飞落似的迅速的把我放下。我的小心脏当高高的被举在空中时,不禁扑扑的跳着。我在他头顶上,望下看着,似乎站在极高的山顶,什么东西都变小了,而平时看不见的黑漆漆的轿顶,平时看不见的神龛里的东西,也都看得很清楚,连绝高的屋脊也似乎低了,低了,低到将与我的头颅相撞。当我被迅速的放落时,直如由云端堕落,晕迷而惶惑,而大厅的方砖地,似乎升上来,升上来,仿佛就要升撞到我的身上。直到我无恙的复在他怀抱中时,我才安心定神,而我的好奇心又迫着我叫道:"五老爹,再来一下!"

我大了一点,他便坐在祖母的烟盘边,抱我在膝上,讲故事给我听。夜间静寂寂的,除了小小的烟灯,放出圆圆的一圈红光,除了祖母的嗤嗤潺潺的吸烟声,除了一团的白烟,由烟斗,由祖母嘴里散出外,一切都是宁静的。而五老爹抱了我坐在这烟盘边,讲有长长的,长长的故事给我听,直讲到我迷迷沉沉的双眼微微的合了,祖母的脸,五老爹的脸渐渐的模糊了,远了,红红的小灯渐渐的似天边的小圆月般的亮着,而五老爹的沙板苍劲的语声,也如秋夜的雨点,一声一滴的落到耳朵里,而不复成为一片一段时,他方才停止了他的讲述,说道:"睡着了。"便轻轻的把我放在床铺上躺着睡,扯了一床毡子盖在我身上。

他讲着"海盗"的故事,形容那种红布包在头上,见人便杀的"海盗",是那样的真切。他说道:"'海盗'都拿着明晃晃的刀,尖尖的长枪,人一见了他们便跪下来献东西给他们。他们还是一刀把人的头斫下,鲜血直喷!有一次,一大批的男男女女,老老小小,躲在一大堆稻草下面避着'海盗''海盗'团团转转的找不见人，正要走了，一个执着长枪的'海盗'无意中把枪尖向草堆里刺了一下，正中一个男人的腿，他痛得喊了一声。于是'海盗'道：'有人！有人！'他们都把长枪向草堆中乱刺，稻草都染得红了，草堆里的人是一个也不剩。还有，我家的一个亲戚，你应该叫她祖太姑的，她现在已经死了，他的一家死得才惨呢！'海盗'来了，全家不留一个人，只有你祖太姑躲藏在厨房的灶洞中，没有被他们看见。她亲眼看见'海盗'的头上包着红布，手里都拿着明晃晃的刀枪，头发长长的。'海盗'走后，她由灶洞中爬了出来，满天井是死人！亏得一个老家人躲在别处的，回来见了她，才背了她出城逃难。半路上，他们又遇见一个'海盗'，老家人头上被斫了一刀，红血流得满脸；还好，你祖太姑很聪明，连忙把手上戴的小金钩脱下来给他，才逃得性命出来！"

他这样的追述那恐怖时代的回忆，使我又害怕又要听。微明而神秘的烟盘边，似乎变成了死骸遍地的空宅、旷场。而他的讲述《聊斋》，也使我有同样的恐怖。我不怕狐仙花怪的故事，我最怕的是山魈、僵尸。有一次，他说道："一位老太太和一个婢女同睡在一屋。老太太每夜听见窗外有人喷水的声音，便起了疑心，叫醒婢女一同去张望。却见一个白发龙钟的老太婆在那里用嘴喷水洒花。她知道有人偷窥，便向窗喷了一口水。老太太和婢女都死了过去。第二天，家里的人推进房门，设法救活他们，却只救活了婢女，老太太是死了。婢女述夜中所见的情形。家人把老太婆所没入的地方掘起来，掘不到七八尺，却见一个僵尸，身体还完好的，躺在那里，正是婢女夜中所见的白发龙钟的老太婆。他们把她烧了，此后才不再出现。"我听得怕了起来，仿佛我们的窗外也有人在呼呼的喷着水一样。我紧紧的伏在五老爹胸前不敢动，眼睛光光的望着他，脸色是又凄凝，又诧异，如一个宗教的罪人听着牧师讲述地狱里的惨状一样。

但他最使我兴高采烈的，笑着，聚精会神的听着的，还是他的《三国志》的讲述。他手舞足蹈的形容着，滔滔不息的高声的讲述着刘备是怎样，张飞是怎样，曹操是怎样，这些英雄的名字都由他第一次灌输到我心上来。他形容关公的过五关，斩六将，仿佛他自己便是红脸凤眉长髯的关羽，跨了赤兔马，提着青龙偃月刀。他形容张飞的喝断板桥，仿佛他自己便是黑脸的张飞，立在桥边，举着丈八蛇矛，大喝一声，喝退了曹操人马。他形容着曹操的赤壁大败，仿佛他自己便是那足智多谋，奸计满脑的曹操。他形容曹操的割须弃袍，狼狈不堪的样子，不禁的使我大笑。他讲得高兴了，便让我坐在床上，而他自己立起来表演。长长的身材，映在昏红的小小灯光之下，仿佛便是一个绝世的英雄。这一部《三国志》足足使他讲了半年多，直到他跟了祖父到青田上任去，方才告终，然而还未讲到六出祁山。每夜晚饭后，我必定拉着他，说道：

"五老爹，接下去讲，曹操后来怎样了？"

于是他又抱了我坐在祖母的烟盘边讲述着这长长的，长的故事。

我已经到了高等小学里读书。有一天，吃中饭时，我一个不小心，把一根很长的鱼骨鲠在喉头了；任怎样咳嗽也咳不出，用手指去抠，也抠不到，吃了一大团一大团的饭下去也粘它不下去。喉头隐隐的作痛，祖母、母亲都很惊惶。他们叫我张大了嘴给他们看，也看不见鱼骨鲠在哪里。我急得哭了起来。五老爹刚好从外面进来——当然，他这时又是赋闲住在我们家里——我一见他，便哭叫道："五老爹快来！五老爹快来！鱼骨鲠得要死了！要死了！"五老爹徐缓的踱了过来，说道："不要紧的，等五老爹把你治好，五老爹有取鱼骨的秘方。"于是，他坐在椅上，拉我立在他双膝中间，叫我张大了嘴，又叫丫头去取一把镊子来。他细细的，细细的看着，不久便用镊子探进喉头，随镊子到口腔外的是一根很长的鱼骨，还带着些血。他问道："现在好了么？"我咽了咽口水，点点头，心里轻快得多，直如死里逃生。至今祖母对人谈起这事，还拿我那时窘急的样子来取笑。

五老爹快四十三四岁了，还不曾娶亲。还是祖父帮助了他一笔钱，叫他回故乡去找一个妻子。他娶的是大户人家的一个婢女，年纪只有二十左右，同他在一起其可算是父女。当然，他的妻不会美丽，圆圆的一张脸，全身也都胖得圆圆的，身材矮短，只齐五老爹的腋下高，简直像一个皮球。她不大说话，样子是很傻笨的。他结婚了不多几月，便把她带到我们家里来，于是他们俩都做了我们家里的长住的客人。我们只叫他的妻做"姑娘"，并没有什么尊称。自此，五老爹不再指手画足的谈《三国》，讲鬼神，但却还健谈。一半，当然是因为我已经大了。自己会看小书了，不会再像坐在他膝上听讲《三国志》时那么的对于他的讲述感兴趣了，一半，也因为他现在已成了家。

他成了家不久，姑娘便生了一个女孩子。这孩子很会哭，样子又难看，全家的人都不大喜欢她。而她的母亲，姑娘，终日呆涩死板的坐在房里，也不大使合家怎么满意。只有五老爹依旧得众人的欢心，他也依旧健谈不休。

祖父故后，我们家境也很见艰难，当然养不起许多闲人食客，于是在一批底下人辞去后，跟着告别回归故乡的，还有五老爹和他的"姑娘"和他们的善哭的女儿。他的去，一半也因为祖父已经去世，他的希望，他的"靠山"是没有了，所以不得不归去，另谋别一条吃饭的路。

啊，与我童年时代有那么密切的系连的五老爹是辞别归去了，从这一别，直到了十年后方才在北京再见。记得他带了他的妻女上"闽船"归去时，祖母叫了一个名家人替他押送着行李，那简简单单的包括两只皮箱、一只网篮，一卷铺盖的行李，还叫我也跟了去送行："顶疼爱你的五老爹回家了，你要去送送。"闽船是一种长不及二三丈的帆船，专走闽浙一路海边贩运货物的，而载客是例外。这样的船，在海边随风驶行着，由浙到闽，风顺时也要半个月，逆风时却说不定是一月两月。

由闽出来时,大都贩的是香菰、青果之类,由浙回闽,贩的却都是猪。猪声哼哼的,与人声交杂,猪臭腾腾的,与人气混合。那真是难堪的苦旅行。五老爹要是有钱,他可以走别的路径,起陆,或由上海坐轮船回去。然而五老爹如何有这样大的力量呢?于是只好杂在猪声猪臭之中归去。船泊在东门外,那里是一长排的无穷尽的船只停泊着,船桅参参差差的高耸天空,也数不清是多少。五老爹认了半天,才认出原定的船来,叫伙计帮着拿行李上船,抱孩子,扶女人上船。伙计道:"船要明早才开。"五老爹自己立在船头对我说道,"你不要上船了,跳板不好走,回去吧。我一到家就有信来。"又对老家人说道:"来顺,你好好的送孙少爷回去,太阳底下不要多站了。"来顺说:"五老爹叫你回去,你回去吧。"我心里很难过,没情没绪的跟了来顺走,走了几十步,回头望时,五老爹还站在船头遥望着我的背影。

啊,与我童年时代有那么密切的系连的五老爹是辞别归去了。

十年后,我在北京念书,住在三叔家里。每天早晨去上学,下午课毕回家。有一天,天气很冷,黑云低压的悬在空中,似有雪意。枯树枝萧萧作响,几片未落尽的黄叶纷纷扬扬的飞堕地上。我匆匆忙忙的赶回家。一进门,见有一担行李,放在门房口,便问看门的李升道:"是谁来了?"李升道:"一个不认识的老头子,刚由南边来的,好像是老爷的亲戚。"

我把书包放在自己房里,脱了大衣,便到上房。一掀开门市,便使我怔住:和三叔坐着谈的却是五老爹,十年未见的五老爹!他的神情体态宛然是十年前的五老爹,长长的身材,长长而不十分尖瘦的脸,污黄的白布袜,青缎的厚底鞋,慈惠而平正的双眼,柔和的微笑,一点也没有变动,只是背脊是更弓弯了些。他见了我也一怔,随笑着问道:"是一官么?十年不见,成了大人了,样子全变了,要是在路上撞见,我真要不认识了呢。只是鼻子眼睛还是那样的。"

屋里旺旺的烧着一大盆火，五老爹还只是说："北京真冷呀！冷呀。"三叔道："五老爹的衣裳太薄了，要换厚的，棉鞋棉袜也一定要去买，这样走出去，要生冻疮的。"

五老爹还是那样的健谈。在晚上的灯光底下，他说起，在家里是如何的生活艰难，万不能再不出来谋生，而谋生却只有北京的一条路。他说起，他的动身前筹备旅费是如何的辛苦，东乞求，西借贷，方才借到了几十块钱。他又说起，一路上是如何的困苦难走，北边话又不会说，所遇到的脚夫，车夫，旅馆接客，是如何的刁恶，如何的善于欺压生客。由晚饭后直说到将近午夜，还不肯停止。还是三叔说道："五老爹路上辛苦，不早了，先去睡吧。李升已把床铺理好了。"五老爹走到房门边，把门一推，一陈冷风，卷了进来，他打了一个寒噤，连忙缩了回去，说道："好冷，好冷！"三叔道："五老爹房里煤炉也生好了。睡时千万要当心，窗户不要闭得密密的。煤毒常要熏坏了人。"五老望道："晓得的。"三叔又给他一条厚围巾把他脖子重重围了，他方才敢走出天井，走到房里。

他的房间在我的对面，也是边房，本来是做客厅的，临时改做了他的卧房。第二天，他起床时，太阳已辉煌的照着。天井里，屋瓦上，枣树上，阶沿上，是一片的白色。太阳照在雪上，反映出白光，觉得天井里格外的明亮。他开了门，便叫道："啊，啊，好大的雪！"

这一天，他又和三叔谈着找事的问题。三叔微微的蹙着双眉，答道："近来北京找事的人真多，非有大力量，大靠山，真不容易有事。二舅在这里近两年了，要找一个二三十块钱一月的录事差事，也还找不到呢。"

五老爹默默的不言。他在北京直住到半年，住到北京的残雪早已消融完尽，北河沿和东交民巷边界的垂杨，已由金黄的丝缕而变成粗枝大叶，白杨花如雪片似的在空中乱舞时，他方才觉得希望尽绝，不得不收拾行李回家。在漫长的冬天里，他只是缩颈的躲在火炉边坐着。太阳辉煌的照着，而且一点风也没有，这时，他才敢拖了一把椅子坐在阶沿晒太阳。天色一阴暗，一有风，他便连忙躲进屋来，一步也不敢离开火炉边。刚开了门，一阵冷风便虎虎的卷了进来，他打了一个寒噤，叫道："好冷，好冷！"又连忙缩回火炉过去。

一到了晚上，他更非把炎炎旺旺的白炉子端放在他房里不可。三叔再三的盼咐他，把房子烘暖后，炉子便要端出门外去；要放炉子在房里，窗户便要开一扇。煤气是很厉害的；一冬总要熏死不少人。他似听非听的，每夜总是端了烧得炎炎旺旺的白炉子进屋，不再放它出门，窗户总是闭得严严密密的，好几天不曾出过什么毛病。

有一夜，我在半夜中醒来，仿佛有什么东西在呻吟，那重浊而宏大的呻吟声，不似人类发的，似是马或骆驼呻吟，或更似建幕于非洲绝漠上时所闻的狮子的低吼。我惊了一跳，连忙凝神的静听，清清楚楚的，一声声都听得见，这声音似从对房发出的。我穿了衣，披了大氅，开了门出去，叫了几声："五老爹，怎样了？怎样了？有病么？"他一声都不答应。我推了推门，是闩着的，便去推他的窗子。窗子还没有关闭着。我把窗一推，一股恶浊的煤气由房里直冲出来，几乎使我晕倒。这时，三叔也已闻声起来了，我们由窗中爬进，把门开了，房里是烟雾弥漫的。五老爹不省人事的躺在床上呻吟着。合家忙忙碌碌的救治他，把他抬到天井里使他吸着洁新的空气，李升又去盛了一大碗酸菜汤来，说是治煤毒最好的东西，用竹筷掘开他的牙齿，把酸菜汤灌了进去。良久，他才叹了一口气而复活了，叫道："好难过呀！"

足足的静养了五天，他才完全复原。自此，他乃浩然有归意。挨过了严冬，到了白杨花如雪片似的在空中乱舞时，他便真的归去了。送他上东车站的是三叔和我。行李还是轻飘飘的来时的那几件，只多了身上的一件厚棉袍，足上的棉袜，棉鞋。

五年后，在故乡，我们又遇见了几次，是最后的几次。他一听见我回来了，便连忙赶来看我。还宛然是五午前的五老爹，十五年前的五老爹，三十年前的五老爹，神情体态都一点也不变，只是背脊更弓弯了些。

他依然是健谈，依然是刺刺不休的诉说他的贫况，依然是微笑着。但身上穿的却是十五年前的衣服，而非厚的棉衣，足上穿的却是十五年前的污黄的布抹，青缎的厚底鞋，而非棉袜棉鞋。他叹道："穷得连衣服都当光了。有几个亲戚每月靠贴一点，但够什么！"

第三天，二舅母来时，她说，五老爹托她来说，如果宽裕，可以资助他一点。我实在不宽裕，但我不能不资助五老爹。三十年来，他是第一次向我求资助。

我带了不多的钱，到他家里去拜望他。前面是一间木器府，他住在后进，只有两间房子，都小得只够放下床和桌子。他请我在床上坐，一会儿叫泡菜，一会儿叫买点心，殷勤得使我不敢久坐。我把钱交给了他，说道："这次实在带得不多，请五老爹原谅。以后如有需要时，请写信向我要好了。"他微笑的谢了又谢。

第二天早晨，他又跑来了，说道："我还没替你接风呢。今午到我家里吃饭好么？"我刚要设辞推托，不忍花他的钱，他似已知道我的意思，连忙道："你不厌弃你五老爹的东西么？五老爹在你少时也曾买糖人糖果请你，你还记得么？菜都已预备齐了，一定要来的。不来，你五老爹要怪你的。"我再也不能说得出推辞的话，只好说道："何必要五老爹破钞呢！"

这一顿午饭，至少破费了我给他的三分之一的钱。他说："听说你喜欢吃家乡的鲍鱼海味，这是特别赶早起去买来的，你吃吃看。"又说道："这鸡是你五老爹亲自炖的，你吃吃看，味儿好不好？"我带着说不出的酸苦的情绪，吃他这一顿饭，我实在尝不出那一碗一碗的丰美的菜的味儿。

　　我回到上海后，五老爹曾有一封信来过，说道，这二三月内，还勉强可以敷衍，希望端午节时能替他寄些款去，多少不拘。然而端午节还没有到，而五老爹已成了古人了。我寄回去的却是奠仪而不是资助！啊，我不忍思索这些过去的凄惋！

1927年8月7日在巴黎
原载1928年远东图书公司版《家庭的故事》

王　榆

那年端午节将近,天气渐渐热了,李妈已买了箬叶、糯米回来,分别浸在凉水里,预备裹粽子。母亲忙着做香袋,预备分给孩子们挂,零零碎碎的红缎黄绫和一束一束绿色、紫色、白色、红色、橙色的丝线,夹满了一本臃肿的花样簿子。有一种将近欢宴的气象悬萦在家庭里,悬萦在每个人的心上。父亲忙着筹款,预备还米铺、南货铺、酒铺、裁缝铺的账。正在这时,邮差递进了一封信,一封古式的红签条的信,信封上写着不大工整的字,下款写着"丽水王寄"。母亲一看,便道:"这又是王榆来拜节的信"。抽出一张红红的纸,上面写着:

```
         恭贺
太太
   大少爷　大少奶
      诸位孙少爷　孙小姐
节禧
            晚王榆顿首
```

每到一个季节，这样的一封信必定由邮差手中递到，不过在年底来的贺笺上，把"节禧"两个字换成了"年禧"而已。除了王榆他自己住在我们家里外，这样的一封信，简简单单的几个吉利的贺语，往往引起父亲母亲怀旧的思念。祖母也往往道："王榆还记念着我们。不知他近况好不好？"母亲道："他的信由丽水发的，想还在那边的百卡上吧。"

自从祖父故后，我们家里的旧用人，散的散了，走的走了，各自顾着自己的前途。不听见三叔、二叔或父亲有了好差事，或亲戚们放了好缺份，他们是不来走动的。间或有来拜拜新年，请请安的，只打了一个千，说了几句套话，便走了。只有王榆始终如一。他没有事便住在我们这里，替我们管管门，买买菜。他也会一手很好的烹任，便当了临时的厨房，分去母亲不少的劳苦。他有事了，有旧东家写信来叫他去了，他便收拾行李告别。然而每年至少有三封拜年拜节的贺片由邮差送到，不像别的用人，一去便如鸿鹄，一点消息也没有。

我不该说王榆是"用人"。他的地位很奇特，介乎"用人"和亲密的朋友之间。除了对于祖父外，他对谁都不承认自己是用人。所以他的贺片上不像别的用人偶然投来的贺片一样，写"沐恩王榆九叩首拜贺"，只是素朴的写着"晚王榆顿首"。然而在事实上他却是一个用人，他称呼着太太，少爷，少奶，孙少爷，孙小姐，而我们也只叫他王榆。他在我家时，做的也是那用人和厨子的事。他住在下房，他和别的用人们一块儿吃饭，他到上房来时，总垂手而立，不敢坐下。

他最爱的是酒，终日酒气醺醺的，清秀瘦削的脸上红红的蒸腾着热气，呼吸是急促的，一开口便有一种酒糟味儿扑鼻而来。每次去买菜蔬，他总要给自己带回一瓶花雕。饭不吃，可以的，衣服不穿，也可以的，要是禁止他一顿饭不喝酒，那便如禁止了他的生活。他虽和别的用人一块儿吃饭，却有几色私房的酒菜，慢慢的用箸挟着下酒。因为这样，别人的饭早已吃完了，而他还在低斟浅酌，尽量享受他酒国的乐趣，直到粗作的老妈子去等洗碗等得不耐烦了，在他身边慢慢的说："要洗碗了，喝完了没有？洗完碗还有一大堆衣服等着洗。今天早晨，太太的帐子又换了下来。下半天还有不少的事要做呢。"

他便很不高兴的叱道："你洗，你洗好了！急什么！"他的红红的脸，带着红红的一对眼睛，红红的两个耳朵，显着强烈的愤怒。又借端在厨房里悻悻的独骂着，也没人敢和他顶嘴，而他骂的也不是专指一人。母亲听见了，便道："王榆又在发酒疯了。"但并不去禁止他，也从来不因此说他。大家都知道他的脾气，酒疯一发完，便好好的。

他虽饮酒使气，在厨房里骂着，可是一到了上房，尽管酒气醺醺，总还是垂手而立，诺诺连声，从不曾开口顶撞过上头的人，就连小孩子他也从不曾背后骂过。

偶然有新来的用人，看不惯他的傲慢使气的样子，不免要抵触他几句，他便大发牢骚道：

"你要晓得我不是做用人的人，我也曾做过师爷，做过卡长，我挣过好几十块钱一个月。我在这里是帮忙的，不像你们！你们这些贪吃懒做的东西！"

真的，他做过师爷，做过卡长，挣过好几十块钱一个月，他并不曾说谎。他的父亲当过小官僚，他也曾读过几年书，认识一点字。他父亲死后，便到我的祖父这里来，做一个小小的司事。他的家眷也带来住在我们的门口。他有母亲，有妻，有两个女儿。在我们家里，我们看他送了他的第二个女儿和妻的死。他心境便一天天的不佳，一天天的爱喝酒，而他的地位也一天天的低落。他会自己烧菜，而且烧得很好。反正没事，便自动跑到我们厨房里来帮忙，渐渐就成为一个"上流的厨子"，也可谓"爱美的厨子"。祖父也就非吃他烧的菜不可。到了祖父有好差事时，他便又舍厨子而司事，而卡长了。祖父故后，他也带了大女儿回乡。我们再见他时,便是一个光身的人,爱喝酒,爱使气。他常住在我们家里,由爱美的厨子而为职业的厨子,还兼着看门。

他常常带我出门,用他戋戋的收入,买了不少花生米、薄荷糖之类,使我的大衣袋鼓了起来。但他见我在泥地里玩,和街上的"小浪子"擂钱,或在石阶沿跳上跳下,或动手打小丫头,便正颜厉色的干涉道:"孙少爷不要这样,衣服弄龌龊了","孙少爷不要跟他们做这下流事","孙少爷不要这样跳,要跌破了头的",或"孙少爷不要打她,她也是好好人家的子女"!我横被干涉,横被打断兴趣,往往厉声的回报他道:"不要你管!"

他和声的说道:"好,好,同去问你祖母看,我该不该说你?"他的手便来牵我的手,我连忙飞奔的自动的跳进了屋。所以我幼时最怕他的干涉。往往正在"擂钱"擂得高兴时,一眼见他远远的走来,便抛下钱,很快的跑进大门去,免得被他见了说话。

全家的人都看重他,不当他是用人,连父亲和叔叔们也都和颜的对他说话,从不曾有过一次的变色的训斥,或用什么重话责骂他,——也许连轻话也不曾说过——他是一个很有身分的用人,但我这个称谓是不对的,所以底下又加了一个疑问号,不过我实在想不出什么别的恰当的语句来称他,他的地位是这样的奇特。……

我第一次到上海来,预备转赴北京入大学。这时,王榆正在上海电报局里当一个小司事,一月也有三四十元。他知道我经过上海,便跑来见我,殷勤的邀我到酒楼里喝酒去。我生平第一次踏到这样的酒楼。楼下柜台上满放着一盆一盆的熏炙的鸡、鸭、肝、肠,墙边满排着一瓮一瓮的绍兴酒。楼梯边空处是几张方桌子,几个人正在喝着酒,桌上只有几小碟的冷菜。王榆领我一直上楼,倚着靠窗的一张方桌坐下。他自己又下楼去,说道:"就来的,就来的,请坐一坐。"窗外是一条一条的电线,时时动荡着,嗡嗡的声音,由远而近,连支线的铁柱上也似有嗡嗡的声响，接着便是一辆电车驶过了。车过后，电线动荡得更厉害，这条线的动荡还未停止，而那边的电线上又有嗤嗤的声音了。车过后，远远的电线上还不时发出灿烂的火光。我的幻想差不多随电线而动荡着。而王榆已双手捧了几包报纸包着的东西上楼来。解开了报纸，里面是白鸡、烧鸭、熏脑子之类，正是楼下柜台陈列着的东西。他道："自己下去买，比叫他们去买便宜得多了。"我们喝着酒，谈着，他的话还是带有教训的气味，如当我孩提时对我说的一样。我有点不大高兴，勉强敷衍着。他喝了酒，话更多，红红的一张清秀瘦削的脸，红红的细筋显现在眼白上，而耳朵也连根都红了，嘴里是酒气喷人。我直待他酒喝够了，才立起来说："谢谢了，要回去了。"他连忙阻拦着道："还有面呢。"一面又叫道："伙计，伙计，面快来！"

我由北京回到上海时，他已先一年离开了。听人家说，电报局长换了人，他也连带的走了，住在那个旧局长家里——他也是他的旧东家——充当厨子。但常常喝酒，发脾气，太太很不高兴他，因此他便走了，不知到什么地方去。这一年的年底，我接到一封古式的红签条的信。像这样的信封，我是许多年不曾见到了。从熟悉的不大工整的字体上，我知道这是王榆的拜年信。这一次他只写信："恭贺大少奶，孙少爷，孙小姐年禧，"因为只有我母亲和妹妹和我同住在上海。贺笺之外，还有一张八行笺，还有两张当票。他信上说，他现在吉林，前次在上海时，曾当了几件衣服，不赎很可惜，所以，把当票寄来，请我代赎。我正在忙的时候，把这信往抽屉里一塞，过了十几天不曾想起，还是母亲道："王榆的当票，你怎样还不替他去取赎呢？"我到抽屉里找时，再也找不到这封信和这两张当票。我想，大约已经满期了吧。他信上说，快要满期了，一定要立刻去取。我很难过不曾替他办好这一事。然而，到了第二节，他又写信来拜节了，却没有提起赎当的事。我见了这"恭贺少奶孙少爷节禧"的贺笺，便觉得曾做了一件负心的事，一件不及补救的负心的事。

在我结婚之前，全家已迁居到上海来，祖母也来了，且带来了几个老家人，王榆这时正由吉林到上海，祖母便也留着他帮忙。在家里，在礼堂里，他忙了好几天。到结婚的那一天，人人都到礼堂去，没有肯在家里留守的，只有他却自告奋勇的说道："我在家里好了，你们都去。"这使我们很安心，他是比别人更可靠，更忠心于所事的。这一天他整天的不出门，酒也喝得少些。我们应酬了客人，累了一天后，在午夜方才回家。而他已把大门大开着，大厅上点了明亮亮的一对大红烛，帮忙的人也有几个已先时回来，都在等候着。一见汽车进了弄口，他便指挥众人点着鞭炮，在霹霹啪啪的响声中，迎接我们归来，迎接新娘子的第一次到家。他见我的妻和我只在祖先神座前鞠躬了几下，似乎不太高兴，可是也不敢说什么。

他在这里，暂时屈就了厨子的职务。在他未来之前，我家里先已有了两个用人。这两个用人见他那么傲慢而古板的样子，都不大高兴。他还是照常的喝着酒，从从容容的一筷一筷挟着他私有的下酒的菜，慢慢的喝着。喝了酒，脸色红红的，眼睛红红的，耳朵连头颈都红红的，而一口的酒糟气，就在三尺外的人都闻得到。且还依旧借端发脾气，悻悻的骂这个，骂那个，还指挥着这个，那个，做这事，做那事，做得不如意，便又悻悻的骂着，比上人更严厉。为了他这样，那两个原来的佣人也不知和他吵过几回嘴，上来向母亲控诉过几多次。母亲只是说道："他是老太爷的旧人，你们让他些，一会儿就会好的。"他们见母亲这样的纵容他，更觉不服，便上来向我的妻控诉着。有好几次，他们私自对我的妻说："王榆厨子真好舒服！他把好菜给自己下酒，却把坏的东西给主子吃。昨天，中饭买了一条黄鱼，他把最好的中段切下来自己清炖了吃，鱼头和鱼尾却做了主子的饭菜。哪有这样的厨子！"第二天，他们又来报告道："昨天小饭，他又把咸蟹的红膏留下自己吃了，留壳和留肉却做了饭菜。"如此的，不止报告了十几次。我的妻留心考察饭菜，便真的发现黄鱼是没有中段的，咸蟹的红膏只容容可数的几小块放在盘子里。她把这事对我说了，也很不以为然。我说道："随他去好了，他是祖父的旧人。"

"是旧人，难道便可以如此舒服不成！"妻很生气的说着。我默默的不说什么。

过了一二月，帮忙的老家人都散去了，只有王榆，祖母还留他在厨房里帮忙。然而口舌一天天的多了；甚至，底下人上来向妻说，他是这般那般的对少奶奶不恭敬，听说什么菜是少奶奶要买的，他便道："我不会买这菜。"连少奶奶天天吃的鸡子，他也不肯去买。这样的话，使妻更不高兴。

有一次，他领了五块钱去买菜，菜也没买，便回来在厨房里咕噜咕噜的骂人，说是中途把钱失落了。几个底下人说："一定是假装的，是他自己用去了，还了酒账了。"但妻见他窘急得可怜，又补了五块钱给他。他连谢也不说一声，还是长着脸提了菜篮出门，这又使妻很生气。

妻见我回家，便愤愤的又把这事告诉了我。我慰她道："他是旧人，很忠心的，一定不会说假话。"妻道："是旧人，是旧人，总是这样说。既然他如此忠心，不如把家务都交给他管好了！"

我知道这样的情势，一定不能更长久的维持下去，而王榆他自己也常想告辞，说工钱实在不够用，并且也受不了那么多的闲气。然而他到哪里去好呢？这样的古板的人物，古怪的脾气，这样的使酒谩骂的习惯，非相知有素的人家，又谁能容得他呢？我为了这事踌躇了好几天。后来，和几个朋友商定，叫他到一个与我们有关系的俱乐部里去当听差，事务很空闲，而且工钱也比较的多。他去了，还是一天天的喝酒，喝得脸红红的，眼睛红红的，耳朵连头颈都红红的，一开口使酒气喷人。他自己烧饭烧菜吃，很舒适，很舒适的独酌着，无论喝到什么时候都没人去管他。然而，他只是孤寂的一个人，连脾气也无从发，又没有一个人可以给他骂，给他指挥，而且戋戋的工资，又实在不够他买酒买菜吃。他常常到我家里来，向我诉说工钱太少，不够用。又说，闲人太多，进进出出，一天到晚开门关门实在忙不了。我嘴里不便说什么，心里却有些不以他为然。

然而他虽穷困，却还时时烧了一钵或一磁缸祖母爱吃的菜蔬，送了来孝敬"太太"吃。祖母也常拿钱叫他买东西，叫他烧好了送来。"外江"厨子烧的菜，她老人家实在吃不惯。

有一次，俱乐部里住着我们一个很要好的朋友。他新从天津来，没地方住，我们便请他住到俱乐部一间空房里去。于是王榆每天多了倒洗脸水、泡茶、买香烟等等的杂事，门也要多开好几次，多关好几次。他又跑来对我诉说，他是专管看门的，看门有疏忽，是他的责任，别的事实在不能管。我说道："他不过住几天便走的，暂时请你帮忙帮忙吧。"而心里实在不以他为然。

有一天清晨，他如有重大事故似的跑来悄悄的对我说："你的那位朋友，昨夜一夜没回来。今天一回来，便和衣倒在床上睡了，不知他干的什么事，我看他的样子不大对，要小心他。"又说道："等了一夜的门，等到天亮，这事我实在不能干下去。"我只劝慰他道："不过几天的工夫，你且忍耐些。他大约晚上有应酬，或是打牌，你不必去理会他的事。"而心里更不以他的多管闲事、爱批评人的态度为然。

过了几天，他又如有重大事故似的跑来悄悄的对我说："你的朋友大约不是一个好人。他一定赌得很厉害，昨夜又没有回来。今天一回来，使用白布包袱，包了一大堆的衣服拿出门，大约是上当铺去的。这样的朋友，你要少和他来往。"我默默的不说什么，而心里更不以他为然。我相信这位朋友，相信他决不会如此，我很不高兴王榆这样的胡乱猜想，胡乱下批评，且这样的看不起他。

过了几天，在清晨，他更着急的又跑来找我，怀着重大秘密要告诉我似的。我们立在阶沿，太阳和煦的把树影子投照在我们的身上。他悄悄地说道："我打听得千真万确了，他实在是去赌的。前天出去了，竟两天两夜不曾回来，这样的人你千万不要再和他来往，也千万不要再借钱给他，他是拿钱去赌的。"我再也忍不住了，我相信这位朋友决不会如此，我不愿意这位朋友被他侮辱到这个地步。我气愤愤的把阶沿陈设着的两盆花，猛力踢下天井去，砰的一声，两个绿色的花盆都碎成片片了。同时厉声的说道："要你管他的事做什么！"他一声不响的转身走出大门，非常之怏怏的。

我望着他的背影，心里后悔不迭。他不曾从祖父那里受到过这样厉声的训斥，不曾从父亲那里受到过这样厉声的训斥，不曾从叔叔们那里受到过这样厉声的训斥，如今却从我这里受到！我当时真是后悔，真是不安，——至今一想起还是不安——很想立刻追去向他告罪，但自尊心把我的脚步留住了。我怅然的望着他的背影消失在大门外。我想他心里一定是十分的难过的。他殷殷的三番两次跑来告诉我，完全是为了同我关切之故，而我却给他以这样大的侮辱，这侮辱他从不曾受之于祖父、父亲、二叔、三叔或别的旧东家的。唉，这不可追补的遗憾！我愿他能宽恕了我，我愿向他告一个、十个、百个的罪。也许他早已忘记了这事，然而我永不能忘记。

又过了几天，好几个朋友才纷纷的来告诉我，这位朋友是如何如何的沉溺于赌博，甚至一夜输了好几千元，被人迫得要去投江。凡能借到钱的地方，他都设法去借过了，有的几百，有的几十。他们要我去劝劝他。王榆的话证实了，他的猜疑一点也不曾错。他可以说是许多友人中最先发现这位朋友的狂赌的。王榆的话证实了，而我的心里更是不安，我几乎不敢再见到他。我斥责问己这样的不聪明，这样的不相信如此忠恳而亲切的老人家的话！

然而，他还在俱乐部看着门，并不因此一怒而去。大约他并不把这个厉声的斥责看得太严重了吧。这使我略觉宽心。但隔了两个月，他终于留不住了，自己告退了回去。促他告退的直接原因是：俱乐部来来往往的人太多，有一天，他出去买菜，由里边出外的人，开了门不曾关好，因此，一个小偷掩了进来，把他的一箱衣服都偷走了。他说道："这样的地方不能再住下去了！"于是，在悻悻的独自骂了几天之后，用墨笔画了一个四不像的人体，颈上锁着铁链，上面写道："偷我衣服的贼骨头"，把它用钉钉在场上。几天之后，他便向我和几位朋友说，要回家了，请另找一个看门的人。我道："回家还不是没事做，何妨多留几个月，等有好差事了再走不晚。"他道："这里不能再住了，工钱又少，又辛苦，且偷了那么多的东西去，实在不能再住了，再住下去，一定还要失东西，回去先住在女儿家里，且顺便看看母亲，有好几年不见她了。住在那里等机会也是一样的。"

我们很不安，凑了一点钱，偿补他失去衣物的损失。他收了钱，只淡淡的说了声谢谢。

此后每逢一个年节，他还是寄那红红的贺笺来，不过贺笺上，在恭贺"太太，大少奶，孙少爷"之下，又加添上了一个"孙少奶"的称谓。从去年起，他的贺笺的信封上，写的是"水亭分卡王寄"，显然的他又有了很好的差事，又做了卡长了。

祝福这个忠恳的古直的人。

1927年8月8日在巴黎

原载1928年远东图书公司版《家庭的故事》

三　年

月白风清之夜，渔火隐现，孤丹远客。"忽闻江上琵琶声"，这嘈嘈切切之音，勾引起的是无限的凄凉。繁灯酣宴，酒肴狼藉，絮语琐切，高谈惊座，以箸击桌而歌，若醉，若醒，这歌声所引起的是燠暖繁华之感。至若流泉淙淙，使人有崇洁之意，松风飒飒，令人生高旷之思，洞箫幽细，益增午夜的静悄，胡琴低昂呜咽，奏出难消的愁绪，这些声调都是可知的，现世的，是现世的悲欢，是现世的愉闷，是现世的情怀。独有在沉寂寂的下午，红红的午日晒在东墙，树影花影交错的印在地上，而街头巷尾，随风飘来了一声半声的盲目的算命先生的三弦声，而你是独坐在沉寂寂的书室里，这简单而熟悉的铮铮当当之声，将勾引起你何等样子的心绪呢？这心绪是不可知的，是神秘的，是渺茫的，是非现世的。这铮铮当当的简单而熟悉的三弦声，仿佛是一个白衣天使的幽微的呼唤，呼唤你由现世而转眼到第二世界，呼唤你由狭窄的小室而游心于旷芜无边的原野。这铮铮当当的简单而熟悉的三弦声，仿佛是运命她自己站在你面前和你叨叨絮絮的谈着，你不能避开了她的灰白如死人的大而凄惨的脸，你不能不听她那些淡泊无味而单调的语声。呵，这铮铮当当的简单而熟悉的三弦声，虽只是一声半声，出街头巷尾而飘来你的书室里，却使你受伤了，一枝两枝无形的毒箭，正中在你的心。

谁都曾这样的受伤过，就是十七嫂的麻木笨重的心里，也不由得不深深的中了一箭。她茫然的，抬起板涩失神的眼来，无目的地注在墙角的蛛网上，这蛛网已破损了一角，黑色的蜘蛛，正忙着在修补。桃树上正满缀着红花。阶下的一列美人蕉，也盛放着，红色、黄色而带着黑斑的大朵的花，正伸张了大口，向着灿烂的春光微笑。天井里石子缝中的苍苔，还依旧的苍绿，花坛里的芍药，也正怒发着紫芽。十七嫂离开这里的故家，不觉的已经三年了。如今重来时，家里的一切都还依旧，天井里的一切都还依旧，只有她却变了，变了！这短短的三年，使她由少女而变为妇人，而无忧无虑的心，乃变而为麻木笨重，活溜溜的眼珠，乃变而板涩失神，微笑的桃红色的脸乃变而枯黄，憔悴，惨闷。这短短的三年，使她经历了一生。她的一生，便是这样的停滞了，不再前展了，如一池死水似的，灰蓝而秽浊的停储着。她这样茫然的站在天井里。由街头巷尾随风飘来一声半声算命先生的三弦声，便在她麻木笨重的心里，也不由得不深深的中了一箭。运命她自己似乎正和她面对面的站着。

"姑姑，快来看，新娘子回来了！"她的一个五岁的侄女，圆而红润的脸上微笑着，由大厅里跑跳了来向她道。她的小手强塞入她姑姑的手里，"姑姑，去看，快去。新娘子还带了红红金金的许多匣子东西回来呢。"

她渺茫的，空虚的，毫无心绪的，勉强牵了这个孩子的小手，同到前面大厅里来。

新娘子是她的第三弟媳，前三天方才娶进门的。她自出嫁后，三年中很少归宁到两天以上。这一次是破例，因为有了喜事，所以四婶，她婆婆，特别允许她多住几天。

十七嫂在九岁时，她母亲曾有一天特别的叫了一个算命先生进门，为她算算将来的运命。铮铮当当的三弦声，为小丫头的叫声"算命的，算命的"而中止。小丫头执着盲目的算命先生的探路竹棒的一端，引了他进门来。他坐在大厅的椅上，说道："太太，要替谁算命？男命？女命？"

她母亲迢："是女命，九岁，属虎，七月十六日生。"

算命先生自言自语的念了许多人家不懂的术语后，便向她母亲道："太太，我是喜欢说直话的，有凶说凶，有吉说吉，不能瞎说骗钱，太太，是么？这命可是不太好，命中注定要克……太太，这命，双亲都在么？"

"父亲已故，母在。"

"是的，命中注定要克父。不要出嫁得太早，二十四五岁正当时。出嫁早了，要克子。太太，这命实在硬，我是喜欢说直话的，有凶说凶！……"

小丫头仍旧领了这瞎子出门。铮铮当当的三弦声又作了，内近而渐远，渐渐的消失于街头的喧声中。这时，天井里几树桃花正盛开着，花坛里的芍药，正怒发紫芽，而蜘蛛也正忙着在墙角布网。十七嫂带着红红的一个苹果脸，正在阶前太阳光中追逐着一只小黑猫。她毫不罣念着她未来的运命。烦恼她的，只有：她的一双耳片，还隐隐的作痛。前天她母亲才请隔壁的顾太太替她穿了耳环孔，红色的细线，还挂在孔中。顾太太的手不会发抖，短短的针，很利落的便在粉嫩的耳片中穿过了，当时并不觉得怎么痛，所以戚串和邻居都喜欢请她穿女孩子们的耳环孔。十七嫂的两个姊姊，也都前后由顾太太的手，替她们穿了耳环孔。她是她家里最小的女孩，顾太太穿了她的耳片后，要等她家第二代的女孩子们长成后，才再有这个好买卖呢。

春天，秋天，如在北海上面溜冰的人似的，很快的，很快的一个个滑过去了，十七嫂不觉的已经二十岁，这正是出嫁之年，也许已经是太迟了些。十七哥这时正由北京学校里毕业回家。四叔和四婶忙着替他找一房好媳妇，而十七嫂遂由媒婆的撮合，做了十七哥的新娘子。

新房里放着一张大铜床，是特别由上海买来的。崭新的绿罗帐子，方整的张在床架上。两只白铜的帐钩，光亮亮的勾起了帐门。帐眉是绣了许多许多花的红色缎子，还有两个绣花的花篮式的饰物，悬了帐门两边。桌子、椅子、衣架、皮箱、镜橱、镜框，都是崭新的，几乎可以闻得出那"新"味来。窗前的桌上，放着一对高大的锡烛台，上面插着写着金字的大红烛，还放着几只崭新的茶碗菜杯。床底下是重重迭迭的维着大大小小的金漆的衣盆，脚盆之类。这房间一走进去便觉得沉沉迷迷的，似有无限的喜气，"新"气。

四婶看待新娘子又是十分的细心体贴。新少奶长，新少奶短，一天到她房里总有七八趟。吃饭时，总要把好菜拣在她碗里："新少奶不要客气，多吃些菜。"早上，十七嫂到上房问好时，她总要说："新少奶起得这么早！没事不妨多睡睡。"

八嫂看见婆婆特别的宠爱新来的媳妇，心里嫉妒得说不出，窃窃的对张妈说道："怪稀罕的，三天的新鲜！"

然而十七嫂过门一个月后，四叔侄署理了天台县。四叔在浙江省做了二十年的小官僚，候补的赋闲的时间总在十二三年以上，便放出差来也是苦差，短差，从没有提过正印。这一次的署理天台县正党，直招全家都喜欢得跳起来，四婶竟整三天的笑得合不拢嘴。她在饭桌上说道："都是靠新少奶的福气！"

她过门的第三个月，又证明了有孕在身。这使四婶格外的高兴。她说道："大房媳妇，娶了几年了，还不生育一男半女。新少奶过门不久，使有了身。菩萨保佑他生了男孩子，周家香火无忧了！"

她自此待十七嫂更好，更体贴得入微："新少奶要保养自己，不要劳动。要吃什么尽管说，叫大厨房去买。"

晚上厨子周三到上房问太太明天要添什么菜时，她在想好了老爷少爷要吃的菜后，总要叫李妈去问问新少奶要吃什么不。新少奶总回说不要，然而四婶却自作主张的吩咐道："周三，明天为新少奶买一只嫩鸡，清炖。炖好了叫李妈送到她房里。好菜放在饭桌上，你一箸，他一箸，一会儿便完了，要吃的人反倒没份！"

她每天到新少奶房里去的时间更多了，坐在窗前的椅子上，絮絮叨叨的谈着家常细故，诉说八嫂的不敬婆婆，好吃懒做，又问问她家中的小事。看她桌上放着正在绣花的鞋面，便道："样子其好！谁画的花？新少奶真有本事。"临出房门时，便再三的吩咐道："不要多做事，不要多坐，有事叫李妈、张妈做好了，不要自己劳动。"

十七嫂是过着她的黄金时代。八嫂是嫉妒得说不出。面子上和她敷衍敷衍，背地是窃窃絮絮的妒骂着："也不知是男是女？还只三四个月呢，便这么娇贵！吃这个，吃那个，好快活！婆婆也不像婆婆的样子，只是整天的在媳妇房里跑！也不知是男是女？便这么爱惜她！"

十二月，雪花飘飘扬扬的落了满屋瓦，满天井。四叔正忙着做他的五十双寿。这是他生平最热闹的一次寿辰。前半个月，合家便已忙碌起来。前三天，家里已经搭起红色的牌坊，大天井上面是搭盖了明瓦的天篷。请了衙门里的两位要好的师爷，经理账房里的事。送礼的人，纷至沓来。十几个戴着红缨帽，穿着齐整的新衣的底下人，出出进进，如蛱蝶之在花丛中穿飞着，几个亲戚们也早几天便来做客了，几个孩子，全身崭新的红衣、绿衣，在大厅里，天井里，跑着笑着，或簇集在一块看着挑送进来的礼担。火腿是平放在担中，鸡屈伏在鞭炮红烛之间，鸭子伸出头来，呷呷的四顾着；间或有白色的鹅，头顶着红冠，而长项上还圈了一圈红纸,间或有立在地上比桌子还高的大面盆。大馒头盆,盆上是装饰着八仙过海、麻姑献寿等等故事中的米面做的人物。暖寿那一天,已有十几桌酒席。大厅上,花厅里,书房里,坐满了男客;而新少奶的房里,四婶的房里,八嫂的房里,也都拥挤着太太们,小姐们。红烛十几对的高烧着。大厅里,花厅里,书房里,红红的挂满了寿幛,寿联,寿屏。本府张大人也送了一轴红缎幛子来。而北京做着侍郎的二伯,也有一对寿联寄来。上席时,鞭炮燃放了不止数万,震得客人耳朵几聋,连说话也听不见。门外是雪花飘飘扬扬的落下,而这里是喜气融融的,暖暖和和,一点也不觉得是冬天,一点也不觉在下雪。第二天是正寿,客人更多了,更热闹了,连府尊也很早的便来拜寿,晚上是三十桌以上的酒席。连大天井里也都摆满了桌子。包办酒宴的是本城最大的一个酒馆,他们已有三四天不做别的生意,而专力来筹备这周公馆的寿宴。残羹剩酒,一钵一碗的送给打杂的吃,大爷们,老妈子们还不屑吃这些呢!

　　四叔满脸的春风,四婶满脸的春风,十七哥满脸的春风,十七嫂也终日的微笑着,忙着招呼客人,连八嫂也在长而愁闷的脸上显着笑容。老家人周升更是神气旺足的,大呼小叱,东奔西走,似乎主人的幸福便是他的幸福,主人的光荣,便是他的光荣。

　　直到了深夜,很晏很晏的深夜,客人方才散尽,而合家的人都轻松的舒畅了一口气,如心上落下了一块石头。这繁华无比的寿辰是过去了。

　　第三天,彩扎店里来拆了天篷彩坊去,而天井角里还红红的堆积了无数的鞭炮的残骸和不少的瓜子壳、梨皮。

　　四婶又在饭桌上说道:"新少奶的福气真好,今年一进门,老爷便握了正印。便见这样热闹的做寿。今年,福官(十七哥的小名)也要有好差事才好。明年,小娃娃是会笑会叫公公了,做寿一定更要热闹!"

十七嫂低了头，不说什么，而八嫂心里是嫉妒得说不出。

果然，不到半个月，十七哥有差事了，是上海的一家公司找他去帮忙的。虽然不是什么顶好的差事，而在初出学校门的人得有这样的事做，已经很不坏了。忙了三四天的收拾行李，十七哥便动身赴上海了。

四婶含笑的说道："新少奶，我的话没说错么？说福官有事，便真的有事了。新少奶，你的福气真好！"

这时，十七嫂的脸上是红润的，肥满的，待人是客客气气的，对下人也从不叱骂。她还是一个新娘子的样子。四婶常道："她的脸是很有福相的。怪不得一娶进门，周家便一天天的兴旺。"

然而黄金时代却延长了不久，如一块红红的刚从炉中取出的热铁浸在冷水中一样。黄金时代的光与热，一时都熄灭了，永不再来了。

四叔做五十大寿后，不到二月，忽然觉得胃痛病大发。把旧药方撮来煎吃，也没有效验，请了邑中几个有名的中医来，你一帖，我一剂，也都无用。病是一天一天的沉重。他终日躺在床上呻吟着，有时痛得滚来滚去。合家都沉着脸，皱着眉头。一位师爷荐举了天主堂里的外国人，说他会看病，很灵验。四婶本来不相信西医西药，然到了中医治不好时，只好没法的请他来试试。他来了，用听筒听了听胸部，问了问病状，摇摇头，只开了一个药方，说道："这病难好！是胃里生东西。姑且配了这药试试看。"西药吃下之了，病痛似乎还是有增无已，仿佛以杯水救车薪，一点效力也没有。

病后的八九天，大家都明显的知道四叔的病是无救的了。连中医也摇摇头，不大肯开方了。电报已拍去叫十七哥赶回来。

正当这时，不知是谁，把十七嫂幼时算命先生算她命硬要克什么什么的话传到周家来。八嫂便首先咕噜着说道："命硬的人，走一处，克一处，公公要有什么变故，一定是她克的！"四婶也听见这话了。她还希望不至于如此，然而到了病后十天的夜里，四叔的症候却大变了，只有吐出的气，没有吸进的气，脸色也灰白的，两眼大大的似盯着什么看，嘴唇一张一张的，似竭力要说什么，然而已一句话都不能说了。四婶大哭着。周升和师爷们忙着预备后事。再过半点钟四叔便死去了，合家号啕的大哭着，四婶哭得尤凶，"老爷呀，老爷呀！"双足顿跳着的哭叫。两个老妈子在左右扶着她。小丫头不住的绞热手巾给她揩脸。没有一个人敢去劝她。

在一"七"里，十七哥方才赶回来。然而他说，"那边的事太忙了，不能久留在家。外国人不好说话，留久了，一定要换人的！"所以到了三"七"一过，他便回到上海去。 家里只是几个女人。要账的纷至沓来，四叔虽说是做了一任知县，然而时间不长，且本来亏空着，娶十七嫂时又借了钱，做寿时又多用了钱，要填补，一时也填补不及。所以他死后，遗留的是不少的债。连做寿时的酒席账，也只付了一半。四婶一听见要账的来便哭，只推说少爷不在家，将来一定会还的。底下人是散去了一大半。

在"七"里，每天要在灵座前供祭三次的饭，每一次供饭，四婶便哀哀的哭，合家便也跟了她哭。而她在绝望的、痛心的悲哭间，"疑虑"如一条蛇似的，便游来钻进她的心里，她愈思念着四叔，而这蛇愈生长得大。于是她不知不觉的也跟随了八嫂的意见，以为四叔一定是十七嫂克死的。她过门不一年，公公便死了，不是她克死的还有谁！"命硬的人，走一处克一处！"这话几乎成了定论。而家中又纷纷藉籍的说，新娘子颚骨太大，眼边又有一颗黑痣，都是克人的相。见公公肖羊，她肖虎。羊遇了虎，还不会被克死么？于是四婶便把思念四叔的心，一变而为恨怨十七嫂的心，仿佛四叔便是十七嫂亲自执刀杀死一样。于是终日指桑骂槐的发闲气，不再进十七嫂房间里闲坐闲谈，见面时，冷板板的，不再"新少奶，新少奶"的叫着，不再问她要吃什么不，也不再拣好菜往她的饭碗里送。她肚子很大，时时要躺在床上，四肺便在房外骂道："整天的躲在房里，好不舒服！吃了饭一点事也不做，好舒服的少奶奶！"有时她要买些鸡子或蹄子炖着吃，便拿了私房的钱去买。四婶知道了，便叨叨罗罗的骂道："家用一天天的少了，将来的日子不知怎样过。她倒阔绰，有钱买鸡买鸭吃，在房里自由自在的受用！"

十七嫂一句句话都听得清楚。她第一次感到了她的无告的苦恼。她整天的躲在床上，放下了帐门，忧郁的低哭着，满腔的说不出的冤屈。而婆婆又明讥暗骂了："哭什么！公公都被你哭死了，还要哭！"

新房里桌子、柜子、橱子、箱子以及金漆的衣盆、脚盆，都还新崭崭的，而桌上却不见了高大的锡烛台与写着金字的红红的大烛，床上却不见了绿罗帐子，而用白洋布帐子来代替，绣了许多许多花的红缎帐眉以及花篮式的饰物，也都收拾起来。走进房来，空洞洞的，冷清清的，不复如前之充满着喜气。而她终日坐在、躺在这间房里，如坐卧在愁城中。

在这愁城中，她生了一个孩子，一个男孩子！当她肚痛得厉害，稳婆已经叫来时，四婶忙忙碌碌的在临水陈夫人香座前，在观音菩萨香座前，在祖宗的神厨前，都点了香烛，虔诚的祷告着，许愿着，但愿祖先、菩萨保佑，生一个男孩，母子平安！她心里把着千斤重的焦急，比产妇她自己还苦闷。直等到呱的一声，孩子堕地，而且是一个男孩子，她方才把这千斤担子从心上放下，而久不见笑容的脸上，也微微的耀着微笑，稳婆收生完毕后，抱着新生的孩子笑祝道："官官，快长快大，多福多寿！"而四婶喜欢得几乎下泪，不再吝惜赏钱。十七嫂听见是男孩，在惨白如死人的脸上，也微微的现着喜色。自此，四婶似乎又看待得她好些；一天照旧进房来好几次，也许比前来得更勤，且照旧的天天的问："少奶要吃什么不呢？要多吃些东西，奶才会多，会好！""明天吃什么呢？蹄子呢？鸡呢？清炖呢？红烧呢？"然而这关切，这殷勤，都是为了宝宝，而不足为了十七嫂。譬如，她一进房门，必定先要叫道："宝宝，乖乖！让你婆婆抱抱痛痛！"而她的买鸡买蹄子，也只为了要"奶多，奶好！"

宝宝只要呱呱的一哭，她便飞跑进十七嫂的房门，说道："宝宝为什么哭呢？宝宝别哭，你婆婆在这里，抱你，痛你，宝宝别哭！"而宝宝的哭，却似乎是先天带来的习惯。不仅白天哭，而且晚上也哭，静沉沉的深夜，她在上房听见孩子哭个不止，便披了衣，走到十七嫂房门口，说道："少奶，少奶，宝宝在哭呢。"

"晓得了，婆婆，宝宝在吃奶呢。"

直等到房里十七嫂一边拍着孩子，一边念着："宝宝，乖乖，别哭，别哭，猫来了，耗子来了，睡吧，睡吧。"念了千遍万遍，使孩子渐渐的无声的睡去时，她方才复回到上房宽衣睡下。

"少奶，少奶，宝宝为什么又哭个不停呢？"她在睡梦中又听见孩子哭，又披衣坐起了。

十七嫂一边抚拍得孩子更急，一边高声答道："没什么，宝宝正在吃奶呢，一会儿便好的。"

每夜是这样的过去。四婶是一天天的更关心宝宝的事，十七嫂是一天天的更憔悴了。当午夜，孩子哭个不了，十七嫂左拍，右抚，这样骗，那样哄，把奶头塞在他嘴里，把铜铃给他玩，而他还是哭个不了时，她便在心底叹了一口气，低低的说道："冤家，要折磨死我了！"而同时又怕婆婆听见，起来探问，只好更耐心耐意的抚着，拍着，骗着，哄着。

母亲是脸色焦黄，孩子也是焦黄而瘦小。已是百日以上的孩子了，还只是哭，从不见他笑过，从不见他高兴的对着灯光望着，呀呀的喜叫着，如别的孩子一样。

有一夜，宝宝直哭了一个整夜，十七嫂一夜未睡，四婶也一夜未睡。他手脚乱动着，啼哭不止，摸摸头上，是滚烫的发烧。四婶道："宝宝怕有病呢，明早叫小儿科来看看。"

小儿科第二天来了，开了一个方子，说道："病不要紧的，只不要见风，吃了药，明天就会好些。"

药香达于全屋。煎好了，把黑黑的水汁，倒在一个茶碗里，等到温和了，用了一把小茶匙，提了孩子的鼻子，强灌进口，孩子哭着，挣扎着。四婶又把他的手足握住。黑汁流得孩子满鼻孔，满嘴边。等到一碗药吃定，孩子已经奄奄一息，疲倦无比，只是啼哭着。

来不及再去请小儿科来，而孩子的症候大变了。哭声渐渐的低了，微细了，声带是哑了，小手小足无力的颤动着。一双小眼，光光的望着人，渐渐的翻成了白色，遂在他婆婆的臂上绝了呼吸。

十七嫂躲在床上，帐门放下，在呜呜的哭着，四婶也哭得很伤心。小衣服一件件穿得很整齐后，这个小小的尸体，便被装入一个小小的红色棺中。这小棺由一个褴褛的人，挟在臂下拿去，不知抛在什么地方。整整的两天，十七嫂不肯下床吃饭，只在那里忧郁的哭着。她空虚着，十分的空虚着，仿佛失去了自己心腔中的肝肠，仿佛失去了一切的前途，一切的希望。她看见房里遗留着的小鞋，小衣服，便又重新哭了起来，看见一顶新帽，做好了他还未戴过一次的，便又触动她的伤心。从前，他的哭声，使她十分的厌恶，如今这哭声仿佛还在耳中响着，而他的黄瘦的小脸已不再见了。她如今渴要听听他的哭声，渴要抱着他如从前一样的抚着，拍着，哄着，骗着，说道："宝宝，乖乖，别哭，别哭！猫来了，耗子来了，睡吧，睡吧。"而她的怀抱中却已空虚了，空虚了，小小的身体不再给她抱，给她抚拍了。有一夜，她半夜醒来，仿佛宝宝还在怀抱中，便叫道："宝宝，乖乖，吃奶奶吧，别哭，别哭！"她照常的在半醒半睡的状态中抚拍着，而仔细的一看，手中抱的却是一只枕头而非她的宝宝！她又低声的哭了半夜。这样的夺去她的心,夺去她的希望,夺去她的灵魂,还不如夺去她自己的身体好些!她觉得她自己的性命是很轻渺,不值得什么。

四婶也在上房里哭着,而宏大的哭声中还杂着不绝的骂声:"宝宝呀,你的命好苦呀!活活的给你命硬的妈妈所克死!宝宝呀,宝宝呀!"

而十七嫂的命硬,自克了公公,又克子后,已成了一个铁案。人人这样的说,人人冷面冷眼的望着她,仿佛她便是一个刽子手,一个谋杀者,既杀了父亲,又杀了公公,又杀了自己的孩子,连邻居,连老妈子们也都这样的断定。她的脸色更焦黄了,眼边的黑痣愈加黑得动人注意,而活溜榴的双眼,一变而干涩失神,终日茫然的望着干墙角,望着天井,如有所思。而她在这个家庭里的地位,乃等八嫂而下之。连小丫头也敢顶幢她,和她斗嘴。

她房里是不再有四婶的足迹。她不出来吃饭,也没有人去请她,也没有想到她,大家都只管自己的吃,还亏得李妈时常的记起,说道:"十七少奶呢?怎么又不出来吃饭了?"

四婶咕噜的说道:"这样命硬的人,还装什么腔!不吃便不吃罢了,谁理会到她!不食一顿又不会饿死!"吓得李妈不敢再多说。

她闲着无事,天天会邻居,而说的便是十七嫂的罪恶:"我们家里不知几世的倒霉,娶了这样命硬的一个媳妇!克了公公,又克了儿子!"正如她一年前之逢人便告诉八嫂之好吃懒做,不敬婆婆一样。

她还把当初做媒的媒婆,骂了一个半死,又深怪自己的疏忽鲁莽,没有好好的打听清楚,就聘定了她!

十七哥是久不回家,信也十分的稀少。但偶然也寄了一点钱,给母亲做家用,而对于十七嫂却是一文也没有,且信里一句话也不提起她,仿佛家里没有这样的一个媳妇在着。

有一天,三伯的五哥由上海回来,特地跑来问候四婶。婶向他问长问短，都是关于十七哥的事；近来身体怎样？还有些小咳嗽么？住的房子怎样？吃得好不好？谁烧的饭菜？有在外面胡逛没有？她很喜欢，还特地叫八嫂去下了一碗肉丝面给五哥吃，十分的殷勤的看待他。

五哥吃着面，无意的说道："十七弟近来不大闲逛了，因为有了家眷，管得很严，……"

四婶吓得跳了起来，紧紧的问道："有家眷了？几时娶的小？"

五哥晓得自己说错了话。临行时，十七哥曾再三的叮嘱他不要把这事告诉家里。然而这时他要改口已经来不及了。只好直说道："是的，有家眷了，不是娶小，说明是两头大。他们俩很好的过活着。"

四婶说不出的难过，连忙跑进久不踏进门的十七嫂房里，说道："少奶，少奶，福官在上海又娶了亲了！"只说了这一句话，便坐在窗前大桌边，哭了起来。十七嫂怔了半天，然后伏在床上哀哀的哭着。她空虚干涩的心里，又引起了酸辛苦水。

四婶道："少奶，你的命真苦呀！"刚说了这一句，又哭了。

十七嫂又有两整天的躲在床上，帐门放下，忧郁的低哭着，饭也不肯下来吃。

她自公公死后，不曾开口笑过，自宝宝死后，终日的愁眉苦脸，连说话也不大高兴。从这时起，她却觉得自己的地位是更低下了，觉得自己真是一个不足齿数的被遗弃了的苦命人，性命于她是很轻渺的，不值得什么。于是她便连人也不大见，终日的躲在房里，躲在床上，帐门放下。房间里是空虚虚的，冷漠漠的，似乎是一片无比黑暗的旷野。桌子、椅子、柜子、床下的衣盆、脚盆都还漆光亮亮的，一点也不曾陈旧，而它们的主人十七嫂却充全变了一个人。短短的三年，她已经历了一生，甜酸苦辣，无所不备的一生！

她是这样的憔悴失容，当她乘了她三弟结婚的机会回娘家时，她母亲见了她，竟抱了她哭起来。

墙角的蛛网还挂着，桃树上正满缀着红花。阶下的一列美人蕉也盛放着，红色、黄色而带着黑班的大朵的花，正伸张了大口，向着灿烂的春光笑着。天井里石子缝中的苍苔，还依旧的苍绿。花坛里的芍药也正怒发着紫芽。短短的三年中，家里的一切，都还依旧，天井里的一切，都还依旧，只有她却变了，变了！

她板涩失神的眼，茫然的注视着黑丑的蜘蛛，在忙碌的一往一来的修补着破网。由街头巷尾随风飘来一声半声的简单而熟悉的铮铮当当的三弦声，便在她麻木笨重的心上，也不由得不深深的中了一箭。

原载1928年远东图书公司版《家庭的故事》

五叔春荆

祖母生了好几个男孩子，父亲最大，五叔春荆最小。四叔是生了不到几个月便死的，我对他自然一点印象也没有，家里人也从不曾提起过他。二叔景止，三叔凌谷，在我幼年时代和少年时代都曾给我以不少的好印象。三叔凌谷很早的便到北京读书去了。我还记得很清楚，当我九、十岁时，一个夏天，天井里的一棵大榆树正把绿荫罩满了半片砖铺的空地，连客厅也碧阴阴有些凉意，而蝉声在浓密的树叶间，叽——叽——叽——不住的鸣着，似乎催人午睡。在这时，三叔凌谷由京中放暑假回家了。他带了什么别的东西同回，我已不记得，我所记得的，是，他经过上海时，曾特地为我买了好几本洋装厚纸的练习薄，一打铅笔，许多本红皮面绿皮面的教科书。大约，他记得家中的我，是应该读这些书的时候了。这些书里部有许多美丽的图，仅那红的绿的皮面已足够引动我的喜悦了。你们猜猜，我从正式的从师开蒙起，读的都是枯枯燥燥的莫测高深的《三字经》《千字文》《大学》《中庸》《论语》，那印刷是又粗又劣，那纸张是粗黄难看，如今却见那些光光的白纸上，印上了整洁的字迹，而且每一页或每二页便有一幅之前未见的图画，画着尧、舜、武王、周公、刘邦、项羽的是历史教科书；画着人身的形状、骨骼的构造、肺脏、心脏的位置的是生理卫生教科书；回着上海、北京的风景、山海关、万里长城的画片，中国二十二省的如秋海棠叶子似的全图的是地理教科书；画着马呀、羊呀、牛呀、芙蓉花呀、青蛙呀的是动植物教科书。呵，这许多有趣的书，这许多有趣的图，其使我应接不暇！我也曾听见尧、舜、周公的名字，却不晓得他们是哪样的一个神气；我也知道上海、万里长城，而上海与万里长城的真实印象，见了这些画后方才有些清楚。祖父回来了，我连忙拿书到他跟前，指点给他看，这是尧，这是周公。呵，在这个夏天里，我不知怎样的竟成了一个勤读的孩子，天天捧了这些书请教三叔，请教祖父，似欲窥探这些书中的秘密，这些图中的意义，我的有限的已认识的字，真不够应用，然而在这个夏天里我的字汇却增加得很快。第一次使我与广大外面世界接触的，第一次使我有了科学的常识，知道了大自然的一斑一点的内容的，便是三叔给我的这些红皮面绿皮面的教科书。三叔使我燃起无限量的好奇心了！这事独很清楚的记得，我永不能忘记。他还和祖父商量着，要在暑假后，送我进学堂。而他给我的一打铅笔，几本簿子，在我也是未之前见的。我所见的是乌黑的墨，是柔软的乌黑的毛笔，是墨磨得淡了些，写下去便要晕开去的毛边纸、连史纸。如今这些笔，这些纸，却不用磨墨便可以写字了，不必再把手上嘴边，弄得乌黑的，要被母亲拉过去一边说着，一边强用毛巾把墨渍擦去。而且，我还偷偷的在薄子里撕下一二张那又白又光的厚纸下来。装着秋香替我折了一两只纸船，浮在水缸面上，居然可以浮着不沉下去，不比那些毛边纸做的纸船，一放上水面，便湿透了，便散开了。呵，这个夏天，真是一个奇异的夏天，我居然不再出去和街上的孩子们"擂钱"了，居然不再和姊妹以及秋香们赌弹"柿瓢子"了。我乱翻着这些教科书，我用铅笔乱画着，我仿佛已把全个世界的学问都捏在手里了。三叔后来还帮助我不少,一直帮助我到大学毕业,能够自立为止,然而使我最不能忘记的,却是这一个夏天的这些神奇的赠品。

　　二叔景止也不常在家。他常常在外面跑。他的希望很大,他想成一个实业家。他曾买了许多的原料,在自己家里用了好几个大锅,制造肥皂,居然一块一块造成了,却一块也卖不出去,没有一个人相信他所造的肥皂,他们相信的是"日光皂",来路货,经用而且能洗得东西干净。于是二叔景止便把这些微黄的方块都分送了亲戚朋友,而白亏折一大笔本钱。他又想制造新式皮箱,雇了好几个工匠,买了许多张牛皮,许多的木板,终日的在锯着,敲着,钉着,皮箱居然造成了几只,却又是没有一个人来领教,他们要的是旧式的笨重的板箱或皮箱,不要这些新式的。他只好送了几只给兄弟们,自己留下两只带了出门,而停止了这个实业的企图。他还曾自己造了一只新的舢板船,油漆得很讲究,还燃点了明亮亮的两一盏上海带来的保险挂灯。这使全城的人都纷纷的议论着,且纷纷的来探望着。他曾领我去坐过几次这个船。我至今,仿佛还觉得生平没有坐过那么舒服而且漂亮的船。这船在狭小的河道里,浮着,驶着,简直如一只皇后坐的画舫。然而不久,他又觉得厌倦了,便把船上的保险挂灯,方桌子,布幔,都搬取到家里来,而听任这个空空的船壳,系在岸边柳树干上。而他自己又出外漂流去了。他出外了好几年,一封信也没有,一个钱也不寄回来,突然的又回来了。又在计划着一个不能成功的企图。在我幼年,在我少年,二叔在我印象中真是又神奇、又伟大的一个人物,一个无所不能的人物。他不大理会我,虽然我常常在他身边诧异的望着他在工作。我有时也曾拾取了他所弃去的余材,来仿着他做这些神奇的东西,当然不过儿戏而已,却也往往使我离开童年的恶戏而专心做这些可笑的工作,譬如我也在做很小的小木箱、皮箱之类。

然而最使我纪念着的，还是五叔春荆。

三叔常在学校里，两年三年才回家一次，二叔则常飘流在外，算不定他什么时候回来，于是家里便只有五叔春荆在着。父亲也是常在外面就事，不大来家的。

说来可怪，我对于五叔的印象，实在有些想不起来了，而他却是我一个最在心中纪念着的人物。这个纪念，祖母至今还常时叹息的把我挑动。当五叔夭死时，我还不到七岁，自然到了现在，已记不得他是如何的一个样子了，然而祖母却时时的对我提起他。她每每微叹的说道：

"你五叔是如何的疼爱你，今天是他的生忌，你应该多对他叩几个头。"这时祖先的神橱前的桌上，是点了一双红烛，香炉里插了三支香，放了几双筷子，几个酒杯，还有五大碗热菜。于是她又说起五叔的故事来。她说，五叔是几个叔父中最孝顺，最听话的，三叔常常挨打，二叔更不用说，只有他，从小起，便不曾给她打过骂过。他是温温和和的，对什么人都和气，读书又用功。常常的几个哥哥都出去玩去了，而他还独坐在书房里看书，一定要等到天黑了，她在窗外叫道："不要读了吧，天黑了，眼睛要坏了呢！"他方才肯放下书本，走出微明的天井里散散步。二叔有时还打丫头；三叔也偶有生气的时候；只有五叔是从没有对丫头，对老妈子，对当差的，说过一句粗重的话的，他对他们，也都是一副笑笑的脸儿。"当他死时"，祖母道："家里哪一个人不伤心，连小丫头也落泪了，连你的奶娘也心里难过了好几天。"这时，她又回忆起这伤心的情景来了，她默默的不言了一会，沉着脸，似乎心里很凄楚。她道："想不到你五叔这样好的一个人，会死的那么早！"

当我从学堂里放夜学回家，第二天的功课已预备完了时，每到祖母的烟铺上坐着，看着她慢慢的烧着烟泡，看着她嗤、嗤、嗤的吸着烟。她是最喜欢我在这时陪伴着她的。在这时，在烟兴半酣时，她有了一点感触，又每对我说起五叔的事来。有一天，我在学堂里考了一次甲等前五名，把校长的奖品，一本有图的故事集，带了回家。这一夜，坐在烟铺上时，便把它翻来闲看。祖母道："要是你五叔还在，见了你得了这本书，他将怎样的喜欢呢！唉，你不晓得你五叔当初怎样的疼爱你！你现在大约已经部不记得了罢？你五叔常常把你抱着，在天井里打圈子，他抱得又稳又有姿势。有一次，你二叔曾喜喜欢欢的从奶娘怀抱里，把你接了过来抱着。他一个不小心，竟把你摔堕地板上了，这使全家都十分的惊惶。你二叙从此不抱你。而你五叔就从没有这样的不小心，他没有摔过你一次。你那时也很喜欢他呢。见了你五叔走来，便从奶娘的身上，伸出一双小小的又肥又白的手来——那时，你还是很肥胖呢，没有现在的瘦——叫道；'五叔，抱，抱！'你五叔便接了你过来抱着。你在他怀抱里从不曾哭过。我们都说他比奶娘还会哄骗孩子呢。当你哭着不肯止息时，他来了，把你抱接过去了，而你便见笑靥。全家都说，你和你五叔缘分特别的好。像你二叔，他未抱你上手，你便先哭起来了。唉，可惜你五叔死得太早！"

她又说起，五叔的身上常被我撒了尿。他正抱了我在厅上散步，忽然身上觉得有一阵热气，那便是我撒尿在他身上了。那时，我还不到一岁，自然不会说要撒尿。他一点也不憎厌的，先把我交还了奶娘，然后到自己房里，另换一身的衣服。奶娘道："五叔叔，不要再抱他了，撒了一身的尿。"然而他还是抱，还是又稳重、又有姿势的抱着。我现在已想象不出那时在他体抱中是如何的舒服安适，然而我每见了一个孩子睡在他的摇篮车里，给他母亲或奶妈推着向公园绿荫底下放着时，我每想，我小时在五叔怀抱中时一定比这个孩子还舒服安适。有一次，他抱了我坐在他膝上，翻一本有图的书指点给我看。我的小手指正在乱点着，乱舞着，嘴里正在呀呀的叫着时，忽然内急，撒了许多屎出来，而尿布又没有包好，于是他的一件新的蓝布长衫上又染满了黄屎。奶娘连忙跑了过来，把我抱开，说道："又撒了你五叔叔一身的屎！下次真不该再抱你玩了！"而他还是一点也不憎厌，还是常常的抱我。

祖母又说起，家里的杂事，没人管，要不亏五叔在家，她真是麻烦不了。一切记账，吩咐底下人买什么，什么，都是五叔经管的；而他还要读书，常常读到天色黑了，快点灯了，还不肯停止。她又说起，我小时出天花，要不亏五叔的热心，忙着请医生，亲自去取药，到菩萨面前去烧香许愿，没有那么快好。她说道："你出天花时，你五叔真是着急，天天为你忙着，书也无心念了，请医生，取药，还要煎药，他也亲自动手。一直等到你的病好了，他方才放心。你现在都不记得了罢了！"

真的，我如今是再也回想不起五叔的面貌和态度了，然而祖母的屡次的叙述，却使我依稀认识了一位和蔼无比、温柔敦厚的叔父。不知怎样，这位不大认识的叔父，却时时系住了我的心，成为我心中最忆念的人之一。

五叔写得一手好楷书；我曾见过他抄录的几大册古文，还见到一册他自己做的试帖诗；那些字体，个个都工整异常，真是一笔不苟，一划不乱。我没有看见过那么样细心而有恒的人。祖母说，他的记账也是这个样子的，慢慢的一笔笔的用工楷写下来。大约他生平没有写过一个潦草的字，也没有做过一件潦草的事。

祖母曾把他所以病死的原因，很详细的告诉过我们，而且不止告诉过一次。她凄楚的述说着，我们也黯然的静听着。夜间悄悄无声，连一根针落地的响声都可以听得见，而如豆的烟灯，在床上放着微光，如豆的油灯，在桌上放着微光。房里是朦胧的如被罩在一层阴影之下。这样凄楚的故事，在这样凄楚的境地里述说着，由一位白发萧萧的老人家，颤声的述说着，啊，这还不够凄凉么？仿佛房间是阴惨惨的，仿佛这位温柔敦厚的五叔是随了祖母的述说而渐渐的重现于朦胧的灯光之下。

下面是祖母的话。

祖母每过了几年，总要回到故乡游玩一次。那时，轮船还没有呢。由浙江回到我们的家乡福建，只有两条路程。一条是水路，因"闽船"运货回家之便而附搭归去；一条是旱道，越仙霞岭而南。祖母不愿意走水路，总是沿了这条旱道走。她叫了几乘轿子，自己坐了一乘，五叔坐了一乘——大概总是五叔跟护着她回去的时候为多——日子又可缩短，又比闽船舒服些。有一次，她又是这样的回去了。仍旧是五叔跟随着。她在家里住了几个月。恰好我们的祖姨——祖母的最小的妹妹——新死了丈夫，心里郁郁不快。祖母怕她生出病来，便劝她一同出来，搬到我们家里来同住。她夫家是一个近房的亲戚都没有，她自己又不曾生养过一个孩子，在家乡是异常的孤寂。于是她踌躇了几时，便也同意于祖母的提议，决定把所有的家产都搬出来。她把房子卖掉，重笨的器具卖掉，然而随身带着的还有好几十只皮箱。这样多的行李，当然不能由旱路走。便专雇了一只闽船。她因为船上很清净，且怕旱路辛苦，便决意坐了船。祖母则仍旧由旱路走。有五老爹伴侣着她同走。五叔则和几个老家人护送了祖姨，由水路走。船上一个杂客也没有，一点货物也没有。头几天很顺风，定得又快，在船上的人都很高兴。祖姨道："这一趟出来，遇到这样好风，运道不坏。也许要比走旱路的倒先到家呢。"海浪微微的抚拍着船身，海风微微的吹拂着，天上的云片，如轻絮似的，微微的平贴于晴空。水手高兴得唱起歌来。沿海都是小小的孤岛，荒芜而无居民。有时还可遇见儿只打渔的船。这样顺利的走出了福建省境，直向北走，已经走到玉环厅的辖境了，不到几天便可到目的地了。突然，有一天，风色大变，海水汹涌着，船身颠簸不定，侧左侧右，祖姨躺在床上起不来，五叔也很觉得头晕。天空是阴冥冥的，似乎要由上面一直倾落下来，和汹涌的海水合而为一，而把这只客船卷吞在当中了。水手个个都忙得忘记了吃饭。他们想找一个好海湾来躲避这场风浪。又怕遇到了礁石，又不敢离岸过远。这样的飘泊了一天两天。天气渐渐的好了，又看见一大片蓝蓝的天空，又看见辉煌的太阳光了。船上的人，如从死神嘴里又逃了出来一样。正在舒适的做饭吃，正在扯满了篷预备迎风疾行时，忽然船底嘭的一声，船身大震了一下，桌上的碗和瓶子都跌在船板上碎了。人人脸如土色，知道是触礁了。祖姨脸色更白得如死人，只道："怎么办呢？怎么办呢？"五叔也一筹莫展。船上老大进舱来说了，说这船已坏，不能再走了，好在离岸很近，大家坐了舢板上岸，由旱路走罢。船搁浅在礁上，一时不会沉下去。行李皮箱，等上岸后再打发人再取罢。祖姨只得带了些重要的细软，和五叔，老家人们都上了舢板。这岸边沙滩上水很浅，舢板还不能靠岸。于是所有的人，都只好涉水而趋岸。五叔把长衫卷了起来，脱了鞋袜，在水中走着，还负着祖姨一同上岸。遇了这场大险，幸亏人一个都没有伤。祖姨全副财产，都在船上，上了岸后，非常的不放心，她迫着五叔去找当地的土人代运行李下船。然而，这些行李已不必她费心顾虑到。沿岸的土人，一得到有船搁礁的消息，便个个人都乘了小舢板，到了大船边。上了船，见了东西就搬，搬到小舢板不能载为止。有的简直去了又来，来了又去，连运了三四次。大船上的水手们早已走了，谁管得到这些行李！等到五叔找到搬运的人，叫了几只舢板，一向到大船上时，已经来迟了一步，几十只皮箱，连十几张椅子，几张细巧的桌子、茶几，等等，还有许多厨房里的用具，都已为他们收拾得一个干净了，剩下的是一只空洞洞的大船。祖姨气得几乎晕了过去，她的性命虽然保全，她的全部财产却是一丝一毫也不剩了。她的微蹙的眉头，益发紧紧的锁着。她从此永无开颜喜笑之时了。五叔先从旱路送了祖姨到家中，留下两个老家人在催促当地官厅迫土人吐还祖姨的皮箱。经了五叔自己的屡次来催索，经了祖父的托人，当地官厅总算促了几个土人来追索，也居然追出了三四只皮箱。然而还是全乡的人民的公同罪案，谁能把一乡的人民都捉了来呢？于是这个案子，一个月，一个月，一年，半年的拖延下去，而祖姨的财产益无追回的希望了。

为了这件事，祖母十分的难过，觉得很对祖姨不住。现在祖姨是更不能回家了。只好紧锁着双眉，在我们家里做客。不到两年，便郁郁的很可怜的死去了。而比她先死的还有五叔！

五叔身体本来很细弱，自涉水上岸之后，便觉得不大舒服，时时的夜间发热，但他怕祖母担心，一句话也不敢说。没有一个人知道他有病。后来，又迭次的带病出去，为祖姨的事而奔走各处。病一天天的深，以至于卧床不能起。祖母祖父忙着请医生给他诊看，然而这病已是一个不治的症候了。于是到了一个月后，他便离开这个世界了。他到临死时，还是温厚而稳静的，神智也很清楚。除了对父母说，自己病不能好，辜负了养育的深恩而不能报，劝他们不要为他悲愁的话外，一句别的吩咐也没有。他如最快活的人似的，平安而镇定的死去。祖母至今每说起五叔死时的情形，还非常的难过。她生平经过的苦楚与悲戚也不在少数了，祖父的死，大姑母的死，二叔的死，父亲的死，乃至刚生几个月的四叔的死，都使她异常的伤心，然而最给她以难堪的悲楚的，还以五叔的死为第一！在她一生中没有比五叔的死损失更大了！她整整的哭了好几天。到了一年两年后，想起来还是哭。到了如今，已经二十多年了，说起来还是黯然的悲伤。她见了五叔安静的躺在床上，微微的断了最后的一口呼吸时，她的心碎了，碎成片片了！她从此，开始有了几根白发，她从此才吸上了鸦片！

祖母常常如梦的说道："要是五五还在，如今一定娶了亲，并已生了孩子了！且孩子一定是已经很大了！"她每逢和几个媳妇生气时，便又如梦的叹道："要是五五还在，娶了刘小姐，怎么会使我生气呢！"她还常常的把她所看定的一房好媳妇，五叔的假定的媳妇刘小姐提起来，说道："这样又有本事，又好看，又温和忠厚的，又孝顺的媳妇，可惜我家没福娶了她过来！不知她现在嫁给了谁家？一定已有了好几个孩子了。"

她时时想替五叔过继一个孩子，然而父亲只生了我一个男孩子，几个叔叔都还未有孩子；她只好把我的大妹妹，当作一个假定的五叔的继子，俾能在灵牌上写着："男○○恭立"，且在五叔生忌死忌时，有一个上香叩头的人。每当大妹妹叩完了头立起来后，祖母一定还要叫道："一官，快过来也叩几个头，你五叔当初是多么疼爱你呢！"

前几年，我和三叔同归到故乡扫墓时，祖母还曾再三的嘱咐我们，"要在五五墓前多烧化一点锡箔。看看他的墓顶墓石还完好否？要是坏了，一定要修理修理。"

我们立在荫沉沉的松柏林下，看见面前是一堆突出地上的圆形墓，墓顶已经有裂痕了，裂痕中青青的一丛绿草怒发着如剑的细叶。基石上的字，已为风雨所磨损，但还依稀的认得出是"亡儿春荆之墓"几个大字。"墓客"指道："这便是五少爷的墓。"我黯然的站在那里。夕阳淡淡的照在松林的顶上，乌鸦呀呀的由这株树飞到那株树上去。

山中是无比的寂静。

1927年8月13日写于巴黎
原载1928年远东图书公司版《家庭的故事》

赵太太

八叔的第二妻，亲戚们都私下叫她做赵妈——太太，孩子们则简称之曰赵太太。她如今已有五十多岁了，但显得还不老，头发还是青青的，脸上也还清秀，未脱二三十岁时代的美丽的型子，虽然已略略的有了几痕皱皮的折纹，一双天足，也还健步。她到了八叔家里已经二十年了，她生的大孩子已经到法国留学去了。她是一个异乡人，虽然住在福州人家里已经二十年了，而且已会烧得一手好的福州菜蔬，已习惯于福州人的风俗人情了，但她的口音却总还是带些"外路腔"，说得佶倔生硬，一听便知她并不是我们的乡人。除了她的不能纯熟自然的口音外，其余都已完全福州化了，她几乎连自己也忘了不是一个福州人。这当然难怪她忘了她的本乡，因为二十年来，她的四周部是福州人围绕着，她过的是福州人的生活，听的是福州人的说话，而且二十年来她的故乡也不曾有一个亲属，不曾有一个朋友和她来往过。她简直是如一个孤儿被弃于异乡人之中而生长的一样。

她之所以成为八叔的第二妻，其经历颇出于常轨之外，虽然至今已经是二十年了；虽然她生的大孩子都已经到法国留学去了；然而她为了这个非常轨的结合，至今还为亲友间的口实谈资。

当和她同居的时候，八叔并不是没有妻。八婶至今还在着，住在她自己生的第一个孩子四哥的家里。所以八叔和她的结合，并不是续弦，却又不是妻。讲起他们的结合来，却又不曾经过什么旧式的"拜堂"、新式的相对鞠躬、交换戒指等等的手续，只是不知在哪一天便同居了，便成了夫妻了，便连客也不曾请，便连近时最流行的花一块半块钱印了一种"我们已经于〇月〇日同居了"的报告式的喜帖也不曾发出。像这样简单的非常轨的结合，在现在最新式的青年间也颇少见，不要说在二十年之前的旧社会中了。所以难怪至今还为亲友间的口实谈资。

他们的结合之所以至今还为亲友间的口实、谈资者，至少还有另一个原因。这便是因为她出身的低微。她不是什么名门的闺秀，也不是什么小家的碧玉，也不是什么名振一时的窑姐，她只是一个平平常常的乡下人，一个平平常常的被八叔家里所雇佣的老妈子。她也已有了一个丈夫，正如八叔之已有了妻一样。所不同的是，八叔和她结合，不必经过什么手续和八婶解决问题，而她则必须和她丈夫办一个结束，声明断绝关系，婚嫁各听其便而已。据说，她是一个童养媳，父母早已死了。她夫家姓赵，所以大家至今还私下管着唤她做赵妈——太太或赵太太。每逢亲串家中有喜庆婚嫁诸大事此时候，她便也出来应酬，俨然是一个太太的身价。然而除了底下人之外，没有一个人曾称呼她为某太太的。他们见面时，都以"不称呼"的称呼了结之。譬如，她向四婶告别时，便叫道："四太太，再会，再会。"四婶却只是说："再会，再会"，而她之对二婶便要说道，"二婶婶，再会，再会"了。再譬如二婶前几个月替元荫续弦时，她曾一个个的盼咐老妈子去叫车，或已有车的，便叫车夫点灯侍候，当一班客人要散时，她叫道："张妈，叫四太太的马车夫点了灯，酒钱给了没有？"或是说："太太要走了，快去叫车夫预备"之类，只是轮到了赵妈——太太，她便只是含糊的叫道："张妈，叫车夫点了灯。"而张妈居然也懂得。这个"不称呼"的称呼的秘诀，真省了不少的纠纷，免了不少的困难，而在面子上又不得罪了赵妈——太太。

赵妈太太也自知她在亲串间所居的地位的尴尬，所以除了不得已的喜庆婚丧的应酬外，无事决不踏到他们的门口。她很自知不是他们太太们的伴侣。她只是勤苦的在管家，而这个家已够她的忙碌了，而在她自己的家中，她是一个主人翁，她是被称为"太太"的。

她是苏州的乡下人。她丈夫家里是种田的农户。因为她吃不了农家粗作的苦，所以到上海来"帮人家"。有人说，苏州无锡的女人，平均的看来，都是很美好的，即使是老太太或是在太阳底下晒得黑了的农家女，或是丑的妇女，也都另具有几分清秀之气，与别的地方的女人迥不相同。所以几个朋友中间，曾戏编了一个口号道："娶妻要娶苏州人。"有一个苏州的朋友说，所谓自称为苏州人的，大都是冒籍的，不是真的苏州人。别地方的人听不出她们口音的不同，在苏州人却一听便辨其真假。

说到口音，苏州的女人似乎也有独擅的天赋。她们的语音都是如流莺轻啭似的柔媚而动听的，所谓吴侬软语，出之美人之口，真不知要颠倒了多少的男子。即使那个女人是黑丑的，肥胖的，仅听听她们的语声也是足够迷人的了，较之秦音的肃杀，江北腔的生硬，北京话的流滑而带刚劲者，真不知要轻柔香腻到百倍千倍。

这都是闲话，但赵妈——太太却是一个道地的苏州人，而且是一个并不丑的苏州女人，也许，仅此已足使八叔倾倒于她而有余了。她再有什么别的好处，那是只有八叔他自己知道的了。但她之所以使八叔对于她由注意而生怜生爱者，却也另有一个原因。

八婶是很喜欢打牌的，往往终日终夜的沉醉于牌桌上，完事也不大肯管。这也许是一种相传的风尚，还许竟是一种遗传的习性，凡是福州人，大都总多少带有几分喜欢打牌的脾气的。没有一个人肯临牌而谦让不坐下去打的，尤其是闲在家中没有事做的太太们。她们为了消遣而打牌，愈打便愈爱打，以后便在不闲时，在有事时，也不免要放下事，抛了事去打牌了。八婶便是这样的妇人中的一个。当八叔到上海来就事，初次把她接来同住时，她因为熟人不多，还不大出去打牌。后来，亲串们一天天的往来的多了，熟了，——不知福州人亲戚是如何这样的多，一讲起来，牵丝扳藤，归根溯源，几乎个个同乡都是有戚谊的，不是表亲，便是姻亲，——便十天至少有五六天，后来竟至有七八天，出去打牌的了。下午一吃完饭便去，总要午夜一二时方回。八叔的午饭是在办公处吃的，到了他回家吃晚饭的：已是不见了八婶，而晚饭的菜，付托了老妈子重烧的，不是冷，便是口味不对。八叔常常的因此生气，把筷子往桌上一掷，便出去到小馆子里吃饭去了。到了他再回家时，八婶还没有回来，房里是冷清清的，似乎有一种阴郁的气氛。最小的一个孩子，在后房哭着，乳娘任怎样的哄骗着也不成，他只是呱呱的哭着。大孩子又被哭声惊醒了，也吵着要他的娘。八叔当然是要因此十分的生气，十分的郁闷了。有一次，她方在家里邀致了几个太太们打牌，正在全神贯注着的时候，而大孩子缠在她身边吵不休，不是要买糖，便是要买梨，便是告诉母亲说，小丫头欺侮了他。八婶有一副三四番的牌，竟因此错过了一搭对子没有碰出，这副牌还因此不和。这使她十分的生气，手里执了一张牌，她也忘了，竟用手连牌在他头上重重的扑敲了一下，牌尖在额角上触着，竟碰破了头皮，流了一脸的血。她只叫老妈子把他的血洗了，用布包起，她自己连立也不立起来，仍然安静的坐着打牌。孩子是大声的哭着。八叔正在这时回来了，他见了这个样子再也忍不住生气，但因为客人在着，不便发作。到了牌局散后，他们便大闹了一场。八叔对于她更觉得灰心失意。

旧的老妈子恰在这时辞职回家了，赵妈便由荐头行的介绍，第一次踏进了八叔的大门。她做事又勤快，又细心，又会体贴主人的心理。试用了两三天之后，八婶便决意，连八叔也都同意，把她连用下去。她把家事收拾得整理得井井有条，不必等到主人的吩咐，事情已都安排得好好的了。八婶很喜欢她，不久便把什么事都委托给她了。八叔也觉得她不错。自她来了之后，他才每晚上有热菜吃，有新鲜的菜吃。他从此不再到小馆子里去。她做了菜，总是一碗一碗，烧好了便自己端了出来。菜烧完了，便站立在桌边，侍候着八叔添饭。有一次，她端了一碗滚热的汤出来，一个不小心，汤汁泼溅了一手，烫得她忘记了手上端的是一个碗，竟把它摔碎在地上了。八叔连忙由饭桌上立起来，去问她烫伤了手没有。她痛得说不出话来，只点点头。他取了一瓶油膏，一卷纱布，亲自动手替她包扎。她的手是如此莹白可爱，竟使八叔第一次感到了她的美好。她的手执在八叔的手里，她脸上微微有些红晕，心头是卜卜的跳着。谁知道他们是在什么时候有了关系的，但从这个时候之后，他们似乎发生有一种亲切的情绪。八叔再也不干涉八婶打牌的事；有时她不出去打牌，他还劝诱她到哪一家哪一家去，且晚上她再迟一点回来，他也决不像往日那样的板起脸孔来对她。也许他还希望她更迟一点回来更好。如此的不知经过了几个月，也不知在什么时候，他们间的关系乃为八婶所觉察。总之，八婶是知道了他们之间的关系了。她对八叔大吵了一次，且立刻迫着要赵妈卷铺盖走路。赵妈羞得只躲在房里哭泣。八叔也一点不肯让步。结果，不知他用了什么方法，八婶乃竟肯不让赵妈走路了。而他们间的关系，至此乃成为公开的秘密，亲戚之间竟没有一个人不知道这事的了。

我们中国的家庭，是最会忍垢合秽的，什么难解决的问题，到了我们中国的家庭便都容容易易的解决了。譬如，一个男人在他的妻之外，又爱上一个女人了，而且已经娶了来，而且俨然是一个太太了。无论在哪一国，这件事都是法律人情所不许的，他至少要牺牲了一个太太。而在我们的家庭里，这件事却有一个两全的方法，便是说，他是兼祧的，可以允许他要两个妻，而这两个妻便是"两头大"，这不是一个很好的解决方法么？再有，男人在外地又娶了一个小家碧玉或窑姐了，他家里的妻乃至家里的上上下下，连亲戚朋友，都当她是一个妾，说是老爷在外面娶了一个妾了，然而其实却是一个妻，在外地的家庭里没有一个人不称她为太太的。眼不见为净，家里的人只好马马虎虎的随他如此的过去了。这不又是一个很好的解决方法么？这就叫做不解决的解决。比起上面所说的什么兼祧两头大，还觉得彼未免是多事。这乃是中国家庭制度底下的一个绝大的发明，是鬼子们所万不能学得来的。而今，八叔与赵妈的关系，便也是采用了这个绝大发明，即所谓不解决的解决的方法来解决的。

然而这个风声是藉藉的传到外面去了，不仅是流传于亲串之间了。甚至连赵妈的丈夫也知道了这事了。在家庭间可以用了不解决的解决方法来解决一切问题，而在这个与外人有关的问题上，这个绝妙的方法却不便应用了。

不知道他从什么地方知道了这个消息，也不知道有什么人在他背后激动挑拨，他一来便迫着要带赵妈回家。赵妈躲在后房，死也不肯出来见他，还是别一个仆人，出来回他道："赵妈跟太太出去打牌了，要半夜才能回来呢，请明天再来吧。"她丈夫才悻悻的走了。

她丈夫是一个乡农，是一个十足的老实人，说话也是讷讷的说不出口，脑后还拖着一根黑乌的大辫子。他一进门便显然的迷乱了，只讷讷的说道："请叫赵妈出来说话，我有话说，我要叫她卷了铺盖回家，不帮人家了。"当然，谁都知道他是听得了这个消息而来的。

在这天，整天的，赵妈躲在后房床上哭着，心里一点主意也没有，八叔也如瞎了眼的小鼠一样，西跑东攒，眉头紧皱，也想不出一个好方法来。八婶很不高兴的唠絮着道:"叫你早办这事,你老是不肯办,现在好了。看你用什么法子去对付他丈夫,这事本不应该的!他上公堂一告状,看你还有什么面子!"

八叔一声不响的听着她的咕絮。她当然私心里是巴不得赵妈的丈夫真的能把赵妈带走,然同时,看见八叔那么焦虑愁闷的样子,又觉得很难过。这矛盾的心理,是谁都觉得出的。

"今天对付过去了,他明天还要来呢。这样干着急有什么用?应该想想方法才好。这事好在亲友们也都知道了,何不找他们来商量商量呢?"八婶怜悯战胜了嫉妒的舒徐的说道。

八叔实在无法,只好照了她的提议,叫徐升去请二老爷和刘师爷来。二叔和刘师爷都是八叔的心腹好友,刘师爷尤其足智多谋,惯会出主张,一张嘴也是锋利无比,仿佛能把铁石人的心肠也劝说得软化了一样。

他们来了,八叔自己不好意思说什么,还是八婶一五一十的把赵妈的丈夫来了要带她回去的事告诉了他们。

二叔道:"这当然是他听见了风声才来的了。要买一个绝断才好。这样敷衍着总是不对,保不定哪一时便会发生事端的。"

八婶道:"可不是!被他告一状才丧尽体面呢!"

刘师爷想了半天,才说道:"他明天来时,除非和他当面说明了,八爷当然不必出去见他,赵妈也仍然躲一躲开。他们乡下人要的是钱,肯多花一点钱,这件事总是好办的。"

这件事完全委托了二叔和刘师爷去料理。第二天,赵妈的丈夫又来了,是二叔他们去见他。他原是不大会说话的,但听完了刘师爷的一席带劝、带调解、带软吓,为八叔作说客,而又似为他,赵妈的丈夫,设策划计的话,心里显然的十分的踌躇。临走时,却只是说道:"这是不成的,我要的是人!"

他们第二次不知在什么地方见面谈判，总之，赵妈的丈夫却不再到八叔的家里来了。过了三四天，二叔和刘师爷笑哈哈的走来对八叔说道："恭喜，恭喜，事情都了结了！想不到一个乡下人倒不大容易对付。"

八婶道："要叫赵妈出来向二叔和刘师爷道谢呢！"

当然，这个和局，总不外于拼着用几百块钱，给了赵妈的丈夫，叫他写了绝断契；这些钱在名义上当然说是给他作为另娶一位妻房之用的了。但这样的一解决，赵妈的地位，在家庭中似乎骤增了重要。她不再是一个名义上的老妈子了，虽然在事实上还是如前的烧菜侍候着老爷。老妈子另外找到了一个。她的卧房搬到了一间好的房间里来，她也坐在饭桌上和太太、老爷一同吃饭了。不久，她便生了一个男孩子。如此的，这个家庭，用了不解决的解决方法，竟是一年两年的相安无事下去。但这不过是表面上的，在里面，那家庭的暗潮是在继长增高着。家庭的实权，一天天的移到赵妈的身上来。八婶几乎在家庭中成了一个附庸的分子，有饭吃，有牌打，有房子住，有月例钱用，其余的便都用不着她管了。她当然是很嫉妒，很不平，很觉得牢骚的。但她是一个天生的懦弱人，虽然很会吵嘴，却不敢于有决绝的表示。兼之，赵妈的手段又高明，笼络得她也无以难她。如此的，这个家庭，在不绝的暗里冲突，在牢骚、嫉妒，在使用心机的空气中，一天一天，一月一月，一年一年的度过去。中间，八婶曾回到故乡的母家去了几次。一去总要一二年才复回。在这个主妇缺席之时，赵妈的权力便又于无形中增长了起来。家里的底下人，居然也称她做太太了。八婶的孩子们都已经成人了。大孩子，二哥，已经由日本归国，娶了亲，在交通部里办事了。二孩子三哥，则在比利时学着土木工程。他们对于父亲和赵妈的行动，都不大满意。而二哥便把八婶接到了北京同住，不再回到上海来。而赵妈生的四哥也已成人了，在上海娶了亲，生了一个孩子，且已到法国留学去了。如此的,这个家庭是分成了两截,北京一个,而上海又是一个。上海的一个已完全成了赵妈的,孩子是她的,媳妇是她的,孙子也是她的。有什么亲串间的喜庆婚丧,她便也被视为八婶的替身,出去应酬赴宴。而亲串们在背后便都唤她做赵妈——太太,而当着她的面,则以"不称呼"的称呼方法去招呼她。

1928年9月9日写于巴黎
原载1928年远东图书公司版《家庭的故事》

汨罗江

汨罗江的水，涨得比往年都高。瘦骨头似的嶙峋的滩石，都被隐没在江水中。远远的望过去，疾流的水，处处的激起一团团的白色的浪花；本地人和打鱼的汉子们都熟悉的知道，那些有白浪花的地方，就是很高巉的江中岩石的隐伏处，往来的船只，碰上了就会粉身碎骨。在瘦巉巉的江岸边，满布着铁黑色的石块，那些石块镶嵌在鲜红色的泥土上面，一红一黑衬托得异常艳丽，活像一个红装艳艳的少女，穿了一身大红衣，衣上点缀着不规则的大黑点子的花纹。翠绿色的兰草，肥茁茁的一丛丛的滋长在红土上面，也就像少女的红衣上，缀上了一条狭长的绿色的花边，越显得她的打扮的俏丽。

江边站着许多老树，有木兰，有桂树，有苍松，有古柏。薛荔攀缘在这些树干上，迎风晃动着有光泽的翠生生的绿叶。

天气是晴朗的。好几天不曾下雨了，开始显得有些闷热。从江边升起的水蒸气里，夹杂着香苹、香木的气味，浓烈而甜蜜的熏人欲醉。是刚入二月的孟春的季候。

屈原，这位多忧的身材瘦削的诗人，一清早的就在江边上散步。他双眼深凹进去，显得疲劳，然而还奕奕发光。看来，他昨夜又是失眠一夜了。他拉散着秋霜似的疏疏的白头发，几绺长须，飘拂在胸前，像雪白的蚕丝，衬托在他的青色的衣袍上面。

他住在这里已有好几年了。他老是一清早就在江边上散步，无目的地走着，走着。有时，嘴里在吟诵些什么，还不时发着叹息。他显得孤独，也显得严肃。但这一带的老百姓们对他是亲切的；他们尊敬他，觉得他是可亲可爱的，是他们当中的一个。他常常的帮助他们，一点也没有贵族的架子。他也下地种稻，割谷。他参加他们的迎神赛会，还写了些新鲜的歌辞儿，教给当地的巫觋们歌唱。那些歌辞儿是那么新鲜，像新出水的荷花，在晨光中开放着大嘴的那么新鲜，又是那么漂亮，那么亲切，配合着他们所熟悉、所喜爱的曼长而刚劲的调子，像柔丝，又像钢鞭似的，直打中他们的心坎儿，缠绕着不去。是他们的生命的一部分，是和他们的生活结在一起，打成一片的。老幼男妇，渐渐的都学会了唱，在田里插秧针时唱着；在挥动着镰刀，喜悦的割下黄澄澄沉甸甸的稻子时唱着；在立在门前看牛羊闲散的从牧地里归来的时候唱着；在冬天农闲，阖家团聚着闲嗑牙的时候唱着。一个人唱着，大伙儿便都聚了拢来不由自主的和着。屈原有时站在那里听着，微笑着，紧锁着的双眉也暂时的松解开了。这些歌，使他们更喜爱他们的美丽的家园，他们的美丽的土地，他们的芳香的草与木，以及他们的与生俱来的一切。他们使这些勤劳勇敢、朴实聪明的农民们更滋长着爱楚国的心。那调子是那么亲切而熟悉，是那么清丽而恳挚。那楚歌，宛转而刚劲，漫长而雄健，正和楚国的人的性情相融合在一起了。

长太息以掩涕兮，哀民生之多艰。

（我长久叹息着而流眼泪啊，可怜人民的生活多灾多难）

——《离骚》

他们唱到这里的时候，不由自主的流下热泪来。还有谁像他这样的能够想到他们的痛苦与灾难呢？

当地的贵族地主们，和他们的狗腿子们，除了抢走了他们辛苦收获的黄金色的谷粒，抢夺去他们的肥敦敦的牛羊，要他们去造房屋，修车辆，还要抽去乡中的壮丁们去打仗之外，还有谁来问问他们的寒暖疾苦呢？他们第一次听到了这样的同情的话儿，怎能不感到热泪横流呢？

这二十多年来，楚国的人民也够痛苦了。他们受尽了种种的灾难。照例的横征暴敛之外，更加上连年的战争，连年的失败，更加上权臣恶吏们的额外的贪赃求利，全不顾人民的死活，取之尽珠玑，用之如泥沙。朱门里笙歌鼎沸，乡村里呼饥号寒。老百姓们衣不蔽体，贵族们打扮得浑身上下都是锦绣，还出奇出怪的时行什么狭窄窄的细腰，把壮健的少女们活生生的逼得不敢多食，弄得脸黄肌瘦，甚至饿得死去。

政府里的人们，包括怀王和现在的王爷在内，整天的受秦国的愚弄，今天讲和，明天打仗，一会儿联齐反秦，一会儿又是联秦绝齐，主意老拿不定，总是吃了大亏，打着败仗。怀王被秦人骗进了武关，死在那里。他的尸身送回国的时候，老百姓们是又恨又怜。他的儿子，现在的王爷，不想替他父亲报仇，过了不久，反而迎娶了秦王的女儿做妻子。他相信如狼似虎的秦人，听任他们的摆布。在全国人民咬牙切齿的痛恨秦人的时候，他却反向敌人求亲取媚，自己以为从此可以高枕无忧，和那些大臣们整天的歌舞取乐，丝毫不作防备。

老百姓们吃了大亏之后是不会忘记的。在二十多年前，怀王起兵去攻击秦国，被秦杀得大败而回，死了八万多人，将军屈匄也被俘虏去批人所包围，见了屈原便也如眼中之钉似的，一天也容不了他，便把他驱逐出朝廷，叫他住到汨罗江边去。

屈原在这江边已经住了几年了。他从过往的旅客们的嘴里，知道朝廷的政治越发闹得不像样子。那些当权的人，整天的只知道贪污作乐，一点远见也没有。又捧抬着熊横，叫他向秦国求亲，做了秦王的女婿。信任着秦人，依靠着秦国的势力，半点儿也不作防备。

屈原明白得很，这样的闹下去，非弄到亡国不可。但他有什么办法来救这可爱的国呢？来保全这可爱的国土不受秦人的侵入呢？他天天的在想着，念着，在忧伤着。见到老百姓们的被压迫，受苦难，被榨取得那么残酷，而民心还是那么激昂慷慨，大有作为。他热爱这些朴实勇敢的人们，他到了这里，才真正的发现了可爱的祖国里的真正可爱的人们。

但有谁来率领他们呢？他自己是已经衰老了。他只能把一腔的忠愤，向他们倾吐着，向他们殷勤的谈着，说着，歌着，唱着，把忠贞爱国的火种传播着。但他自己是没有气力来率领他们了。

从郢都来的每一个消息，都使他愤怒，使他发愁，使他更加忧伤，更加衰老下去。一桩桩的往事，叫他失眠。可怕的未来的灾祸，更触动着他的有远见的心怀。说不定哪一天，最坏的一场大祸事，就会来到。他仿佛亲自看到这场未来的大灾难似的，整夜的睁大着失眠的眼，躺在席上，总想尽他的力量来挽救。但当权的人们，黑漆一团的正在追欢求乐，谁还来听他那一套呢？

一清早就在江边走着。一丛兰草在一块边上长出，衬托着红艳艳的泥土，格外的显得肥绿有光。小池塘里，芰荷正昂起头来，向着朝阳，张开了嫩黄色的一张小脸。许多不知名的香草，载着清露，纷纷把自己的香气喷吐在早上的清新的空气里。

披散着头发的屈原深深的吸了一口清气，那一股芳香，暂时吹散了他的忧愁。这是多么愉快的早晨。他懒散的走到池塘边上，无意的向水面一照，自己也吓了一跳，想不到自己这几年来是那么衰老得快，气色是那么灰暗，身体是那么瘦削，不由得自己怜惜自己起来，眼圈子红着，几乎又要掉下泪来。眼睛一模糊，水上的影子也就看不清楚了。

一个渔父子提着鱼网，正向江边走来，要上船到江心打鱼，见了屈原，向他行了一个礼。屈原还他一揖。他怜恤的问道："你大夫昨夜又没有睡好吧？"

屈原道："可不是么！老是睡不着觉。又是睁着眼等天亮。听着家家的鸡啼，再也睡不下去，就起身了。"

渔父安慰他道："你大夫何必这样的操心呢？"

屈原道："满朝廷的官儿们都是混沌沌的过日子，他们活像一潭混泥水似的，只有我，自己觉得是清洁不污的。他们像喝醉了酒的人似的，黑漆一团，什么也不明白，做事颠三倒四的，只有我这没有喝酒的人，还是清醒着的，看得明明白白。怎能不伤心呢？"

渔父道："你大夫何必自己吃苦呢？他们都是混沌沌的，你为什么不随顺着他们些呢？他们都喝醉了，你为什么不也随着他们喝些酒糟儿呢？犯不着怀着一心才智而被他们放逐到这里来。"

屈原叹了一口气，说道："你不知道，干净的人谁肯随着他们做龌龊的事呢？明白过来的人还再能假装着糊涂么？"他眼望着汨罗江的水，看着一层层激起的白浪花，若有所思的自言自语道："我宁可投身江水，把身子埋葬在江鱼肚子里去，岂肯以自己洁白的身子给蒙上一层黑污点么？"

渔父摇接头，也皱着双眉，向江边走上船去。

正在这个时候，忽然听得远处的村庄里有狗声急急的吠着。顿时人声也鼎沸起来，还夹杂着妇女的呼哭之声。

屈原的心沉了下去，像挂上了重重的铅块似的。预想的大祸事难道竟来了么?

他三步并作两步的向村庄里走去。他心脏在胸腔急跳着,两眼睁得更大了。

村众一见到他,连忙嚷道:"屈大夫,大祸事!大祸事!"

屈原看见村众围着三个男子,在乱嚷着。那三个人走得浑身是汗水,有一个人左手臂上还涓涓汩汩的直往外冒着鲜血。他右手靠着他父亲的肩上,勉强的站稳着。

"直走了三天,滴水也不曾入口,好容易才逃出虎口!"项家的小伙子说道,一边在大口的把凉水往嘴里倒。

"完了!完了!房子烧光了!好凶狠的贼强盗,见人就杀,一街上都是死尸!"景家的二儿子接着说道。

那受了伤的景家三儿子愤愤的说道:"不知怎么一回事的,秦兵就杀来了。那些混蛋,只顾自己性命,都逃走了。没有一个将官在率领着我们。平常作威作福的,在这时候却都悄悄的溜走了。我们只好乱纷纷的自己拿起矛,拔出剑,弯上弓前去迎敌。有什么办法抗敌得住他们呢?"

景家二儿子道:"三弟手臂上中了一筋。他还想向前狠斗。我们硬把他拉住,才退回来,一同走了。"

项家的小伙子镇定了下来,才哭逆:"大哥死了!"

项大嫂子一声不响,奔回家里,放声号陶的大哭起来。

村众被这场大祸患惊得呆住了。狗在哀哀的急吠着。

屈原分开了众人,向这三个急行人问道:"怎么一回事?怎么一回事?你们定了心慢慢的说来。"

景家二儿子道:"我也不知道怎么一回事。我们是守卫郢都的,被分派在看守南门。前天深夜里,忽然看见北门头火光烧了起来。我们还以为是谁家失火呢?一会儿,火苗头越燃的多了。城里顿时哭嚷连天。

一会儿，就有不少抱儿携女的人们，狼狼狈狈向南门逃来。挤着向城门口逃去。我问道，'有什么事？'他们只回答一句道：'秦兵杀来了！'我们连忙回营，披上衣甲，拿起长矛，再找营官，他不知在什么时候已经溜得不见踪影了。项大哥大喊一声，挥着矛，叫道：'都跟我来！'他便首先冲向前去。我们百十个人都随了他前去。一路上逃的人塞满了街道。嚷的、哭的、叫喊着的、呼儿叫娘的，嚷成一片。项大哥和我们走了小路，好容易才到了王爷的宫门前。那里是火光熊熊，在火光里看见我们被杀的人，老的少的，男的女的都有，纵纵横横的躺在地上。秦兵三三两两的还在赶着杀人。有的跑到人家屋里去抢东西。项大哥气红了眼，大喝一声，冲向最近一个秦兵，把矛头直刺进他的肚里。这家伙一声不吭的躺下了。旁边的几个秦兵冲了过来。我们蜂涌上去，几个交手，也就解决了。宫里望楼上鼓声忽然大作。秦兵四面八方都兜围了过来。我们虽然众寡不敌，还是狠命的向前杀敌。项大哥叫进：'好！好！来的越多，杀得越痛快！'正说着，从什么地方射来一支冷箭，直插进他的胸膛，他倒下了，还挥着手，挣扎着要起来。大伙顾不到搀扶他，只是和秦兵挤着命，人人杀红了眼。我见项大哥挣扎了一回，头颅垂了下来，死了。不一会，我们的人渐渐的少了。三弟的左臂也中了一箭，他还想向前杀。我们二人硬把他拖回来。仗着我们街道熟，走了小巷，才逃出南门，上路回家。"

事情是明白了。秦兵攻袭了毫无防备的郢都，很快的就进了城，占领了王宫。

"王爷们有消息么？逃出城了没有？"屈原急急的问道。

景家二儿子道："听说是出了东门走了。官官吏吏的一大伙子，一听到秦兵进城，便收拾细软，坐上车跑了。谁还顾得城里百姓们的死活。"

屈原大喊一声，两只眼睛红了，随即号啕大哭起来。村众想到伤心处，也随着他哭了起来。顿的哭声闹成一片。

"哭有什么用呢？得起早想个办法。"景家三儿子说道。

屈原止住了哭，哑咽的说道："对的，秦兵说不走还会向南追来。"

这个村庄里前前后后出去了二十多个壮丁，如今只回来了三个。全村老的，弱的凑合起来，总共不到五十多人。

"只要他们追来，我们一定要和他们拼个你死我活。我是活着不离开汨罗江边了。"员家二儿子道。

"是的，我们活在这汨罗江上，死也要死在这汨罗江上。"项家的小伙子说道。

景老头儿见多识广，连忙稳住大家道："事已至此，我们一面去打探消息，一面具作准备。现在，大家都回家去歇歇吧。"

村众渐渐的散去。

太阳已经毒热起来。快到中午了。屈原倚着一棵老桂树站着，一言不发。他的心沉下去。他所预想的最坏的祸事，果然是来到了！没想到来得那么快！难道这可爱的祖国便真的会无声无息的覆亡了么？楚国的英勇的男儿们会让这可爱的祖国，美丽的家园给虎狼似的敌人所侵占了么？

"不会的！不会的！勇敢的楚人是永远的不会屈服的！"他自言自语的说道。

他浑身无力地走回家。一进门，便躺在席上哀哀的大哭起来。到底哭了多久，他自己也不知道。哭得力竭声嘶的时候，便朦朦胧胧的熟睡了。醒来的时候，头边席上还是一大片湿的。

太阳已经快下山了。斜晖照射在东墙上，显得格外的暗黄惨淡，仿佛是世界的末日。

他要喊，要叫，有许多话要向每一个楚国的人说。浑身的劲儿，不知从哪里来的。一骨碌翻身坐了起来。身边就是一张长几，墙边架子上满堆的是削去了青皮的竹简。他取下了一大把竹简放在几上，提起笔来，诗思泉涌的一根一根往下写，一面自己吟哦着。

"皇天啊！你是怎样的没有道理！

"怎么会让老百姓们遭受了那么沉重的灾祸！

"老百姓们妻离子散的到处逃亡，

"刚刚是春天，却让他们向东奔跑。

"他们离去了美丽的家园，远远的走了，

"沿着江夏的水，而流亡到各处去。"

他写到郢都的陷落，写到老百姓们哭泣的离开了郢部，再也见不到这可爱的城邑，这城邑如今是一片的瓦砾场，被烧杀得好不凄惨！再也回不来了，再也看不见那高大的梓树，再也看不到那巍巍的东门了。故都是远了，一天天的远了！

写到这里，他自己的热泪又流得满脸。

他写到权臣们的误国，贪官污吏们的罪恶，他自己虽是楚国的同姓大夫，休戚相关，把楚国的前途看得明明白白，却有话没处说，有意见没法提出，一个湛湛的忠心，无人领会，一腔温热的鲜血，只是洒向空中，又不由得不悲愤横溢，把泪水都烧灼干了。

"睁大了双眼远远的望着郢都，

"要想回去，什么时候才能回去呢？

"鸟儿是要飞回故乡的，

"狐狸要死，还要跑到土山洞里去死。

"我是离得郢都远了，那不是我的罪过，

"哪一天，哪一夜，我曾忘记了我可爱的郢都！"

他写了这篇《哀郢》，又朗朗的歌唱了一遍。

这一夜，他直写到天色将亮。又是一夜的不能入睡。第二天一早，他匆匆的梳理了白发，又跑到江边上散步。嘴里吟哦着。

村庄里的人，一个也不曾遇到，他们仿佛在忙着什么。

到了中午的时候，项老头儿到了屈原家里来。他说道："屈大夫，我们村众想举办一个追悼亡人的祭祀。你大夫知道，这几次大战，我们村里出去了二十多个壮丁，回来的只有三个。家家都有个把儿子，或者丈夫，或者父亲，战死在沙场上。准备在三月初三日办这件事。女巫们也已经约下了。我们都盼望着你大夫能够替我们做一篇唱词儿。"

屈原正念着那些鬼雄，那些为国牺牲的壮士们。楚国的人民是英勇无匹的，只是被贪墨的权臣们所误，被糊涂的王爷们所害，弄得身死战场，国还不救。可爱可敬的英勇的战士们是尽了他们的责任了，该杀的当政把权的人们却贪生怕死的苟活着。他想到这里，不由得又愤火中烧。

"好的，"他答道，"我一定做。"

这一夜，他又整夜的不曾睡，在吟哦着，在朗唱着，在疾写着。他写：楚国勇士们身披犀甲，手执长矛，奔向前方。前方是战车在奔驰着，与敌车的轮子互相错插着，抛了长矛，拔出短剑来刺敌。敌人象天上的云朵似的纷纷拥拥，双方的旌旗，迎风飘摇，把太阳光都遮住了。双方把硬弓利剑象黄蜂出巢似的飞射出去。他写：个个人奋勇争先，越过车队，向前追杀。左边的一匹马倒下来了，右边的一匹马也受了刀伤，连忙解了下来，再赶车向前。双手执着鼓槌，咚咚的敲着鼓。他写：太阳都变得黑了，天空仿佛就要坠落下来。天神们仿佛在发怒。壮士们一个个的倒下了，躺在战场上没人理睬。壮士们一出发了就不再回来，那战场离家乡是那么远。

　　死去的壮士们身上还佩着长剑，挂着硬弓，
　　头颅虽然和身躯分开了，心还是不屈不挠。

是那么勇放，又是那么壮烈，
刚强的楚人是永远不可凌犯的！
身体虽然死去，神还是有灵验的，
你们的魂魄啊！也会是鬼的英雄！

——《山鬼》

他把这歌词儿教会了女巫们。很快的，村众也都学会了唱。这歌词儿鼓舞了楚国人民的心，坚定了他们的为国牺牲的意志。他们不哀而怒，不悲而愤。他使他们把悲愤变成力量。

但他自己的精力似乎已经衰竭了。他从二月听到郢都失陷的消息之后，便心神恍惚，身体更坏下去。双眼更凹了，渐渐的失了神。肩头更耸瘦起来，脸色更加难看了。

一直没有消息。秦兵把路拦断了。不知道楚王逃到什么地方去？北方的情形究竟怎样的？是不是还在抵抗？秦兵还继续的追上去没有？七思八想，老在心里转着。有时想到坏的结果，有时又觉得楚是决不会亡国的，心里又自宽自慰着。但心神老是不定，老是整夜的失眠。

已经入了夏天。草木莽莽的长得更为繁茂。汨罗江边的香草野花，蒸发出一股香气，弥漫在空中，嗅吸了进去，便使人昏昏欲醉。他照常的披散着白发，在江边散步。一步步走得更慢了，他有点支持不住自己。他想到郢部，想到糊涂的熊横，想到自己的耿耿忠心没法表白，想到那些权臣们倒上为下，玉石不分，方的东西硬会邡成圆的，自己是瞎子还以为双眼奕奕的人是失明的，把凤凰关闭在鸡笼里，却叫鸡儿在翔舞。朝政种种，莫非颠倒错乱。他以一个人的力量，还受着邑犬的群吠，有什么法子改变这些乱政呢？当时有许多世臣们，在自己的国内被排斥了，便跑到别的国里去做国卿，照样的享受荣华富贵，锦衣玉食。他不是那样人的同类。他是生根在楚地的，生是楚园人，死是楚国鬼。

他是那么挚怀着楚国，那么热爱着楚国的人民。他压根儿没有起过离开祖国的念头。

他越想越悲，越想越气。连夜的失眠，使他更加憔悴不堪。连精神也支持不住了。他想勉强的挣扎着，实在是支撑不起来。他已经六十二岁了，像太阳快要黄昏似的，合着满心的忧哀，只是想死。

"没有办法了，没有办法了。"他老是这样的自言自语着。

五月初四的夜里，天气闷热得异常。天色是墨接似的黑，连一点星光也没有。将要下雨的样子。云色重得很。门外的香草的芬芳气，间歇的被夜风吹了进来。

他下了决心，捉起了笔，写了他最后的一篇歌辞——《怀沙》。

第二天一清早，他整了整衣服，梳理了白发，走向汨罗江边，清晨的风还带着昨夜的热气，一点也不觉得清凉。老桂树亭亭的站在那里。东方已经有红光了。五色斑斓的云彩，映得满天空绚丽光华。

他觉得天是可爱的，大地是亲切的。草木是有光泽的，江水是清碧得见底。老百姓们的朴实勇敢，更和他的心紧紧的贴近。他舍弃不了这一切，但他实在没有气力再支持下去了。

他一步步的走下江边，走到石滩，拾起一块大石头，塞进长袍里，把腰带紧紧的系住了。回头望着江边的衬庄，几家的炊烟已经袅袅的升在天空。他长长叹了一口气，一言不发的踊身向江心一跳，便沉了下去。江水微微的起了一阵溅波。

渔父在船上远远的望见了屈原向江心跳下，连忙大嚷走来："救人啊！救人啊！屈大夫投江自杀了！"

好几只渔船都急急的划了过来，用竹竿子在打捞。村众听见喊叫，也都奔到江边上来。他们束手无策的在干着急。打捞了半天，也不见一丝踪影。直忙到中午，他们方才放弃了打救。

但屈原是不死的。他永远活在汨罗江边的人民的心上，也永远活在楚国人民的心上。他们唱着他的歌词，就如他还活在世上一样。他的歌词和他们的生活是那么亲切，那么贴近！

　　他们世世代代的想念着这个伟大的爱国诗人。他的歌词永远鼓舞他们为祖国的光荣而斗争。

　　每到五月初五这一天，他们便划出船来到江心，还盼望着能够打救到他。

原载1957年第2期《收获》

文学馆

诗歌

郑振铎精品选

我们的中国

  我们的中国，
我们的中国！
  是你在召唤我们么？
是的，我们来，
  我们将放下一切而来！

  我们的中国，
我们的中国，
  是谁将你的光荣蔑辱？
我们的刀将为你而拔，
  我们的生命将为你而舍弃。

  我们的中国，
我们的中国！

那张悲闷的脸是你的么？
不，不，你应该自振，
　　我们将为你除去一切忧闷之源。

　　我们的中国，
我们的中国，
　　你为何成了这样的瘠弱，贫困？
我们将为你而工作，工作，工作，
　　直至你恢复你的强健与富饶。

　　我们的中国，
我们的中国，
　　是你在召唤我们么？
是的，我们已预备了，
　　我们将为你而放下了一切！

我是少年

一

我是少年！我是少年！
我有如炬的眼，
我有思想如泉，
我有牺牲的精神，
我有自由不可捐。
我看不惯偶像似的流年，
我看不惯努力的苟安。
我起！我起！
我欲打破一切的威权。

二

我是少年！我是少年！
我有喷腾的热血和活泼进取的气象。
我欲进前！进前！进前！
我有同胞的情感，
我有博爱的心田。
我看见前面的光明，
我欲驶破浪的大船，
满载可怜的同胞，
进前！进前！进前！
不管它浊浪排空，狂飙肆虐，
我只向光明的所在，进前！进前！进前！

云与月——寄M

　　我若是白云呀，我爱，
我便要每天的早晨，在洒满金光的天空，
从远远的青山，浮游到你的门前。
当你提了书囊出门时，
我便要随了你，投我的阴影在你身，为你
遮着日光了。

　　我若是小鸟呀，我爱，
我早已鼓翼飞到你的窗前，
当黄昏时，停在梨树的枝头，
看着你在微光里一针一针的缝你的丝裳。
只要你停针，抬头外望，
我便要唱歌，一只爱的歌给你听了。

我若是月光呀，我爱，
我便当高高的挂在中天，
用我的千万只眼，照进白纱的帏帘，
窥望着你在甜蜜的眠着。
只要你的身向外转侧，
我便要在你的前额，不使你警觉，轻轻的密吻着了。

小诗六首

社　会

　　金鱼养在白瓷盆里，
很美丽地在翠绿的水草间游来游去。
一到了波涛汹涌的大海中，
谁也找不到它了。

成人之哭

　　小孩子大声地哭。
但是成人的眼泪却是向腹中流的。
可怜的成人呀！

母　亲

　　人都是自私的。
成功的时候，谁也是朋友。
但只有母亲——他是失败时的伴侣。
　　人的心都是藏在衣袋里的。
甜如蜜的话，可以不经意地说。
但只有母亲——
她的泪，滴滴由心之深处滴出。

本　性

　　荆棘生来是有刺的，
它不以人的憎恶，便把它的刺去了。
玫瑰花生来是娇红可爱的，
它不因人的采摘，便变成丑恶了。

泪之流

　　"人间的泪，还向人间流去。"
但孤寂者的啜泣，
徒然是孤独者的啜泣呀！

　　不，不，

天上落下的泪点,却洒遍了春之野,
使春之野绿了。只怪人间的泪太少了呀!

无　言

　　未见之前,
千言万语奔驰而上心头,
见了,
转觉无言。
请恕我呀,朋友!
无言,
但一切在不言中了。

小孩子

　　如果我还是一个小孩子——
黄昏的时候，母亲叫我进屋去，
抱我坐在她的膝上，
唱歌给我听，
讲故事给我听；
她用手拍我，
我渐渐地靠在她怀中睡了。
这是多少甜蜜，满足的生活呀！
但是现在的我是成人了，
母亲再也不抱我了。
　　如果我还是一个小孩子——
在下午的时候，同了许多小同伴，
在门外树荫底下游戏。
我们可以任意地谈话，说笑，

也可以随意地争论，相斗。
虽有极大的争端，
不到一刻钟，
便又手携手地一同游戏了。
这是多么快乐的生活呀！
但是现在的我是成人了，
谁也潜蓄着猜疑的心对我了。
　　如果我还是一个小孩子——
终日不担心地在草地上游逛，
有许多自由的天地，
随便我们的意思行止。
我们用网来捉蝴蝶，
用泥沙来差房子，
也采摘了许多花，
坐下来编打花圈。
这是多少自由的生活呀！
但现在的我是成人了，
一层层的世网，
已经牢牢的缚住我们的周身，
不准我们自由行动了。

为中国

我不知道我是在梦中或是非梦,但我很清楚的听见这些话:

"我们应该各捐前嫌,为中国而携手前进。"

几个人这样恳切的说。

"我们错了,我们不应该自相争斗,我们不应该刻毒的自相讥弹,谩骂,仇杀。"

又几个人这样悲郁的忏悔。

"为中国,我们携手向前,为中国,我们合力工作,为中国,我们贡献了我们的一切。"

无量数的语声,继续的这样说。

我不知道我是在梦中或是非梦,但我实在的,很清楚的听见了这些话。

我不知道我是在梦中或是非梦，
但我很清楚的看见这些事：
　　军号呜呜的吹着，
　　兵士们都陆续的从家里出来集合，
　　他们将要为中国而战。
全城的人都拥挤在那里欢送他们。
　　空气是异常的激动而亲切。
许多将领们在前敌会议，
　　谁都谦抑的听从首领的指挥，
代替"骄恣"与"妒忌"的是"一心"与"勇毅"。
　　空气是异常的亲切而严肃。
后方，什么人都在预备，都在工作。
　　"胜利"已在我们的一面翱翔着。
我不知道我是在梦中或是非梦，
　　但我实在的很清楚的看见了这些事。

1925年6月

回　击

只有回击，
　　　只有重重的回击，
才能叫侵略者徘徊却顾，
才能使侵略者仓皇止步！
"以眼还眼，
"以才还牙！"
我们的忍耐已经太久了，
无辜者的血已经流得太多了，
　　　回击！
　　　重重的回击！

　　　只有战士的血，
只有战士的枪和刀，
才能挡住了侵略者的前进，

才能阻止了侵略者的无穷的贪欲和野心。
"以眼还眼，
以牙还牙。"
无穷尽的战土们山岳似的站在那里
山岳似的站着等待出击的命令！
　　回击！
　　重重的回击！

苟安的和平是一条死路，
忍辱的退让是一种罪恶。
以铁来回答铁的呼啸，
以血来回答血的渴望。
"以眼还眼，
以牙还牙。"
抗战才是一条活路，也是给侵略者一个
　　最好的道德的教训，
为中国，也为世界的和平。
　　回击！
　　重重的回击！

生命之火燃了！

让我们做点事吧！
生命之火燃了！
死的静默，
不动的沉闷，
微弱的呼声。
"再也忍不住了！"
让铁锤与犁耙把静默冲破吧！
让枪声与硝烟把沉闷的空气轰动了吧！
只要高唱革命之歌呀！
生命之火燃了！
熊熊地燃了！
让我们做点事吧，
我们也应该做点事了！